BERNARD-HENRI LÉVY

Les Indes rouges

GRASSET/L.G.F.

Ce livre est précédemment paru sous le titre « Bangla Desh, Nationalisme dans la révolution » à la Librairie François Maspero en 1973.

Les Indes rouges

Les Indes rouges est le premier ouvrage de Bernard-Henri Lévy, et d'emblée on découvre les multiples facettes d'un intellectuel dont les textes ultérieurs vont confirmer l'incontestable originalité. Tout y est déjà. Le philosophe intransigeant et rigoureux, le questionneur obstiné des idéologies de son temps, qui s'est imposé avec *La Barbarie à visage humain, Le Testament de Dieu* et *L'Idéologie française.* Le témoin critique du présent, l'observateur passionné de *Questions de principe,* qui excelle à scruter l'actualité dans tous ses états, qu'elle soit française ou internationale, et à déchiffrer derrière l'événement les grands enjeux de la politique des puissants. Mais aussi le romancier doué, l'analyste du destin et le chirurgien des âmes qui s'est affirmé dans *Le Diable en tête.*
Donc, *Les Indes rouges.* Le livre s'ouvre sur la décennie 70. En mars 1971 exactement. A cette époque, le tiers-mondisme est à l'ordre du jour. Depuis un peu plus d'une vingtaine d'années, le monde est secoué de conflits périodiques : par des guerres larvées ou des guérillas déclarées, les uns après les autres, les pays qui subissaient la tutelle colonialiste de l'Occident secouent leur joug. L'Afrique, l'Amérique du Sud, l'Asie sont entrées dans la danse des guerres nationales de libération. L'Asie notamment, avec son Sud-Est, qui a vu le Vietnam succéder à l'Indochine. Une zone sensible, comme on dit, un espace de hautes turbulences où se croisent et parfois se télescopent les intérêts des grandes puissances et qui devient du coup le lieu d'affrontement privilégié des idéologies, le champ clos où se mesurent les conceptions de la liberté.
Voilà le décor planté, dessinée la toile de fond sur laquelle se joue le drame relaté dans *Les Indes rouges* : la dissidence des Bengalis, qui éclate en mars 1971, aux marches de l'Inde, dans la partie orientale du Pakistan, et dont sort un nouvel Etat, le Bangla Desh. « Une guerre étrange — écrit B.-H. Lévy —, atroce, comme on n'en fait plus, et comme on ose à peine imaginer. D'inexplicables histoires d'hindous et de musulmans, des tueries, du sang, un génocide; Saint-Barthélemy de l'Asie, plus mystérieuse et plus terrifiante que la nôtre... »
En fait, pour l'essentiel, l'affaire s'est nouée lors de la décolonisation. C'était en 1947. Les Britanniques donnaient son indépendance à leur Empire d'Asie et lui laissaient en héritage une partition incroyable. L'Inde, certes, dotée d'un territoire homogène,

(Suite au verso).

mais à ses côtés, un Pakistan fractionné en deux régions distinctes de près de 1700 kilomètres, l'une à l'ouest de la péninsule indienne et l'autre sur son flanc est. Plus incroyable encore : ce sont en priorité les appartenances religieuses des populations qui commandent le découpage, non des raisons géographiques, historiques ou économiques. Résultat, malgré l'unité de façade que lui confère l'islam, le Pakistan va bientôt s'avérer un pays profondément divisé, dont les contradictions intérieures iront s'accentuant au fil des années. Et en particulier, une inégalité de développement au profit de la partie occidentale, qui se traduira progressivement, comme le note B.-H. Lévy, par un phénomène de colonisation interne.

Rien de surprenant, donc, à ce qu'il y ait insurrection. De même que n'est pas vraiment étonnante la réaction de l'Etat pakistanais qui, immédiatement, tente d'enrayer le processus par la liquidation physique systématique des rebelles — plusieurs millions de morts en quelques mois. En revanche, constate Lévy, plus déconcertantes sont les attitudes des grandes puissances et les orientations qui apparaissent peu à peu à l'intérieur du mouvement bengali. En effet, d'une part les Etats-Unis, l'U.R.S.S. et la Chine demeurent sur une prudente réserve, évitant avec une circonspection inhabituelle de se mêler au conflit, et de l'autre l'Etat nouveau du Bangla Desh, quand il émerge de sa rupture avec le Pakistan, est aux mains de politiciens réformistes classiques, non entre celles de *leaders* révolutionnaires.

Que s'est-il passé? Précisément, c'est à l'expliquer que se consacre *Les Indes rouges,* à montrer comment, dans ce coin du monde, s'est mis en branle, pour la première fois, « un processus unique dans l'histoire des mouvements révolutionnaires » : le blocage d'abord de la naissance du Bangla Desh par les grandes puissances, qui veulent préserver le *statu quo* régional et s'en remettent à l'armée pakistanaise pour nettoyer l'abcès; la décision ensuite de hâter l'installation du nouvel Etat, quand il se découvre que de toute manière il adviendra, en transformant la révolution en guerre et en éliminant toute avant-garde politique gauchisante susceptible de faire capoter l'opération.

Bernard-Henri Lévy a raison : le cas était unique en son genre. Au Bangla Desh les idéologies ont craqué, elles ont cédé le pas aux intérêts des nations qui ne voulaient pas d'un second Vietnam. Dans l'affaire, la liberté d'un peuple n'a guère eu d'importance. Il fallait en témoigner.

PRÉFACE

Ce n'est pas sans un certain malaise que je relis aujourd'hui, au moment de les rééditer, ces pages écrites il y a longtemps, au lendemain du long séjour que j'avais fait au Bangla Desh — et dont je n'ai, jusqu'à présent, pratiquement jamais parlé.

J'avais un peu plus de vingt ans alors. J'étais de ceux qui, à vingt ans, n'auraient laissé personne dire qu'ils avaient le « plus bel âge de la vie ». Je faisais mon possible, drapé et comme crispé que j'étais dans d'absurdes poses de dandy, pour croire que la chair était triste, les livres tous déjà lus — ajoutant en général (car je me flattais d'être lettré) qu'il ne restait aux valeureux que de « fuir, là-bas fuir », pour échapper à l'ennui de cette véritable Suisse de l'Esprit qu'était devenue la France. Et au principe même de ce départ, dans ce projet de « fuir, là-bas fuir » pour s'en aller chercher ailleurs, dans un « coin perdu d'Asie », un peu de cette Histoire majuscule, éteinte en nos contrées, se glissaient une foule de raisons pas toutes très avouables, où je ne sais trop ce qui l'emportait du romantisme, du goût de la guerre, de la fascination classique de l'Orient ou de celle, plus moderne, d'un tiers monde supposé pur, sain, régénérateur.

Vieille histoire, autrement dit. Éternelle vieille histoire d'adolescence interminable partant glaner au bout du monde un obscur alibi à une non moins obscure mélancolie. Ce qui, en clair, implique que le Bangla Desh, dans cette affaire, n'était pas mon premier souci ; que c'était une sorte de théâtre où se montait, à mon usage, un jeu dont j'étais l'auteur, le souffleur, le seul acteur ; que si j'y suis parti — et si j'en ai rapporté ce livre — c'est moins pour aider les Bengalais que pour m'aider, me sauver, me racheter peut-être et expier dans la foulée je ne sais quelle carence de clerc, de bourgeois ou de Français ; et que si j'y ai, très pompeusement, risqué un peu de mon temps sinon de mon existence, c'est moins, encore, à la façon de l'intellectuel « engagé » que j'ai tenté, depuis, de devenir, qu'à celle de cet aventurier plus léger, plus frivole, plus irresponsable aussi, dont Sartre, dans un texte fameux, s'étonnait qu'il « demandât à des hommes qui n'ont pas choisi leur combat de légitimer une mort qu'il a, lui, souverainement décidée ».

Je ne lisais — *nous* ne lisions — guère Sartre en ce temps-là. Mais j'avais lu Byron, en revanche. J'avais lu D'Annunzio. J'avais lu *Les Sept Piliers de la sagesse* ou les *Mémoires* de Victor Serge. Je me souvenais du grand Malraux — celui de *La Condition humaine*, de *L'Espoir*, de la guerre d'Espagne. Bref, je vivais dans l'ombre, pour ne pas dire sous la tutelle de ces écrivains mercenaires qui, de Missolonghi aux Brigades en passant par le Palais d'Hiver ou les déserts d'Arabie, avaient eu pour point commun de s'être battus dans des pays, sous des couleurs ou pour des causes qui n'avaient, en bonne logique, aucune raison d'être les leurs. Et il est clair, par conséquent, que ce sont ces exemples, ces illogismes grandioses et fous, que j'avais d'abord en tête quand, à mon tour, après avoir entendu Malraux lancer à la radio son appel à la constitution d'une « brigade internationale pour le Bengale », je pris, un matin d'octobre, le chemin de mes « Indes rouges ».

Officiellement, face à moi-même et à mon miroir, j'étais un militant sérieux, matérialiste en diable et tout pétri de culture marxiste, qui partait à l'avant-garde d'une « juste lutte de libération ». Dans la réalité, pourtant, c'était, hélas ! plus compliqué. Et je vois bien, avec le recul, comment, toutes proportions gardées — mais, savais-je, à l'époque, « garder les proportions ? » — j'attendais de ce périple quelque chose comme ce que Garine attendait de la Révolution, Victor Serge du soviétisme ou même, à la limite, Stravogine du crime de sang et Lafcadio de l'acte gratuit : un surcroît de conscience, un supplément d'existence, une dilatation du moi ou une forme de Salut qui, en toute hypothèse, n'avaient grand-chose à voir, je le répète, ni avec les droits de l'homme ni avec la misère du monde !

J'ajoute, pour être le plus complet, le plus sincère possible, que tout cela se passait en 1971, soit un peu plus de trois ans après ce fameux « émoi de mai » auquel la légende veut que j'aie participé depuis ma chambre, entre un transistor et une carte d'état-major. Il y a beaucoup de faux, certes, dans la légende. Mais il y a un peu de vrai aussi. Et la vérité c'est que je n'ai pas été, en effet, un acteur majeur du mouvement ; que j'ai vécu cette carence alors, dans les années qui ont suivi, comme une sorte d'échec, de péché originel dont je n'aurais pas assez de toute une vie d'homme pour réparer le dommage ; que, taraudé par un malin génie dont il m'a été souvent donné, depuis, de mesurer le ravage, mon orgueil ne supportait plus ce Paris en fête de l'après-mai auquel je me sentais, soudain, très étranger ; et que, désir d'expiation pour désir d'expiation, il y en avait un, là, tout trouvé, qui ne demandait qu'à s'exprimer et à étaler au grand jour son attirail de faux panache, de vantardise et même d'esprit de revanche.

Nizan, en d'autres temps, quittait l'École normale parce qu'il y voyait « un objet comique et plus souvent odieux, présidé par un petit vieillard patriote, hypocrite et puissant qui respectait les militaires ». Je la quittais, moi, un demi-siècle plus tard, parce que j'y voyais un lieu de lustre au contraire et de radieuse insoumission, peuplé de soixante-huitards trop gais, qui ne respectaient que les gardes rouges. La différence, cela va sans dire, ne plaidait guère en ma faveur. Et elle n'est pas faite, elle non plus, pour dissiper le discret malaise que j'évoquais en commençant : ce départ était bien une fuite ; — et je ne suis pas sûr, dans cette fuite, de ne pas retrouver, décidément, quelques-unes de mes plus douteuses et antipathiques tentations.

Et en même temps, ce n'est pas ça. Non, je m'en rends bien compte tandis que j'écris ces lignes et que me reviennent une à une, comme autant d'ombres légères, les images de cette époque : ce n'est ni tout à fait ni simplement comme ça que les choses se sont passées. Et quelque soin que je prenne à éviter, dans ce récit, les pièges de la complaisance, je sens bien qu'il y avait autre chose. Une autre raison. Un autre moteur en tout cas — qui, sans annuler pour autant les petits jeux pervers du premier, venait peut-être les enrichir...

Car demeurons un instant encore à l'École normale de ces années. Qu'elle ait été l'un des hauts lieux de la subversion estudiantine, je viens de le rappeler. Que ladite subversion ait atteint là, grâce notamment aux « maos » qui y avaient élu domicile, grâce à leur « radicalité », à leur « volonté de pureté », à leur désir de « casser l'Histoire en deux », de faire « table rase » de tout passé ou de remodeler l'homme « en ce qu'il avait de plus profond » — que cette subversion ait atteint là, donc, un degré d'intensité extrême, inouï même dans toute l'histoire connue de l'idée de Révolution, je le pensais personnellement. Et il ne faudrait pas beaucoup me pousser pour me faire dire, aujourd'hui encore, l'extraordinaire fascination que pouvaient exercer sur moi ces effrayants personnages — tellement plus proches, si l'on y songe, d'un moine chrétien des origines ou d'un garde rouge chinois que des normaliens de Sartre, Brasillach ou Jules Romains ! — quand je les voyais ainsi, les écrits militaires de Mao dans une main et l'épistémologie de Georges Canguilhem dans l'autre, la leçon de Foucault à l'horizon et les séminaires de Lacan en garde-fou, monter à l'assaut d'un ciel qu'ils tapissaient comme jamais de songes et de fantasmes.

Oui mais seulement voilà ! C'est là que le bât blessait...

Là que les choses se gâtaient... Car il y avait un peu beaucoup de « songes », tout de même, dans cette affaire. Un peu beaucoup de « fantasmes ». Un peu beaucoup de fantaisie, de chimères, de mirages. Et ce pari de rébellion, si « radical » qu'il fût, si plein de « rigueur » et de « pureté » qu'il se voulût et s'affichât, baignait dans un climat d'irréalité, sinon même de frivolité, qui finissait parfois par être assez embarrassant et qui ne fut pas sans influence, du coup, sur ce départ aux Indes.

Je me souviens de ces soirées, rocambolesques, où l'on glosait à perte de vue, comme si la vie, le sort, le destin des hommes en dépendaient, sur tel ou tel détail de la *Guerre des paysans* ou de *Vive la guerre du peuple*.

Je me souviens de ces après-midi, salle Cavaillès, où nous écoutions dans un pieux silence un dirigeant du « Comité Vietnam de base » nous expliquer au tableau noir, avec un sérieux de pape et une précision de chef de guerre, les mille et une finesses de la stratégie de Phan Van Dong.

Je me souviens de ces débats plus rudes, presque violents, où l'on s'affrontait sur le sens à donner aux concepts de « coupure », de « rupture », de « renversement », de « retournement » ou de « révolution » — précisant à la fin seulement que les coupures en question n'étaient qu'« épistémologiques » et que les ruptures, quant à elles, ne concernaient que « la théorie ».

Bref, je me souviens de subversions qui n'étaient jamais si dures, si pures, si âprement menées et proclamées — et d'une « âpreté » que je jugeais, encore une fois, métaphysiquement parlant du moins, sans équivalent ni précédent — que lorsqu'elles concernaient les paysans du Moyen Age, les lointains soldats du Nord-Vietnam ou la vaine « pratique théorique » d'un savant ou d'un poète.

Et je me souviens encore, si l'on veut une anecdote plus personnelle et plus précise, de ces petits matins d'hiver où Louis Althusser, sur un coup de téléphone bref et délibérément énigmatique, me convoquait rue d'Ulm ; où, avec des airs de conjuré préparant, loin des indiscrets, son grand soir philosophique, il m'entraînait, à peine arrivé, dans la cour intérieure de l'école ; et où nous restions longtemps ainsi, à marcher d'un pas lent autour du « bassin des Ernests » — moi l'écoutant et lui, le front pensif, les mains dans les poches de sa robe de chambre et le regard chargé de signes d'intelligence que je devais entendre à demi-mot, m'expliquant la place qu'il me réservait dans sa stratégie de conquête, de contrôle, de subversion... du pouvoir intellectuel en France !

Il n'y avait plus grand monde, dira-t-on, pour répondre alors à ce type d'appel. Et les « maos » proprement dits n'étaient plus, depuis belle lurette, le moins du monde althussériens. Soit. Mais enfin ils l'avaient été. Ils avaient reçu l'empreinte. Ils en avaient tous, peu ou prou, gardé cette conception guerrière, quasi militaire du monde. Et le phénomène était en train, du reste, de prendre des proportions ahurissantes avec la stratégie, dite de « Nouvelle Résistance Populaire », qu'ils commençaient d'élaborer et où la France devenait ni plus ni moins qu'un nouveau pays nazi ; sa bourgeoisie, une nouvelle armée d'occupation ; ses communistes, des collabos d'un nouveau style ; ses usines, des camps de concentration ; ses ateliers en grève, des « maquis », des « zones libres », des « bases d'appui » ou des « régions de partisans » ; et eux, les « maos », un peuple de « partisans » justement, de « vétérans », de « miliciens » en train de fomenter, dans l'ombre, les conditions de la grande insurrection antifasciste de demain.

Je n'invente rien, malheureusement. Je n'exagère même pas. Car c'est cela, à la lettre, qui se disait. Comme ça que, chaque semaine, dans *La Cause du Peuple* ou ailleurs, délirait tout ce petit monde. Et plus le temps passait, plus le délire s'accélérait — et plus j'avais le sentiment de vivre dans un monde absurde, irréel, parfaitement halluciné où les meilleurs, les plus radicaux, donc, d'entre nous, en étaient réduits, Dieu sait pourquoi, à s'inventer de fausses guerres menées avec de fausses armes contre des ennemis fantomatiques.

Alors, en un sens, bien sûr, tant mieux. Je veux dire : tant mieux que la guerre ait été fausse. Tant mieux que les armes aient été chargées à blanc. Tant mieux pour eux, pour vous, pour nous tous et pour la démocratie, que ces « nouveaux résistants » en soient prudemment restés au stade du terrorisme imaginaire. Mais sur le moment, pourtant, ça me troublait. Ça me gênait. Ça me choquait. Et ce qu'il y avait en moi d'esprit de sérieux autant, probablement, que d'authentiques traditions anti-fascistes, se cabrait, chaque jour un peu plus, face à ce qui ne pouvait pas ne pas m'apparaître comme une insupportable imposture.

Pierre Goldman, à la même époque, nourrissait, je le savais, des sentiments assez semblables, à propos du « psychodrame » de 68. Georges Bataille, trente ans plus tôt, fustigeait dans l'« attitude surréaliste » le même « style de provocation outrée », sans conséquence dans le réel. Et c'est en pensant à eux, il me semble, autant qu'à Sartre et à Nizan, qu'un matin d'octobre donc, fatigué d'entendre parler d'ennemis invisibles, d'introuvables révolutions et de « guerres civiles » dont chacun savait bien qu'elles n'existaient que dans les têtes, je décidai de réagir — et de m'en aller, sans délai ni réserve, à la rencontre de l'Histoire réelle.

Oh ! qu'on se rassure : ce ne fut pas la guerre d'Espagne. Ce ne fut pas la grande, la belle guerre anti-fasciste de nos fantasmagories parisiennes. Ce n'était même pas la guerre d'Afghanistan telle que je devais, dix ans plus tard, en entrevoir les enjeux. Et la vérité m'oblige à dire que je fus presque déçu, sur le coup, par ces batailles obscures, indéchiffrables, où je passais mon temps, tel Fabrice à Waterloo, à chercher (et ne point trouver) des fronts qui se dérobaient — et où, entre les chars soviétiques appuyant les Bengalais et la soldatesque pakistanaise dont on me contait les forfaits, je ne savais (et je ne sais toujours pas vraiment, quinze ans après) de quel côté prendre parti.

Mais enfin c'était une guerre. Une vraie guerre. Avec

des chars justement, des armes, des assauts. Avec des soldats qui se battaient, des stratégies qui se déployaient. Avec, partout, d'un bout à l'autre du pays, le fracas des obus le jour, l'éclat des balles traçantes la nuit et le mugissement des sirènes, dès l'aube, qui couvrait la voix des muezzins.

C'était une guerre de positions à Jessore, où l'armée pakistanaise se replia quasiment sans coup férir — et c'était une guerre d'attaque un peu plus bas, dans un village dont le nom m'échappe et où des unités d'élite indiennes donnèrent l'assaut final à l'arme blanche, dans un corps à corps épouvantable. C'était une guerre propre à tel endroit, où l'on voyait les officiers ennemis négocier le cessez-le-feu autour d'une tasse de thé, à l'ombre d'un cocotier — et c'était une guerre sale, hideuse, dans tel autre où l'on trouvait, disait-on, à demi dévorés par les chiens et les vautours, les corps mutilés de ceux qui n'avaient pas pu s'enfuir à temps. Bref, c'était une guerre totale. C'était une guerre parfaite. C'était le condensé de tout ce que, formellement, je pouvais espérer de mieux. Et j'ai presque honte d'avouer que, de ce point de vue — celui, disons, du spectacle, de l'aventure et des raisons qui, en un mot, m'avaient fait quitter le Quartier latin pour me retrouver là, au milieu de ces champs de riz, de jute et de colza dévastés par la mitraille —, j'étais plutôt content.

Est-ce à dire que j'aimais ça ? Que je prenais plaisir à cette violence ? Que je jouissais même — osons le mot — de cet étalage de cruauté ? Est-ce à dire qu'il avait tant soit peu raison, ce jeune commandant de Moukti Fouj qui, un soir, tandis qu'il évoquait la mémoire d'un de ses meilleurs partisans, mort quelques jours plus tôt, et que, pour un autre, musulman, on achevait, un peu plus loin, de creuser une fosse, me déclara tout à coup : « Vous autres, les Français, c'est pour ça que vous êtes là... c'est pour ça que vous venez... vous êtes quand même, admettez-le, de sacrés salauds de voyeurs. »

Il s'appelait, ce commandant, Akim Mukherjee. J'ignore ce qu'il est devenu. Je ne sais même pas s'il vit encore. Mais je me rappelle la phrase en revanche. Je me rappelle son air. Je revois comme si j'y étais, à la lueur de la lampe tempête posée sur la table entre nous deux, ses dents rougies de bétel quand il a dit, dans un mauvais sourire : « drôles de sacrés charognards ». Et je repense à moi, surtout. A la tête que j'ai dû faire. A la panique qui m'a saisi. Et à mon incapacité, soudain, de répondre quoi que ce soit à une remarque banale certes, quasi triviale — mais qui me paraissait, tout à coup, tragiquement indécidable.

Car d'un côté, c'est vrai, il y avait le plaisir. Il y avait la jouissance. Il y avait cet indéniable émoi que connaissent, je crois, les reporters de guerre et que j'éprouvais, moi aussi, à me retrouver là, dans l'œil du cyclope en quelque sorte, au beau milieu de la fourmilière, en ces lieux d'extrême tension où c'est le monde entier qui semblait, avec moi, en sursis. Et puis il y avait ces moments de bonheur intense, presque béat, dans les plages de répit laissées par la rumeur des combats, la clameur des fugitifs ou la crainte du lendemain : une tasse de thé bouillant prise un matin, à l'aube, dans l'une des dernières huttes d'un village carbonisé... la plus exquise sieste de ma vie, une fin d'après-midi, sur l'impeccable pelouse anglaise d'un golf de garnison abandonné... un fou rire d'enfants avec Akim, une nuit où sa chevrolet, lancée à toute allure, avait manqué verser dans un cratère de bombes... le sentiment délicieux, presque incrédule, d'être encore de ce monde, après une nuit de bombardements qui semblaient, à chaque coup, ébranler les murs mêmes, les fondations de l'hôtel... l'image si belle, une autre fois, de ce bombardier soviétique, touché en vol, qui sembla s'arrêter, hésiter, valser un peu et puis chuter doucement, tel un grand oiseau de papier... ou bien cette impression de légèreté, encore, nulle part retrouvée depuis, qui affectait bizarrement le moindre de mes gestes — comme si mon corps, ma tête, ma voix même ou mes idées étaient frappés d'une douce, aérienne, vaporeuse précarité...

Mais d'un autre côté, bien sûr, il y avait le reste. Tout

le reste. Je veux dire la peur... L'horreur... La terreur de ce que cette guerre libérait en chacun de sauvagerie... La panique — *ma* panique — face à ces tableaux de malheur que je n'avais jamais, au grand jamais, soupçonnés... Il y avait les villages vides, où ne restaient plus, quand nous arrivions, que d'improbables mendiants en quête d'un dernier butin... Il y avait ces corps morts, mutilés, ou brûlés dans leurs jeeps, qui pourrissaient tranquillement au fond d'un chemin creux... Il y a eu cet étudiant fragile et gai, que j'ai connu si fier, avec sa grosse cartouchière passée sur son T-shirt, le jour où il a intégré la compagnie d'Akim — et dont j'ai appris plus tard, longtemps après la guerre, qu'il avait préféré se suicider plutôt que de participer à un assaut particulièrement dangereux... Il y a eu, plus tard aussi, alors que la guerre était déjà finie, ces deux « collaborateurs » enchaînés, aux mains péniblement jointes en un geste de supplication ultime, et dont j'ai préféré ne pas savoir à quel sort on les promettait... Il y a eu — il y a — des images atroces, insoutenables, que j'ai bien du mal, aujourd'hui, à regarder en face, même si elles se trouvent gravées, pourtant, au fond de ma mémoire — et qui font, en tout cas, que je ne pouvais, ni ne peux, accepter sans protester la phrase du commandant Mukherjee... La vérité, de nouveau, étant probablement que la phrase elle-même était absurde ; la question mal posée ; et que si j'étais là, près de lui, mêlé à une guerre insensée qui ne me concernait guère et où je me comportais, je le répète, ni tout à fait en journaliste, ni bien évidemment en combattant, ni même vraiment en partisan, c'était pour des raisons plus complexes où n'entraient, en réalité, ni le « plaisir » que j'y prenais ni « l'horreur » qu'elle m'inspirait — mais les leçons que, confusément, je savais pouvoir en tirer.

La place me manque, ici, dans le cadre de cette préface, pour les épeler, ces leçons. Mais je crois que c'est là par exemple, face à ces spectacles abominables, que j'ai touché pour la première fois du doigt le fond de crime et de cruauté qui constitue, selon moi, le plus sombre secret de l'espèce. Là aussi, dans le joli champ de colza où je suis tombé, un jour, sur un gigantesque abattoir d'hommes, que j'ai compris ce qu'était un charnier, quelle odeur ça dégageait, et comment ces grands tas de squelettes, de viande humaine décomposée restaient l'incontournable horizon des guerres contemporaines. Là toujours, mais dans les villes cette fois, les nuits de couvre-feu sans lune, quand l'humanité bengalaise entrait en convulsion, qu'elle n'était plus, elle non plus, qu'un tas de viande agglutinée et qu'on n'entendait plus dans les rues, outre le bruit des klaxons, que le choc des masses d'hommes jetés l'un contre l'autre, leur piétinement sourd de troupeau de bêtes en folie ou le hurlement des enfants qu'on retrouverait, au petit matin, écrasés sur le pavé — là toujours, dis-je, que j'ai pris conscience de la nature profondément, essentiellement épileptique non pas, bien sûr, des foules asiatiques mais des rassemblements humains en tant que tels, dès lors qu'en affleure la vérité.

Ce que m'a appris le Bangla Desh, en d'autres termes, c'est un peu du dessous des choses. Un peu de leur visage caché. Un peu de ce fond de carnage, de boucherie originaire sur quoi s'édifie l'illusion des communautés. Et il n'est pas impossible, en ce sens, que ces quelques semaines de guerre, puis ces quelques mois de séjour, aient été l'origine vécue, l'intuition première au moins, de toute cette série de livres qui, de *La Barbarie à visage humain* au *Diable en tête* inclus, ne feront rien d'autre, après tout, que de tenter d'isoler à leur tour — et de traiter — cet identique foyer de nuit.

Reste un mystère, cela dit. Un tout dernier mystère. Le plus singulier, à mes yeux, et le plus troublant de toute l'histoire. Il tient à la nature du texte. A son style. A son ton. Il tient au fait que ces « leçons » que je viens d'évoquer, que j'ai tirées de cette aventure et qui constituent, depuis, le fond sonore de tous mes livres, n'ont, dans celui-ci qu'un défaut — mais de taille : à savoir qu'elles n'y sont pas ; qu'elles y sont proprement illisibles ; et que le lecteur aura beau chercher, fouiller, scruter entre les lignes : aussi extraordinaire que cela paraisse, c'est à peine s'il en entendra l'écho, ici et là, de loin en loin, tout au long de ces trois cents pages d'analyse politique serrées, sévères même et qui, à la relecture, pourraient sembler parfois revêches.

L'esprit de l'époque y est pour quelque chose, je pense, avec son théoricisme frénétique, son culte du concept, sa religion des « structures », des « socles épistémiques » et autres « procès sans sujet » tellement peu propices, quand on y songe, à des développements de cette nature.

Mon propre esprit aussi, si docile à celui du temps, si prompt à entériner ses diktats les plus insensés et qui, recevant sans critique les commandements sacrés de l'« antihumanisme théorique », se serait senti déshonoré — et d'un déshonneur qui avait un nom, ô combien infâmant : celui d'« idéalisme » ! — à la seule idée de perdre ne fût-ce qu'un peu de temps à ces très subjectives impressions d'Asie.

La pudeur a dû jouer aussi. Une certaine forme de rigueur. Une image de moi-même, peut-être. Et cette idée, nommément, que là où d'autres auraient ficelé un gros récit bien saignant, plein de bruit, de fureur et d'exotisme, j'allais me donner le gant, moi, j'allais avoir *l'élégance*, de rapporter un essai sérieux, rempli de notes et de références, qui aurait pour seule ambition d'ajouter sa modeste pierre au vénérable édifice de la bibliothèque marxiste.

Mais je crois, cela étant dit, que l'explication la plus vraie, la plus profonde de ce « mystère » c'est que ces histoires de « boucherie », de « dessous des choses » ou d'« essence convulsionnaire » des rassemblements humains, ne me concernaient pas ; qu'elles n'entraient pas dans ma vision du monde ; qu'elles n'apparaissaient pas, alors, dans mon champ de visibilité ; qu'elles étaient incapables d'accéder à la dignité d'objet d'étude, de savoir ou de regard ; et cela parce qu'il y avait un objet et un seul qui, compte tenu de ce que j'étais, de l'âge que j'avais, des maîtres qui m'avaient formé et de l'horizon problématique d'où je cherchais déjà à me détourner, était susceptible de le mériter : la très sèche, très sévère, très austère *question du communisme.*

J'entends par là que j'appartenais à une génération — la dernière, probablement — qui continuait de prendre très au sérieux cette « question du communisme ».

Qu'elle était, pour moi, plus qu'une « question », un « thème » politique ou une « interrogation » morale, puisque j'y voyais carrément la dernière en date — la plus efficace sans doute aussi — des religions modernes.

Que j'étais le contemporain d'un monde, par ailleurs, où, pour la première fois en cinquante ans, ladite religion se présentait dans la forme — à la fois troublante et fascinante — du duel de deux orthodoxies, de deux catéchismes contradictoires.

J'entends par là, enfin et surtout, que le sous-continent indien de cette époque — avec ses influences russe et chinoise, avec ses deux partis communistes officiellement en guerre qui vidaient leurs querelles au revolver dans les rues de Calcutta, avec ses « naxalites » aussi, ces jeunes militants maoïstes que l'on tirait comme des lapins, eux, sur les toits de leur prison — était le point d'observation idéal pour l'étude, l'analyse et, finalement, *l'arbitrage* de ce débat.

Aussi ne sera-t-on pas surpris, je suppose, de trouver dans ces *Indes rouges*, entre autres curiosités, tout un chapitre chargé d'expliquer, voire de justifier, avec un sens de l'acrobatie dialectique qui me laisse aujourd'hui pantois, les aspects les plus contestables de la diplomatie de Pékin.

On verra s'y mettre en place, également, dès les chapitres d'introduction, un schéma dramaturgique simple — au point d'en être, parfois, presque « gros » — sur le thème archiclassique (et qui était un lieu commun de la littérature mao de l'époque) de l'héroïque « guerre du peuple » sournoisement étouffée par le « social-impérialisme ».

On devinera même, chemin faisant, au détour des interviews recueillies, au travers des documents retenus, une sourde sympathie pour ces fameux « naxalites », assassinés certes dans les prisons de Calcutta, mais qui s'étaient tout de même distingués, avant cela, par une ligne politique prônant le terrorisme actif, l'élimination physique des propriétaires terriens, la guerre populaire généralisée ou, dans un style cambodgien avant la lettre, l'« encerclement des villes par les campagnes ».

Bref, le livre qu'on va lire est un livre dont la grande affaire est moins, on l'aura compris, la guerre, ses batailles, la libération même du Bangla Desh ou la querelle indo-pakistanaise que le corps à corps qui, à travers tout ça, partageait à mes yeux le mouvement « révolutionnaire ». On pourrait dire, pour aller vite, un livre « chinois ». On pourrait dire un livre « mao ». Il faut dire, en tout cas, un livre qui, en dépit — ou peut-être, au fond, *à cause* — de sa mystérieuse et caricaturale aridité, participait de la grande flambée délirante que j'avais cru fuir en quittant Paris et dont je retrouvais ici toute l'intensité.

Alors, on peut trouver ça fou, bien sûr, aujourd'hui. On peut trouver ça criminel. On peut, au choix, et selon la nature des sentiments que l'on me porte, crier au scandale, déplorer mon irresponsabilité ou regretter le « vrai roman » que j'aurais peut-être pu tirer de tout ça, mais que j'ai sacrifié à ces inepties. Et je pourrais moi-même, dans ce joli style de contrition si fort en honneur en ce moment, dire haut et clair mon regret de m'être, par exemple, laissé aller à chanter la louange de « possédés » aussi peu sympathiques et recommandables... Eh bien, précisément, je ne le ferai pas. Et cela pour, au moins, quatre raisons dont je voudrais, pour finir, dire très vite quelques mots...

La première c'est que, sur la forme même, je suis toujours un peu réticent face à ces abjurations trop simples, excessivement spectaculaires et qui tournent si volontiers à l'autocélébration déguisée.

La seconde c'est que, sur le fond — l'analyse même du phénomène chinois ; l'appréciation du rapport de force avec l'empire soviétique ; la mise en évidence des mécanismes du malheur dans une société post-coloniale —, il y a des pages, dans ces *Indes rouges*, que je ne suis pas certain du tout d'avoir à renier.

La troisième c'est que, tout au long du livre — je dis bien : tout au long, et cela signifie jusques et y compris dans ses petites séquences délirantes — passent un esprit de révolte, un désir de liberté, un goût pour l'égalité et un pari sur l'honneur des hommes que je ne me résous pas, eux non plus, à rétracter.

Mais la quatrième enfin, essentielle, c'est qu'il se dégage de l'ensemble une réserve globale — et sur laquelle il ne saurait être question, là, pour le coup, d'accepter de céder d'un pouce — vis-à-vis du soviétisme certes, accusé d'avoir fait avorter la « révolution » en marche ; des partis communistes indiens, certes aussi, dans la mesure où j'avais cru en reconnaître le visage sanguinaire et barbare ; mais également, mais surtout — et là, je pèse mes mots — *du communisme en tant que tel*, emporté tout doucement, sans que cela se dise ni ne se sache, dans un identique naufrage.

C'est paradoxal, je sais. C'est apparemment contradictoire. Et l'on s'étonnera, j'imagine, de ce qu'un livre, « chinois », « mao », dont la « grande affaire » était moins, comme je l'ai dit, la guerre, ses batailles, etc., que le grand schisme qui divisait le mouvement révolutionnaire international, puisse être en train, dans le même temps, de vouer aux gémonies le « communisme en tant que tel ». Mais c'est la vérité pourtant. C'est la stricte vérité. Et le comprendront, je pense, tous ceux qui savent ce que fut ce « maoïsme » ; quel rôle il eut dans l'économie des intelligences ; comment il fut une sorte de biais, de détour, de trou d'aiguille peut-être, où se faufilait, déjà, le commencement d'une tout autre histoire. Ma conviction, à moi, en tout cas, c'est qu'il était la seule « langue » disponible pour les hommes et les femmes de ma génération, soucieux d'entamer les vieilles lunes du dogmatisme stalinien ; qu'il était comme un point d'appui que l'on prenait pour, y faisant porter le poids du levier, démanteler tout le système ; et qu'à Calcutta comme à Paris il a eu ce même rôle de détonateur inconscient, insoucieux de lui-même et de ses effets...

Si j'étais hégélien, je dirais qu'il fut une subtile et efficace « ruse de l'histoire », par où se sont fomentées quelques-unes de mes convictions actuelles.

Si j'étais nietzschéen, j'ajouterais qu'il était comme un socle de forces, d'intérêts et de valeurs où, pour le meilleur et pour le pire, s'ancre leur généalogie.

Si j'étais léniniste — et, de préférence, althussérien comme dans mon adolescence — je préciserais qu'il fonctionna comme un coin dans la cheville ; un cheval de Troie dans la citadelle ; un avant-poste occupé dans les dispositifs adverses et qui, de l'intérieur, travaillait à les détruire...

Je ne suis ni althussérien cela dit, ni nietzschéen, ni même vraiment hégélien. Je suis nominaliste simplement. Croyant en quelque chose qui s'appelle l'histoire des idées. Convaincu qu'il n'y en a pas une au monde, d'idée, qui ne soit fille de son histoire, tributaire de son baptême. Persuadé que c'est un crime selon la lettre, alors — plus grave, encore, que selon l'esprit — que d'oublier l'histoire quand on se rappelle l'idée ou de raturer le commencement quand on en conserve le sédiment. Les « naxalites », certes, étaient des « possédés ». C'étaient parfois des tueurs. Ils ne méritent, cela va de soi, aucune espèce d'indulgence, fût-elle rétrospective. Reste qu'il y avait dans leur démarche, dans leurs discours, dans leurs épouvantables lapsus ou dans les affreux soubresauts de leur désir de rébellion quelque chose qui, au total, et par un diabolique quoique nécessaire enchaînement de médiations, participait du « moment » où j'ai commencé de penser. Cela non plus, je ne le renie pas. Le voudrais-je, du reste, que je ne le pourrais pas. Et c'est pourquoi je puis relire ce livre à présent, non point seulement comme un « texte de jeunesse » que je me refuserais, par bravade, à désavouer — mais comme une scène primitive, plutôt, où s'est jouée naguère, il y a très très longtemps, dans une langue incroyablement vieillie et presque, par moments, indéchiffrable, la naissance de ce que je suis.

J'ajoute — et ce sera vraiment, cette fois, mon dernier mot — que, nominaliste jusqu'au bout, je ne crois pas qu'« une scène primitive » en vaille tout à fait une autre ; que l'origine lointaine de deux pensées soit indifférente à leur destin ; ni qu'il suffise à une idée d'avoir le même nom qu'une autre, la même manière de l'épeler, pour être porteuse du même sens et signifier les mêmes valeurs. Je ne crois pas, pour parler comme Spinoza cette fois, que le fou qui dit, à midi, « il fait jour » dise la même chose que le philosophe qui, à midi, le dit aussi ; et je ne crois pas, puisque c'est de cela, en l'occurrence, qu'il s'agit, qu'un anticommunisme né dans le delta du Gange, trempé dans la boue de ses charniers, affûté auprès d'un peuple martyrisé et dramatiquement insurgé, dise la même chose qu'un autre, né à Paris à la même époque, autour de la volonté, par exemple, de « défendre l'Occident » ou de « libérer le Sud-Vietnam ».

En clair, et nonobstant ce que je peux penser à présent de l'« Occident », du « Sud-Vietnam » et du reste, je crois qu'on a toujours raison de marquer ce genre d'écarts, de différentiels originaires. Je pense qu'on a toujours intérêt contre les pressions, voire les chantages unanimistes environnants, à dissiper, *en généalogiste*, ce type de malentendus, d'homonymies de l'esprit. Et je dis que c'est à cela aussi qu'aujourd'hui, presque quinze ans après, pouvait — et devra - servir ce retour aux sources d'une pensée dont on saura peut-être un peu mieux, ainsi, pourquoi elle ne cédera jamais ni sur l'amour de la liberté ni sur la haine du despotisme.

INTRODUCTION

Là-bas. Très loin. Un coin perdu d'Asie. Hors du temps, utopique, mal connu. Aux marges de l'Inde. L'Inde de misères et de splendeurs. L'Inde des maharadjas, des vaches sacrées et des mendiants. L'Inde des livres, des mythes, du folklore. Bengale d'« horreurs » et de « merveilles ». Les monstres qui font frémir et qu'on raconte au retour. Un zoo au bout du monde. Sans histoire et sans consistance.

Et puis voilà que brusquement ces animaux de Bengalis se paient le luxe d'une guerre. Oubliés de l'Histoire, ils font irruption sans crier gare sous les feux de l'actualité. Une guerre étrange, atroce, comme on n'en fait plus, et comme on en ose à peine imaginer. D'inexplicables histoires d'hindous et de musulmans ; des tueries, du sang, un génocide ; Saint-Barthélemy de l'Asie, plus mystérieuse et plus terrifiante que la nôtre... Aubaine pour les chasseurs d'images et pour les diplomates déprimés. De l'actualité, de la vraie, croustillante et spectaculaire. De splendides visions d'enfer à livrer toutes chaudes encore aux bonnes gens civilisés. Et, surtout, ce fameux « problème humain » qui comble d'aise les consciences, bonnes ou mauvaises...

Et puis, brusquement encore, plus rien. Les canons se sont tus, on n'entend plus les Bengalis. La guerre est finie, le Bangla Desh n'existe plus. La pièce est terminée, le théâtre retourne au néant dont on avait eu la bonté de le tirer. On se tâte : rien de cassé. Pas de troisième guerre mondiale : c'est le principal. Pas de nouveau Vietnam : c'est tout ce qu'on demandait. L'alerte a été chaude, mais les grandes puissances ont veillé au grain. Que les Bengalis crèvent à présent, cela ne nous concerne plus. A condition, bien sûr, qu'ils consentent à crever en silence.

L'histoire, malheureusement, a d'autres lois et une autre logique. Elle continue de procéder, tacite et souterraine, dense pourtant et grosse d'explosions futures. Le Bengale s'est libéré, mais un certain nombre de problèmes ont été simplement reportés. Le peuple s'est battu, il meurt toujours de faim. Les Pakistanais ont été chassés, on accuse les Indiens de les remplacer. L'Awami League a accouché le nouvel État, on murmure qu'elle a aussi fait avorter la Révolution. Des milliers d'armes ciruculent ou sont tenues dissimulées : héritées de la guérilla, mais prêtes à resservir. Les Bengalis pourraient bien finir par se demander au nom de quoi et au profit de qui, ils ont entamé leur guerre de libération. Le Bangla Desh redeviendrait la poudrière de la région. Et les observateurs, médusés, s'extasieraient encore de ces ruses dont l'Histoire, décidément, à le secret...

Cela dit, il est exact que, d'une certaine manière, l'affaire du Bangla Desh a été « spectaculaire ». Mais moins au sens de « pittoresque » que de « caractéristique ». Moins par sa couleur locale que par sa valeur d'exemple. Parce qu'elle était le point de départ d'un ébranlement qui menaçait l'ensemble du sous-continent ; la dernière en date de ces explosions en chaîne qui marquent ce qu'on appelle peut-être improprement le « réveil de l'Asie ». Le Bengale « libre » a failli être « rouge », et menaçait dangereusement le statu quo régional.

Car enfin, dans quel contexte allait s'ouvrir la crise ? Sur les douze pays non communistes qui s'étendent de Rawalpindi à Saigon, des déserts du Sind aux champs de riz du Mékong, dix avaient sur leur territoire une guérilla endémique à direction généralement communiste. Deux seulement faisaient figure d'îlot de paix : l'inconsistant Bhutan et le quasi-État de Singapour. Un quart de la population mondiale ; toute la misère du monde résumée et caricaturée ; et pas un État digne de ce nom qui ne soit menacé par la subversion ou l'éclatement. La révolution bengalie, on le devine, avait des chances d'être contagieuse...

Par ailleurs — et là aussi la crise allait être « typique » —, la région est le théâtre d'une lutte particulièrement âpre entre les grandes puissances. D'abord parce qu'elle est géographiquement située aux frontières du monde communiste, en un lieu stratégique par conséquent, que personne n'a intérêt à négliger. Surtout parce que les impérialismes français et britannique, en se retirant, ont laissé derrière eux un grand vide, et qu'on se bat depuis vingt ans pour le combler ou l'aménager, c'est-à-dire en fait pour y tracer les lignes de démarcation.

C'est l'enjeu de la guerre du Vietnam à l'Est. C'est une des clés de la crise du Proche-Orient à l'Ouest. L'affaire du Bangla Desh, au centre, relevait finalement d'une logique analogue. Avec une différence toutefois, qui n'est pas négligeable : alors qu'à l'Est et à l'Ouest les protagonistes principaux sont les U.S.A. et l'U.R.S.S., au centre par contre, au Bangla Desh, en Inde, à Ceylan, il faut compter avec un partenaire de plus, politiquement en mesure d'assumer un rôle hégémonique, et physiquement trop proche pour se dispenser d'être présent : la Chine...

De sorte que le propos de ce livre est de traiter la guerre de libération du Bengale moins comme une crise que comme un symptôme ; moins comme une « affaire » à décrire et à narrer que comme une « trace » à interpréter. La crise sera là comme un canevas, et le symptôme comme problème ; ou plus exactement comme lieu de cristallisation de multiples problèmes ; comme indication d'un écheveau à démêler et à systématiser. La question du Bangla Desh est décisive parce qu'elle est le point de rencon-

*tre d'*une série unique de contradictions et de questions théoriques.

D'abord un certain nombre de déséquilibres structuraux qui marquent la plupart des sociétés post-coloniales, qui étaient inscrits dans les conditions de leur naissance et qui les vouent au sous-développement. Un certain nombre de bombes à retardement politiques, déposées par le pouvoir colonial au moment de son reflux, et qui explosent une à une dans les mains d'hommes d'État souvent remarquables. Le colonialisme interne, par exemple. Ou la recolonisation impérialiste. Ou encore le régionalisme des sous-nations opprimées...

Ensuite, la désintégration de l'idée pakistanaise et la montée du régionalisme bengali constituent un exemple type *de mouvement national, dans le tiers monde. Typique quant à sa genèse et à son idéologie. Typique aussi quant au rôle que peuvent y jouer les communistes, et notamment les maoïstes. Typiques enfin, nous le verrons, les raisons pour lesquelles, à l'étape actuelle, ce rôle est si souvent modeste.*

Et puis, enfin, la guerre de libération du Bengale est un cas exemplaire de ce qu'on pourrait appeler un « acte révolutionnaire manqué ». Et cela on le disait à l'instant, du fait d'une étrange collusion qui a permis aux grandes puissances, chacune à sa manière, d'étouffer le mouvement révolutionnaire naissant. Car la guerre fut en dernière analyse un excellent miroir où sont venues se réfléchir les « politiques étrangères » des trois Grands. Une étape du « repli » américain. Un catalyseur de l'expansionnisme soviétique. Un révélateur de la diplomatie chinoise. Dans les trois cas, une situation limite et peut-être un point tournant.

I

La révolution ajournée

1

HISTOIRE DU MOUVEMENT NATIONAL PAKISTANAIS

Toutes classes unies. Au sein d'un front commun. Sur un programme commun. Contre un ennemi commun : l'impérialisme.

Un programme vague, ambigu, équivoque. Qui, par sa souplesse même, rallie des intérêts contradictoires. Du grand féodal au paysan. Du capitaliste au prolétaire d'usine.

Des intérêts divergents, incompatibles, qui ne coexistent qu'un moment, qui s'opposeront à nouveau ensuite, une fois le but atteint : la décolonisation, la reconquête de la souveraineté.

C'est la loi des grandes luttes de décolonisation. C'est la structure de ces grands mouvements populaires et nationalistes qui, en Afrique, en Asie, en Amérique latine, ont marqué la libération des peuples et le déclin de l'impérialisme.

Cela dit, sous les similitudes de surface se profile une différence de fond. Dans ce massif confus de mouvements mi-bourgeois mi-populaires, dans cet ensemble touffu de mouvements nationalistes à *direction* bourgeoise et à *participation* populaire, existe une ligne de clivage essentielle qui partage en deux l'histoire de la décolonisation.

D'un côté, des mouvements dont la *direction* est bourgeoise, mais dont *l'initiative* est populaire. Des mouvements fondamentalement populaires, paysans, prolétariens, qu'une bourgeoisie éclairée canalise et oriente, qu'elle confisque parfois, mais qu'elle n'a jamais suscités. L'indépendance algérienne..., l'indépendance de l'Inde... et tant d'autres.

De l'autre côté, des mouvements à *direction* bourgeoise, mais dont la source, l'origine, *l'impulsion* fondamentale sont bourgeoises aussi. Des mouvements populaires, mais où le peuple fait office de figurant. Des mouvements paysans, mais où la paysannerie n'est que chair à canon. Une indépendance généralement octroyée, obtenue sans combat, sans mobilisation populaire, par décision du prince, intrigues et calculs politiciens. De ce côté, la plupart des indépendances africaines, le Maroc, la Tunisie ; et puis, surtout, le Pakistan.

Retracer les origines de la création du Pakistan, raconter ce long mouvement de prise de conscience politique des élites musulmanes de l'ancien empire des Indes, évoquer ce demi-siècle d'histoire qui conduisit l'Administration britannique à octroyer aux provinces musulmanes de l'Empire un État séparé — c'est étudier un cas, le plus spectaculaire sans doute, d'indépendance ratée, de nationalisme avorté, de souveraineté nationale hypothéquée dès l'origine.

I. **Les origines**

A. Une lumpen-bourgeoisie frustrée

Un mouvement de libération nationale est tributaire de son histoire. Vérité d'évidence, mais qu'il faut prendre très au sérieux : ses premiers mois, ses premières années d'existence sont marqués par des choix, des orientations fondamentales, qui le traumatisent à jamais, à travers tous ses avatars. Un mouvement nationaliste naît polémique et agressif ; à l'égard de l'occupant, mais à l'égard de l'occupé aussi ; car il lui faut justifier son espoir fou, il lui faut ébranler des consciences résignées, il lui faut lutter pour l'impossible et réaliser l'inconcevable. En un mot, il lui faut s'affirmer ; et pour s'affirmer, se situer.

Le mouvement pakistanais, lui, se situait mal et, de ce fait, commençait mal. Il n'est pas exagéré de dire que l'indépendance ratée de l'État pakistanais trouve sa raison, sa source, dans un faux départ politique ; marqué d'emblée au sceau de l'opportunisme et du compromis ; oblitéré par des assises de classe malsaines, dont il n'a jamais pu s'affranchir par la suite.

Le nationalisme pakistanais naît au XIXe siècle d'une singulière frustration. Les Anglais, en pénétrant au Bengale, et en remontant ensuite jusqu'à Delhi, démantelaient l'empire moghol, détruisaient ses structures politiques, sapaient ses assises sociales, compromettaient en un mot les intérêts de l'occupant antérieur : les féodaux musulmans. Aujourd'hui encore, les vieilles familles de Dacca rappellent avec une pointe de regret dans la voix que la bataille de Plassey (1757) annonçait pour leurs ancêtres le commencement de la fin ; qu'avec la Compagnie des Indes orientales, ses nouveaux riches, ses nababs, ses colons, c'est l'ensemble de leurs privilèges qui se trouvait d'un seul coup menacé. Avec l'arbitrage des Britanniques, c'étaient les hindous, hier dominés, qui allaient prendre leur revanche historique, et les asservir à leur tour.

De fait, la conquête britannique affectait les intérêts des classes dirigeantes musulmanes à trois niveaux au moins. En premier lieu, les Anglais commencent par constituer au Bengale, puis dans l'ensemble de l'Empire, une classe nouvelle de féodaux, fidèles à la Couronne, sur le modèle de la *gentry* britannique ; une caste de gentlemen-farmers, chargés de collecter la rente foncière, mais investis du même coup d'un droit de propriété éminente sur les terres de leurs manants ; une classe privilégiée, qui devait être pénétrée de culture occidentale, et reconnaissante aussi à l'égard de ceux qui l'auront instituée : ce sera les fameux « zamindars[1] ».

Or, il se trouve que les grands féodaux musulmans ne remplissaient aucune de ces conditions. Ils n'avaient rien à gagner à collaborer avec un occupant qui allait prendre leur place et nécessairement leur faire du tort ; ils ne risquaient pas d'être dociles, par conséquent, ni dévoués à l'Administration coloniale. Ils étaient, d'autre part, fidèles à leur culture et peu enclins au syncrétisme ; très

1. Avant l'arrivée des Britanniques, le zamindar est une sorte de « fermier général » chargé de prélever l'impôt foncier pour le compte de l'État. Les Britanniques consolident et modifient le système à la fois. Le zamindar, de fonctionnaire, devient propriétaire. Au lieu de verser à l'État l'impôt perçu et de conserver une commission, il lui verse désormais une somme forfaitaire fixée une fois pour toutes. Au moment du *Permanent Settlement*, en 1793, cette somme équivaut aux dix onzièmes de la totalité des redevances des cultivateurs effectifs ; mais il est clair qu'avec la dépression de la monnaie et l'augmentation de la rente, la proportion tend à se renverser. Quant au cultivateur effectif, il est devenu du coup simple fermier ou métayer ; on lui a retiré son droit de propriété ; il est congédiable à merci.

Le zamindar devient donc propriétaire de plein droit. Cela dit, il peut sous-traiter une partie de ses privilèges et déléguer une partie de ses pouvoirs. D'où la prolifération d'intermédiaires qui s'interposent entre lui et le cultivateur effectif. D'autant plus nombreux que les possibilités d'emploi non agricole sont étroites. Si nombreux qu'ils constituent une véritable pyramide sociale, tout entière alimentée par la rente foncière payée, à la base, par le travailleur. Les Britanniques, autrement dit, ont plaqué sur des rapports de production anciens des rapports juridiques d'appropriation nouveaux. Pour la plus grande confusion de l'ensemble. Pour le plus grand bien d'une couche étroite de parasites, destinée justement à donner au régime l'assise sociale qui lui manquait. Lord William Bentinck, gouverneur général de l'Inde de 1828 à 1835, le dit très clairement : « S'il s'avérait nécessaire de combattre des troubles ou une révolution populaire de grande envergure, je pense que le *Permanent Settlement*, bien qu'il ait été un échec sous bien d'autres rapports et pas des moindres, a au moins le grand avantage d'avoir créé un vaste corps de riches propriétaires terriens profondément attachés à la permanence du *dominion* britannique et ayant complètement prise sur la masse. » (Cité par S.B. NAÏDU, *La Voie indienne du développement*, Éditions ouvrières, p. 66).

traditionalistes de surcroît et peu perméables aux idées nouvelles. Résultat : ils ne font pas l'affaire et c'est dans les hautes castes hindoues que vont se recruter les nouveaux zamindars.

Le renversement de position ne s'arrête pas là ; et avec l'ébranlement de leurs assises terriennes, c'est l'ensemble de leurs intérêts que les notables musulmans voyaient brusquement compromis. Il faut se souvenir que le capitalisme qui était né au Bengale au début du XVIIIe siècle était pour l'essentiel un capitalisme musulman. D'abord, parce que le capital investi dans les manufactures avait son origine dans la rente foncière et le revenu de la terre ; que l'accumulation primitive se faisait par reflux des capitaux agraires ; que c'est en exploitant les structures féodales qu'un capitalisme industriel commençait de se structurer : en un mot que les gros propriétaires *musulmans* avaient été les seuls à pouvoir se lancer dans l'aventure.

Ensuite, parce que ce capitalisme naissant était pour l'essentiel *marchand* ; qu'il se caractérisait par une hypertrophie de ses sphères financières et commerciales ; et que, dans le système des castes hindou, le marchand, le commerçant, étaient relégués en avant-dernière position. Là encore, par conséquent, le capitalisme bengali était nécessairement musulman. En occupant l'Inde, et en redistribuant les grandes propriétés, c'est ce capitalisme que les Britanniques démembrent ; c'est encore les intérêts des classes dominantes *musulmanes* qu'ils touchent en priorité[2].

Et puis, enfin, en recrutant leurs zamindars dans les hautes castes hindoues, c'est la structure même du pouvoir politique que les Anglais bouleversaient. Le système engendre en effet toute une série d'intermédiaires entre l'exploitant et le zamindar. Ils prélèvent une fraction de la rente foncière. Ils s'échelonnent au-dessus du lopin. Lorsque leur nombre dépasse un seuil critique, ils

2. S.M. IKRAM, *Modern Muslim India and the Birth of Pakistan*, Lahore, 1965, p. 98.

refluent vers les villes. Et c'est là, parmi eux, dans cette petite bourgeoisie instable et récemment urbanisée, que les Anglais recruteront leurs fonctionnaires et leurs administrateurs. Là aussi, par conséquent, les élites musulmanes sont lésées. En se donnant de nouveaux landlords, le pouvoir colonial se donne une nouvelle bourgeoisie ; avec le néo-féodalisme, une nouvelle classe dirigeante... hindoue elle aussi, puisqu'elle émane du système zamindari. Hindoue et antimusulmane : « objectivement » en tout cas, puisqu'elle évince la petite bourgeoisie musulmane traditionnelle[3].

Le terrain est donc prêt : une conscience politique islamique s'apprête à naître. Elle n'était socialement que le fruit de l'amertume de vieux féodaux dépossédés. Et elle n'avait d'autre contenu idéologique que ce qu'on a appelé depuis « communalisme » : haine de l'hindou en tant qu'hindou ; idée que la religion musulmane est une détermination politique, et qu'on peut bâtir un mouvement populaire autour d'appels à la guerre sainte.

B. Manigances impérialistes

Les Anglais, comme on voit, n'avaient pas mal manœuvré. Ils expérimentent aux Indes une stratégie qui fera fortune ailleurs : diviser pour régner, opposer les élites locales, sous-développer une bourgeoisie pour en développer une autre, tout cela dans l'espoir de briser un nationalisme naissant, et tout cela d'autant plus que le spectre nationaliste se précise et que l'orage, au loin, commence à gronder. En ce sens, et en ce sens seulement, on peut dire que le Pakistan est une création de l'impérialisme britannique : le communalisme existait, mais il l'a attisé ; les relations entre hindous et musulmans n'étaient pas fameuses, mais il les a aggravées ; le terrain était là, mais l'impérialisme l'a miné.

3. D.M. Banerjee, *East Pakistan : a Case Study in Muslim Politics*, Delhi, 1969, p. 6.

La manœuvre se précise au tournant du siècle dernier. La situation créée par le pouvoir colonial est en train de se retourner contre lui : le vieux féodalisme musulman est brisé, mais c'est du féodalisme hindou que vient à présent le danger ; les landlords hindous, qui doivent tout aux Britanniques, qui auraient dû leur vouer une reconnaissance éternelle, viennent de créer un parti nationaliste hindou : le parti du Congrès... La réaction des Britanniques est immédiate : il faut empêcher que ce nationalisme ne morde et ne se transforme en mouvement de masse ; il faut empêcher surtout que les élites musulmanes et hindoues ne s'allient. Pour cela, un seule solution, jouer des antagonismes religieux et favoriser la naissance d'une conscience politique musulmane, qui se forgera inévitablement sur le terrain du communalisme.

Le 6 avril 1904, le Premier ministre du Bengale écrit au ministre de l'Intérieur de l'Union pour lui exprimer ses craintes, et pour lui faire part d'un habile projet. *Le problème :* briser dans l'œuf le mouvement nationaliste naissant ; obliger ce « corps solide et cohérent à se diviser ». *La solution :* partager le Bengale ; une province musulmane à l'est, une province hindoue à l'ouest[4].

Les musulmans exultent puisqu'ils vont échapper à l'emprise des classes dirigeantes hindoues. Les classes dirigeantes hindoues enragent puisqu'elles voient leur échapper une bourgeoisie sous-développée, taillable et corvéable à merci. Des deux côtés, c'est la guerre de religion, l'émeute, le bain de sang. Lord Cruzon parcourt la province ; il prend contact avec les chefs musulmans locaux ; il jette l'anathème sur les Bhadraloks[5] hindous ; il en appelle à la conscience islamique : un gouverneur général anglais, avec la bénédiction de la Couronne, lance un appel à la guerre sainte.

La Partition du Bengale sera d'ailleurs annulée l'année

4. S. Gopal, *British Policy in India, 1857 to 1905,* Cambridge, pp. 269-270.

5. Élite culturelle et sociale ; traditionnellement vouée aux lettres et qui viendra, assez tôt, au communisme. Cf. deuxième partie, chapitre 5.

suivante. Soit que les Anglais aient reculé devant la vague de mécontentement hindou. Soit plus probablement que ce mécontentement était justement l'objectif à atteindre, et qu'une fois atteint il importait peu au fond que le Bengale soit ou non divisé. L'objectif est atteint puisqu'un mouvement antibritannique naissant se transforme en querelle fratricide, puisqu'un nationalisme embryonnaire prend la forme d'une guerre de religion. Le Bengale n'est pas partagé, mais les Bengalis ont été divisés ; le Bengale n'est pas partagé, mais les Anglais ont favorisé la naissance de cette chose monstrueuse, contre nature, et réactionnaire dès l'origine : un nationalisme islamique.

L'année suivante, d'ailleurs, les Britanniques obtiennent un nouveau succès, dans des conditions analogues, et allant dans le même sens. Lady Minto écrit dans son journal, en date du 1er octobre 1906 : « Ce fut aujourd'hui une journée historique : comme quelqu'un me le disait, une date cruciale de l'histoire de l'Inde [...] J'ai reçu cet après-midi la lettre suivante, d'un personnage officiel : "J'adresse à Votre Excellence ces quelques mots pour vous dire qu'un événement capital s'est produit aujourd'hui. Une œuvre d'homme d'État qui marquera l'Inde pendant bien des années. Rien de moins qu'empêcher soixante-deux millions d'individus de rejoindre les rangs de l'opposition violente...". » Cette œuvre immortelle, ce haut fait historique qui ravit tant Lady Minto, c'était en fait l'institution de deux électorats séparés ; les hindous d'un côté ; les musulmans de l'autre ; pour le plus grand profit, là encore, des colonisateurs[6].

On pourrait multiplier les exemples, et on pourrait poursuivre cette petite histoire jusqu'à la veille de la Partition. Dans les années quarante, la position britannique a sensiblement changé. Les cabinets travaillistes se prétendent favorables à *l'unité* de l'Inde et hostiles, par conséquent, à la création du Pakistan. La « mission gouvernementale » de 1946, par exemple, déclare en propres ter-

6. *Frontier*, 5 juin 1971.

mes que « toute solution qui comprendrait une partition du Punjab et du Bengale [...] serait contraire aux souhaits et aux intérêts d'une grande partie des habitants de ces provinces[7] ».

Mais il n'empêche que, tout au long des dernières années, l'antagonisme religieux a été systématiquement invoqué par les Britanniques pour expliquer leurs appréhensions quant au destin de l'Inde indépendante. L'antagonisme musulmans/hindous, l'existence d'une conscience politique musulmane, sont systématiquement invoqués pour étayer le projet d'une tutelle britannique prolongée, sous une forme plus discrète que la tutelle coloniale directe. L'idée pakistanaise, autrement dit, même reniée, reste au service des intérêts britanniques. Le communalisme, attisé par un siècle de domination coloniale, reste à l'heure de la décolonisation le recours suprême d'un impérialisme décadent, soucieux de conserver des miettes de sa splendeur passée.

C. *Un groupuscule de pression*

Cette double origine (le ressentiment d'une élite féodale décadente, les calculs d'une puissance coloniale) devait donner au mouvement politique naissant son idéologie et sa structure. Les élites musulmanes se pensent comme une *minorité*. Elles font appel de ce fait à *l'arbitrage* colonial. Leur idéologie, du coup, est toute pénétrée de loyalisme et de respect des hiérarchies existantes. En un mot, la conscience politique musulmane, la Ligue musulmane qui en sortira en 1906, peuvent être caractérisées à leur origine comme *collaborationnistes*.

Au XIXe siècle, quatre noms, quatre mouvements, créés à Calcutta, scandent et symbolisent la montée de la conscience politique musulmane. En 1857, Syed Ahmad Khan fonde un journal auquel il donne le titre significatif de *Loyal Mohammedans of India*. Et il lui assigne pour

7. *Ibid.*

tâche de dissiper les malheureux préjugés des Britanniques à l'égard de leurs fidèles sujets musulmans[8]. En 1860, Nawabe Abdul Latif crée la Mohammedan Literary Society of Calcutta ; et lui aussi s'efforce de présenter à l'occupant, dans l'ordre et la légalité, les *revendications* de la minorité musulmane[9]. En 1877, Syed Amir Ali fonde la Central National Mohammedan Association qui remet en 1882 à Lord Ripon un véritable cahier de doléances[10]. Et en 1893 enfin, à l'extérieur du Bengale cette fois naît la Mohammedan Anglo-Oriental Association qui déclare quant à elle rechercher la *protection* des autorités britanniques, fonctionner sur une base apolitique et légaliste[11]. Dans tous les cas, la politique musulmane montante est une politique de la doléance et de la réclamation ; elle s'appuie sur les maîtres anglais pour faire échec aux rivaux hindoux. Pas question de mouvement de masse : tout juste un groupe de pression[12].

8. Syed Ahmad Khan est aussi l'auteur d'un livre, publié en 1860 : *The Causes of Indian Revolt.* Il y affirme son loyalisme à l'égard de l'occupant. Il déplore le manque de confiance réciproque entre Anglais et musulmans. Et il se proclame, bien entendu, « apolitique ». Sur tout cela, consulter K.K. Aziz, *The Making of Pakistan : a Study in Nationalism.*

9. Nawab Abdul Latif est un notable du district de Faridpur, au Bengale oriental... Il est au Bengale ce que Syed Ahmad Khan est aux États du Nord. Cf. D.M. Banerjee, *East Pakistan : a Case Study in Muslim Politics, op. cit.*, pp. 9-10.

10. S.M. Ikram, *Modern Muslim India and the Birth of Pakistan*, p. 105. Il est d'ailleurs assez significatif que Syed Ahmad Khan, le plus loyaliste de tous, refuse de se joindre à Syed Amir, pour remettre à Lord Ripon le cahier de doléances musulman.

11. Le nom complet est : « Mohammedan Anglo-Oriental Defence Association of Upper India ».

12. Mais il ne faut pas oublier que parallèlement à ce mouvement politique et idéologique s'opérait tout de même, à un tout autre niveau, une prise de conscience populaire. On cite souvent comme exemple la fameuse révolte des Cipayes de 1857. Mais il y a mieux : en 1859, la *Blue Mutiny* ou « Révolte de l'indigo », au cours de laquelle les agriculteurs bengalis, en majorité musulmans, osèrent défier leurs maîtres européens.

C'est l'événements décisif dans l'éveil politique des masses musulmanes au Bengale. D'autant plus décisif qu'il reposait sur une base plus anticolonialiste que communaliste et qu'hindous et musulmans firent même parfois cause commune contre le planteur britannique. On voit donc déjà

En 1906, les élites musulmanes franchissent le pas décisif et décident de créer la All-India Muslim League. C'est le parti de l'Indépendance. Le parti imposera en 1947 l'idée pakistanaise. L'homologue formel du parti du Congrès. Mais, là encore, il suffit d'évoquer l'esprit de sa création pour saisir toute la différence ; pour saisir tout ce qui distingue un groupuscule de notables, réactionnaire et féodal, du parti de Gandhi et de Nehru.

En 1906, en effet, une délégation de « princes musulmans » conduite par l'Aga Khan est reçue en audience par Lord Minto[13] dans sa résidence d'été de Simla. Ils lui remettent une pétition signée par des « nobles, ministres d'État, grands propriétaires fonciers, juristes et marchands... ». Et, faisant valoir leur poids économique et politique, rappelant le nombre de recrues qu'ils fournissent à l'armée britannique et soulignant l'importance des intérêts agrariens qu'ils représentent, ils réclament un traitement plus juste de la part des autorités. Concrètement : des électorats séparés, et un poids parlementaire supérieur. En un mot, ils proposent à l'impérialisme un marché : quelques privilèges électoraux contre un soutien politique loyal. C'est cela la première manifestation publique du mouvement musulman naissant[14]...

ce décalage politique qui marquera aussi la naissance et le développement du nationalisme bengali, après la naissance du Pakistan et jusqu'à la création du Bangla Desh. Décalage qui est peut-être la règle dans le sous-continent tout entier et auquel n'échappe aucun de ses nationalismes et de ses mouvements de libération. Décalage, en un mot, entre la pensée politique élaborée et les idéologies d'une part, la pratique concrète des masses de l'autre. Nous aurons à l'étudier plus en détail (cf. deuxième partie, chapitre 6). Mais on peut noter dès à présent que c'est peut-être une des clefs de la faillite des nationalismes dans la région. Sur la révolte de l'indigo, voir Blair B. Kling, *The Blue Mutiny*, 1966.

13. Vice-roi des Indes.

14. Tariq Ali, *Pakistan : dictature militaire ou pouvoir populaire*, Maspero, 1971 ; D.M. Banderjee, *op. cit.*, pp. 12-13.

II. Un nationalisme mort-né

On peut remarquer cependant qu'il n'est pas encore question, en ce début du xxe siècle, du nationalisme au sens strict. Les musulmans de l'Empire des Indes sont une *minorité*, non une *nationalité*. Ils revendiquent des droits d'un *groupe* négligé, pas encore d'une *nation* asservie.

A. La coupure

Pour que soit franchi le pas décisif, pour que naisse par conséquent sur le fond que nous avons décrit l'idée nationale pakistanaise, il a fallu un événement, qui joue dans la conscience musulmane le rôle de coupure et de révélateur. Cet événement, c'est le démembrement de l'Empire turc. Depuis la guerre de Crimée déjà, les élites musulmanes ne cachaient pas leurs sympathies pour leurs coreligionnaires turcs. En 1911, lors de la guerre entre l'Italie et la Turquie, ils manifestent ouvertement leur mécontentement devant l'indifférence britannique. En 1914, l'Angleterre et ses alliés se trouvent opposés à l'Allemagne et à la Turquie encore. En 1920 enfin, l'Empire est proprement démembré par les démocraties occidentales. Les Britanniques n'imaginaient pas le retentissement qu'un tel événement allait avoir sur leurs sujets musulmans. Ils n'avaient pas prévu le rôle de catalyseur qu'il allait jouer dans la maturation de leur conscience politique[15].

Catalyseur, d'abord parce que pour la première fois les « loyaux mahométans » se prennent à douter de l'Administration britannique. Les Britanniques ont porté atteinte au pouvoir temporel de l'islam ; ils ont touché ce faisant à son rayonnement spirituel : le charme est rompu, le cordon colonial va se briser. En 1913, la Ligue musulmane révise ses statuts ; pour la première

15. W.C. Smith, *Modern Islam in India*, 1946, p. 171.

fois, il est question d'un « autogouvernement » de l'Inde. Pour la première fois, il est question d'une alliance avec le parti du Congrès. Et, pour la première fois, c'est sur la question de cette alliance que se marquent les clivages et que se distribuent les tendances politiques. Mis à part le « pacte de Luknow », l'événement restera sans lendemain. Les musulmans reviendront vite à leur communalisme sommaire. Mais il reste un précédent. En *concevant* la possibilité d'une alliance, ils ont versé un instant dans l'anti-impérialisme.

En second lieu, ce courant de *solidarité* musulmane se concrétise en une idéologie panislamique[16]. Ce panislamisme coïncide avec un mouvement de rénovation de l'islam ; ce mouvement de *rénovation* trouve son expression suprême dans une sécularisation des grands principes ; et cette *sécularisation* rend concevable, pour la première fois, l'idée d'une *nation musulmane*. Un nom symbolise à lui tout seul l'ensemble de cette dialectique : il s'agit du poète et philosophe Mohammed Iqbal, président de la Ligue musulmane dans l'entre-deux-guerres ; il adhère un moment au mouvement dit du « Khalifat » ; de ce fait, au contact des idéologies modernistes de Turquie et d'Égypte, il entreprend de dépoussiérer l'islam et de l'ouvrir à la modernité ; devenu moderniste, l'islam entre dans le siècle et devient comme en Turquie l'instrument et le ferment d'une rénovation politique ; et cette rénovation enfin s'incarne dans une thématique anti-impérialiste et nationaliste... Ce n'est pas un hasard si Iqbal est à la fois le philosophe du « défi occidental » et le premier à avoir conçu, au congrès de la Ligue de 1930, l'idée d'une entité politique réunissant le Sind, le Balouchistan, le Punjab et la N.W.F.P.

Enfin, troisième impact de ce panislamisme des années vingt : il marque le début d'une modification de la base sociale de la Ligue. Au congrès de 1913 encore, deux

16. Ce mouvement panislamique fut extrêmement actif pendant la Première Guerre mondiale. Il s'exprima surtout à travers deux grands journaux : *The Comrade* (en anglais) et *Hamdard* (en urdu).

événements sont symptomatiques du changement. Le départ de l'Aga Khan, jusque-là président du parti. L'entrée de Mohammed Ali Jinnah, représentant des classes moyennes éclairées. Avec le départ de l'Aga Khan, c'est le déclin des grands féodaux qui commence. Avec l'entrée de Jinnah, c'est le début d'un long processus au terme duquel les classes moyennes musulmanes captureront l'appareil de la Ligue. Jinnah était un juriste, formé aux écoles britanniques, et ne parlant couramment que l'anglais. Il avait peu de liens avec les intérêts féodaux. Plutôt sécularisme, il ne croyait guère au communalisme fanatique[17].

Voilà donc les trois coupures décisives dans la conscience politique des musulmans de l'Empire des Indes. Remise en question du loyalisme traditionnel. Sécularisation de l'islam. Entrée des classes moyennes... Le terrain est prêt pour un nationalisme authentique.

B. Pis-aller et compromis

Ce nationalisme malheureusement n'est jamais né.

Un dernier point d'histoire : c'est à Cambridge, à l'Emmanuel College, que le rêve d'Iqbal, pour la première fois, prend forme. C'est sous la plume d'un étudiant expatrié, Chaudhuri Rahmat Ali, sous la forme d'un exercice d'école, que l'idée nationale pakistanaise est enfin formulée clairement. C'est étrange, mais c'est ainsi : Chaudhuri est le premier à concevoir le conflit entre hindous et musulmans comme un conflit « inter-national » ; il est le premier à avoir formulé explicitement le clivage irréduc-

17. C'est en janvier 1913 que la Ligue révise ses statuts. L'Aga Khan préfère ne pas assister à ce Congrès qui marque à ses yeux la fin du « loyalisme », et peu après, il démissionne. Mohammed Ali Jinnah, lui, entre à la Ligue en déclarant que la « loyauté à l'égard de la Ligue musulmane et des intérêts musulmans ne saurait en aucune façon et à aucun moment impliquer l'ombre d'une trahison à l'égard de la cause nationale, plus vaste, à laquelle (sa vie) est consacrée ». A cette époque, par conséquent, Jinnah, futur « père du Pakistan », privilégie encore le nationalisme panindien par rapport au sous-nationalisme musulman. Cf. *Twenty Years of Pakistan 1947-1967*, Pakistan Publications 1967, p. 39.

tible entre la bourgeoisie montante hindoue et la lumpen-bourgeoisie musulmane. Il est le premier même à avoir inventé le mot : Pakistan[18]

Au-delà de l'anecdote, l'événement pèsera d'un poids très lourd sur les développements politiques ultérieurs. D'abord, il faut bien admettre que le nationalisme pakistanais n'est pas né sur *place* mais *au-dehors*. Ce n'est pas une idéologie organique, intérieure aux masses musulmanes, exprimant, fût-ce pour les déformer, leurs intérêts fondamentaux. Mais une idéologie importée, rapatriée, élaborée dans le silence d'un collège, loin des luttes et des problèmes concrets. Le mouvement national pakistanais ne s'en remettra jamais : son idéologie lui restera à jamais extérieure ; nationalisme schizophrène, il n'adhérera jamais à sa propre définition.

Il est caractéristique d'ailleurs qu'il faille attendre sept ans, et le congrès de Lahore de 1940, pour faire admettre au parti l'idée d'une nation pakistanaise. Sept ans au cours desquels Jinnah s'efforcera de s'allier au parti du Congrès. Sept ans de combines et de manœuvres politiques... Il est caractéristique également que les caciques du « Parti unioniste », parti musulman du Punjab, n'étaient pas attachés à l'idée pakistanaise : plutôt que de bâtir un État, trop centralisé pour être le leur, trop lointain pour les concerner, ils préfèrent continuer à défendre leurs intérêts de groupe au sein d'une administration indienne, comme ils l'avaient fait jusque-là au sein de l'administration britannique... Ironie de l'histoire : il n'y a guère que le Bengale qui ait pris position très tôt pour la réalisation du Pakistan : parce que les masses bengalies voyaient dans l'éviction des landlords hindous la fin de leurs malheurs[19].

Rien de comparable par conséquent avec l'immense enthousiasme et la quasi-unanimité du parti du Congrès

18. Kan A. Ahmad, *The Founder of Pakistan : Through Trial to Triumph*, Cambridge, p. 2 ; Halide Edib, *Inside India*, 1947, p. 358.

19. Et, paradoxalement, on ne pensait justement pas au Bengale quand on parlait du Pakistan. Et pas plus Chaudhuri Rahmat Ali que les autres.

indien à la même époque. Mieux : c'est pour des raisons tactiques que l'appareil de la Ligue s'est finalement rallié à l'idée d'indépendance. La Ligue musulmane, il ne faut pas l'oublier, n'était réellement puissante que dans les provinces à *minorité* musulmane (Uttar Pradesh, Bihar) ; dans les provinces à *majorité* musulmane au contraire, régnaient des partis locaux, l'Unionist Party au Punjab, et le Krisak Proja Party au Bengale. Ces partis locaux sont puissants, et ils bénéficient parfois, au Bengale en tout cas, d'un soutien de masse réel ; c'est pour cela, pour les détrôner, que la Ligue a récupéré l'idéologie pakistanaise. C'est sa nature et sa fonction : idéologie transrégionale, elle devait mordre sur les clientèles des deux partis rivaux et garantir à la Ligue l'hégémonie politique. Le Pakistan, c'est d'abord cela : un cheval de bataille de la Ligue musulmane, destiné à supplanter des appareils rivaux ; un thème démagogique et mobilisateur que l'on comptait bien jeter par-dessus bord une fois qu'il aurait rempli sa fonction ; *l'idéologie d'un parti communaliste à prétentions nationales.*

Et si, après 1940, la Ligue musulmane et Jinnah ont transformé leur point de vue tactique en choix fondamental, c'est parce qu'ils ont été progressivement convaincus de l'impossibilité de s'entendre avec le parti du Congrès. Là encore, le thème pakistanais ne correspond pas à un besoin réel ni à une réalité profonde. Jinnah s'y est rallié à mesure que Nehru le repoussait. Jinnah n'était pas hostile *a priori* à l'unité de l'Inde, mais il exigeait des garanties pour la minorité musulmane, et il exigeait surtout un droit de sécession. Le Congrès, dédaigneusement, repousse ses exigences. Il ne compte pas partager le pouvoir politique. La rupture est inévitable. Et c'est la raison pour laquelle Jinnah finit par lever le drapeau de l'islam.

L'idéologie pakistanaise ne correspondait, avons-nous dit, à aucun besoin réel. Il faudrait ajouter qu'elle correspondait par contre à un intérêt concret : celui d'une lumpen-bourgeoisie déclassée mais affamée, d'une petite bourgeoise sous-développée mais désireuse d'avoir sa part du pouvoir. Elle s'était efforcée en un premier temps de l'obtenir de l'occupant colonial, puis dans un second temps de la grande bourgeoisie hindoue : c'est lorsque ces deux voies se sont révélées impraticables qu'elle s'est repliée sur la solution ultime — la sécession. Là aussi, il faut voir les choses en face : *le Pakistan, dans la dernière phase de sa gestation, reflétait en dernière analyse le développement inégal et déséquilibré de deux bourgeoisies coloniales.*

C. Un nationalisme rapatrié

Récapitulons. Essayons de tirer les leçons politiques de tout cela. Et d'élucider la nature de classe et la signification historique du mouvement national pakistanais.

En 1947, quelle est la base de classe de la Ligue musulmane ? En premier lieu, les grands zamindars de langue urdu des provinces d'Uttar Pradesh et du Bihar, c'est-à-dire des provinces à minorité musulmane, qui resteront dans l'Union indienne. En second lieu, les représentants des classes moyennes urbanisées du Nord de l'Inde, restées souvent très liées aux intérêts féodaux : la partie urbanisée de la *gentry* musulmane ; classe sociale floue et ambiguë, à mi-chemin du monde féodal et d'une société capitaliste naissante[20]. En troisième lieu, les classes moyennes montantes de Bombay et Karachi ; détachées quant à elles des structures féodales ; éclairées mais souvent parasitaires ; sans statut économique bien défini ; depuis le commerçant jusqu'aux professions libérales[21]... Et puis enfin, les féodaux du Punjab, c'est-à-dire le noyau de l'Unionist Party qui n'est venu qu'en 1946 à l'idée pakistanaise[22].

Résultat : la Ligue musulmane n'est pas un parti féodal, mais ce n'est pas pour autant le parti de la bourgeoi-

20. Il s'agit de gens tels que Nawabzada Liaquat Ali Khan, Nawab Ismaïl Khan, Chaudhri Khaliquzzaman.

21. Jinnah par exemple. Ou Ibrahim Chundrigar, Abdullah Haroon...

22. Mian Mumtaz Daultana, par exemple.

sie capitaliste montante. Ce n'est pas un parti massivement féodal puisque les grands féodaux musulmans, ceux qui pèsent le plus lourd dans la balance politique, c'est-à-dire les féodaux du Punjab, sont des Pakistanais de la dernière heure. Et ce n'est pas non plus le parti d'une bourgeoisie nationale montante, pour la bonne raison que cette bourgeoisie n'existe pas ; que le capitalisme musulman reste encore à bâtir ; qu'il n'y a pas d'intérêts capitalistes musulmans que la Ligue aurait eu à défendre et qui auraient justifié l'indépendance du pays. Ni féodal ni capitaliste. Ni compradore, ni national. Nous retrouverons plusieurs fois ce paradoxe. Il faudrait bâtir un concept nouveau : celui d'une bourgeoisie marginale, *aspirante* au capitalisme ; celui d'une lumpen-bourgeoisie qui n'est déjà plus féodale, mais qui n'est capitaliste qu'en puissance.

Seconde leçon politique ; la Ligue musulmane n'est pas un parti de masse, c'est un parti de notables et d'immigrés. Ce n'est pas un parti de masse, puisque l'appareil de la Ligue ne semble avoir découvert l'existence des masses qu'aux élections de 1937. C'est en 1937 en effet qu'il lance sa première campagne politique à prétention réellement populaire ; en 1937 aussi qu'il révise les statuts du parti pour élargir son recrutement. A cette date, le parti du Congrès a déjà trois millions d'adhérents ; la Ligue musulmane n'en a encore que soixante mille... Et comme l'écrivait Nehru à Jinnah en janvier : « En dernière analyse, il n'y a que deux forces en présence en Inde aujourd'hui : l'impérialisme britannique et le Congrès. La Ligue musulmane représente un groupe de musulmans sans doute fort estimables, mais exerçant leurs activités dans les sphères supérieures de la bourgeoisie, n'ayant guère de contact avec les masses musulmanes, et en ayant fort peu avec la petite-bourgeoisie [...][23]. »

Constatation cruelle ; mais cruellement vraie aussi. La Ligue musulmane, en 1947, est un parti de marginaux.

23. Cité par François Massa, *Bengale, histoire d'un conflit*, Alain Moreau éd., 1972.

L'idée pakistanaise n'est pas une idée organique des masses du Punjab, du Sind ou du Balouchistan, mais l'idéologie d'une *minorité* en provenance de régions qui, au dernier moment, resteront dans l'Inde de Nehru. L'idéologie pakistanaise, autrement dit, n'a pas eu et n'aura pas de racines dans le sol politique pakistanais : c'est une idéologie de notables et de bourgeois affamés ; l'idéologie d'une élite qui, incapable de faire du capitalisme au Bihar, choisit *in extremis* de venir en faire au Punjab. Le fait est important, et il pèsera lourd dans les développements ultérieurs du Pakistan. Retenons dès à présent que le Pakistan était, dès l'origine, économiquement, socialement, idéologiquement *désarticulé*.

D'où une troisième leçon politique : le mouvement d'indépendance du Pakistan s'est constitué d'en haut et s'est structuré d'en haut ; son histoire est une suite d'alliances et de compromis tactiques. En mai 1944 encore, trois ans avant la victoire, un « comité d'action » de la Ligue, réuni à Lahore, est le théâtre d'un conflit de tendances et d'une querelle de clans. Le nouveau Premier ministre du Punjab, Khizar Hyat Khan, remet en cause le partage politique qu'avait accepté son prédécesseur (les affaires régionales au parti régional, les affaires panindiennes à la Ligue). Il refuse de ce fait que les membres de l'Unionist Party entrent à la Ligue et y militent. Il proteste contre ce qu'il appelle le « totalitarisme » de Jinnah, c'est-à-dire son ingérence dans les affaires provinciales... Preuve en tout cas que le Pakistan, à cette date, n'est pas fait ; que l'idée pakistanaise ne pèse pas plus lourd que le régionalisme punjabi ; et qu'à moins de révolution de palais la Ligue musulmane ne pourra pas faire sa révolution nationale[24].

C'est tout cela qui explique — et c'est la quatrième leçon de l'affaire — son étonnante pauvreté idéologique. Quelle différence avec le parti du Congrès ! Depuis le début des années vingt, les communistes l'avaient péné-

24. Lord CASEY, *Personal Experience, 1939-1946*, 1962, p. 224. D.M. BANERJEE, *op. cit.*, p. 37.

tré ; la direction de l'appareil oscille entre Nehru et Bose ; Bose donne au parti, au Bengale en tout cas, une inflexion réellement progressiste... A la Ligue, rien de tel. L'idéologie dominante est un libéralisme suranné qui date du XVIIIe siècle anglais ; comme si, privé d'une base de masse, le parti s'était sclérosé ; et comme si, épuisé par les querelles de factions et les révolutions au sommet, il n'avait pu que s'étioler et bloquer son développement théorique. D'une manière générale, il semble que les partis nationaux liés aux masses, à *base* de masse, sécrètent des idéologies qui peuvent parfois, un moment, à l'heure de l'indépendance, puis à l'heure de la reconstruction, être réellement progressistes. Alors qu'un parti national de type pakistanais, constitué par de vieux juristes, et tirant d'eux toute sa sève, est condamné à la sclérose et au dépérissement ; ce qui explique qu'il *n'obtient* jamais l'indépendance, mais qu'on la lui *octroie*.

Rien d'étonnant alors, et c'est la dernière leçon d'histoire, que le mouvement national pakistanais ait laissé sans solution un double problème. D'une part, bien sûr, des conflits de classe latents qui se reporteront tout bonnement du cadre britannique dans le cadre pakistanais. Mais surtout des conflits nationaux, latents eux aussi, et que le nationalisme pakistanais n'aura fait qu'exacerber. Il faut en dire un mot pour finir, mais nous aurons l'occasion, évidemment, d'y revenir : la création du Pakistan fera silence sur un conflit qui a pourtant scandé souterrainement tout le développement du mouvement ; le conflit des musulmans du nord de l'Inde et des musulmans bengalis ; le conflit de la Ligue musulmane et du Krisak Proja Party ; l'opposition sourde des féodaux réactionnaires punjabis et d'un mouvement bengali plus réellement progressiste qui proposait dès les années trente l'élimination du système zamindari[25].

25. Il serait fastidieux de retracer l'histoire de ce conflit. Quelques symptômes seulement :

— le problème de la Partition du Bengale qui obsède les Bengalis pendant les premières années de ce siècle, est sous-estimé et négligé par

La règle vaudrait aussi bien pour d'autres pays du tiers monde ; elle se vérifiera par exemple lors de la guerre civile du Biafra. En menant une guerre de libération nationale sur des bases fausses — en l'occurrence une base communaliste et impérialiste — on s'expose :

a) à masquer et à recouvrir des problèmes explosifs ;

b) à voir ces problèmes explosifs exploser dix, vingt ans après, sur des bases fausses elles aussi : régionalistes dans le cas du Pakistan, tribales dans le cas du Biafra. On s'expose, autrement dit, à faire peser sur toute l'histoire ultérieure un véritable *retard idéologique* qui fonctionnera comme prisme déformant et étouffoir politique.

les musulmans du nord de l'Inde. En 1911, les Bengalis sont seuls à protester contre l'annulation de la Partition ;

— lorsque la délégation de Simla invoque, en 1905, le poids économique des grands féodaux musulmans et le nombre important de recrues qu'ils fournissent à l'armée, ils excluent implicitement leurs cousins bengalis : peu de grands propriétaires fonciers au Bengale, et faible représentation dans l'armée des Indes ;

— lorsque est lancée l'idée d'une fédération d'États musulmans, *personne* n'envisage le Bengale comme organiquement lié aux autres États musulmans. Il y a le « Pakistan » d'un côté, et le « Bang-e-Islam » de l'autre. Cela, jusqu'à la fin des années trente.

2

LA BOURGEOISIE, SON ÉTAT, SA NATION

Le Pakistan est donc né. Sous de bien mauvais augures. Sur des bases politiques fragiles. Et sur un lourd passif déjà. On n'abolit pas d'un seul coup un demi-siècle de compromissions et de manigances réactionnaires.

Le Pakistan est né. L'Empire des Indes est partagé. La lumpen-bourgeoisie musulmane a eu ce qu'elle désirait. Il lui reste à accomplir l'essentiel : bâtir un État et administrer une nation ; édifier cette réalité nouvelle : un État-nation post-colonial.

La tâche est malaisée, et tous les pays décolonisés en ont fait l'expérience. Là aussi, le cas du Pakistan est typique, sans doute parce qu'il figure une situation limite. Voilà trente ans qu'il se débat entre les termes d'une redoutable contradiction. D'une part, le sous-développement, politique et économique, de ses classes dominantes. D'autre part, au contraire, le surdéveloppement de son appareil d'État. Enfin, l'inexistence, l'inconsistance, de sa conscience nationale.

Contradiction courante qui remet en cause bien des schémas. Un État n'est pas toujours l'effet ou le reflet d'une infrastructure économique ou d'une structure de classe : il peut être *décalé*. L'État n'est pas davantage lié au degré de développement d'une conscience nationale : l'État-nation post-colonial peut être *un État sans nation*. Quant aux mouvements nationalistes du tiers monde, ce sont souvent, pour des raisons qu'il faudra élucider, *des nationalismes sans nationalistes et sans conscience nationale.*

I. **Des classes dominantes sous-développées**

En 1947, la Ligue musulmane a déjà fait son temps. Elle a mené le pays à l'indépendance. Mais dans les conditions malsaines que nous avons décrites... De sorte qu'elle n'est pas capable de survivre à sa première mission, et de se reconvertir comme le Congrès indien en rassemblement populaire au service des classes dominantes. Aux élections régionales de 1954 au Bengale, elle ne remporte que 10 sièges sur un total de 309. Ces élections sont perçues à Karachi comme un test : le parti de la bourgeoisie nationale musulmane, le parti « pakistanais » par excellence, est, sept ans après l'Indépendance, politiquement liquidé[1].

De fait, la Ligue a laissé en Inde, dans les provinces d'Uttar Pradesh et du Bihar, ses meilleures troupes et ses structures les plus solides. Elle n'est réellement implantée qu'au Bengale, mais il faut justement mater les Bengalis, et d'abord leurs politiciens. Ailleurs, elle est à peine un parti, plutôt un club politique et mondain, un rassemblement de cadres sans partisans, de notables sans clientèle. Son idéologie n'est même plus réactionnaire, elle est vieillote et folklorique, sortie directement des manuels de Droit de l'Angleterre victorienne.

1. Le Front uni gagne 223 des 237 sièges musulmans et 68 des 73 sièges non musulmans. Cf. MOHAMMED AYOOB, K. SUBRAHMANYAM, *The Liberation War*, Delhi, 1972, p. 55.

Quant aux politiciens, ils désertent eux-mêmes la Ligue, et vont fonder des partis régionaux. Au Sind, l'Awami Jama'at. Dans la N.W.F.P., l'Awami League. Au Punjab, la Jinnah Muslim League. Au Bengale, l'Awami Muslim League. Quatre partis de clocher. Particularistes et rétrogrades. Sans idéologie bien définie et souvent sans autre raison d'être que l'attachement à un clan ou le prestige d'un homme. Tout cela à l'heure où il fallait reconstruire le pays, administrer l'État, constituer la nation. Manifestement, les politiques ne sont pas à la hauteur de la tâche[2].

Les classes dominantes pakistanaises tenteront bien de remédier à cette faiblesse et de se doter d'un grand parti national. Mais chaque fois, elles échoueront. C'est d'abord le Bengali Suhrawardy qui essaie de transformer l'Awami League en appareil électoral destiné à conquérir le pouvoir central ; mais il est vite éliminé, et le parti revient, sous la houlette de Mujibur Rahman, à un régionalisme strict. Puis c'est le National Awami Party qui semble un moment constituer une force trans-provinciale, le *seul* parti national, le seul à être présent dans les deux Pakistan ; mais là aussi, la crise du Bangla Desh a montré qu'au pied du mur les deux partis se séparent : le N.A.P. de Wali Khan à l'Ouest ne se sent guère d'affinités avec celui de Bhasani à l'Est ; il soutiendra la cause du Bengale, mais de loin et du bout des lèvres. Et puis, enfin, au cœur même de la crise, en décembre 1970 et janvier 1971, il faut se souvenir que le vainqueur des élections, Mujibur Rahman, hésite à prendre le pouvoir alors que sa victoire le lui permet ; il renonce à être Premier ministre des deux Pakistan alors que le verdict

2. Dans la N.W.F.P., par exemple, l'éclatement de la Ligue musulmane provient d'un conflit entre Abdul Qayyum et le Pir de Manki Sharif. Au Punjab, Daultana quitte le cabinet Mamdot et tente de contrôler l'appareil provincial de la Ligue ; à quoi Mamdot répond en créant la Jinnah Muslim League. De même, encore au Bengale, c'est en partie parce que l'appareil central du Parti avait nommé à la tête de l'appareil provincial l'impopulaire Maulana Akram Khan, que les jeunes font sécession et créent l'Awami Muslim League. C'est après la mort de Jinnah que les forces centrifuges se déchaînent et que le Parti se disloque.

populaire l'y invite[3]. L'Awami League, autrement dit, reste un parti *bengali* ; la bourgeoisie pakistanaise, même progressiste et dynamique, n'a jamais pu, parce qu'elle n'a peut-être jamais *voulu*, se doter d'un grand parti capable d'administrer ses intérêts.

De fait, elle n'est capable de créer que des petits partis, multiples et éphémères, nés de l'humeur d'un moment, et destinés à disparaître aussi vite. En 1969, au moment des élections, il n'y en aura pas moins de trente-six. Sous Ayub Khan, alors que les activités politiques sont au point mort, il en naîtra de nouveaux tous les ans. Véritable prurit politique, qui traduit une carence plus secrète : l'absence de conscience nationale, peut-être même de conscience de classe. La bourgeoisie pakistanaise est politiquement sous-développée.

Ce sous-développement politique renvoie lui-même à un sous-développement économique. Situation classique encore, mais qui prend au Pakistan une tournure dramatique. La bourgeoisie pakistanaise est tout entière une lumpen-bourgeoisie. D'emblée déshéritée et d'emblée marginale. Longtemps colonisée, et par-dessus le marché minoritaire. Colonisée du dehors par les Anglais, et du dedans par les hindous. Mutilée, dépossédée, et, pourquoi pas, aliénée...

En 1947, l'industrie pakistanaise ne fournit que 1 % du revenu national ; 10 % seulement de la production agricole sont commercialisables[4]. Et le capitalisme, quand il existe, est aux mains de l'étranger : quelques firmes britanniques contrôlent le secteur financier, une poignée d'Indiens, l'industrie naissante. L'économie pakistanaise est donc massivement féodale ; et si d'aventure elle ne l'est pas, son capitalisme est *importé*, plaqué sur un sol étranger. Double désarticulation par conséquent ; le dispositif dont héritent les classes dominantes pakistanaises est doublement bâtard : à mi-chemin du capitalisme et

3. Voir deuxième partie, chapitre 6.

4. Chiffres cités notamment par G.F. Papanek dans *The Development of Entrepeneurship*.

du domaine féodal d'une part, tiraillé entre la métropole et la colonie de l'autre.

A quoi s'ajoute la bâtardise de la bourgeoisie elle-même, son sous-développement « social » en quelque sorte. La bourgeoisie d'affaires est immigrée de Bombay et d'Uttar Pradesh. Arrivée au moment de la Partition, mais longtemps mal intégrée. Isolée et transplantée dans un environnement féodal. A cheval elle aussi entre l'Inde et le Pakistan. Prudente par conséquent et sur la défensive. Se contentant longtemps de profits rapides et sûrs. Sans songer à formuler politiquement ses intérêts ; et sans oser se doter d'une représentation politique. Il lui reste, autrement dit, à se constituer en classe et à penser ses intérêts en termes nationaux.

Quant à la petite bourgeoisie, celle de la Partition et de la Ligue musulmane, le flou de ses assises économiques lui confère un statut étrangement flottant. Rurale ou urbanisée ? Elle est les deux à la fois : elle vit à la ville tout en restant agrarienne. Capitaliste ou féodale ? Elle ne sait pas trop elle-même : disposée à lever le défi du Capital, elle reste fondamentalement, organiquement, liée au domaine féodal. Anti-impérialiste ou compradore ? Cela dépend de la conjoncture et de la santé de l'impérialisme. Rien de très précis par conséquent ; un statut social de transit ; toujours en instance de cristallisation ; pas d'intérêt massif et massivement perçu qui déterminerait au cordeau une ligne politique à suivre.

D'où enfin un sous-développement théorique et idéologique. Comme souvent dans le tiers monde, les classes dominantes se fixent moins sur des choix clairs que des *tendances* diffuses ; moins sur une *ligne* cohérente que sur de vagues *courants*. On est *plutôt* anti-impérialiste, ou *plutôt* compradore. Plutôt « radical » ou plutôt « conservateur ». On flirte avec le « modernisme », ou on s'en tient mollement à l'« intégrisme »... Des courants, des tendances, qui tracent à l'intérieur du bloc des classes dominantes des lignes de partage, elles-mêmes insaisissables et perpétuellement mobiles. Tel parti « compradore » fera tout naturellement du nationalisme frénéque. Tel autre, « radical » et « anti-establishment », se vendra sans hésiter à l'état-major. Les partis sont inconstants, et leurs idéologies inconsistantes.

C'est ainsi que s'expliquent leur émiettement et leur multiplicité. Leur faible durée de vie, puis leurs résurrections inattendues. Ils bourgeonnent et ils s'étiolent au gré des saisons politiques. Comment auraient-ils pu incarner un intérêt national ? Comment auraient-ils pu voir plus loin que le bout de leur clocher ? Comment auraient-ils pu, encore une fois, *voir* au-delà du domaine féodal ?

II. **Un appareil d'État surdéveloppé**

Les classes dominantes pakistanaises se révèlent donc incapables de se doter d'un grand parti majoritaire. A défaut, elles se contenteront d'un État, c'est-à-dire d'une armée et d'un appareil bureaucratique. Un État fort, centralisé, hypertrophié. Hypertrophié par rapport au niveau de développement des bourgeoisies qu'il incarne (paragraphe 1). Mais hypertrophié aussi, nous le verrons (paragraphe 3), par rapport à la conscience nationale, à *l'idée* nationale pakistanaise.

A. Le colonialisme et ses ruses

La bureaucratie et l'armée s'opposent point par point aux partis et aux politiques. Les politiques sont instables, les fonctionnaires sont quasi inamovibles et jouissent de garanties constitutionnelles. Les politiques sont inexpérimentés, les bureaucrates ont derrière eux des années d'administration coloniale, et les militaires la dure école des guerres coloniales[5]. Les politiques enfin sont divisés,

5. Tikka Khan, dit le « boucher du Bengale », était un vétéran de l'armée de Montgomery et avait fait la campagne d'Afrique du Nord. Deux

la bureaucratie est soudée et cohérente. D'un côté les clans, les dissensions et la futilité. De l'autre un remarquable esprit de corps et une unité à toute épreuve[6]. Le Pakistan n'a pas de classe politique, mais il hérite d'une caste techno-bureaucratique. La colonisation lui lègue une lumpen-bourgeoisie, mais elle lui abandonne aussi un appareil déjà tout constitué.

Pour le coup, la situation est propre sinon au Pakistan, du moins au sous-continent ou aux colonies anglaises. Presque partout ailleurs l'appareil d'État ne survit pas au démantèlement de l'Empire. Soit qu'une invasion extérieure le brise, comme en Asie du Sud-Est, soit qu'il soit trop ouvertement colonial, trop étranger au pays, comme en Afrique. La grande habileté de la Grande-Bretagne, en Inde comme au Pakistan, fut d'indianiser l'appareil ; d'admettre à la sacro-sainte Sandhurst (le Saint-Cyr britannique) les cadets de famille punjabis les plus dociles ; d'initier les plus doués (un Mirza, un Ghulam Mohammed) aux mystères de l'administration coloniale. Bref, avant même la décolonisation, de décoloniser l'impérialisme. Avant le reflux de la vague coloniale, de souder l'État à la colonie. De sorte que l'État reste, alors même que la vague se retire.

des unités chargées de la répression contre les éléments subversifs avaient été formées au Vietnam. Le premier commandant en chef de l'armée pakistanaise après l'indépendance fut le général britannique Gracey, qui avait pris Saigon pendant la guerre d'Indochine (Tariq Ali, *IVe Internationale,* septembre 1971).

6. Voir notamment l'article d'Hamza Alavi, « L'Armée et la bureaucratie au Pakistan », *International Socialist Journal* 3e année, nº 14. « La suprématie de la bureaucratie est facilitée, écrit Alavi, par le fait que sa couche dirigeante forme un groupe étroitement uni possédant des privilèges de caste. Il y a aujourd'hui cinq cents personnes à la tête de l'administration pakistanaise, laquelle emploie plus de cinq cent mille fonctionnaires. A l'intérieur de ce petit groupe, il y a une élite constituée par les quatre-vingt-deux membres de l'administration indienne qui s'établirent au Pakistan. Leur particularisme est soutenu par les garanties constitutionnelles spéciales accordées à leur statut, à leurs conditions et à leur durée de service (inamovibilité réelle). Le C.S.P. forme un groupe fermé. Le recrutement et la formation sont contrôlés par la bureaucratie par l'intermédiaire de la Public Service Commission dont l'« autonomie » est jalousement protégée. » Cité par Tariq Ali, *op. cit.*

D'où l'aspect monstrueux de cette superstructure étatique. Dominée par les Anglais, elle correspondait à une infrastructure développée. Elle avait derrière elle toute l'économie impériale, ses rameaux indigènes et son arbre métropolitain. Elle avait sa raison d'être dans la gestion, la coordination et la police de cet ensemble complexe, articulé, contradictoire, qu'est une économie coloniale. Avec la décolonisation, au contraire, l'ensemble se désagrège, mais un fragment reste intact. Le corps économique se brise, mais la tête politique subsiste. Étrangère à présent, monstrueuse et disproportionnée. Tête difforme, plantée sur un corps chétif et mutilé.

D'où surtout une conséquence politique décisive quant à l'évolution ultérieure du pays ; un État de type *colonial* sur une économie *décolonisée,* c'était tout simplement la possibilité, voire l'exigence, d'une *recolonisation.* Il faudrait, sur ce point, mener une enquête plus précise ; étudier par exemple l'origine, le rôle, le mode de fonctionnement des banques de développement pakistanaises ; le profil sociologique d'un appareil administratif quelconque : âge, origine sociale, formation des fonctionnaires. Il ressortirait de l'analyse que l'appareil d'État surdéveloppé est, au sens propre, la *voie ouverte* au retour de l'impérialisme. Les canaux sont restés, par où se faisait autrefois le pillage. Les voies d'accès sont toujours là, vers les ressources indigènes. Les hommes sont à leur poste, avec leurs réflexes et leurs habitudes. La place est toute chaude encore, et l'occasion trop belle : l'État ne peut pas rester longtemps « surdéveloppé » ; l'infrastructure va très vite le rejoindre et retrouver une physionomie plus naturelle. A la limite, l'alignement du Pakistan sur les États-Unis, l'adhésion au C.E.N.T.O. et à l'O.T.A.S.E. étaient inscrits en creux, par avance, dans le rapport *décalé* de l'infrastructure à l'appareil d'État.

B. Le militaire et le civil

Revenons au Pakistan. Comment fonctionne l'appareil d'État ? Quels sont les pouvoirs d'un appareil d'État colonial dans une société post-coloniale ? Nous ne pourrons ici que mettre en place quelques repères, forcément incomplets et allusifs : l'armée et la bureaucratie héritent de l'intégralité des pouvoirs du vice-roi des Indes.

Ces pouvoirs sont inscrits dans la Constitution elle-même. Elle garantit légalement, officiellement, l'hégémonie de fait de l'armée et de la bureaucratie. L'armée n'a pas eu à entrer dans l'État, elle y était installée ; elle n'a pas eu à *investir* l'État, elle était, légalement, l'appareil d'État lui-même.

Son autonomie financière, inscrite dans la Constitution, est une première garantie de son pouvoir. Le déséquilibre institutionnel entre le centre et les provinces en est la deuxième garantie. Et la prédominance de l'exécutif sur le législatif est le troisième pilier de son autorité. Pendant la phase dite « parlementaire » de l'histoire du Pakistan, les assemblées ne siègent en moyenne que trente jours par an ; elles votent 160 lois, quand le gouverneur général édicte 376 ordonnances. L'armée et la bureaucratie, souveraines et sans contrôle, règnent sur le pays[7].

Cette fameuse phase « parlementaire » a soulevé au Pakistan bien des polémiques. Ce n'est pas ici le lieu d'entrer dans le détail. On peut noter simplement qu'il ne s'agissait que d'un alibi et d'une façade dont on a su se passer le moment venu, quand il a été trop coûteux de les conserver. Un indice parmi d'autres : dès 1954, quatre ans avant le coup d'État d'Ayub, le gouverneur général Ghulam Mohammed proposait déjà à Ayub Khan de prendre le pouvoir[8]. Autre indice, plus significatif peut-être : le nombre de putschs non militaires, de putschs civils si l'on veut, survenus en pleine « phase parlementaire », avant 1958.

7. Karl van Vorys, *Political Development in Pakistan*, Princeton, 1965, pp. 93-94.

8. C'était au moment de l'épreuve de force entre le pouvoir central et les assemblées régionales hostiles au projet de *One Unit* (c'est-à-dire le projet d'unification des quatre provinces occidentales — Punjab, Sind,

Putsch civil en 1954 quand Ghulam Mohammed, effrayé par les velléités autonomistes des lumpen-bourgeoisies d'Est et d'Ouest, proclame l'état d'urgence et dissout l'Assemblée nationale. Putsch civil quelques mois plus tôt, en mars, quand il démet, au mépris de toute légalité, le cabinet de coalition formé au Bengale après la victoire de l'United Front. Et putsch civil encore en avril 1953 quand l'appareil d'État brise, au gouvernement et dans l'appareil de la Ligue, la coterie Nazzimuddin. Dans tous les cas, les politiques n'avaient que le pouvoir *visible* ; dans la coulisse, des forces beaucoup plus puissantes animaient les marionnettes, et les brisaient le cas échéant[9].

Tout cela signifie, inversement, que la venue au pouvoir d'Ayub Khan en 1958, puis celle de Yahya Khan en 1969, ne marquent pas de changement qualitatif réel. Ayub édicte un « Elective Bodies Disqualification Order » qui bannit les hommes politiques hostiles, sous prétexte de combattre la corruption ; mais il ne fait que légaliser une exclusion de fait. Il musèle la presse et proclame la loi martiale : mais là encore, c'est que

N.W.F.P., Balouchistan — en une seule entité politique). D'après Ayub Khan (cf. *Friends not Masters,* son autobiographie politique), Ghulam Mohammed lui aurait proposé de prendre le pouvoir avec l'armée, de réorganiser l'État et de promulguer une constitution nouvelle. Pourquoi n'a-t-il pas saisi l'occasion ? « Peut-être, suggère Tariq Ali, parce que ses supérieurs à Washington l'avaient averti et conseillé d'attendre son heure. »

9. *Avril 1953 :* le gouverneur général Ghulam Mohammed démet Kwaja Nazzimuddin de son poste de Premier ministre et le remplace par Mohammed Ali de Bogra. Cette démission est évidemment contraire à l'esprit du régime parlementaire qui est censé régner à l'époque au Pakistan. Or, le plus étrange est qu'aucun des membres du cabinet ne proteste et que tous consentent à travailler sous l'autorité du nouveau Premier ministre. *Mars 1954 :* le cabinet Fazlul Huq, représentant de l'United Front qui vient de gagner les élections au Bengale, ne reste en place que quelques semaines. Ghulam Mohammed expédie sur les lieux le général Iskander Mirza, ministre de la Défense et homme fort du régime. Il devient gouverneur de la province et prend directement en charge son administration. *Octobre 1954 :* Ghulam Mohammed proclame l'état d'urgence. Il dissout l'Assemblée. Il démet le cabinet Bogra et demande à Bogra d'en mettre un autre sur pied. Et comme par hasard, on retrouve Iskander Mirza à l'Intérieur et Ayub Khan à la Défense.

l'appareil est devenu assez puissant pour renoncer à la façade. Il n'y a pas plus de « militarisation » proprement dite qu'il n'y avait de « phase parlementaire ». Le régime est de bout en bout autocratique et militaire. Rien sur ce point n'a fondamentalement changé entre 1947 et 1971[10].

En vérité, les deux thèses (régime parlementaire avant 1958/surmilitarisation après...) renvoient à une erreur commune, car elles recouvrent la même bévue fondamentale. Il est vrai que le pouvoir au Pakistan oscille entre la légalité et le putsch, entre les civils et les militaires, entre les politiques et les technocrates. Il est vrai qu'à tel ou tel moment le pouvoir civil domine, et que les militaires un peu plus tard reviennent à la charge. Mais rien ne sert de se demander *qui domine* du militaire ou du civil, puisque la structure du pouvoir reste fondamentalement la même. *La question, la seule, est de saisir le sens de leur dialectique, et le pourquoi de leur succession.*

Phase « parlementaire » : l'état-major dans la coulisse tient les ficelles du pouvoir. *Ayub Khan :* l'état-major s'ef-

10. Du reste, on pourrait tout aussi bien prouver que, contrairement aux apparences, le coup d'État d'Ayub marque une *démilitarisation* du régime. Certes Ayub était le commandant en chef des armées pakistanaises. Il est vrai aussi que pendant les premières semaines du nouveau régime on vit dans toutes les grandes villes du pays des déploiements de forces armées. Il est vrai enfin qu'Ayub introduisit dans son cabinet trois « lieutenants généraux », W.A. Burki, K.M. Sheikh, Azam Khan. Mais il n'empêche que fondamentalement, il s'agissait d'un gouvernement civil. A part les trois « lieutenants généraux » en question, tous les militaires retournent à leur caserne, et Ayub s'entoure exclusivement de civils. C'est un *civil,* Aziz Ahmed, fonctionnaire chevronné, qui devient Deputy Chief Martial Law Administrator et prend en charge les affaires courantes. Burki, Sheikh, Azam Khan, Ayub lui-même renoncent à leurs postes dans l'armée. Les trois premiers sont de toute façon assez vite limogés et, excepté en 1966 quand le vice-amiral Afzal Rahman Khan devient ministre de la Défense, Ayub ne fera plus jamais appel à des militaires de carrière. Les barons du régime — Aziz Ahmed, Fida Hassan, Altaf Gauhar, Qudratulla Shahah, Arshad Hussein — sont *tous* fonctionnaires civils. C'est dire que même si l'armée se tient dans la coulisse comme recours suprême et arme absolue du régime, le régime d'Ayub est en fait moins militaire que le régime « parlementaire » antérieur.

face et Ayub promet une nouvelle constitution. *Yahya Khan :* les militaires reviennent à la charge, mais Yahya promet un retour au gouvernement civil. *Bhutto enfin :* le pouvoir semble revenir aux civils, mais il est plus que jamais prisonnier de l'état-major[11].

Étrange oscillation et étrange dialectique. Le pouvoir visible ne correspond pas à la réalité du pouvoir ; le contrôle militaire hante les gouvernements civils, et le mirage du gouvernement civil hante en retour les gouvernements militaires. Les militaires ne semblent là que pour permettre aux civils de revenir, et les civils ne reprennent le pouvoir que pour mieux permettre aux militaires de les contrôler. Les militaires n'ont pas plus tôt pris le pouvoir qu'ils promettent de le lâcher, et les civils ne l'ont pas plus tôt retrouvé que les militaires les surveillent et les contrôlent, prêts à intervenir.

Cette dialectique n'est pas propre au Pakistan. Le président Lanusse, en Argentine, succédant à Ongania et Levingstone, lance un appel au péronisme et propose un « Gran Acuerdo Nacional[12] ». Le président Erim en Turquie déclare que son objectif est de rétablir l'ordre dans le pays, et à terme, la démocratie[13]. Inversement, dans la période antérieure, de 1961 à 1971, les militaires turcs, exclus de la scène visible parce qu'ils avaient *remis* aux civils le pouvoir officiel, continuent à arbitrer de la coulisse, par l'intermédiaire du tout-puissant Conseil national de sécurité[14]. Là encore, succession « dialectique ». Comme au Pakistan, le problème serait de déterminer les raisons de la montée en première ligne de l'appareil militaire ; d'expliquer ce qui le pousse à s'agiter et à se montrer ; de décrire les lois qui lui permettent de saillir dans l'appareil d'État.

Laissons la question pour l'instant : nous y reviendrons[15].

11. Toute la presse indienne l'a souligné à l'époque.
12. *Le Monde diplomatique,* mai 1972.
13. *Ibid,* juin 1972.
14. *Ibid.*
15. Chapitre suivant.

III. Une conscience nationale inconstituée

Venons-en à présent au troisième terme de la contradiction, au troisième terme de l'équation qui sous-tend depuis trente ans l'histoire du Pakistan et contenait dès l'origine le germe de sa désintégration.

Le Pakistan, nous l'avons vu, est un État avant d'être une nation. Situation propre à bien des pays du tiers monde. Alors que les nationalismes européens des XVIIe et XVIIIe siècles étaient *contemporains* de la constitution de l'État, alors que les nationalismes du XIXe (Italie, Allemagne) étaient *antérieurs* à la création de l'État, les nationalismes du tiers monde sont souvent *postérieurs,* en retard sur un appareil d'État prématuré et surdéveloppé. D'où une guerre civile comme celle du Nigeria. D'où le régionalisme en Inde (Tamil Nadu, West Bengal...). D'où l'instabilité politique de tant d'États africains qui, comme l'Inde et le Pakistan, héritent d'un appareil consistant, mais de frontières abstraites, et s'attellent par conséquent eux aussi à l'impossible tâche de constituer une nation.

Tâche impossible, mais urgente pourtant, et vitale. Car que peut faire un État sans nation ? qu'est-ce qu'un État-nation privé de sa dimension nationale ? L'État est là, tout prêt à fonctionner, à exploiter, à broyer, mais il lui manque un marché. Mais il lui manque un champ d'action. Mais il lui manque un lieu politique où prendre effet. Il lui manque, en d'autres termes, *une nation unifiée.*

Cette nation unifiée est la condition *sine qua non* du fonctionnement d'un régime d'économie capitaliste. La sécession du Bangla Desh l'a montré : quand un peuple ne se sent plus d'affinités avec la minorité qui l'exploite, quand un peuple se sent pour la première fois radicalement étranger à cette minorité, alors plus rien ne le contraint à subir l'exploitation ou, en tout cas, à l'accepter : il refuse de payer l'impôt, il se lance dans une grève illimitée, il cesse d'appartenir à la communauté, il rompt le consensus... Ce qui rend possible l'exploitation, c'est le sentiment confus, chez l'exploité, d'appartenir à la même entité que l'exploiteur ; ce qui fait que l'exploitation « marche », que le paysan bengali sue sang et eau pour son maître punjabi, c'est d'abord que le Punjabi l'a compromis dans une même communauté ; c'est qu'il l'a persuadé qu'il fait « tout un » avec l'appareil qui l'exploite ; *c'est que, d'une manière ou d'une autre, il l'a intégré dans un ensemble culturel.*

Le mécanisme vaudrait bien sûr aussi pour les économies occidentales. Mais ce qui distingue le tiers monde, c'est que pour des raisons qu'il faudra élucider et qu'on ne peut encore qu'entrevoir, cet ensemble culturel, cette unanimité de l'exploiteur et de l'exploité, prend toujours la forme d'un sentiment national. Ce qui distingue le tiers monde, c'est qu'un appareil d'État, pour réprimer, doit sécréter des idéologies, mais que ces idéologies sont presque toujours *des idéologies nationalistes.* D'où l'urgence, pour un appareil d'État surdéveloppé plaqué sur un pays sous-développé, de bâtir très vite une conscience nationale.

Or, justement, le Pakistan ne pouvait pas se constituer en nation. Géographiquement d'abord, tout oppose son aile occidentale à son aile orientale. La première se situe au carrefour de l'Asie centrale et de l'Asie des moussons ; elle penche irrésistiblement vers ses voisins du Proche-Orient ; elle se sent davantage d'affinités avec l'Afghanistan par exemple qu'avec l'Inde ; et, une fois amputée de son contrepoids bengali, elle n'a pas tardé à se rapprocher de l'Afghanistan, de la Turquie et de l'Iran. La seconde au contraire est déjà tout entière au cœur de l'Asie des moussons. Elle se rapproche davantage des pays de rizières de l'Asie du Sud-Est que du sous-continent ; elle est plus proche de la Birmanie, elle se sent plus d'affinités avec la Thaïlande ou le Laos qu'avec le grand voisin indien. Bref, le Pakistan est géographiquement écartelé. A l'ouest, un pays de steppes ; à l'est, un pays de rizières ; entre les deux, les 1 500 kilomètres de l'énorme sous-continent indien ; entre Lahore et Dacca, la même distance qu'entre Paris et Varsovie.

Le Pakistan occidental n'est pas davantage unifié. Là

encore, moins un pays qu'une expression géographique. Rien de commun entre les Hunzas du Kashmir ; les tribus pathanes du Nord, les Haris du Sind, et les Baloutchis. Rien de commun entre des peuples qui ne se sont trouvés réunis sous une expression unique que par la décision des Anglais et les calculs de la bourgeoisie punjabie. Rien de commun entre le Punjab déjà quelque peu industrialisé, fine fleur de l'Empire britannique ; le Sind, féodal et arriéré, où les paysans et métayers ont le statut de nos serfs du Moyen Age ; le pays Pathan, au nord, où sévit un mouvement séparatiste et une guérilla endémique ; le pays Pouchtoun, à l'ouest, revendiqué par l'Afghanistan.

Les dirigeants pakistanais ont-ils au moins bénéficié, au lendemain de la Partition, de cette union sacrée qui a marqué dans d'autres pays du tiers monde les premiers temps de la reconstruction ? Malheureusement non, car dès le départ, dès le premier jour, le Pakistan naissait sur un passé de querelles et sur une frustration. On ne l'a pas assez souligné : le conflit entre le Punjab et le Bengale ne date pas du Pakistan, mais il prend ses racines loin dans l'histoire, à l'aube du mouvement national naissant. En 1911, par exemple, lorsque la première Partition du Bengale est annulée, les Bengalis sont seuls à protester, et les Punjabis restent parfaitement impassibles. Pourquoi compromettraient-ils leur position, si durement acquise par des années de loyalisme, pour les beaux yeux de cousins qu'ils connaissent à peine et pour une cause qui n'est pas la leur. Les Bengalis sont musulmans, c'est entendu, mais musulmans de seconde zone...

Mieux : les Bengalis expliquent aujourd'hui que le Pakistan est né sur une tricherie politique. Le projet originel prévoyait *plusieurs* États pakistanais, plusieurs provinces musulmanes, un État fédéral par conséquent, où chaque unité jouirait d'une large autonomie. La résolution de Lahore, acte de naissance du pays, était formelle : elle parlait de créer *des* Pakistan dans les régions à majorité musulmane de l'Empire des Indes. Le projet de Cambridge était plus net encore : il n'envisageait même pas d'intégrer le Bengale à la nation nouvelle. C'est dire que l'État centralisé, unifié, autoritaire, qui est né en 1947 était le fruit d'une distorsion de la notion originelle ; qu'il reposait sur un tour de passe-passe verbal, et un jeu de mots politique (*un* Pakistan et non *plusieurs*) : il inaugurait par conséquent l'histoire des coups de force punjabis contre le Bengale... On construit parfois un État sur un putsch ; mais on n'a jamais bâti une nation sur un coup de force[16].

La junte pakistanaise le savait, et c'est pourquoi elle fit jouer la corde de l'islam. Le Pakistan n'a pas de territoire contigu ? Il n'a pas de langue commune ? Il n'a pas de passé ni d'histoire ? Allons donc ! il aura une religion... D'où un certain nombre d'opérations constitutives de ce que l'on pourrait appeler une stratégie d'oppression culturelle. On *sélectionne* quelques éléments d'une culture latente : l'islam. On les *transforme* pour les besoins de la cause : contre les intégristes et les gardiens de la foi, on rompt avec la tradition internationaliste de l'islam et on fonde cette aberration théologique qu'est un État fondé sur l'islam. On *fossilise* enfin ces éléments choisis et manipulés ; on enraie toute tentative de réforme ; on se pose en gendarme de la pureté des dogmes... Sélection, transformation, fossilisation : on crée une culture sur mesure, on étouffe les cultures régionales, on

16. La résolution de Lahore disait : « Aucun projet constitutionnel ne sera valable dans ce pays s'il ne se conforme pas au principe fondamental suivant : que l'on établisse des régions qui soient des unités géographiques contiguës, avec autant d'ajustements territoriaux qu'il faudra ; que les zones où les musulmans sont numériquement majoritaires, comme le nord-ouest et l'est de l'Inde, soient groupées pour constituer *des États indépendants dont les unités constituantes devront être autonomes et souveraines.* » A.K. Fazlul Huq, Bengali et promoteur de cette résolution, quitte la Ligue musulmane l'année suivante, en déclarant que jamais les intérêts des Bengalis ne seraient pris en compte dans un parti qui n'est destiné qu'à servir aux musulmans du nord de l'Empire. Puis, c'est Abul Hashim, *secretary* de la Ligue au Bengale, qui tente en 1946 de soulever le problème des rapports entre les deux zones dans le futur État. Il est hué et réduit au silence. L'année suivante, en 1947, H.S. Suhrawardy lance l'idée d'un grand Bengale indépendant, comme moyen d'échapper à l'impérialisme de la Ligue musulmane. Mais là encore, on couvre sa voix.

tente de souder par ce biais une conscience nationale.

Malheureusement, l'Islam était bien incapable de remplir le rôle qu'on lui assignait. D'abord parce que, depuis les Anglais, la petite bourgeoisie musulmane s'était progressivement détachée de la religion ; que, rivalisant de servilité avec la petite bourgeoisie hindoue, elle avait fini par s'occidentaliser. Surtout parce que la zone stratégique, la zone à neutraliser d'urgence, le Bengale, était précisément au départ la moins islamisée des provinces pakistanaises : le Bengale ne recevait par tradition que les derniers effets des pénétrations et des conquêtes ; situé en bout de course dans l'immense sous-continent, il n'avait reçu des Moghols qu'un islam abâtardi et déformé par 2 000 kilomètres d'hindouisme.

Pas de langue. Pas de territoire. Pas de passé. Et pas de culture non plus. Il ne reste que la force pour tenir, un moment, le Pakistan.

3

APPAREIL D'ÉTAT ET POUVOIR D'ÉTAT

Des classes dominantes impuissantes. Un appareil d'État hypertrophié. Une nation sans conscience. Tels sont les termes de l'étrange équation qu'ont eu à résoudre les bâtisseurs de l'État-nation pakistanais. Équation qui, répétons-le, n'est pas propre au Pakistan, ni même au sous-continent, mais vaudrait aussi bien pour de nombreux États-nations post-coloniaux.

Reste la question décisive. Sur laquelle butent généralement les analyses du Pakistan. La question *par excellence* où se logent et se déploient les discours idéologiques. Quelle est la fonction, quelle est la « mission », de l'appareil d'État surdéveloppé ? A quoi sert l'armée dans un État décolonisé ? Qu'est-ce, autrement dit, qu'une *société militaire* ?

La sociologie « bourgeoise » a sa réponse : il y a société militaire et société militaire ; celle de Nasser est progressiste, celle des colonels grecs ne l'est pas ; et le régime d'Ayub se situe entre les deux. Une armée progressiste, c'est celle qui se place au-dessus des intérêts des classes dominantes. Elle arbitre et elle tranche, sereine et souveraine. Au-dessus des classes, elle n'en défend aucune. Ne dépendant que d'elle-même, elle réalise l'intérêt général. Et prise d'une divine inspiration, pourquoi ne fonderait-elle pas — mais oui ! — le socialisme[1]... ?

En face, il y a la réponse « gauchiste[2] ». L'autonomie de l'appareil d'État est un leurre et un trompe-l'œil. Indépendant de chaque classe *prise en particulier*, il dépend de *l'ensemble* des classes dominantes. Libre dans le détail, mais globalement aliéné. Les militaires « progressistes » peuvent claironner, ils n'échapperont pas si vite à l'impitoyable logique des dichotomies gauchistes : un appareil d'État est toujours la chose des classes dominantes, une armée est inévitablement chargée d'assurer le maintien du régime d'exploitation.

Ces deux types d'analyses sont intéressants, et nous nous y référerons dans la suite. Mais ils ne correspondent pas, hélas ! à la réalité. Le tiers monde n'est ni l'enfer des gauchistes ni le paradis des bien-pensants. Il faut pousser l'analyse plus loin ; et la mener plus profond.

Notre thèse sera en gros la suivante :

— L'armée fonctionne, dans les sociétés militaires du tiers monde, comme substitut d'un parti unique défaillant ;

— elle intervient aux *points critiques* du développement économique pour réduire un goulot d'étranglement ou faire sauter un verrou ;

— son intervention et son hégémonie sont liées, en dernière analyse, au choix d'un modèle de développement original. Ni proprement « féodal » ni proprement « capitaliste » ; que nous appellerons, faute de mieux, « féodo-capitalisme d'État ».

1. Hélène Carrère d'Encausse, *Revue française de sciences politiques*, 1967.

2. Hamza Alavi, « Le Bangla Desh et la crise pakistanaise », *Les Temps modernes*, juin-juillet 1971.

I. L'appareil d'État, substitut d'un grand parti majoritaire

Parti du Congrès en Inde. Parti révolutionnaire institutionnel au Mexique. Convention People's Party au Ghana. Vastes rassemblements politiques ; populistes et populaires ; unanimistes et nationaux. Ils ont mené le pays à l'Indépendance. Ils le gèrent ensuite *après*. Ce sont les habits neufs des bourgeoisies. Quand elles sont assez fortes pour régner directement. Le Pakistan, nous l'avons dit, hérite d'une bourgeoisie débile. Il n'aura ni parti unique ni grand parti majoritaire. L'armée en tiendra lieu. Mais en quel sens ?

A. Garant de l'unité nationale

Les grands rassemblements populaires du tiers monde ont une première fonction : prolonger au-delà de l'indépendance la guerre d'indépendance. Projeter dans l'État libéré l'esprit et l'idéologie de la guerre de libération. Maintenir l'unanimité populaire et reconduire l'Union sacrée. Le parti est toujours « populaire » ou « révolutionnaire ». Il exhorte à la fidélité et au respect du passé. Le passé proche, glorieux, miraculeux, où le peuple était soudé et l'hégémonie de la bourgeoisie indiscutée. Il multiplie les appels au peuple et proclame une fois l'an la patrie en danger. La révolution n'est jamais terminée, et l'indépendance jamais conquise. Il ne s'agit jamais que de *reproduire* ou de *recommencer*. Pas question de problèmes neufs, ni de conflits inédits. Le rappel obsessionnel de l'indépendance a une fonction précise : étouffer l'explosion des problèmes *nés avec* l'indépendance.

D'où une autre fonction, connexe : le parti unique ou majoritaire est le garant, *le seul garant*, de l'unité nationale. Le Congrès indien était le seul à pouvoir faire l'Union indienne. L'Inde est un État multinational, sans langue et sans culture communes. Le Congrès, parce qu'il s'est doté de leaders charismatiques (Nehru, Indira

Gandhi), parce qu'il a su trouver une idéologie populiste à odeur de terroir et parce qu'il incarne les intérêts d'une bourgeoisie nationale puissante, a réussi depuis trente-cinq ans à repousser les assauts des bourgeoisies régionales frustrées. Il a résisté aux menaces de balkanisation et a maté les révoltes autonomistes (Nagas, Mizos...). On peut s'en réjouir ou le déplorer, mais c'est un fait : le parti du Congrès *a fait l'Inde*.

Or, c'est très exactement le rôle qui, au Pakistan, incombe à l'appareil d'État. La bourgeoisie étant faible, inconstituée, sous-développée, c'est lui qui, *directement*, s'attelle à la tâche. Il fait de la « patrie en danger » son slogan préféré, et du nationalisme meurtri, l'essentiel de sa politique. Il alimente depuis trente ans, obstinément, *pieusement*, la querelle du Kashmir et brandit périodiquement les vieux étendards communalistes. Les affaires vont mal ? C'est la faute des hindous. Un politicien est encombrant ? On l'accuse de conspirer avec l'Inde. On veut se débarrasser des communistes ? Ce sont des traîtres à la patrie. En mai 1954, Fazlul Huq, leader du Front uni qui vient de remporter au Bengale une éclatante victoire électorale, est accusé de comploter contre l'unité du Pakistan, et se retrouve en prison. Suhrawardy, quatre ans plus tard, doit s'exiler à Zurich pour la même raison. Contre Mujibur Rahman, en 1966, on bâtit, de toutes pièces, la conspiration dite « d'Agartala ». Chaque fois, c'est l'armée et la bureaucratie qui, au nom de l'islam et contre l'Inde, se posent en gardiennes sourcilleuses de l'« intégrité nationale » et de l'héritage de l'indépendance.

Un autre exemple, plus parlant encore : le *One Unit*. En 1957 toujours, après la victoire au Bengale du Front uni, les provinces occidentales s'agitent. Stimulés par la victoire de leurs homologues bengalis, les partis régionaux et régionalistes de l'Ouest relèvent la tête ; et l'appareil d'État, à tort ou à raison, croit voir se profiler des menaces autonomistes. Comment réagit-il ? Par la force, bien sûr ; et il décide d'unifier les quatre provinces occidentales. Puisque les Baloutchis et les Pathans se conduisent mal, on va les *souder* au Punjab. Puisque les Bengalis se révoltent, on va leur *opposer* un bloc uni. Le Sind, la N.W.F.P., et le Balouchistan perdront leur semi-autonomie. Il n'y aura plus au Pakistan que deux provinces : l'Est et l'Ouest.

Or, ce qui est remarquable, c'est que le projet ne plaisait pas du tout aux classes dominantes pakistanaises. Les assemblées provinciales, quand on le leur soumet, refusent de le voter et lui en substituent un autre, hyperrégionaliste au contraire : non pas *deux* comme le propose le gouvernement, ni *cinq* comme c'était le cas jusqu'ici, *mais six* provinces pakistanaises. Les assemblées provinciales, élues avant la Partition, sont peuplées de féodaux ou de semi-capitalistes locaux qui voient avec une certaine appréhension la montée du grand capital punjabi. En soudant les provinces au Punjab, on signe leur arrêt de mort politique. Comment résisteraient-ils à la puissance des monopoles de Karachi ? Comment prospéreraient-ils dans un environnement capitaliste ? Le *One Unit* n'arrangera que les riches, c'est-à-dire ceux qui ont besoin d'un marché. Les autres n'en tireront aucun avantage et seront purement et simplement liquidés. Les classes dominantes pakistanaises, autrement dit, les classes *dominantes majoritaires,* non pas les quelques financiers punjabis, mais le tout-venant féodo-capitaliste pakistanais, s'opposent objectivement à la création d'un État fort et centralisé. Elles s'y opposent parce qu'elles n'y ont pas intérêt. Elles sont incapables aux moments critiques de maintenir l'unité nationale. Elles sont impuissantes, en un mot, à renforcer l'État et à incarner la nation.

Le *One Unit* passera pourtant, mais ce sera par la force et grâce à l'armée. Ayub Khan, chef de l'état-major, est dépêché à Washington et en rapporte un pacte d'assistance économique et militaire. Le gouvernement en place est démis, et on lui substitue un cabinet de choc. L'Assemblée constituante est dissoute, parfaitement arbitrairement. Et les assemblées provinciales finissent par voter la loi, mais sous la menace de la police. Tout cela, orchestré par l'appareil bureaucratique en la personne de Ghulam Mohammed, et l'appareil militaire en la personne d'Ayub Khan. La preuve est faite que le complexe militaro-bureaucratique est seul à pouvoir mettre en échec les particularismes provinciaux. La preuve est faite qu'en cas de crise il peut, d'une certaine manière, transcender les intérêts sectoriels d'une classe dominante émiettée et inconstituée. Comme les grands partis majoritaires, comme le parti du Congrès indien, il peut se targuer, pour le meilleur et pour le pire, d'incarner la légitimité nationale[3].

B. Arbitre des classes dominantes

Le parti unique a une autre fonction dans les sociétés post-coloniales. Il constitue le carrefour des classes dominantes, le lieu où se vident leurs querelles et où s'arbitrent leurs différends, le point où convergent leurs intérêts et où s'élaborent leurs projets communs. A la fois un et multiple, il retrouve en son sein la démocratie qu'il bannit au-dehors ; il est le théâtre de « purges » et de « renversements de tendances » ; preuve que la lutte politique continue, au sein même d'un parti qui prétend incarner l'unanimité nationale ; preuve aussi que la lutte reste une lutte de factions, qu'elle se cantonne sur un terrain commun, qu'elle ne met pas en cause un même horizon fondamental. Point de fuite de cet horizon, lieu géométrique de ce terrain, le parti est la conscience non pas d'une classe, mais d'un bloc. Il représente les intérêts semi-contradictoires, mais compatibles, des diverses fractions d'un bloc privilégié[4].

Là encore, l'appareil d'État mime le parti. Il le supplée, ou s'y substitue. Plus brutalement, mais aussi efficacement. En l'absence d'une bourgeoisie forte et organisée, dans le vide politique des lendemains de la Partition, il est

3. Sur cette affaire du *One Unit*, voir notamment D.M. Banerjee, *op. cit.*

4. *Cf.* par exemple Samuel G. Ikoku, *Le Ghana de Nkrumah*, Maspero, 1971, chap. 3, 7, 8.

seul à répondre à l'appel ; seul à pouvoir arbitrer ; seul à savoir gérer. Chargé d'affaires des bourgeoisies, capitalistes, ou non, montantes ou décadentes, compradores ou nationales, il les incarne toutes à la fois, dans leurs antagonismes autant que dans leurs complicités. Carrefour lui aussi et lieu géométrique. Caisse de résonance plutôt, où vient s'ordonner et prendre effet le bruit des idéologies dominantes.

L'armée est d'abord le parti des féodaux. Tout simplement parce qu'elle est elle-même issue, au niveau supérieur, des grandes familles féodales. En 1965, seize des dix-sept officiers de plus haut grade étaient originaires du Punjab et du pays Pathan ; presque tous provenaient d'un de ces 60 000 domaines (1 % du nombre total) qui se partageaient à eux seuls 31 % du sol cultivable. Ayub Khan lui-même est issu d'une grande famille de propriétaires et il possède près de Rawalpindi d'immenses vergers, dans le Sind des centaines d'hectares de canne à sucre. S'il arrive qu'un officier supérieur ou un haut fonctionnaire soit d'origine plus populaire, il s'empresse, une fois sa fortune faite, d'y remédier, pour acquérir ses lettres de noblesse agrariennes[5].

L'armée, par ailleurs, utilise les féodaux à des fins politiques. Elle les appointe pour lever les impôts ruraux. Elle les stipendie au moment des élections. Elle les consulte au moment des décisions importantes. Et Ayub Khan, par exemple, n'organisa des élections en 1965 qu'une fois qu'il fut sûr de pouvoir les truquer, c'est-à-dire après que les féodaux lui eurent promis de faire jouer leur pouvoir provincial, de faire voter les paysans comme il fallait, bref de mobiliser des rapports d'allégeance personnelle. L'appareil d'État est donc étroitement lié au monde féodal et à ses pratiques. Lien vital, consubstantiel, ombilical.

L'appareil d'État n'en est pas moins, et sans contradiction, le parti de la bourgeoisie. Elle existe à peine au moment de la Partition, mais l'appareil d'État l'aide à

5. M. Ayoob, K. Subrahmanyam, *The Liberation War, op. cit.*

naître. Elle est en quête d'identité, l'appareil d'État la modèle. Elle a peine à progresser, c'est l'appareil d'État encore qui la pousse. D'un côté, c'est lui qui distribue les prêts publics, qui négocie l'aide étrangère et qui distribue les précieuses licences d'importation sans lesquelles l'industrie serait incapable de démarrer. D'autre part l'armée, parce qu'elle est chargée de la défense nationale et qu'elle se doit d'être à la pointe du progrès, est un modèle de modernité ; elle forme des cadres, elle diffuse une mentalité, et joue un peu un rôle de moniteur. Et puis enfin, comme nous le verrons plus loin, l'appareil d'État intervient aux étapes critiques du développement capitaliste ; pour réduire un goulot d'étranglement ou réorienter les priorités : il infléchit le cours des choses capitalistes, en ses points les plus décisifs.

C'est la raison pour laquelle, au Pakistan comme dans tous les pays capitalistes, le pouvoir et l'argent sont si ouvertement mariés. La famille d'Ayub Khan — encore elle ! — est une des vingt-deux familles qui contrôlent 80 % des actifs industriels, 75 % des actifs bancaires, 75 % des assurances. Le propre fils d'Ayub Khan est un capitaliste sauvage, dont les frasques financières défraient la chronique de Karachi, et qui se trouve toujours impliqué dans les grosses affaires et les scandales du régime. Les ministres d'Ayub, les technocrates importants, sont presque tous aussi des capitalistes montants. Ghulam Faruque, ministre du Commerce et président de la Pakistan Industrial Development Corporation, obtient des paquets d'actions considérables dans les industries qu'il aide à naître. Le dernier ministre des Finances d'Ayub était jusqu'en 1966 directeur de la Pakistan Industrial Credit Investment Corporation, banque d'affaires privée, qui a financé un nombre important d'investissements privés. On raconte que le nabab de Hoti, ministre du Commerce et de l'Industrie, propriétaire de raffineries de sucre, dominait à ce point le marché qu'il était capable au moment de la crise de 1968 de créer dans le pays entier une situation de pénurie et de faire parfois doubler les prix. Rumeurs et anecdotes certes, mais qui sont symptomatiques d'un climat : l'appareil d'État n'a pas eu à se vendre au capital, il est d'emblée le capital vivant[6].

Il est aussi, et c'est son troisième visage, l'interlocuteur privilégié des bourgeoisies étrangères. Nous l'avons vu : l'existence d'un appareil d'État surdéveloppé est un véritable appel à la pénétration impérialiste. De 1947 à 1968, la quantité d'aide par habitant était deux fois plus importante au Pakistan qu'en Inde. Les trois plans quinquennaux faisaient une part considérable aux investissements étrangers : 38 % pour le premier, 50 % pour le second ; 32 % pour le troisième[7]. Les bureaucrates pakistanais ne conçoivent pas le développement sans les techniques et les capitaux américains. Le technocrate ne fonctionne que sous les ordres de l'expert. L'économie pakistanaise est physiquement, technologiquement, dépendante. L'armée, formée par les bonnes écoles anglaises, la bureaucratie formée *à l'école* des Britanniques, sont les plus fidèles avocats pakistanais des intérêts impérialistes.

D'où un paradoxe qui caractérise la plupart des États post-coloniaux. Alors qu'à l'intérieur, l'appareil se déchaîne contre un petit féodal local qui s'insurge contre le pouvoir central, on livre le pays tout entier aux monopoles impérialistes. Alors qu'à l'intérieur on brise méthodiquement tout ce qui pourrait mettre en péril l'unité, donc l'indépendance nationale, dans les relations avec l'extérieur au contraire, on hypothèque allégrement cette même indépendance. Le paradoxe ne s'explique que si l'on se souvient que le Pakistan est dominé non par une, ni deux, *mais trois* oligarchies économiques. Que l'appareil d'État est là pour combiner leurs ambitions et pour équilibrer leur jeu. Qu'il n'est pas, comme dans les pays indépendants, la chose de la bourgeoisie nationale ni même des féodaux locaux , mais bien de ces deux classes, *et de leurs maîtres métropolitains.*

6. Toutes ces rumeurs sont diffusées par la presse de gauche. *Frontier* à Calcutta, *Holiday* à Dacca...

7. *Finances et développement*, 1967.

C. Semi-autonomie de l'appareil d'État

N'est-il pas aussi tout de même, dans une certaine mesure, « sa propre chose » ? En d'autres termes, ne jouit-il pas aussi d'une certaine autonomie ? N'a-t-il pas sa propre loi et ses propres intérêts ?

On ne consomme pas 55 % d'un budget national sans devenir un corps, consistant et intégré, avec ses besoins spécifiques et ses intérêts indépendants. On raconte dans les cercles militaires pakistanais que la construction d'Islamabad, ville artificielle bâtie de toutes pièces au cœur du pays, répondait au désir de s'éloigner de Karachi et de soustraire les fonctionnaires à la pression des milieux d'affaires[8]. Il semble de même que la décision de Yahya Khan de briser la rébellion bengalie et de ramener de force la province au Pakistan obéissait moins à la logique des intérêts féodaux, à celle du capitalisme montant, ou même des maîtres américains, qu'à la logique des intérêts *spécifiques* de la caste militaire[9].

Après tout, les féodaux du Punjab n'étaient pas fâchés de se débarrasser d'une province sous-développée et lourde à traîner. Les capitalistes les plus dynamiques avaient commencé depuis dix ans d'élargir le marché occidental et se seraient assez bien accommodés d'une large autonomie de l'aile orientale. Quant aux États-Unis, ils ne semblaient pas hostiles, au départ, à Mujibur Rahman. Par contre, et ce fut là peut-être l'essentiel, la ligue Awami réclamait une diminution substantielle des budgets militaires ; elle entendait que les provinces allouent au gouvernement central les ressources qu'elles décideraient ; elle mettait donc en péril l'existence même, l'autonomie financière, le poids politique de l'appareil militaire[10]...

Il n'est pas impossible par conséquent, il est même parfois naturel, que l'appareil militaire ait tendance à se constituer en caste, et que cette caste ait des intérêts

8. P. Dreyfus, *op. cit.*
9. Hamza Alavi, *op. cit.*
10. *Ibid.*

propres qu'elle tente, de loin en loin, de faire valoir. La question qui se pose alors, la question cruciale, est de savoir si, à partir de ses *intérêts propres*, l'appareil peut mener une *politique indépendante*. Autrement dit, si ayant sa propre loi, il échappe à la loi extérieure ; si ayant une logique spécifique, il cesse d'exprimer la logique des intérêts dominants ; bref, si étant assez puissant pour faire valoir ses intérêts de corps, il est capable effectivement de transcender les intérêts et les privilèges dominants ; et pourquoi pas, de faire la révolution. Que Ayub Khan soit touché par la grâce, et le Pakistan deviendra rouge. Que le roi devienne philosophe, et la cité deviendra idéale...

Il ne manque pas effectivement d'indices pour accréditer une telle thèse : le Pakistan est le parti des féodaux ? Ayub a pourtant bien promulgué une réforme agraire ! L'armée est la chose du Pentagone ? Elle s'est pourtant bien alliée avec les Chinois... En Inde, la situation est plus troublante encore. Le parti du Congrès mène depuis quelques années une politique radicale et globalement « progressiste », il a nationalisé les banques étrangères, partiellement appliqué la réforme agraire, nationalisé les domaines princiers et attaqué les monopoles industriels. L'année dernière encore, il a lancé une vaste campagne dite de *self sufficiency*, et a bruyamment déclaré qu'il se passerait s'il le faut de l'aide américaine. Peu importe qu'il y parvienne ou non ; ce type de propos ne sied guère à un représentant des intérêts dominants...

C'est précisément — et c'est la réponse « gauchiste[11] » — que l'appareil d'État représente non pas une, mais trois classes dominantes ; qu'il ne porte atteinte à l'une d'entre elles qu'en s'appuyant sur les deux autres ; qu'il ne s'en prend jamais qu'à *l'une*, mais sans jamais toucher au *bloc*. L'appareil d'État pakistanais joue tantôt le grand capital et les féodaux contre les impérialistes (la Partition et ses lendemains immédiats) ; tantôt l'impérialisme et

11. *Ibid.*

les féodaux contre le grand capital (certaines étapes critiques de la phase dite « parlementaire ») ; tantôt enfin l'impérialisme et le grand capital contre les féodaux (la décennie d'Ayub Khan). L'appareil, autrement dit, jouit d'une autonomie *relative* vis-à-vis de chaque classe prise séparément, jamais par rapport à l'ensemble. Il peut feindre l'indépendance à l'égard d'un des trois sommets du triangle, mais à condition de rester dépendant de la structure triangulaire même.

L'explication est assez satisfaisante. Et elle cadre pour l'essentiel avec les faits. La thèse est logique : la fonction de l'appareil d'État est, comme toujours, d'assurer la stabilité du tout social qu'il administre. Pour assurer cette stabilité, il s'agit d'arbitrer *et de médier* les intérêts dominants. Sans doute est-il parfois nécessaire de s'attaquer à l'un d'entre eux. Mais moins pour démanteler le système que pour l'équilibrer.

L'explication est satisfaisante, mais elle n'est pas suffisante. D'abord parce qu'elle ne va pas assez profond et qu'elle élude une question décisive. Car enfin, si l'appareil d'État joue alternativement une ou deux des classes dominantes contre celle qu'il veut affaiblir, ne va-t-il pas au bout du compte les affaiblir tour à tour ? Ou plus exactement, en jouant les uns contre les autres ces intérêts semi-contradictoires, ne finit-il pas par affaiblir durablement l'un d'entre eux ? En éliminant le système zamindari, l'Inde n'a-t-elle pas fait un pas décisif dans le sens de l'élimination du féodalisme ? Et le médiateur des intérêts dominants n'a-t-il pas modifié la *configuration même du bloc* ? En décrétant une réforme agraire, Ayub n'a-t-il pas modifié le rôle et le statut des grands notables agrariens ? Et n'a-t-il pas, lui aussi, modifié — mais dans quel sens et au profit de quoi ? — la structure même du régime d'exploitation pakistanais ?

La question est décisive, et c'est là qu'achoppent les analyses maoïstes. Que l'appareil d'État fonctionne au profit du bloc dominant, la cause est entendue. Que son rôle soit avant tout de sauvegarder la stabilité du système, ou de médier ses intérêts dominants, la cause est

entendue aussi. Mais la question, la vraie, est la suivante : si l'on considère cette fonction stabilisatrice, cette activité de médiation, non plus dans une perspective statique, mais dans une optique dynamique, si on est attentif à la tendance et non plus seulement à l'état — alors est-il vrai que l'appareil se contente de *reproduire* la structure du bloc dominant ? ou ne tend-il pas au contraire, à terme, à *remodeler* cette structure ? ne tend-il pas à instaurer au sein du bloc un *rapport de forces nouveau* qui privilégie un ou deux de ces éléments en disqualifiant les autres ? L'appareil d'État, autrement dit, fonctionne-t-il comme simple réducteur de déséquilibres ou tend-il au contraire à promouvoir un équilibre neuf ?
La question se scinde elle-même en deux, et nous la résoudrons dans cet ordre :

a) au profit de qui se fait l'arbitrage ? en faveur de qui penche la balance de la médiation ? quelle est la classe marchante que l'appareil, à terme, favorise ?

b) au profit de quoi s'opère cette démarcation ? Étant donné d'une part cette « partialité » à long terme, étant donné d'autre part cette exigence de stabilité à court terme, quel est globablement le *modèle de développement économique* induit par l'appareil d'État ?

II. **L'appareil d'État, avant-garde de la bourgeoisie capitaliste**

Au profit de qui, donc, se fait la médiation ? Le prisme étatique se contente-t-il de reproduire les rapports de forces existants, ou tend-il à déplacer l'axe de ces rapports ? et dans quel sens ?

A. Militarisation et crise du capitalisme

Question préliminaire : dans quel cas l'appareil d'État intervient-il ? Dans quel cas monte-t-il en première ligne ? Quand éprouve-t-il le besoin de se gendarmer et de réaffirmer sa puissance ? A quoi correspond, autrement dit, son durcissement, c'est-à-dire le plus souvent sa *militarisation* ?

Réponse classique : l'appareil d'État se durcit lorsque la révolution menace et qu'il faut mater un mouvement populaire. C'est le cas en 1954 au moment du vote du *One Unit*. C'est le cas avec Yahya Khan quand la révolte s'étend au Bengale, et même à l'ouest. C'est le cas encore en Amérique latine, où l'autoritarisme est un réflexe de défense des classes dominantes affolées, où quand le peuple gronde, on fait donner l'artillerie lourde.

Mais ce n'est pas toujours ainsi, et la corrélation n'est pas toujours automatique. Exemple en sens inverse : la chute de Yahya Khan et l'avènement de Bhutto. La révolte gronde justement ; le Pakistan mutilé risque de se balkaniser ; les travailleurs de l'aile occidentale se sont radicalisés ; et c'est pourtant Bhutto, un civil, un *politique,* qui prend en main les affaires de l'État. L'armée se tient derrière lui, c'est vrai, elle *le tient* même sans doute ; mais elle n'éprouve pas le besoin de le montrer ; le mouvement populaire n'est pas tombé, mais elle laisse croire qu'elle s'est retirée.

Exemple encore, en Amérique latine : c'est précisément devant la montée de la vague populaire que les militaires argentins en 1971 ont annoncé leur décision de rendre le pouvoir aux civils. C'est devant une menace révolutionnaire grandissante que le président Lanusse lance son appel à l'aile officielle du péronisme. Là encore, il semble bien que les classes dominantes préfèrent isoler les extrémistes que radicaliser le peuple entier. Là encore, devant la montée d'un mouvement de masse, elles ont le « choix » entre une forme brutale de répression (militaire) et une forme plus subtile (civile). Sans que l'on puisse déterminer de l'extérieur dans quel cas elles optent pour l'une ou pour l'autre[12].

Seconde réponse, classique aussi, mais guère plus satis-

12. *Le Monde diplomatique*, mai 1972.

faisante : la militarisation du régime est le fruit de calculs impérialistes. Le cas du Pakistan est assez net : la première crise, le premier durcissement, apparaît au début des années cinquante ; après trois ans de gouvernement que l'on pourrait à la rigueur qualifier de « civil », après une brève période libérale, où Jinnah et Liaquat Ali Khan essaient de tenir l'équilibre entre les deux provinces, les militaires, brusquement, semblent monter en première ligne ; Liaquat Ali Khan est assassiné à Rawalpindi, ville de l'état-major ; on attribue l'assassinat au lobby punjabi de l'appareil militaire. Or, c'est précisément le moment où les États-Unis, déçus par le « non-alignement » de Nehru, décident de jouer la carte pakistanaise ; c'est le moment où ils se décident à faire du Pakistan un chaînon décisif du C.E.N.T.O. et de l'O.T.A.S.E. ; c'est le moment par conséquent où l'impérialisme pénètre tout crûment dans les affaires du pays.

Les cas de ce genre ne manquent pas, en Amérique latine notamment. La militarisation du Brésil coïncide avec le moment où le Pentagone décide de faire du pays un gendarme local et d'installer un sous-impérialisme dans la région. Les militaires brésiliens, inversement, se sont révélés les meilleurs avocats possibles des intérêts américains. D'une manière générale, un gouvervement fort, militaire si possible, bureaucratique à la rigueur, est la providence de l'impérialisme. Au point qu'il est généralement tenté de l'aider à se maintenir, sinon à s'installer.

Cela dit, dans le détail, les choses ne sont pas non plus toujours aussi simples. Et notamment parce que d'autres paramètres interfèrent. Les phases dures du régime d'Ayub Khan correspondent davantage à un resserrement des liens avec la Chine qu'à des poussées d'impérialisme. L'avènement de Yahya Khan n'était pas vu non plus d'un très bon œil à Washington. Et en Turquie, par exemple[13], si en mars 1971 les militaires viennent au pouvoir, ce

13. *Ibid*, juin 1972.

n'est pas parce que l'impérialisme les soutient, mais au contraire parce que les États-Unis se désengagent. Pas de lien de cause à effet par conséquent. L'explication, encore, ne suffit pas.

C'est peut-être qu'il manque une touche au tableau ; qu'aucune des interprétations avancées n'épuise à soi seule le phénomène ; qu'il faut les conjuguer entre elles, et les conjuguer *à une troisième,* pour rendre compte de chaque cas concret. C'est cette troisième explication que nous nous proposons d'avancer ici, et que nous tenterons, si possible, de fonder. Disons, pour faire vite, qu'au Pakistan, et ailleurs aussi nous le verrons, l'armée intervient aux étapes *critiques* du développement capitaliste ; lorsque des choix douloureux sont nécessaires ; lorsque les intérêts féodaux ou compradores font obstacle ; et qu'il faut les bousculer pour empêcher l'ensemble du système de crouler.

On pourrait le démontrer, à l'aube des années cinquante : la militarisation du régime correspond à la nécessité de transformer l'appareil de production capitaliste ; de mobiliser des ressources investies dans des activités parasitaires ; de réorienter l'investissement des sphères financières et commerciales, où l'on réalise vite des profits colossaux, vers la sphère industrielle, dominée par l'étranger, et plus aléatoire. Autrement dit, le durcissement du régime, sa bureaucratisation d'abord avec la montée du Ghulam Mohammed, sa militarisation ensuite avec l'ascension d'Ayub Khan, coïncident avec une transformation décisive du mode de production[14].

Mais c'est en 1958, avec l'avènement d'Ayub, que le cas est plus flagrant et la démonstration plus éclairante. Quelle est la situation économique ? La production industrielle s'est développée à un rythme inespéré ; la production de filés de coton est passée de 20 millions à 200 millions de kilos ; l'industrie du jute, partie de zéro, parvient au bout de dix ans à 250 000 tonnes ; la produc-

14. Sur l'état de l'économie pakistanaise au moment de la Partition, voir par exemple Gilbert Étienne, *Progrès agricole et maîtrise de l'eau : le cas du Pakistan,* P.U.F., 1967.

tion de ciment s'est multipliée par trois ; la production électrique par neuf. Autrement dit, l'instabilité politique, les forces régionales centrifuges, le poids des intérêts féodaux n'ont pas empêché la croissance. Les experts occidentaux s'attendrissent. On parle déjà de « miracle pakistanais[15] ».

Cela dit, le tableau n'est pas rose partout et la situation du secteur agricole est inquiétante. Les rendements restent stationnaires ; la production alimentaire de base croît moins vite que la population ; la surface cultivée augmente de 1,3 % seulement par an ; la production reste destinée le plus souvent à la consommation locale ; et les structures agraires, enfin, ne favorisent guère le progrès, puisqu'un tiers de la terre en propriété privée est dominé par des grands propriétaires absentéistes ; leurs fermiers et métayers n'ont pas intérêt à investir ; le surplus économique sert à alimenter les dépenses de prestige des nobliaux de province. Résultat : la stagnation du secteur agricole va faire obstacle à la croissance industrielle ; la population des villes continue d'augmenter, mais les campagnes ne peuvent plus la nourrir ; la production industriel le croît, mais le pays ne peut pas l'absorber. L'économie pakistanaise a donc besoin d'un *hinterland* ; l'aile orientale a fait l'affaire de 1947 à 1958 ; en 1958, elle présente les premiers signes de saturation ; il faut trouver autre chose. Ce ne pourra être qu'une modernisation du secteur agricole, sous la double forme d'une « réforme agraire » et d'une « révolution verte ». *Réforme agraire* pour créer à la campagne une classe capitaliste, éliminer les féodaux les plus décadents, introduire dans le terroir une « mentalité d'entreprise ». *Révolution verte* pour augmenter les rendements, donc la production, donc sans doute la part de production destinée au marché. Peu importe pour le moment la signification politique de ces mesures. L'essentiel pour l'instant est de noter que, *du point de vue du développement capitaliste,* la réforme proposée par les experts, et que nous analyse-

15. *Ibid.*

rons plus loin, constituait une solution relativement adéquate aux problèmes de l'heure. Elle allait réorienter le surplus économique ; induire de nouveaux flux d'investissement ; intégrer le monde rural au monde capitaliste ; réduire par conséquent le goulot d'étranglement qui était en train de bloquer le développement industriel.

Or, et c'est là le point essentiel, une telle réforme était inconcevable sous le régime politique d'avant 1958 ; elle était irréalisable avant le coup d'État militaire.

La révolution verte, pour des raisons techniques ; un démarrage industriel peut se faire sur le mode sauvage ; il peut se passer d'une intervention active de l'État. Par contre, un décollage agricole exige de tels efforts et de tels investissements, il bouscule tant de traditions et tant d'idées reçues qu'il est impraticable sans une politique économique résolument étatique. Qui sinon l'État peut introduire dans les campagnes les plus reculées les « semences miracle » et les engrais occidentaux ? Qui sinon l'État peut octroyer les indispensables crédits ? Et qui sinon lui enfin peut financer les grands travaux hydrauliques sans lesquels le Bengale oriental n'a aucun espoir de progrès ? Comment faire une révolution verte, autrement dit, dans un Pakistan politiquement instable et qui échoue lamentablement dans ses premières tentatives de planification ? Souvenons-nous du premier plan quinquennal : il faisait bien sa part au secteur agricole, mais il aurait dû commencer en 1955, il n'est approuvé qu'en 1957, et il ne sera jamais appliqué[16]...

Quant à la réforme agraire, les obstacles étaient plus politiques que techniques. Elle était, elle, proprement impensable avant le coup d'État. Un parti politique, un seul, l'Azad Pakistan Party, l'avait inscrite à son programme : il n'eut jamais en dix ans le moindre écho. Un militant de la Ligue musulmane avait rédigé dès 1944 un projet de réforme : après l'indépendance, quiconque était surpris en possession du document était aussitôt puni par la loi. La réforme par conséquent, parce qu'elle

16. *Ibid.*

prévoyait l'élimination des zamindars, parce qu'elle portait atteinte aux intérêts acquis, parce qu'elle prévoyait un plafonnement des grands domaines, était, à la lettre, *inconcevable* : le paysan qui osait y songer était de par la loi expulsé de sa tenure[17].

On comprend alors la portée « révolutionnaire » de la déclaration d'Ayub Khan qui, au lendemain de son avènement, annonça qu'il commençait son règne par une réforme agraire. Ce que dix ans de régime « parlementaire » n'avaient pu songer à faire, Ayub en quelques mois prétendait le réaliser. Ce qui, sous le régime antérieur était indicible et impensable, venait tout d'un coup à l'ordre du jour. Il avait fallu un coup d'État pour que l'impensable devienne possible, pour que les résistances féodales soient vaincues, de gré si possible, de force s'il le fallait ; il avait fallu un durcissement, une militarisation du régime pour que le verrou agricole au développement industriel sautât, et que l'économie repartît une fois le cap franchi. De fait, on s'empresse de fixer un plafond à la propriété foncière : 500 acres de terre non cultivable, 1 000 de terre cultivable. Et deux ans après, le deuxième plan quinquennal annonce que « la plus haute priorité sera donnée à la production agricole ».

On pourrait produire d'autres exemples qui confirmeraient notre hypothèse. Un cas parmi d'autres : celui de la Turquie. La aussi, à la fin des années soixante, la bourgeoisie nationale passe par un cap difficile ; et pour franchir le cap, l'intervention de l'armée se révélera nécessaire. Il s'agissait là aussi de faire un pas de plus, décisif, dans la voie de l'industrialisation ; en l'occurrence, de transformer un appareil qui s'était cantonné jusque-là dans les productions légères et de jeter les bases d'une industrie lourde nationale. Or, là encore, le schéma se vérifie : l'opération était impensable dans le cadre légal et parlementaire ; pour deux raisons au moins[18].

D'abord, elle allait s'inscrire sur un terrain social déjà

17. T. Ali, *op. cit.*
18. *Le Monde diplomatique*, juin 1972.

miné : grèves, révoltes étudiantes... Elle aurait inévitablement des retombées politiques et sociales qui alourdiraient encore le climat ; ces retombées, le gouvernement en place serait incapable de les éviter, et encore moins de les maîtriser. Par ailleurs, l'opération allait provoquer, elle *provoquait* déjà, une fracture dans le bloc des classes dominantes. Dès 1970 en effet, son aile droite, essentiellement composée des notables anatoliens et des féodaux, quittait le grand « parti de la Justice » et fondait un parti plus traditionaliste : le « Parti démocratique ». Le bloc se scinde par conséquent ; les intérêts divergent ; la « Sainte-Alliance » ne résiste pas aux exigences du développement industriel ; le gouvernement Demirel perd sa majorité parlementaire ; il sera incapable de mener une réforme d'envergure. Autrement dit, là aussi, le capitalisme était incapable de franchir dans la légalité cette étape critique de son histoire ; la bourgeoisie nationale ne pouvait effectuer toute seule sa propre mue ; il fallait que les militaires prennent le pouvoir.

B. La politique agricole d'Ayub Khan : le capitalisme dans les campagnes

Revenons à Ayub Khan et poussons un peu plus loin l'analyse de sa stratégie agricole. Dans quelle mesure a-t-elle répondu au besoin qui l'avait fait naître ? Dans quelle mesure va-t-elle favoriser au Pakistan le développement du capitalisme ? Quelles sont en un mot ses implications et ses retombées ?

D'abord la révolution verte : tous les pays du tiers monde le savent, elle ne profite jamais qu'aux riches, elle aide les plus riches à devenir plus riches encore, elle contraint les plus pauvres à s'avouer vaincus et à dégager la place, elle accroît par conséquent les disparités sociales. Soit, par exemple, la distribution des semences miracle et des engrais : elle ne se fait pas, on s'en doute, au petit bonheur ; les autorités veillent à éviter le saupoudrage ; on les concentre par conséquent sur les exploitations dites « viables » ; et qu'est-ce qu'une exploitation viable ? c'est une exploitation qui produit pour le marché et qui dégage de la plus-value ; c'est, en d'autres termes, une exploitation capitaliste.

Soit également la politique du crédit. Ayub Khan libéralise le crédit rural. Mais il ne le fait que pour ceux qui y avaient déjà accès : c'est-à-dire pour ceux, toutes les circulaires officielles le recommandent, qui ont des surplus à commercialiser. Là encore, la révolution verte ne vise pas à soustraire le petit paysan à l'emprise de l'usurier ; elle n'a pas pour but d'améliorer la situation des *have-not* ; son objectif n'est même pas de réduire le déficit alimentaire chronique. Il s'agit tout simplement de créer une classe capitaliste ; d'aider l'usurier d'hier, le ventre-plein de toujours, à devenir *entrepreneur*.

Ainsi, la fameuse politique des grands travaux au Bengale. Les autorités ont répété à l'envi que les deux tiers des dépenses consistaient en salaires ; que ces salaires étaient versés de décembre à mai, c'est-à-dire pendant la saison creuse ; que les travaux par conséquent ont contribué à améliorer chaque année le pouvoir d'achat d'un million de paysans pauvres. C'est vrai. Mais on oublie de rappeler aussi la finalité des travaux. Car de quoi s'agissait-il ? De construire des routes. Pourquoi des routes ? Pour commercialiser les surplus et réduire les frais de transport. Mais qui a des surplus et qui a des frais de transport ? Là encore, une couche extrêmement réduite de koulaks qui disposent de 15 hectares au moins ; 6 % du nombre des exploitations à l'ouest ; 3 % à l'est. Ce que l'on oublie de dire, c'est qu'à l'est, notamment, huit tenures sur dix ont moins de 2 hectares, que 2 millions et demi de paysans n'ont pas de terre du tout, et que 7 millions et demi ont un lopin si petit qu'ils doivent se louer ailleurs.

C'est dire que l'ensemble de la province du Bengale n'allait tirer des routes nouvelles qu'un profit très limité. Par contre, il semble qu'avec les mêmes fonds il eût été possible d'entreprendre de grands travaux hydrauliques, d'endiguer le cours du Gange et de réduire chaque année les dégâts causés par les crues ou les cyclones. *Socialement* parlant, l'objectif était prioritaire ; il y allait de l'intérêt de la majorité de la population ; il s'agissait de sauver, en décembre 1970 par exemple, des centaines de milliers de vies humaines. Mais la question n'était pas là. Pour les réformateurs d'Islamabad, l'objectif était très clair : améliorer la circulation des produits pour inciter à produire plus ; multiplier les canaux d'écoulement pour mieux desservir les campagnes ; introduire dans les zones les plus reculées le fameux « esprit d'entreprise » ; acheminer vers les villes de quoi les nourrir ; en dernier ressort, réduire le goulot où s'étranglait, nous l'avons vu, le développement industriel.

Pour que le capitalisme fonctionne, il lui fallait aussi des prolétaires. Là encore la révolution verte fera l'affaire et on la charge de les produire. Tantôt c'est les petits propriétaires qui, écrasés par les impôts et par la concurrence, vendent leur lopin. Tantôt, c'est les fermiers et les métayers qui, vaincus par la modernisation, se transforment en journaliers. Les grands féodaux l'ont compris : il est plus avantageux de salarier que d'affermer la terre. La part de la récolte conservée par le métayer passe dans les années soixante de 50 % à 30 %. Le nombre de métayers au Bengale devient quasi négligeable. Résultat global : de 1951 à 1961, le nombre de paysans sans terre au Bengale passe de 1 million et demi à 2 millions et demi ; il s'est accru de 60 % quand la population rurale n'augmentait que de 21 %. Le nombre de journaliers à l'ouest était de 1 million en 1961 ; il a doublé depuis. Dans les deux cas, les paysans pauvres et les *occupancy tenants* vont grossir l'armée de réserve industrielle. *Après la koulakisation, la prolétarisation.*

Voilà donc pour la révolution verte. Qu'en est-il de la réforme agraire ? Même schéma : l'objectif est d'introduire dans les campagnes des embryons de rapports de production capitalistes. Il est remarquable tout d'abord que la réforme ne profite jamais aux paysans moyens et pauvres ; les terres confisquées aux grands propriétaires sont vendues aux enchères ou distribuées à des fonctionnaires en retraite ; l'expérience prouve qu'elles ne sont jamais rachetées par les fermiers qui les exploitent. Par ailleurs, la réforme n'affecte que marginalement les intérêts des féodaux. Le plafond est fixé très haut et la réforme est annoncée assez tôt pour que, comme en Inde, les propriétaires prennent les devants et « vendent » les parcelles menacées à des membres de leur famille ou à des hommes de paille. Au total 1/16 des terres à l'ouest a été effectivement confisqué. Seuls ont été touchés les *très grands* propriétaires.

Cela signifie d'abord que la réforme agraire n'affecte pas le rapport du paysan à son instrument de production. Elle ne généralise pas le droit de propriété et ne réforme pas le statut de fermage. Elle se contente de consolider un régime de propriété et des rapports de production existants ; d'ôter à de mauvais capitalistes (les plus gros zamindars) une part de leur capital ; de transférer ce capital à d'autres (militaires et fonctionnaires) que l'on tient mieux en main et dont on espère qu'ils le géreront de manière plus dynamique. Par ailleurs, les intérêts féodaux ne sont pas réellement menacés ; ils sont simplement restructurés. La loi procède avec suffisamment de lenteur pour que la classe féodale d'hier ait le temps de s'allier à la classe capitaliste montante. *En d'autres termes, on fait en sorte qu'après le passage critique le bloc des classes possédantes se reconstitue, mais sur de nouvelles bases.*

Ce processus est courant, et on le retrouve dans la plupart des réformes agraires faussement progressistes ou prétendument socialistes. Au Mexique, par exemple, les réformateurs procèdent en deux temps. Le premier symbolisé par le règne du président Cardenas ; le second par le président Aleman. D'abord démanteler les grands domaines et constituer des *ejidos*. Ensuite, dix ans après, assouplir la loi et rallier les grands propriétaires ; bloquer la distribution des terres et annoncer l'achèvement de la « révolution ». Les circonstances ne sont pas les mêmes, ni le rythme du processus ; mais le résultat est analogue ; on a fait peur plus qu'on n'a réformé ; une fois l'orage passé, les vieux intérêts se reconstituent dans un environnement économique *qui a tendance à se transformer*. On a créé une classe de koulaks, mais dans le but, surtout, de *koulakiser les féodaux*.

Résumons et généralisons les résultats obtenus.

A la campagne, le rôle essentiel de l'armée, ou de l'appareil d'État, a été de déloger les éléments féodaux qui enrayaient le développement capitaliste, et eux seulement. En indemnisant les zamindars expropriés, on rend possible un reflux des capitaux vers l'industrie. En éliminant une partie des intermédiaires et en brisant le pouvoir des grands propriétaires, on récupère à des fins productives des capitaux monopolisés dans des activités parasitaires ; on détourne de la consommation somptuaire une part relativement importante du surplus.

A la ville, dans le secteur industriel, il s'est agi également d'opérer un transfert de ressources. Du domaine de la consommation à celui de la production. Des secteurs marginaux aux secteurs productifs. Si l'on admet avec Paul Baran que le principal obstacle à la croissance est le mode d'utilisation du surplus économique potentiel, il semble que l'État pakistanais, comme l'État indien, comme l'État indonésien, et comme tant d'autres, se soit fixé pour tâche de mobiliser ce surplus ; de transformer une part croissante du surplus économique potentiel en surplus économique effectif ; bref, de donner à la bourgeoisie montante les moyens, politiques et économiques, de son hégémonie.

On ne rappellera jamais assez que cette bourgeoisie montante n'était pas encore dominante en 1947. Elle était embryonnaire, minoritaire, et étouffée par les intérêts des deux autres classes qui se partageaient les faveurs du pouvoir : les féodaux et l'impérialisme ; dix ans plus tard, en 1958, elle était encore sur la défensive ; les fameuses vingt-deux familles n'avaient pas encore assis leur position de monopole. C'est donc du régime d'Ayub, de la « décennie du développement », que date leur essor effectif ; c'est après le durcissement de l'appareil d'État que le Pakistan entre, avec Taiwan, le Vietnam du Sud, et quelques autres pays d'élite, dans le peloton de tête de la trop fameuse « voie du développement ».

Le régime militaire, autrement dit, s'est fait l'avocat d'une classe capitaliste *qui n'existait pas encore.* Il a promu les intérêts d'une classe montante que tout défavorisait et que tout handicapait. Il a violé le cours des choses, il a ramé à contre-courant. Il n'a pas tenu l'équilibre entre les classes dominantes dont il arbitrait les intérêts. Il n'a pas tenu l'équilibre, parce que s'il l'avait fait, la classe capitaliste aurait été éternellement marginale. Elle n'avait ni la force ni les moyens de veiller toute seule à ses propres intérêts. La junte, délibérément, a brisé le rapport de forces existant. Délibérément, elle s'est instituée *en avant-garde de la bourgeoisie.*

Le cas pakistanais n'est pas sans exemple, et à peine exemplaire. Le rôle historique du nassérisme par exemple semble avoir été, toutes proportions gardées, analogue. L'appareil d'État égyptien avant le coup d'État militaire tenait lui aussi l'équilibre entre plusieurs classes dominantes mi-complices, mi-antagonistes. Au sein de ces classes dominantes, l'hégémonie politique revenait en fait à la bourgeoisie traditionnelle. Et cette bourgeoisie traditionnelle, en faisant intervenir l'armée, comptait la monopoliser et tirer profit de son intervention... En réalité, il est apparu très vite que le régime militaire se faisait le héraut, non pas de la bourgeoisie traditionnelle, mais de l'une de ses fractions ; même pas de la bourgeoisie proprement dite, mais d'une lumpen-bourgeoisie, virtuellement dominante et aspirante au capitalisme. L'armée était censée rénover l'État pour le compte de la bourgeoisie traditionnelle ; elle se fait en réalité l'agent d'un développement semi-capitaliste, pour le compte de la bourgeoisie nationale naissante. Là encore, elle a rompu le *statu quo* ; elle a brisé l'équilibre des forces ; elle aide à la constitution d'un « capitalisme d'État » : elle ne s'est pas contentée d'assurer une quelconque « médiation », *elle a promu un rapport de forces nouveau.*

Pakistan, Égypte, Turquie, Argentine... On pourrait multiplier les exemples. Dans tous les cas, il ressort que la bourgeoisie nationale est incapable d'assurer à elle seule un processus d'« accumulation capitaliste élargie » ; l'armée doit intervenir à ses côtés ; elle doit *militer à ses côtés*, pour l'aider à passer le cap.

III. **Féodo-capitalisme d'État**

La situation est donc complexe et apparemment contradictoire. D'un côté, la fonction de l'appareil d'État est d'assurer la stabilité du tout social et de tenir en équilibre les forces sociales dominantes. De l'autre, il semble, à long terme sans doute, lentement mais à coup sûr, rompre cet équilibre au profit d'un des acteurs et définir de l'extérieur un rapport de forces conflictuel.

On explique généralement la contradiction par la nature « dualiste » des sociétés du tiers monde. A la fois capitalistes et féodales, à cheval sur les deux mondes, à mi-chemin des deux systèmes, elle contiennent des *embryons* et des *séquelles*. Des aspects *déjà* capitalistes, et des aspects *encore* féodaux. Et le rôle de l'appareil d'État est d'éliminer les seconds pour aider à naître les premiers ; il vient servir de marchepied à l'économie nationale pour l'aider à gravir l'échelle linéaire du développement. Et s'il s'appuie encore sur l'ordre féodal, s'il ne mise pas franchement sur le capitalisme, c'est qu'il faut un temps à chaque chose et qu'il faut procéder par étapes. A terme, pourtant, si les choses se passent bien, l'État réel devrait combler l'écart qui le sépare de son essence ; il devrait remplir intégralement sa mission : abolir les dernières résistances féodales, asseoir solidement un ordre capitaliste.

Cette explication malheureusement est erronée. Elle repose sur une double illusion. D'abord l'idée qu'il existe une échelle linéaire et idéale dont les économies du tiers monde graviraient pas à pas les degrés. Ensuite, l'idée que capitalisme et féodalisme sont deux essences pures et séparées ; qu'elles peuvent se trouver mêlées et coexister ; mais qu'elles restent toujours fondamentalement étrangères. Nous voudrions, sur l'exemple du Pakistan, dissiper cette double illusion[19].

Notre thèse sera la suivante. Féodalisme et capitalisme sont organiquement liés dans la structure sociale pakistanaise. Ils se pénètrent l'un et l'autre et constituent un tout original, irréductible à chacune de ses parties. Et le rôle d'un appareil d'État surdéveloppé est, en dernière analyse, d'assurer l'utilisation « capitaliste » des rapports de production « féodaux ». A la fois en récupérant des rapports féodaux préexistants, en les remodelant, et en en structurant d'autres, inédits ; pour fonder en définitive un mode de production spécifique que nous appellerons : « féodo-capitalisme d'État ».

Si cette hypothèse se vérifie, elle aura des conséquences politiques décisives :

— le féodalisme dans le tiers monde ne serait pas destiné à disparaître ; le capitalisme ne l'évincerait pas, mais le renforcerait au contraire en l'intégrant à un ordre spécifique ;

— les stratégies socialistes devraient tenir compte de cette situation socio-économique particulière ; abattre le « capitalisme » ou éliminer le « féodalisme », n'aurait pas plus de sens que de lutter contre des moulins ; il faudrait inventer des statégies originales, adaptées à une situation et à une structure originales.

A. Un capitalisme à l'œuvre dans le moule féodal

Revenons à nos koulaks et à nos prolétaires ruraux.

Les koulaks d'abord : ce sont des capitalistes ruraux, ils sont censés être animés d'un « esprit d'entreprise ».

19. Voir, en ce qui concerne l'Amérique latine, les ouvrages d'André Gunder Frank, Maspero.

Mais ils gardent en fait les prérogatives et les fonctions des zamindars traditionnels. Qu'il s'agisse d'assurer la police locale ou de distribuer le grain en période de pénurie, c'est toujours au koulak que le gouvernement s'adresse, comme s'il était encore organiquement lié à la masse paysanne.

De fait, les petits paysans ont à l'égard des paysans riches des liens d'allégeance personnelle qui ne se distinguent pas des liens féodaux classiques. Obéissance et humilité ; obséquiosité et servilité parfois ; dans certaines régions de l'Inde, au Sind pakistanais, le gros paysan local est encore adoré par ses manants tout comme le zamindar ; on lui baise encore les pieds quand il passe, et on regarde au sol quand on lui parle...

D'une manière générale, le paysan pauvre est encore assujetti à la *corvée*, alors même que le capitalisme pénètre. Justement, il vient creuser les puits, il vient aider à la récolte, il vient aménager la route ; la « révolution verte », autrement dit, mobilise à son profit les vieilles mœurs féodales. Mieux : quand le puits est installé, quand la pompe est en service, c'est aux paysans riches qu'il faut s'adresser pour y avoir accès ; comme le serf médiéval pour moudre son grain ou cuire son pain ; et là encore le paysan pauvre devra fournir en retour des prestations en nature.

Tout cela, les pouvoirs publics en ont conscience. En Inde, voilà cinq ans qu'on reporte chaque année un projet de taxe sur les revenus agricoles. Le dernier *economic survey* en démontre l'urgente nécessité. Et pourtant, en octobre 1971, les Premiers ministres des États, avec l'accord du ministre des Finances fédérales, sont convenus de remettre la décision au lendemain des élections. C'est que la taxe en question aurait touché d'abord les koulaks. Or, les koulaks tiennent politiquement les campagnes...

Quant aux prolétaires ruraux, ils ne ressemblent guère non plus au modèle pur. Là encore des rapports de production féodaux sont à l'œuvre dans la révolution capitaliste. En régime capitaliste, le prolétaire est séparé de ses moyens de production ; dans les campagnes pakistanaises au contraire, le paysan sans terre, le journalier qui loue sa force de travail, conservent pourtant des outils personnels, une charrue, une paire de bœufs... En régime capitaliste, le prolétaire est mobile et relativement interchangeable ; au Pakistan, il reste pris dans les filets de l'ordre féodal ; il reste assujetti aux us et coutumes locaux ; il dépend encore de la police et des juridictions locales ; il continue d'être soumis à la corvée... Il est donc devenu mobile par rapport à la terre puisqu'on l'a contraint à vendre son lopin, ou qu'en l'absence de cadastre on a nié son droit de propriété. Mais il continue pourtant à dépendre personnellement. Il conserve ses liens traditionnels aux autorités coutumières[20].

Capitalisme/féodalisme... Les deux structures semblent difficilement dissociables. Elles se combinent harmonieusement pour former un type original d'exploitation économique. Les industriels eux-mêmes ont vite compris le profit qu'ils pourraient tirer d'une telle combinaison. Des raffineries de sucre s'installent aux portes des grands domaines. Des industriels du coton s'entendent et coopèrent avec d'ex-zamindars. Au Sind, l'État le plus féodal du Pakistan, où les domaines sont les plus vastes et les paysans de véritables serfs, des usines d'égrenage commercialisent la production du coton, et fournissent des crédits aux cultivateurs. L'industrie autrement dit, si capitaliste soit-elle, pénètre les structures féodales, et les plie à sa loi...

Ce n'est pas tout. Et ce n'est pas encore le plus symptomatique. L'harmonie, la compatibilité essentielle des structures capitalistes et féodales apparaît plus nettement encore, et ses conséquences sont plus radicales, dans le cas de la politique du *gouvernement* à l'égard des pouvoirs féodaux ; dans le cas de l'utilisation *par l'État* des rap-

20. Sur la structure de classe du Pakistan, voir : Tariq Ali, *Quatrième Internationale, op.cit.*, novembre 1970 ; *Asian Review*, octobre 1968, p. 45.

ports sociaux féodaux. Et cette politique se situe à un triple niveau.

B. Dénaturer un féodalisme ancien

L'État, tout d'abord, récupère les structures féodales anciennes, mais en les dénaturant et en les remaniant. On pourrait presque résumer la réforme agraire d'Ayub Khan en disant qu'elle visait : *a)* à renforcer le pouvoir local des féodaux ; *b)* à décourager leurs prétentions à l'hégémonie nationale ; *c)* à les utiliser comme courroie de transmission de l'autorité centrale.

Décourager leurs prétentions à l'hégémonie nationale... : il fallait, comme au temps de Jinnah, leur interdire d'élaborer un modèle économique d'ensemble, qui eût été in-viable, aurait fait la part trop belle au gaspillage, et aurait mobilisé une part insuffisante du surplus économique potentiel. *Renforcer en revanche leur influence au niveau local.* Bien sûr, ils n'étaient pas très dynamiques, mais ils étaient craints et respectés. Le développement capitaliste a des retombées sociales. Ils étaient les seuls à pouvoir les maîtriser ; les seuls à pouvoir maintenir l'ordre dans l'arrière-cour. Éliminés au niveau national, renforcés au niveau local, ils devaient enfin *servir de relais à l'appareil central.* Relais dans la chaîne d'exploitation qui commence avec les firmes impérialistes et qui s'enfonce jusqu'aux confins des campagnes pakistanaises. A ce titre, les grands propriétaires fonciers n'étaient pas les survivants d'un ordre révolu, mais un maillon essentiel et solide d'une chaîne d'exploitation nouvelle.

Au fond, la fonction qui leur est assignée par l'appareil d'État rappelle étrangement l'utilisation par les nouveaux États africains de l'antique chefferie ; ou la récupération par les Britanniques du système traditionnel des zamindars. La chefferie est à l'origine une institution populaire ; elle est contrôlée par les tribus, même si les élites locales la dominent. Avec l'appareil d'État colonial, avec l'appareil d'État national ensuite, la chefferie se met à marcher sur la tête : on brise ses pouvoirs souverains, on ne lui laisse que le faste et l'apparat ; tout juste de quoi lui permettre de dominer les populations locales ; juste ce qu'il fallait pour qu'elle puisse devenir un *relais* de l'administration centrale[21].

Quant au système zamindari, les Anglais, nous l'avons vu, ne l'avaient pas créé, mais l'avaient récupéré. Ils l'avaient plié à leurs intérêts ; ils en avaient changé les titulaires ; ils en avaient consolidé les pouvoirs ; mais en lui ôtant toute indépendance politique, toute prérogative qui aurait fait double emploi avec le pouvoir colonial. Autrement dit, là encore, le colonialisme, loin d'éliminer les féodaux, les avait pliés à sa logique.

C. Bâtir un féodalisme nouveau

L'appareil d'État pakistanais crée aussi *de toutes pièces cette fois* des institutions nouvelles, dont le rôle est d'être les agents ruraux du développement capitaliste, mais dont la structure et le type d'autorité restent de nature essentiellement féodale. Le cas typique est celui des « démocrates de base », institution typiquement féodale qui n'a pas été récupérée comme un mal nécessaire ou une séquelle vivace, mais qui a été intégralement forgée.

Le démocrate de base, c'est un notable local, traditionnel ou importé, élu par la population, et qui constitue le corps électoral du pays. Où est-il recruté ? A l'ouest, parmi les koulaks et les *Middle landlords ;* à l'est, parmi les *surplus farmers,* c'est-à-dire les paysans prospères qui produisent pour le marché. Le but avoué de l'opération ? que la population pakistanaise fasse l'apprentissage de la démocratie ; une démocratie contrôlée et tamisée ; une démocratie « à la base », et paraît-il « populaire ». Le démocrate de base est élu ; il n'est pas toujours réélu ; en 1964, 52 % seulement retrouvent un second mandat ;

21. Chefferie, cf. Samuel G. Ikoku, *op. cit.*

preuve qu'un certain contrôle populaire existe en effet[22].

En vérité, le rôle des démocrates de base va bien au-delà de l'élection des députés et du président de la République. Même si les autorités ne le disent pas, leur rôle est *d'abord économique*. Leur fonction essentielle est d'être les agents et les moniteurs du développement capitaliste en milieu rural. C'est par leur canal que passent les engrais, les semences, les machines de la révolution verte. C'est par eux que passent les surplus de blé américain reçus au titre de la loi P.L. 480. Et c'est eux enfin qui gèrent les fonds gouvernementaux affectés au développement rural.

Exemple : les fameux grands travaux à l'Est. On leur confie les fonds. Ils répartissent la masse salariale. Ils planifient les opérations... A l'est comme à l'ouest, on les charge de promouvoir les contrôles des naissances, d'organiser des centres de stérilisation... Là encore, leur action va dans le sens des exigences capitalistes ; et ce n'est pas un hasard si la principale opposition politique à leur action est toujours venue des vieux notables d'extrême droite, musulmans fanatiques, regroupés dans le Jamaat-E-Islami[23].

Cela dit, la grande habileté du pouvoir fut de faire de ces moniteurs capitalistes de véritables notables féodaux. Quel est en effet l'objectif ultime ? Faire coïncider le pouvoir politique et le pouvoir économique ; donner aux riches une assiette économique ; utiliser par conséquent l'ordre capitaliste nouveau pour créer et renforcer des liens d'allégeance personnelle ; fonder le développement capitaliste des forces productives sur des rapports de production « plus solides », sur des rapports sociaux « plus sains », empruntés au modèle féodal.

Le *Basic Democrat* règne sur sa circonscription ; comme le koulak il tient le paysan par son autorité per-

22. *Asian Review*, art. cit.

23. *Asian Review*, deux articles contradictoires, publiés en 1968 et 1969 par John Woodward Thomas et Rehman Sobhan.

sonnelle. Finalement, il est chargé de mobiliser cette autorité dans un double but : *a)* masquer par sa présence les conflits de classe latents ; étouffer, par son paternalisme et son mini-charisme, les explosions sociales éventuelles ; *b)* constituer, par sa présence et son action, le village en structure homogène et non contradictoire.

Là encore, maintenir l'ordre dans les coulisses. Encadrer le développement dans une structure sociale sûre.

D. Zamindarisme d'État

Lorsque la réforme agraire est efficiente, lorsque les grands propriétaires sont effectivement expropriés, l'État n'abolit pas les rapports de production féodaux, mais il entre dans ces rapports et prend la place du féodal évincé.

C'est à l'est que la réforme agraire a été la plus radicale. En 1951, le *Land Reform Acquisition Act* exproprie purement et simplement les grands propriétaires ; il fixe un plafond très bas à la propriété foncière avec d'autant plus de facilité que les grands landlords étaient en majorité hindous et qu'ils avaient fui au moment de la Partition. Le féodalisme, autrement dit, paraît brisé au Bengale dès l'indépendance. Le paysan pauvre est libéré de la tutelle du zamindar. La structure féodale traditionnelle semble démantelée par élimination de ses privilégiés...

En fait, le gouvernement pakistanais n'abolit pas la rente foncière, mais il se l'approprie. Le paysan reste assujetti à la même charge financière, le fermier garde le même statut ; simplement son interlocuteur a changé : c'est désormais l'État. Du reste, on se garde bien de donner aux fermiers et métayers un droit de propriété sur les terres qu'ils cultivent. L'ancien propriétaire est parti ; mais c'est l'État, encore, qui le remplace ; c'est lui qui devient juridiquement le propriétaire du lopin ; et le fermier, lui, n'a qu'un droit d'occupation, que l'on n'a jamais d'ailleurs rigoureusement défini[24]...

24. BADRUDDIN OMAR, *Holiday*, janvier 1972.

En d'autres termes, ce que l'on abolit, c'est la rente foncière privée, non la rente foncière elle-même, ni la structure sociale qui la soutient. Ce que l'on démantèle, c'est le système des zamindars privés ; mais pas la structure zamindarie elle-même, qui se transforme en « zamindarisme d'État ». La réforme agraire institue un féodalisme de type nouveau, un féodalime mutilé, un féodalisme sans féodaux : un féodalisme *transféré*.

Là encore, il serait hasardeux de se demander ce qui domine au Pakistan, du féodalisme ou du capitalime. La question ne se pose pas ainsi. Les deux termes ne sont pas alternatifs. Car ni l'un ni l'autre ne s'y trouve à l'état pur. Chacun ne se structure qu'au contact de l'autre. Le développement capitaliste, moulé dans des rapports de production féodaux, perd un certain nombre de ses caractéristiques. Le moule féodal, exporté hors des infrastructures où il fonctionne généralement, change également de nature. Et on assiste à la naissance d'une structure socio-économique originale.

Nous l'avons vu : les Britanniques, à l'époque de Cornwallis, avaient déjà combiné les deux systèmes. C'est sans doute une des caractéristiques des sociétés du tiers monde : le système capitaliste mondial et le système impérialiste induisent sur leurs périphéries des structures économiques spécifiques — *impérialistes* précisément. A chaque étape de leur développement, ils modifient la combinaison, à chaque étape, la dialectique se met en route. Pour constituer chaque fois un régime qui correspond aux intérêts du capitalisme mondial.

A l'étape actuelle, ce qui est sûr, c'est que l'appareil d'État pakistanais est devenu la clef de voûte d'une combinaison de ce type. Ce qui est sûr, c'est que l'appareil d'État mobilise et coordonne les ressources et les efforts nationaux dans une perspective globalement capitaliste, mais à travers des rapports de production, reçus ou institués, à dominante féodale.

On a appelé un tel système, en Égypte par exemple, capitalisme d'État. C'est réduire, semble-t-il, sa spécificité. C'est oublier que l'État coiffe un mode d'accumulation du capital qui fonctionne à un triple niveau : *industriel* (manufacture à grande échelle), mais aussi *mercantile* (sphères financières et commerciales hypertrophiées) et de plus en plus *agraire* (extraction par l'État de la plus-value foncière).

C'est pour rendre compte de cette complexité que nous avons forgé une image, qui n'est sans doute pas scientifiquement juste, mais qui est politiquement parlante : « féodo-capitalisme d'État ».

4

LE COLONIALISME INTERNE OU LES AVATARS DE L'IMPÉRIALISME

Voilà donc le cadre d'ensemble. La structure du pouvoir pakistanais. Le rôle de son appareil d'État. Et un embryon de définition des « sociétés militaires ». Reste la question décisive, essentielle pour notre propos. Comment cette structure prend-elle effet dans la province orientale ? Quel est *l'effet de structure* au Bengale du « féodo-capitalisme d'État ».

Vendons la mèche. Et avançons pour l'occasion un autre concept, flou lui aussi, mais à définir : l'effet bengali de la structure féodo-capitaliste, c'est ce qu'on peut appeler le *colonialisme interne.*

Nous avons tenté naguère[1] d'en préciser les contours théoriques. La relation coloniale interne semble apparaître au terme d'une *translation* politique. Quand le colonialisme se retire, la relation coloniale se reporte. A mesure que le lien impérialiste classique se desserre, la

1. BERNARD-HENRI LÉVY, « Mexique : nationalisation de l'impérialisme », *Les Temps modernes*, octobre 1970.

structure même du lien se transfère au niveau de l'État-nation souverain.

Au terme aussi d'une *contamination* économique. Le capitalisme en se diffusant engendre sur ses marges le sous-développement. La colonie interne est l'ultime et inévitable anneau de la chaîne d'exploitation capitaliste. Le dernier des pôles de misère ; l'irréductible du système.

Il s'agira, sur l'exemple du Pakistan, d'enrichir cette analyse, pour lui donner un nouveau fondement empirique, et achever de construire son concept.

I. **Capitalisme et colonialisme interne**

Une des grandes mystifications du colonialisme est de prétendre qu'il n'a pas inventé le sous-développement, mais qu'il l'a trouvé en arrivant ; il n'a pas induit l'exploitation, mais il a exploité à son tour. Il n'y avait pas de cathédrales en Afrique noire ; ni de chemins de fer en Inde ; ni d'industrie au Bengale oriental. D'où une première question : quelle était à l'origine la situation relative du Punjab et du Bengale ? La relation coloniale interne était-elle d'emblée inscrite dans les faits ?

A. Égalité des chances au départ

Il faut souligner ce premier point, avec d'autant plus de netteté qu'il est généralement méconnu : rien dans les conditions physiques, ni même dans le passé économique du Bengale, ne le prédisposait à être le parent pauvre du nouvel État.

La superficie de terres fertiles était plus importante à l'Est qu'à l'Ouest. L'Ouest est sec et désertique ; l'Est, copieusement arrosé. La révolution verte au Bengale n'aurait guère coûté plus cher qu'au Punjab : au lieu de creuser des puits, on aurait levé des digues ; il aurait fallu moins d'engrais, et on n'aurait pas eu besoin de désaliniser. Rien n'annonçait que vingt ans plus tard la production agricole aurait crû dans les provinces occidentales et stagné, parfois même diminué, dans la province orientale[2].

Côté industrie, le Pakistan occidental était gros producteur de coton ; le Bengale oriental, premier producteur mondial de jute. L'appareil industriel proprement dit était des deux côtés insignifiant : 26 000 ouvriers en tout, trente-quatre usines, et dominées par les monopoles étrangers. Le Pakistan occidental a bien des raffineries de sucre et des usines de papier. Mais le Pakistan oriental a un artisanat du cuir, des usines de thé, et, lui aussi, de papier. Dans le désert commun par conséquent, aucun des deux partenaires n'affichait de nette supériorité. Rien n'indiquait là non plus que dix ans après l'indépendance la production industrielle du Bengale serait encore inférieure à celle des provinces occidentales *au moment de l'indépendance*[3].

L'ouest l'emportait-il au moins dans le domaine des infrastructures ? Ce n'est pas net non plus. On parle beaucoup au Punjab des mirifiques gisements de gaz naturel découverts après la Partition. Mais ils n'ont été exploités qu'en 1955, à l'heure où, nous le verrons, le mal était déjà fait ; et on en a découvert d'autres, par la suite, au Bengale. Il y avait, c'est vrai, le problème des transports qui handicapait les Bengalis : pas de routes, trop de cours d'eau, pas de grand port du style de Karachi ; mais une politique gouvernementale adéquate aurait facilement remédié au handicap. Quant aux infrastruc-

2. Seul le blé du Pakistan occidental tire profit de la révolution verte. Le riz de la province orientale, peu. De sorte qu'en 1970, par exemple, c'est grâce à des importations de blé en provenance du Pakistan occidental, qu'on maîtrise la famine qui s'annonce au Pakistan oriental.

Cf. Ecafe's, *Economic Survey of Asia and Far East*, 1969 ; et *Far Eastern Economic Review*, 1971, Year Book.

3. Arjun Sengupta, « Regional disparity and economic development of Pakistan », *Economic and Political Weekly*, 13 novembre 1971.

tures financières et bancaires, c'est l'Est qui pour le coup l'emportait sur l'Ouest : cent onze établissements bancaires contre quatre-vingt-neuf seulement... Là non plus, rien n'explique la supériorité ultérieure des provinces occidentales[4].

Par contre, le Bengale l'emportait, et de très loin, dans le domaine « culturel ». Son taux d'alphabétisation était supérieur[5] ; les Bengalis avaient une culture brillante, dont ils étaient extrêmement fiers. Les classes moyennes de Dacca étaient beaucoup plus politisées que leurs homologues occidentales. Tout au long de l'histoire du nationalisme pakistanais, elles ont été constamment à l'avant-garde du mouvement. Et d'un strict point de vue capitaliste enfin, la bourgeoisie montante bengalie était, dès le départ, mieux préparée à assumer des responsabilités nationales. Depuis le XIXe siècle elle flirtait avec le capitalisme alors qu'à l'Ouest les chefs religieux traditionnels faisaient encore la loi. Au moment de la Partition, on pouvait trouver à Dacca ce fameux « esprit d'entreprise » que les colonialistes britanniques avaient légué à leurs agents : à l'Ouest au contraire, l'islam et la superstition dominaient ; le capitalisme sera un corps étranger[6].

Tout cela fait que l'élite petite-bourgeoise bengalie était prête à assumer des responsabilités politiques. Elle aspirait à l'hégémonie, et elle croyait la mériter. Avec d'autant plus d'espoir qu'elle avait derrière elle 54 % de la population du pays, culturellement homogène de surcroît[7].

4. *Ibid.*

5. En 1967 encore, malgré la politique discriminatoire appliquée depuis la Partition, il y avait 17,6 % d'alphabétisés au Bengale, contre 12,7 % au Pakistan occidental. D'après K.B. SAYEED, *The Political System of Pakistan,* Boston, 1967.

6. ASWINI K. RAY, « *Pakistan : Web of Bourgeois Politics* ». *Economic and Political Weekly,* 19 juin 1971.

7. Alors que les provinces occidentales, constitutives du *One Unit* sont, rappelons-le, culturellement disparates.

B. Capitalisme sans capitaux, féodalisme sans féodaux

Ce n'est pas tout, malheureusement. Et il y avait, dès l'origine, une autre disparité, imprévisible celle-là. Un déséquilibre d'un autre ordre qui n'était pas inscrit dans la géographie du pays, mais dans les conditions politiques de la naissance du Pakistan. Un déséquilibre qui expliquait, qui appelait, qui *exigeait* l'émergence d'un système de colonialisme interne.

Revenons à la Partition. Quels sont, à l'Est et à l'Ouest, ses effets socio-économiques immédiats ?

A l'Est d'abord. L'indépendance a été conquise contre trois ennemis distincts. Le *britannique,* bien sûr, et son système colonial. *L'hindou* également et le régime de discrimination qu'il imposait au musulman. Mais aussi, et peut-être surtout, le *féodal* qui, ne l'oublions pas, était depuis le *Permanent Settlement* à la fois hindou et lié aux Anglais, à la fois impur et compradore, compromis autrement dit dans les deux régimes d'oppression. C'est lui par conséquent la première victime des pogroms et le bouc émissaire des musulmans. C'est contre lui que lutte en fait le paysan pauvre quand il milite pour le Pakistan. C'est lui le premier visé par l'idéologie communaliste et c'est lui pour finir qui plie bagage le premier. Résultat : les féodaux, d'un seul coup, laissent la place nette ; le système zamindari s'effondre par migration de ses titulaires. Ou plus exactement, *la structure va rester mais amputée de ses bénéficiaires traditionnels.*

Par ailleurs, le Bengale avait été depuis des siècles pénétré par le système capitaliste mondial. Pénétré du mauvais côté si l'on veut, mais pénétré tout de même et *intégré.* On y trouve des élites compradores locales, une production de matières premières (jute, thé) tournée vers l'exportation, un taux d'alphabétisation élevé et, dans certaines couches de la société, une « mentalité » capitaliste. Mais, fait caractéristique, cette structure capitaliste diffuse est tout entière intégrée, cousue, à l'autre Bengale, le Bengale occidental : le poisson est vendu à Calcutta ; le jute est travaillé près de Calcutta et les cuirs transitent par l'Inde ; le Bengale oriental autrement dit est, et n'est que l'*hinterland* de son voisin occidental. Résultat : la Partition va provoquer cette fois le démantèlement de la structure capitaliste du Bengale. Une frontière artificielle brise une unité économique naturelle. En Inde restent les usines et les capitaux. Au Pakistan, les habitudes, les hommes et les champs de matières premières. Tout à l'heure, un féodalisme mutilé ; cette fois un capitalisme mutilé. Quand les remous de l'indépendance s'apaisent, il ne reste au Bengale *qu'une structure capitaliste vide.*

De l'autre côté, à l'ouest, que se passe-t-il ? Les provinces occidentales, nous l'avons vu, étaient intégrées à un moindre degré à la chaîne capitaliste coloniale mise en place par les Britanniques. Les influences religieuses traditionnelles y étaient beaucoup plus fortes. La petite bourgeoisie moins entreprenante. Les structures environnantes pesantes et massivement féodales. A court terme, par conséquent, la province n'est pas disponible pour un développement capitaliste. *Les structures capitalistes sont encore embryonnaires, et à bâtir.*

Par contre, c'est dans cette région que s'établissent les capitalistes potentiels. C'est à Karachi que viennent s'installer les marchands de Bombay. A la fois parce qu'ils se sentent plus proches culturellement des musulmans du nord de l'Inde et parce qu'ils fuient comme la peste la turbulence bien connue des Bengalis. Le Pakistan occidental, *féodal,* voit affluer des *capitalistes.* Des capitalistes qui inévitablement seront longtemps des marginaux. Marginaux dans le pays puisqu'ils sont isolés, minoritaires, mal défendus. Économiquement marginaux surtout : leurs opérations sont tournées vers l'Occident, ils restent à la périphérie du Pakistan ; ils ont suivi la voie de la pénétration coloniale et se sont établis au point, géographique et économique, du cordon colonial : Karachi. Le capitalisme punjabi autrement dit est en position de faiblesse au Punjab. *Le Punjab a des capitaux, mais est en quête de structures capitalistes où opérer.*

Étrange déséquilibre, mais bonne aubaine aussi. D'un côté, un féodalisme sans féodaux et un capitalisme sans capitalistes ; de l'autre côté au contraire, un féodalisme consistant et des capitalistes sans « capitalisme ». A l'Est, une structure capitaliste vide qu'il va falloir combler et pas de féodaux pour faire obstacle à la pénétration ; à l'Ouest, un capitalisme en trop-plein qui devra bien se déverser quelque part et qui cherche un marché à exploiter. Au Bengale, un marché à demi constitué déjà, qu'il va falloir approvisionner, des sources de matières premières abondantes qu'il va falloir exploiter, et pas de capitalistes locaux pour en tirer profit ; au Punjab, de l'argent qui n'attend que l'occasion de s'investir et de fructifier, des capitalistes marginaux mais impatients... L'affaire sera vite conclue parce que l'occasion était trop belle. *Le Bengale est à vendre : les marchands de Karachi sont preneurs.*

Soit par exemple une exploitation de jute. Qu'y trouve-t-on ? Une paysannerie docile parce que disciplinée par des générations de zamindars, mais plus de zamindars pour tirer profit de la situation, plus personne pour prélever la rente foncière. Une production tournée naturellement vers les marchés d'exportation, en l'occurrence les usines du Bengale indien ; mais entre le producteur et le marché une frontière nationale nouvelle ; plus personne là non plus pour extorquer la plus-value. Situation inespérée qu'Islamabad s'empresse de consolider. D'une part en décrétant une réforme agraire qui consacre la mort du zamindarisme traditionnel en même temps que la naissance du féodalisme d'État. D'autre part, en refusant de dévaluer la roupie pakistanaise, ce qui rend impossible le commerce avec l'Inde et consacre économiquement la partition du Bengale.

C'est cela, en première analyse, l'effet de structure du féodo-capitalisme d'État. Une structure semi-capitaliste que l'on se garde bien de démembrer parce qu'elle sera prodigieusement rentable ; une structure féodale que l'on se garde de réformer parce qu'elle est garante de l'ordre public et qu'elle cadre, nous l'avons vu[8], avec les exigen-

8. Chapitre 3.

ces du mode de production capitaliste. Mais un féodalisme et un capitalisme sans capitaux et sans féodaux ; une structure par conséquent qui sera maîtrisée du dehors, dirigée hors du Bengale, et par des non-Bengalis ; une accumulation de richesses *inspirée* du dehors et *drainée* vers l'extérieur. C'est, on le devine déjà, le symptôme classique d'une situation coloniale.

C. *Sous-développer pour développer*

Cela dit, il reste que le but ultime des Punjabis est tout de même d'industrialiser leur Punjab. Ils ne pouvaient se résigner à être perpétuellement marginaux sur leur propre sol. Et s'ils choisissent momentanément d'exploiter au Bengale une situation inespérée, il n'empêche que l'objectif final est de favoriser dans l'aile occidentale le développement du mode de production capitaliste. C'est le second facteur qui explique, qui appelle, le colonialisme interne ; en vertu d'une logique économique malheureusement implacable, industrialiser le Pakistan occidental équivalait à coloniser le Pakistan oriental. C'est cette logique que nous nous proposons à présent de démontrer.

Industrialiser le Punjab... Selon quelle stratégie ? En opérant un transfert de ressources de l'agriculture dans l'industrie. En mobilisant une part croissante du surplus économique potentiel[9] dans le secteur industriel. Comment opérer ce transfert ? Comment assurer cette mobilisation ? En réorientant les flux d'investissements, c'est-à-dire en pénalisant l'agriculture. Et comment pénaliser l'agriculture ? En stabilisant le prix des céréales, c'est-à-dire en inondant le marché de blé américain livré au titre de la loi P.L. 480 et en taxant les exportations, c'est-à-dire en conservant une monnaie surévaluée. Résultat : après le boom de la guerre de Corée qui retarde momentanément l'effet de ces mesures, les exportations se tas-

9. Cf. PAUL BARAN, *Économie politique de la croissance*, Maspero.

sent et le prix du blé se stabilise. Il devient plus rentable d'investir dans l'industrie.

Parallèlement d'ailleurs, le gouvernement pakistanais favorise la naissance d'une classe capitaliste. D'une part, en pratiquant une politique du crédit extrêmement généreuse, quitte à risquer l'inflation. D'autre part, en empêchant le mouvement ouvrier de se constituer, en pourchassant les communistes, en démantelant les syndicats naissants, afin de livrer aux aspirants-industriels une main-d'œuvre bon marché, vulnérable, mal défendue. Là non plus, le résultat ne tarde guère. Dès le début des années cinquante, les profits industriels atteignent des taux démesurés : 100 à 150 % selon les secteurs ; les marchands de Karachi se reconvertissent, partiellement au moins.

Malheureusement, cet ensemble de mesures allait avoir d'autres conséquences, que l'on n'avait pas explicitement prévues mais qui risquaient d'enrayer le mécanisme mis en place. Par exemple, assurer aux industriels une main-d'œuvre bon marché n'est pas une mauvaise chose quand il s'agit de les appâter ; malheureusement c'est aussi décourager toute modernisation et tout souci d'efficacité ; à terme, c'est condamner la production pakistanaise à être chère et de mauvaise qualité. Par ailleurs, la surévaluation de la roupie est une mesure à double tranchant. Elle brise le flux d'exportations agricoles, mais elle va empêcher aussi les exportations industrielles : étant donné l'étroitesse et la rigidité du marché local, la production risque de s'en ressentir. Le dispositif stratégique ne peut donc pas fonctionner tel quel. Il faut encore autre chose.

C'est ici qu'intervient le Pakistan oriental. Puisqu'il va être difficile d'exporter à l'extérieur, on exportera à l'intérieur : le Bengale est un marché protégé, à l'intérieur des frontières nationales, c'est lui qui absorbera les excédents de production. Si les produits sont chers ou de mauvaise qualité, pourquoi s'embarrasser et pourquoi s'en encombrer ? Les industriels punjabis disposent au Bengale d'un marché tout trouvé : docile parce que soumis à la même autorité ; et qui achètera ce qu'on lui vendra pour peu qu'on lui interdise de s'approvisionner ailleurs, c'est-à-dire en fait en Inde.

Pour peu aussi qu'on l'empêche de produire sur place de quoi satisfaire ses besoins ; pour peu par conséquent, qu'on l'empêche de s'industrialiser. Rien de plus simple encore. Il suffit de lui appliquer un traitement exactement inverse de celui des provinces occidentales. Là-bas, on bloque le prix du blé, ici on libère le prix du riz. Là-bas, on pénalise les exportations de produits agricoles, ici on stimule les exportations de jute. Tout cela dans le but d'empêcher au Bengale ce qu'on encourage au Punjab : le reflux des capitaux de l'agriculture vers l'industrie. On reviendra sur cette politique délibérée de sous-industrialisation. On peut noter pour l'instant que *le développement capitaliste d'une aile implique le sous-développement capitaliste de l'autre et que d'un bout à l'autre du Pakistan la chaîne capitaliste inverse ses effets.*

Reste à prouver que cette inversion est l'autre nom d'une relation coloniale interne. Qu'il ne s'agit pas d'une simple « disparité de développement » ou d'un déséquilibre régional, mais bien d'une variante interne de la relation impérialiste classique. Reste à prouver que le lien qui, au Pakistan, unit les deux ailes du pays est *au sens propre* un lien colonial.

II. **Colonialisme interne et colonialisme externe**

Quelles étaient avant 1947 les caractéristiques majeures des relations économiques Grande-Bretagne/Indes[10] ?

— L'expansion coloniale de la Grande-Bretagne coïn-

10. Cf. *Frontier,* 22 mai 1971, et D.R. MANKEKAR, *Colonialism in East Bengal,* Delhi, 1971, pp. 11 et s.

cide avec l'époque de sa propre industrialisation. Elle se sert donc de son empire comme d'un marché protégé. De 1814 à 1835, alors qu'on taxe les exportations de cotonnades indiennes à destination de la Grande-Bretagne et qu'on interdit purement et simplement les exportations de soieries, les exportations de cotonnades anglaises à destination de l'Inde se multiplient par cinquante.

— Pour mener à bien l'opération, il fallait briser définitivement l'appareil industriel indien. D'où les fameux tisserands aux pouces coupés. D'où la disparition au milieu du XIXe siècle des mousselines de Dacca. D'où, d'une manière générale, un reflux des capitaux du secteur industriel vers le secteur agricole ; le marchand ne devient pas capitaliste ; c'est le capitaliste qui devient marchand.

— Jusqu'en 1914, l'Inde avait une balance commerciale déficitaire avec la Grande-Bretagne, excédentaire avec le reste du monde. La Grande-Bretagne se servait de cette situation pour régler ses propres comptes avec les pays tiers. Le pillage des matières premières indiennes servaient par conséquent à financer le déficit anglais avec ses propres partenaires occidentaux.

Voilà donc la situation coloniale classique. Or, le fait caractéristique est qu'on retrouve cette structure, point par point, dans le lien qui unit, à l'intérieur du Pakistan souverain, le Bengale au Punjab.

A. Un marché protégé

De 1957 à 1969 le Pakistan occidental vend au Pakistan oriental moitié plus qu'il ne lui achète. Entre 1964 et 1969, le déséquilibre est plus accusé encore. 5 292 millions de roupies d'exportation d'ouest en est, contre 3 174 millions d'exportations d'est en ouest. D'une manière générale, depuis l'indépendance, le Pakistan occidental a régulièrement vendu à son aile orientale 40 % de ses exportations totales[11].

Par ailleurs, les prix des produits exportés au Bengale sont généralement supérieurs aux cours mondiaux. Les vêtements achetés par un Bengali aux firmes punjabies sont en moyenne deux fois plus chers que ceux qu'il aurait pu se procurer sur les marchés japonais par exemple. Les termes de l'échange obtenus par les Bengalis sur le marché pakistanais sont supérieurs de 28 % dans les années cinquante, puis de 59 % dans les années soixante, à ce qu'ils auraient été sur un marché libre[12].

Tout cela signifie d'abord que le Pakistan occidental se servait du Bengale pour écouler une production industrielle pléthorique, chère, et de mauvaise qualité. On ne trouvait avant la guerre dans les boutiques de Dacca que des produits *ouest-pakistanais*. Pendant la guerre elle-même, l'ouest n'a manqué de rien, l'est de presque tout. L'existence de ce marché protégé a dispensé les industriels punjabis d'améliorer leur productivité : elle constituait une véritable prime à l'incompétence.

Cette structure commerciale déséquilibrée signifiait aussi une hémorragie de capital d'Est en Ouest. Un transfert de ressources d'une province à l'autre ; qui, d'après les bureaux du plan, s'est élevé depuis 1947 à 3 000 millions de livres sterling[13].

Le maintien du Bengale dans cette situation, le pillage pendant vingt-cinq ans de ses ressources locales ont été rendus possibles par une politique douanière typiquement coloniale. D'une part un *embargo* sur les marchés situés à proximité de la province, l'Inde notamment ; la résurrection, donc, du vieux système de l'Exclusif. D'autre part, des *barrières douanières* intérieures au pays, entre l'Est et l'Ouest, pour barrer aux marchandises bengalies la route des marchés punjabis.

11. Mason, Dorfman, Marglin, « Conflict in East Pakistan : Background and Prospects », reproduit dans *Bangla Desh Documents*, pp. 9-15.

12. *Frontier*, 22 mai 1971.

13. « Why Bangla Desh ? » by a Group of Scholars in Vienna, *Bangla Desh Documents*, pp. 15 et s.

Autrement dit, le rapport du Bengale à la mère-patrie ressemble étrangement à celui d'une métropole à sa colonie : à la fois *intégré* (dans une ceinture douanière commune) et *séparé* (lorsque les intérêts de la métropole l'exigent).

B. Un pillage colonial

La principale exportation pakistanaise est le jute. Le jute est produit exclusivement par le Bengale. Or, le Bengale n'a jamais récupéré la part qui lui revenait des devises étrangères. De l'indépendance à la crise du Bangla Desh, le Pakistan oriental a assuré à lui tout seul de 50 % à 70 % des exportations totales. Or, il n'a bénéficié en retour que de 25 à 30 % des importations totales. Sur une période plus récente, entre 1958 et 1968, pendant la décennie dite « du développement », il assurait 59 % des exportations, mais ne recevait que 30 % des importations. Il vend donc, mais sans acheter ; il exporte plus qu'il n'importe[14].

Cela signifie d'abord que le Bengale a financé pendant vingt-cinq ans le déficit commercial de l'aile occidentale. S'il exporte plus qu'il n'importe, c'est qu'il ne récupère pas la totalité des devises qu'il a gagnées. Il ne les récupère pas parce qu'elles sont centralisées à Islamabad, siège du gouvernement fédéral. Et qu'Islamabad, au lieu de les lui retourner, les transfère aux importateurs punjabis. On retrouve donc là encore le vieux schéma colonial. De même que l'excédent global de l'Inde servait à financer le déficit global de la Grande-Bretagne, de même l'excédent global du Bengale sert à financer le déficit global du Punjab.

D'où aussi une perte sèche pour le Bengale. Il était déjà perdant au niveau de son commerce *inter-régional* ; il est à nouveau perdant dans ses relations commerciales inter-nationales. Tout à l'heure, il achetait au Punjab plus

14. MASON, DORFMAN, MARGLIN, *op. cit*, p. 12.

qu'il ne lui vendait ; d'où une hémorragie de roupies. A présent, il vend à l'étranger plus qu'il ne lui achète, d'où une hémorragie de dollars[15]. Dans les deux cas, l'opération revient à une forme subtile de pillage. A mesure que l'ensemble du Pakistan s'enrichit, sa province orientale s'appauvrit. Un développement économique global développe le sous-développement à l'Est. Là aussi, une situation coloniale typique.

Pourquoi le Pakistan occidental a-t-il tant besoin des devises, donc des exportations du Pakistan oriental ? Parce qu'au Pakistan comme dans l'ensemble du tiers monde il n'y a pas de développement capitaliste sans importations massives de produits occidentaux. Importations de matières premières, de biens d'équipement, de *know how*. Les secteurs dont la croissance a été la plus rapide — industrie électrique, biens d'équipement, produits métalliques, transports, produits chimiques — sont précisément ceux qui absorbent le plus gros pourcentage de produits importés — respectivement 64 %, 56 %, 75 %, 86 % et 62 %[16]. Or, pour importer, il faut payer, donc exporter. Le Pakistan occidental n'exporte guère ; c'est pourquoi il se sert des exportations bengalies. L'industrie punjabie est peu dynamique, c'est le jute bengali qui lui fournit les moyens de son essor. *Le Bengale n'est donc sous-industrialisé que pour assurer l'industrialisation du Punjab ; le sous-développement bengali a une fonction, qui est de stimuler le développement punjabi.*

C. Sous-industrialisation

Entrons un peu plus dans le détail. En quel sens peut-on parler de sous-industrialisation du Bengale ?

Quelques chiffres encore. Sur les vingt-neuf firmes qui contrôlent la plus grosse partie de la « valeur ajoutée » dans l'industrie, deux seulement sont bengalies, et clas-

15. 2,6 millions de dollars d'après « Why Bangla Desh ? », *op. cit.*
16. Tableau des principaux secteurs d'activité *(voir page suivante)*.

sées en queue de liste. Preuve que la bourgeoisie montante du Bengale est tenue à l'écart de la croissance du capitalisme monopoliste pakistanais[17].

Le Bengale est à peu près bien placé dans deux secteurs seulement : l'industrie du ciment et du papier (respectivement 43 % et 50 % du nombre d'établissements). Mais le taux de croissance annuel de ces deux secteurs

16 *(suite)*. Tableau des principaux secteurs d'activité industrielle au Pakistan.

	Établissements situés au Pakistan oriental en 1957 (%)	Part du produit total induit au Pakistan oriental en 1957	Proportion de matières premières importées en 1960 (% du total consommé)	Taux de croissance (1955-1960)
Métaux de base	4	2	69,8	14,8
Équipement électrique	6	2	64,4	40
Autres biens d'équipement	8	5	56,1	33
Minerais non métalliques	15	13	15,4	19,8
Caoutchouc	12	15	N.d	13,6
Produits métalliques	15	21	75,4	23
Matériel de transports	16	N.d	86,1	45
Tabac	18	N.d	8,7	18,1
Coton	11	24	12,3	17,7
Produits chimiques	20	26	61,7	30
Imprimerie	34	19	28,1	11,3
Industrie alimentaire	40	23	4	27
Cuir	43	37	18,3	35
Papier	50	89	28,3	22

Tableau élaboré à partir de M. Islam, « Some aspects of inter-wing trade and terms of trade in Pakistan », *Pakistan Development Review*, 1963 et S. Lewis, *Economic Policy and Industrial Growth in Pakistan* (N.d : statistique non disponible).

17. D.R. Mankekar, *op. cit.*, p. 18.

est peu spectaculaire (autour de 20 %). Dans d'autres secteurs, plus dynamiques, sa part est négligeable. Équipement électrique : taux de croissance, 40 % ; 6 % des établissements au Bengale. Biens d'équipement : taux de croissance, 33 % ; 8 % seulement d'établissements bengalis. Dans le domaine de l'industrie chimique (taux de croissance annuel, 30 %) ou des transports (taux de croissance, 45 %) sa part est plus importante, mais toujours franchement minoritaire : respectivement 20 et 16 % des établissements. Preuve là encore que les Bengalis sont exclus des secteurs d'activité les plus dynamiques.

Un « groupe d'universitaires[18] » a analysé le cas de trois secteurs précis, représentés dans les deux ailes du pays et sur une longue période : l'industrie du coton, du sucre et du ciment. Leurs conclusions sont accablantes : entre 1947 et 1967, la production augmente à l'Ouest de 1 853 %, 2 940 % et 534 %. A l'Est, de 8,26 %, 348 % et 63 %. Ces trois cas sont typiques. Ils attestent que, partis à peu près du même point, les deux Pakistan se sont développés à un rythme différent. Les deux ailes du pays n'ont pas été modelées par le même « schéma » de développement.

Le Pakistan reste une zone d'économie libérale. Si le Bengale est sous-industrialisé, c'est que les capitalistes privés, pour une raison ou pour une autre, ont préféré investir à l'Ouest. De fait, en 1959, le total des investissements privés au Bengale était inférieur à prix courants à ce qu'il était en 1949 à l'Ouest ; et à l'Ouest, pendant ce temps, il avait plus que doublé. Plus récemment, le quatrième plan quinquennal prévoyait deux mille deux cents *crores* d'investissements privés dont la moitié au moins devait aller au Bengale. En fait, selon les planificateurs eux-mêmes, 544 seulement se sont risqués sur le marché bengali. Et sur une longue période, de 1947 à 1970, 25 % à peine des investissements pakistanais ont été effectués au Bengale[19].

18. « Group of Scholars in Vienna », *op. cit.*, p. 16.

19. Mahbub Ul Haq, *The Strategy of Economic Planning : a Case Study of Pakistan*, 1963.

D. *Une politique coloniale*

Il y a bien une raison à cela. Et cette raison est *politique*. Le Pakistan a beau être capitaliste et libéral, pour que les capitalistes privés investissent, il faut d'abord que l'État leur en donne l'occasion et le moyen. Il faut des routes, des banques, des zones industrielles aménagées. Il faut des infrastructures qu'aucun entrepreneur n'est capable de financer. Il faut autrement dit une politique économique, qui donne au développement son cadre et ses bases matérielles.

Or, de 1947 à 1970, la majorité des fonds publics de développement est allée à la province la plus développée, c'est-à-dire à l'Ouest. Le Bengale n'a reçu que 20 % des devises, 34 % de l'aide américaine, 4 % de l'aide non américaine, et de 20 à 42 % des fonds affectés aux banques de développement[20]. Par ailleurs, il n'a jamais reçu sa part des dépenses budgétaires centrales ; 20 % entre 1948 et 1954 ; 35 % entre 1960 et 1965[21]. Et alors que le troisième plan quinquennal se proposait de partager enfin équitablement les dépenses publiques, on s'aperçoit au bout du compte que le Bengale une fois de plus n'en a reçu que le tiers. D'une part, parce que les objectifs du plan n'avaient pas pu être atteints, mais que la défail-

	WEST PAKISTAN	EAST PASKISTAN
Devises étrangères affectées au *développement*	80 %	20 %
Aide non américaine	90 %	4 %
Aide américaine	66 %	34 %
Pakistan Industrial Development Corporation	58 %	42 %
Pakistan Industrial Development Investment Corporation	80 %	20 %
Industrial Development Bank	76 %	24 %
House Building, etc.	88 %	12 %

20. GROUP OF SHOLARS, *op. cit.*, p. 17.
21. D.R. MANKEKAR, *op. cit.*, p. 17.

lance comme par hasard n'avait affecté que la partie orientale du pays (onze milliards de roupies, au lieu de seize). D'autre part, parce qu'on avait « omis » de comptabiliser et de prévoir dans les dépenses l'aménagement du bassin de l'Indus, qui ne concernait bien sûr que le Pakistan occidental[22]...

Et puis, surtout, pour industrialiser, il aurait fallu *importer* : des matières premières, des biens d'équipement, des brevets ; et là encore tout est organisé pour privilégier le Punjab... Pour avoir le droit d'importer, il fallait des « licences » d'importation délivrées par le gouvernement central. Des licences dites « commerciales » pour les produits revendables, généralement les matières premières. Des licences dites « industrielles » pour les produits utilisables par l'importateur lui-même, par exemple les machines. Or, dans les deux cas, le mode d'attribution a été très sélectif et discriminatoire. Les licences commerciales, sur la base des chiffres d'affaires réalisés entre 1950 et 1952, c'est-à-dire à une époque où le capital pakistanais, presque exclusivement financier et commercial, était monopolisé par les hommes d'affaires de Karachi. Les licences industrielles, sur des bases un peu différentes mais qui revenaient aussi à geler la situation à ce qu'elle était au lendemain de l'Indépendance. De sorte qu'au total jusqu'en 1956 la ville de Karachi a obtenu à elle seule 60 % des précieuses licences ; puis sa part a oscillé entre 40 et 50 % alors que celle du Bengale tout entier n'excédait jamais (sauf en 1961 et 1962) 30 à 35 %.

Comment les hommes en place expliquent-ils ce phénomène ? et comment justifient-ils cette discrimination ? Le Pakistan ne manque pas de technocrates sérieux, souvent de bonne volonté, et parfois même honnêtes. Ils n'ont cessé de dénoncer, à travers chaque plan quinquennal, la disparité régionale. Mais sans jamais engager de politique économique propre à extirper le mal. Pourquoi ?

22. Arjun Sengupta, article cité, deuxième partie.

Le deuxième plan quinquennal s'explique là-dessus ; sans doute involontairement, mais assez clairement. Il faut, disent les planificateurs, « maximiser le développement de chaque province » (y compris donc celui des provinces sous-développées), mais sans gêner pour autant « le développement du pays tout entier[23] ». En termes clairs : on développera le Bengale oriental jusqu'au point où cela constituerait un poids trop lourd pour l'ensemble du Pakistan. Sagesse des nations... A quoi bon améliorer la partie, si cela porte préjudice au tout ?

Malheureusement l'argument est spécieux et repose sur des bases économiques erronées. En fait, il a été prouvé[24] que, pendant le premier plan quinquennal au moins, le *taux d'épargne brute* au Bengale était plus fort qu'au Punjab (6,5 % contre 5,3 %) ; et surtout que le *coefficient* du capital bengali était de 1,4 contre 2,3 au Pakistan occidental. Ce qui implique d'une part qu'une roupie investie au Bengale induit un surplus qui a tendance à se *réinvestir,* alors que la même roupie au Punjab produit un surplus qui tend davantage à être *consommé.* D'autre part que la quantité de surplus induite par la même roupie est supérieure, en termes absolus, dans la province orientale. Au total, qu'en investissant au Bengale on ne se contente pas de retaper un canard boiteux, mais qu'*on maximise le développement de l'ensemble du Pakistan.*

Cela, les planificateurs ne pouvaient l'ignorer. S'ils ont tout de même prétendu qu'une croissance trop rapide au Bengale affectait le développement global du pays, c'est que tout simplement, dans leur esprit, et sans qu'ils en eussent pleine conscience, le Bengale n'appartenait pas au pays mais était tacitement exclu de la communauté nationale. Allez dire aux gouvernements de la IIIe ou de la IVe République que le taux d'épargne brute est supérieur en Algérie ; ils n'iront pas pour autant industrialiser la colonie, en sacrifiant le développement de la métropole. De la même manière au Pakistan, le mode de pen-

23. *Deuxième plan quinquennal,* p. 398.
24. *The Challenge of Bangla Desh, a Special Debate,* pp. 83-84.

sée, le type de raisonnement des technocrates d'Islamabad attestent à eux tout seuls que les Bengalis sont bel et bien des colonisés de l'intérieur.

III. **Une société coloniale**

Il reste à établir un point, décisif, pour préciser les contours de cette relation coloniale interne : que la structure politico-sociale du Pakistan est elle aussi une structure typiquement coloniale ; autrement dit que les affrontements politiques dont le Pakistan a été le théâtre ne se réduisent pas à des antagonismes de classes (bourgeoisie nationale/prolétariat ; féodaux/bourgeoisie nationale), mais recouvrent un autre type de clivage et un autre type d'affrontement, qui n'exclut pas les précédents, mais qui n'y est pas pour autant impliqué : une nation contre une autre nation, une société homogène et constituée en classes contre une autre société homogène et constituée en classes aussi ; bref, *une métropole contre une colonie.*

A. Colonialisme interne et pouvoir politique

L'appareil d'État pakistanais représente, avons-nous dit, les intérêts semi-antagonistes de trois classes dominantes : féodaux, bourgeoisie nationale, bourgeoisie néo-coloniale. En vérité, il manque un élément encore : l'appareil d'État ne les représente que pour autant qu'il représente aussi, et peut-être d'abord, les intérêts d'une région : le Punjab.

Soit, par exemple, l'élimination des politiques au profit des militaires et des technocrates. On a vu qu'elle s'expliquait par le souci d'incarner une prétendue unanimité nationale, par les exigences du développement capitaliste à une étape critique de son histoire. Mais il ne faut pas oublier que l'unanimité nationale en question était *une idée exclusivement punjabie* ; que le développement capitaliste était *un développement punjabi aussi* ; bref, que la manœuvre n'intéressait les classes dominantes *que pour autant qu'elles n'étaient pas bengalies.* Qui sont d'ailleurs les politiques ostracisés ? presque toujours des Bengalis. Zulfikar Ali Bhutto a bien fait un peu de prison, parce qu'il en faut dans un curriculum politique ; mais malgré son « radicalisme » il n'a jamais pu prétendre, comme son compère Mujib, que la prison était « sa seconde maison » ; l'un avait beau être radical, il incarnait les intérêts des bourgeoisies occidentales ; l'autre avait beau être inoffensif, il incarnait les intérêts de la petite bourgeoisie bengalie.

Les grands ténors politiques bengalis l'ont vite compris, quand on leur a laissé le choix entre la trahison et l'élimination. Ou bien se montrer plus royaliste que le roi et trahir les intérêts de la province (Nazzimuddin) ou bien se mettre au ban de la communauté pakistanaise, et être rejeté hors du pays (Suhrawardy). Les uns après les autres, ils sont démis, emprisonnés, bafoués : Fazlul Huq, représentant de la paysannerie moyenne, et promoteur de la résolution historique de Lahore ; Suhrawardy, représentant des classes moyennes urbaines ; Bhasani président de la Ligue musulmane d'Assam, et leader de la paysannerie pauvre ; Mujibur Rahman, l'homme de la dernière crise. A croire que la junte pakistanaise a cherché à priver les masses et la bourgeoisie *bengalies* de toute représentation politique ; à croire qu'elle a cherché à couper tout lien organique entre les élites bengalies et les masses ; dans l'espoir de neutraliser politiquement la province entière. Situation coloniale typique. C'est à peu près ce qu'on appelle aux États-Unis, à propos du problème noir, le « tokénisme[25] ».

Autre exemple : le régime pakistanais se caractérise, nous l'avons vu, par un déséquilibre entre l'exécutif et le

25. Voir par exemple Baran et Sweezy, *Le Capitalisme monopoliste*, Maspero. Ils expliquent comment la minorité noire, tant par la récupération que par la répression, a fini par être *décapitée*.

législatif. Or, ce déséquilibre, lui aussi, trahit l'antagonisme de deux provinces. On pourrait reprendre la série des « putschs civils » perpétrés par l'appareil d'État avant 1958 ; tous étaient en fait dirigés contre le Bengale. Celui d'avril 1953 visait le cabinet Nazzimuddin. Or Nazzimuddin était bengali ; on ne l'avait élevé au poste de Premier ministre que dans l'espoir de le neutraliser ; et voilà que se constituait autour de lui toute une coterie politique bengalie, quasiment un groupe de pression, qu'il fallait briser au plus vite.

De même en mars 1954, la suspension du cabinet provincial de Fazlul Huq, autre coup de force de l'exécutif, est un coup porté aux intérêts du Bengale. Fazlul Huq était venu au pouvoir après une victoire électorale spectaculaire ; les élections avaient été, en partie au moins, menées sous le signe du nationalisme bengali naissant ; en démettant Fazlul Huq, c'est la nation bengalie tout entière que l'on insultait. Enfin, en octobre 1954, lorsque le gouverneur général Ghulam Mohammed dissout l'Assemblée nationale et proclame l'état d'urgence, le coup de force est encore dirigé contre le Bengale : les députés bengalis, enhardis par leur victoire électorale, venaient en effet de déposer un redoutable projet de loi qui prévoyait justement de réduire les pouvoirs que la constitution intérimaire de 1935 avait accordés au gouverneur général.

Dans tous les cas par conséquent le déséquilibre institutionnel, le poids de la techno-bureaucratie recouvrent l'antagonisme de deux sous-nations au sein de l'État-nation pakistanais. Le phénomène est plus net encore lorsqu'on considère la composition de l'appareil d'État lui-même. 60 % des soldats sont punjabis, et 35 % pathans ; un officier sur 90 seulement est bengali. 87 % des hauts fonctionnaires sont originaires des provinces occidentales. Jusqu'en 1970 jamais aucun *secretary* n'a été bengali ; jusqu'en 1970 également le *Chief secretary* du Bengale, c'est-à-dire l'administrateur suprême de la province a toujours été un non-Bengali. Enfin les ministères clefs des Finances, de l'Intérieur, de la Défense nationale ont été constamment monopolisés par des Pakistanais de l'Ouest. Le Bengale, autrement dit, en tant que région, était exclu des appareils de décision ; l'appareil d'État pakistanais pouvait bien représenter la bourgeoisie pakistanaise, il excluait la bourgeoisie *pakistanaise bengalie*[26].

B. Colonialisme interne et oppression culturelle

Comment justifier cette discrimination ? Sur quoi se fonde ce monopole du pouvoir ? En vertu de quelle loi, de quel fait de nature, ou de quel abus de pouvoir, la majorité de la population pakistanaise se trouvait-elle exclue des appareils politiques ?

Il suffit d'interroger un Punjabi pour avoir l'explication. Il n'y va pas par quatre chemins : si les Bengalis sont défavorisés c'est que, tout simplement, ils sont inférieurs. Démarche coloniale typique : on justifie un abus de pouvoir par une prétendue infériorité raciale. On bâtit de toutes pièces un Bengali mythique, pour mieux justifier ensuite l'oppression du Bengali réel. Le Bengali est petit et poltron : d'où le fait qu'il fasse un mauvais soldat. Les Pathans et les Punjabis sont plus martiaux et traditionnellement guerriers : d'où le fait qu'ils fournissent la majorité des effectifs militaires. Le Bengali est poète, sensible, et inconstant : comment voulez-vous qu'il ait le sens des affaires ? comment voulez-vous qu'il soit commerçant ou industriel ? Et puis il est paresseux et indolent ; l'humidité du pays lui a porté sur les nerfs ; le climat en a fait un rêveur quand il aurait fallu un homme d'action : comment voulez-vous qu'il sache tenir les masses ? qu'il fasse preuve d'autorité ? en un mot qu'il ait des responsabilité politiques ?

Le racisme infeste en vérité l'ensemble du sous-conti-

26. KHALID B. SAYEED, « The Role of the Military in Pakistan », in JACQUES VAN DOORM (ed.) *Armed Forces and Society*, La Haye, 1968, pp. 276-278 ; *National Assembly of Pakistan Debates*, 1963, vol. 1, n° 1, mars 1963, pp. 29-31.

nent. En Inde, on distingue soigneusement les teints bruns du sud des teints clairs du nord ; le système des castes est souvent modelé sur un tel type de clivage... Mais c'est au Pakistan que la signification politique du phénomène est la plus claire ; et c'est au Pakistan qu'on en trouve les manifestations les plus spectaculaires, comme ce texte d'Ayub Khan, publié dans son autobiographie : « Les Bengalis sont la race indienne originelle ; et on peut dire sans exagération que jusqu'à la création du Pakistan ils n'ont jamais connu de liberté réelle ni de souveraineté. Ils ont été dominés par les hindous, les Moghols, les Pathans, puis les Anglais. Et par-dessus le marché ils sont encore sous l'influence linguistique et culturelle des hindous. C'est pourquoi ils ont toutes les inhibitions des races foulées aux pieds, et n'ont pas encore réussi à s'adapter psychologiquement aux exigences d'une liberté nouvelle. C'est de ce contexte historique que proviennent sans doute leurs complexes, leur caractère exclusif, leur suspicion, et une étrange agressivité[27]. »

Déclaration stupéfiante sous la plume du plus haut dignitaire du régime, mais qui prend tout son sens et qui s'explique si l'on admet qu'Ayub parlait *exactement comme ses maîtres britanniques,* qu'il avait purement et simplement *repris leur place,* qu'il s'exprimait *en colonialiste,* et que le colonialisme punjabi avait *pris le relais* du colonialisme anglais. Comment ne pas reconnaître dans la bouche d'Ayub Khan les arguments britanniques classiques ? Hier : les Indiens ont toujours été colonisés, ils sont donc inaptes à la liberté... Aujourd'hui : les Bengalis n'ont jamais connu de « souveraineté », ils sont donc incapables de s'adapter aux exigences d'une « liberté nouvelle ». Dans les deux cas, le mépris de l'autre, le racisme le plus sommaire, servent d'alibi à une domination coloniale.

Comme leurs maîtres britanniques encore, les Punjabis

27. Mohammad Ayub Khan, *Friends not Masters : A political Autobiography,* Oxford, 1967, p. 187.

font un pas de plus, et tentent de modeler la réalité à l'image de leur fantasme. Il ne suffit pas de dire au Bengali qu'il vaut moins, il faut aussi l'en convaincre. Il ne suffit pas de le dominer, il faut qu'il intériorise le rapport de domination. Comme dans toutes les situations coloniales, il faut, pour perpétuer l'oppression, l'inscrire au creux de l'âme du colonisé, le marquer au fer du mépris, détruire sa personnalité propre : en un mot, l'anéantir culturellement.

Première méthode : une politique d'obscurantisme intellectuel. Alors qu'à l'Ouest le nombre d'alphabétisés augmente de 143 % sur vingt ans, il n'augmente à l'Est que de 6 %. Alors que le nombre de diplômés d'Université augmente à l'Ouest de 21 %, il diminue à l'Est de 32 %[28]. Le Bengale était en 1947 relativement plus alphabétisé que le Punjab ; la politique pakistanaise consiste à renverser la tendance et à faire du Bengale un véritable désert culturel. Dans tous les régimes coloniaux, la culture sent le roussi ; elle ne sied guère aux âmes simples et elle traîne derrière elle de fâcheux épouvantails : modernisme, nationalisme, socialisme peut-être... Les Punjabis n'oublient pas que c'est dans les milieux étudiants qu'est né le mouvement autonomiste et que c'est les classes moyennes cultivées de Dacca qui renâclent le plus contre l'exploitation coloniale.

Ils ne perdent pas de vue non plus que le thème le plus populaire du mouvement autonomiste naisant est la défense de la culture et de la langue bengalies. D'où cette fois une tentative d'anéantissement culturel proprement dit. Citer Tagore devient une atteinte à la sécurité de l'État. Parler d'une culture bengalie revient à collaborer avec l'Inde. Et on lance de véritables campagnes de « rééducation » avec des idées aussi démentes que de persianiser la langue bengalie pour la rapprocher de l'urdu... Comment nier qu'il s'agit là d'une politique colonialiste classique ? Le colonialisme culturel, avec son cortège de

28. K.B. Sayeed, *Political System of Pakistan, op. cit.* ; D.R. Mankekar, *op. cit.*, pp. 20-21.

fantasmes et de délires, son racisme et son totalitarisme, vient à la rescousse de la colonisation politique pour mieux l'inscrire, au signe de la nécessité, chez le colonisé.

C. Colonialisme interne et rapports sociaux

Dernier élément enfin dans la description de cette structure coloniale interne : le lien colonial induit dans la métropole comme dans la colonie des structures, des rapports et des comportements sociaux spécifiques, qui sont les retombées locales du régime colonial. L'exploitation de la province bengalie par la province punjabie ne se surimpose pas seulement aux rapports de production locaux ; ce n'est pas une troisième dimension qui viendrait s'ajouter de surcroît, en supplément des effets capitalistes simples ; mais comme dans les régimes coloniaux externes, elle vient *structurer de l'extérieur* les rapports sociaux internes des deux provinces.

Au Bengale d'abord, la pression du colonialisme interne a produit un régime social qui n'apparaît bâtard qu'à ceux qui refusent de voir l'analogie avec les régimes coloniaux classiques. Un capitalisme embryonnaire, dirigé vers l'extérieur et qui ne maîtrise pas la loi de son propre développement. Un féodalisme mutilé, amputé de ses féodaux, qui pèse sur la masse des paysans et qui obéit désormais aux intérêts d'une puissance étrangère (le Punjab). Une lumpen-bourgeoisie pléthorique, politiquement instable, et réceptive au thème nationaliste...

C'est parce que les monopoles punjabis ont interdit au Bengale de s'industrialiser que la « bourgeoisie nationale » bengalie est quasi inexistante, et le prolétariat industriel inconsistant. C'est parce que l'État central a empêché un transfert de ressources de l'agriculture vers l'industrie que prédominent aujourd'hui les paysans moyens et pauvres. C'est parce que l'appareil d'État a choisi de se substituer aux zamindars hindous pour centraliser la rente foncière qu'aucune classe féodale locale n'a réussi à se reconstituer. C'est pour servir les intérêts des maîtres punjabis que s'est développée une bourgeoisie compradore. L'importance relative de la petite bourgeoisie cultivée et urbanisée s'explique par le jeu conjugué de l'ensemble de ces facteurs : pression sur la terre, absence de débouchés industriels... *Le colonialisme interne a intégralement modelé la structure de classe du Bengale.*

Quant au Punjab, un mot seulement, mais il est caractéristique. La société punjabie possède une des caractéristiques au moins des métropoles coloniales : l'existence d'un prolétariat relativement développé et qui a intérêt au maintien du régime colonial. Il n'est pas question de nier les conditions atroces dans lesquelles vivait et vit encore le peuple ouest-pakistanais : en 1963, d'après des statistiques de l'O.N.U., le cinquième des familles vivait au-dessous du seuil de la pauvreté. Mais il n'empêche que le prolétariat partage souvent les préjugés racistes dominants. Un docker de Karachi gagne moitié plus que son homologue de Chittagong. Et ce n'est pas un hasard si les deux zones les plus industrialisées, Karachi et l'Est du Punjab, sont aussi les plus chauvines, les plus anti-indiennes et les plus fanatiquement « musulmanes ». Ce n'est pas un hasard non plus si les syndicats de Karachi sont dominés par le très intégriste Jamaat-E-Islami, parti réactionnaire musulman, où se recrutèrent en 1971 les razakhars du Bengale, et qui fit campagne avant et pendant la guerre civile contre l'autonomie puis contre la rébellion.

*

Il ressort de l'ensemble de ces analyses que la pénétration du capitalisme s'est faite au Pakistan sous une forme un peu plus complexe qu'ailleurs. L'exploitation féodo-capitaliste s'y est déployée à un triple niveau. Ces trois niveaux sont liés, ils dépendent en dernière analyse de l'insertion du Pakistan dans le système capitaliste mondial. Mais ils ont néanmoins une autonomie relative et sont dans une certaine mesure irréductibles les uns aux autres.

Il y a d'abord l'exploitation du prolétariat punjabi par les féodaux et les bourgeoisies locales. Il y a ensuite l'exploitation du prolétariat bengali par ses propres classes dominantes. Et il y a enfin, et c'est cette troisième dimension qui est la plus difficile à accepter, l'exploitation du Bengale tout entier, avec ses clivages internes et ses contradictions propres, par le Punjab tout entier avec ses propres rapports d'oppression et ses propres contradictions sociales.

C'est cela, l'ensemble articulé de ces trois niveaux d'exploitation, qui constitue proprement la relation coloniale interne. C'est cette structure qui a éclaté en mars 1971 en son point le plus fragile : le troisième rapport d'exploitation — de la région bengalie par la région punjabie. Et c'est parce qu'ils ont refusé de reconnaître cette situation, parce qu'ils ont refusé d'accorder à cette troisième dimension d'exploitation un statut spécifique, qu'un certain nombre de maoïstes bengalis et de marxistes étrangers ont commis l'an dernier les erreurs que l'on sait, et qu'ils s'apprêtent à commettre ailleurs, en Inde notamment, des erreurs du même type.

II

La révolution prématurée

INTRODUCTION

La guerre de libération du Bengale a commencé il y a vingt-cinq ans. Les journalistes ne l'ont pas vu, hypnotisés comme toujours par l'événement. Pour eux, la guerre commence avec les reporters de guerre ; le nationalisme bengali avec la victoire électorale de Mujib ; la répression pakistanaise avec le massacre du 25 mars. Et l'histoire n'est jamais là que comme cadre et comme contexte ; à peine nécessaire et toujours déplacée ; éternel alibi d'une chronique événementielle.

La guerre de libération du Bengale n'en est pas moins, aussi, *un événement ; mieux : une Révolution. Cela, c'est les historiens qui ne l'ont pas dit. Effarés quant à eux par l'actualité ; soucieux de la réduire et de la neutraliser ; de l'ensevelir sous les précédents et d'en décrire les anticipations. Comme si l'Histoire n'était là cette fois que pour gommer la singularité du présent. Comme s'il ne s'était rien passé le 25 mars 1971, et que la crise ne fût qu'un incident de parcours.*

C'est sur ce double écueil que peut buter une histoire du nationalisme bengali. Écueils classiques mais toujours menaçants. D'un côté, privilégier la discontinuité au risque d'en rester à l'écume de l'histoire. De l'autre, insister sur la continuité au risque de manquer le côté explosif de l'événement... La naissance du Bangla Desh, en fait, est une crise *précisément, c'est-à-dire le point d'inflexion d'un processus ou le point de rupture d'un courant.*

Faire l'histoire du nationalisme bengali, c'est décrire le processus *pour isoler la* rupture *; c'est rendre compte,* par l'histoire, *de la Révolution.*

5

HISTOIRE DU MOUVEMENT COMMUNISTE AU BENGALE ORIENTAL

Au Bengale oriental, le communisme a fait faillite. Le Bangla Desh s'est libéré, mais sans les communistes. Il est en train de se construire, mais contre les communistes. Le système d'exploitation dominant, le triangle maudit de l'impérialisme, du féodalisme et du capitalisme semblait devoir les favoriser ; la théorie et la pratique maoïstes avaient là un terrain d'élection. Pourtant, la guerre de libération du Bengale allonge la liste déjà longue des guerres de libération nationale qui se sont passées du marxisme et ont même réussi parfois à l'éliminer du terrain idéologique.

Égypte, Algérie, Guinée... Bengale à présent. De bons esprits s'interrogent : et si Révolution et Marxisme n'étaient plus nécessairement liés ? Et si un grand parti national du type de la Ligue Awami, et si de grands leaders charismatiques du type de Nasser ou Mujibur Rahman étaient les mieux placés pour opérer dans les sociétés post-coloniales des mutations décisives ? Et si le marxisme-léninisme, y compris sa variante maoïste, était une idéologie « dépassée » ? De fins théoriciens, à Moscou, tirent déjà les leçons de tant d'échecs répétés ; pour la première fois en 1969 un certain nombre de textes sont publiés qui donnent des justifications théoriques et une caution marxiste à ce qu'on acceptait jusque-là, mais sans l'avouer : la révolution sans le marxisme[1].

C'est aller un peu vite en besogne et tirer un peu vite les conclusions de faits qui ne sont pas toujours très clairs et qui, avant d'être justifiés, demanderaient parfois à être tout simplement expliqués... Car enfin, avant de justifier l'échec des communistes par une théorie des « bourgeoisies nationales », avant d'excuser leur autoliquidation par une théorie de la « révolution par étapes », avant de plier par conséquent l'histoire au cadre de la théorie, il y a une question, une toute petite question, dérisoire et modeste, qui semble embarrasser les théoriciens, que marxistes et non-marxistes éludent ou qu'ils traitent par la bande, une question décisive pourtant dont ne pourra se passer aucune théorie digne de ce nom : pourquoi, dans chaque cas particulier, l'échec des mouvements communistes ? pourquoi, pour quelle raison de fait, *pour quelle raison d'histoire* l'impuissance de la théorie marxiste ?

Il semble que le problème se pose presque toujours en termes *d'obstacle*. De même que l'histoire des sciences met au jour des obstacles épistémologiques incrustés dans l'esprit du savant, logés dans un système conceptuel et qui entravent le progrès scientifique, de même le développement d'une théorie politique semble se heurter à des barrages d'ordre économique, social ou culturel, qui fonctionnent de manière analogue. Résistances actives, et pas seulement passives. Consistantes et dynamiques, et pas seulement inertes. Blocages positifs, qui structurent un champ politique, dessinent une aire de possibilités, limitent et bornent le champ idéologique dans un contexte donné.

1. Hélène Carrère d'Encausse, *Revue française de sciences politiques*, décembre 1967, pp. 1146-1168.

En Inde par exemple, il est indéniable que le système des castes est un blocage de ce type. Les maoïstes, dans leur éternelle comparaison entre l'Inde et la Chine, ne se sont jamais avisés d'un petit fait tout simple, mais qui n'en a pas moins eu des conséquences politiques incalculables : alors que dans la vieille hiérarchie chinoise, la classe paysanne vient en second, juste après les mandarins, dans le système des castes indien, elle vient en avant-dernière position, juste avant les intouchables... De sorte que l'Inde n'a vu se développer que très tard le communisme paysan qui, seul, était adapté à ses conditions concrètes. Mieux : le communisme paysan, possible en Chine, était inconcevable en Inde. La petite bourgeoisie de Calcutta et les élites ouvrières qui fournissent depuis 1920 la direction du parti, sont venues très tard, et très difficilement, à cette idée saugrenue : bâtir un mouvement communiste à partir des campagnes. Obstacle donc. Force active, qui rend possible ceci et rend impossible cela. L'horizon est bouché. Et la meilleure des bonnes volontés ne pouvait rien y changer.

Le mouvement communiste au Bengale a lui aussi son obstacle et c'est lui que nous allons tâcher d'isoler avant de retracer les étapes récentes de son histoire. La répression bien sûr... Le bas niveau d'alphabétisation... Le faible développement des forces productives... Mais, surtout, l'obstacle qui rend possibles tous les autres, celui qui les rend effectifs : l'idéologie communaliste, sous son triple aspect, économique, social et culturel. L'idéologie communaliste, c'est-à-dire la théorie des deux nations, c'est-à-dire l'idée que l'hindouisme et l'islam peuvent être à l'origine de deux consciences nationales distinctes ; c'est-à-dire, finalement, et par déformation, l'idée qu'il n'y a pas de pire ennemi de l'hindou que le musulman, et réciproquement.

I. Un communisme mal parti

A. L'effondrement

Au moment de la Partition, le communisme bengali semblait pourtant bien parti. Il ne faut pas oublier que c'est au Bengale, dans le Bengale indivisé, qu'est né le Parti communiste indien ; que c'est un Bengali, Muzaffar Ahmed[2], qui prend contact le premier, en 1921, avec le Komintern ; et que c'est au Bengale en collaboration avec M.N. Roy, et en liaison avec des Bengalis émigrés, qu'il constitue avec succès les premières organisations paysannes et les premiers syndicats ouvriers... Dans les années trente le parti prend de l'ampleur. Il recrute dans les prisons et dans les rangs des terroristes ; il attire des intellectuels revenus de Grande-Bretagne après leurs études. En 1940, à la veille de l'entrée en guerre, il compte 20 000 adhérents et ses structures sont solides déjà[3].

Mieux : la Partition semble un moment favoriser la partie *orientale* du Bengale. Chaque militant en effet doit choisir sa nationalité. Or, il se trouve que l'immense majorité opte pour le Pakistan. Le Bengale pakistanais se retrouve donc doté d'un appareil communiste puissant, d'une idéologie bien constituée. Dans la foulée de l'indé-

2. Il ne s'agit évidemment pas du même que le Muzaffar Ahmed qui dirige actuellement le National Awami Party prosoviétique.

3. Chiffre cité par MARCUS F. FRANDA dans une étude publiée en octobre 1970 dans la revue *Asian Survey* sous le titre « Communism and Regional Politics in East Pakistan ». Étude reprise dans *Political Development and Political Decay in Bengal*, Calcutta, 1971... La différence est considérable entre la situation du communisme à l'est et à l'ouest du pays. A l'ouest, le parti est créé de toutes pièces, et par décret, par des émissaires indiens. Il n'a jamais eu la moindre base de masse et le moindre enracinement réel. Pas de ligne bien définie, ni de cohérence dans l'action. Réformiste en 48, aventuriste en 49. « Dans la mesure naturellement, précise Tariq Ali (*op. cit.*, p. 36), où l'on peut dire qu'il avait une optique quelconque. » Du reste, les deux ailes du Parti ne communiquent guère. Lorsque Sajjad Zaheer est désigné comme secrétaire du Parti, la nouvelle n'arrive même pas au Pakistan oriental. (*Ibid.*, p. 36.) Tout sépare les deux partis. Rien ne les rapproche, et leurs histoires respectives ne se croiseront guère.

pendance, des fronts de lutte s'ouvrent un peu partout ; des foyers de guérilla, en zone tribale notamment. A Barisal, dans le secteur de Mymensingh, sous la direction de Moni Singh (l'actuel président du Parti communiste prosoviétique) ; à Rajshahi, sous la direction d'un autre vieux militant, Ila Mitra... Un moment, le mouvement semble fléchir au Bengale indien et s'enfler au contraire au Bengale pakistanais. La littérature de l'époque regorge de déclarations triomphalistes. Le Pakistan est un État instable et voué à l'éclatement. Le pouvoir est au bout du fusil. La Révolution est pour demain[4]...

Cinq ans plus tard pourtant, la situation a diablement changé. Aux élections provinciales de 1954, les communistes ne remportent que quatre sièges, et une dizaine seulement sous l'étiquette d'autres partis. Quant aux foyers de guérilla, ils ont tous, sans exception, disparu. Le nombre de militants est devenu dérisoire : deux cents à peine, selon un cadre de l'époque. Plus question de révolution, ni de pouvoir rouge. Le mouvement agonise. Que s'est-il passé ?

Ce qui s'est passé, c'est d'abord bien sûr une impitoyable répression, dont il serait fastidieux de retracer toutes les étapes, mais qui n'a cessé, dès le lendemain de la Partition, de frapper les militants et de désintégrer les organisations[5]. Toutes les occasions sont bonnes pour frapper un coup de plus. La conspiration de Rawalpindi

4. Effet local de la ligne définie un peu plus tôt par Zhdanov, puis en Inde par Randive. Cela dit, la lutte dans le district de Mymensingh par exemple est évidemment due aussi aux conditions locales, et d'abord à la terrible famine qui s'abat sur la région en 1943. Le mouvement est connu sous le nom de « Mouvement Tebhaga », et il s'était fixé notamment de réduire la part du propriétaire foncier de la moitié au tiers de la récolte.

5. Un homme comme Moni Singh passe près de vingt ans en prison. D'autres, comme Ila Mitra, doivent chercher refuge en Inde. Pas de journaux ni de revues. Pas de meetings bien sûr, ni de manifestations de masse. Le Parti communiste n'est plus qu'un ensemble d'unités clandestines, de conspirateurs au petit pied, coupés des masses. Cf. MARCUS F. FRANDA, *op. cit.*, p. 228 ; SAKUNTAL SEN, *Inside Pakistan*, Calcutta, 1964 ; JAYANTA KUMAR RAY, *Democracy and Nationalism on Trial : Study of East Pakistan*, Simla, India Institute of Advanced Study, 1968.

en 1951, où le Parti communiste clandestin se compromet avec un clan de généraux factieux (Akbar Khan) en lutte contre un clan rival (Ayub Khan). Les émeutes communalistes de 1954 à Narayangang et Postogola, dont les communistes n'étaient certainement pas les instigateurs, mais qui fournissent au pouvoir un prétexte tout trouvé. Chaque fois, le Parti se retrouve davantage isolé et les militants moins nombreux. Le Comité central tout entier entre dans la clandestinité. A quelques exceptions près, l'histoire du mouvement communiste sera celle d'un mouvement *underground*.

Underground est à peine une image. Car les débats communistes des années cinquante se sont presque tous déroulés *dans les prisons* ; et les grandes tendances rivales finissent par correspondre à des prisons concurrentes. L'histoire du mouvement communiste pakistanais est scandé par des débats cocasses : la prison de Rajshahi contre la prison de Dacca. Les communistes de Rajshahi prônent la lutte clandestine dans les syndicats et les organisations paysannes, ceux de Dacca, l'entrée dans les partis bourgeois et l'alignement sur le Komintern. Beaux débats, beaux projets, mais les partis bourgeois en question sont interdits de séjour au Pakistan ; les organisations paysannes et les syndicats sont démantelés ; quant aux militants ils sont bien sûr... enfermés. Situation unique pour un Parti communiste à vocation prolétarienne. Coupé des masses et loin du concret. Ignorant des problèmes et sans prise sur l'Histoire : les communistes pakistanais, parqués dans les prisons du régime, vivent hors du temps et de l'espace politiques[6].

6. TARIQ ALI, *op. cit.*, pp. 46-47, donne quelques détails. Le débat commence avec une lettre ouverte d'Ajoy Ghosh aux membres du P.C. indien. Il y explique qu'il faut rompre avec la politique aventuriste des derniers temps et revenir à une politique de collaboration avec la bourgeoisie nationale. Débat au Comité central. On va chercher un « avis international », c'est-à-dire une consigne à Moscou. Et Staline approuve la ligne prônée par Ghosh. En Inde, la ligne est applicable puisque la bourgeoisie nationale existe et que les partis sont autorisés. Au Bengale pakistanais par contre, « comment les communistes pouvaient-ils collaborer avec une bourgeoisie qui leur refusait la légalité ? » (T. ALI). Toujours est-il qu'en

B. Communisme et communalisme

Ce n'est pas un hasard évidemment. Et il a bien fallu que les communistes prêtent le flanc à la répression. C'est la seconde raison de leur échec, la raison essentielle et déterminante : forts avant 1947, ils sortent affaiblis de la Partition parce qu'ils n'étaient pas prêts à l'assumer politiquement ; parce qu'ils étaient pris au dépourvu par un événement qu'ils n'avaient ni prévu ni voulu ; *parce que la théorie des deux nations ne cadrait pas avec leur idéologie du moment.* Le fait mérite d'être souligné parce qu'il a souvent été nié, dans la littérature trotskiste notamment. Sur la base de citations incomplètes et de références partielles, Tariq Ali par exemple a pu prétendre que les communistes sont tombés dans le piège communaliste, qu'ils ont cautionné la Partition de l'empire des Indes sur la base de la religion ; que, défigurant les thèses marxistes sur la question nationale, ils les ont appliquées mécaniquement à la question pakistanaise[7].

C'est inexact. Il a pu y avoir ici et là des ambiguïtés. Mais l'ensemble de la position est claire : le Parti communiste indien n'a pas voulu la Partition ; il n'a pas cautionné cette monstruosité historique qu'est la création d'un État musulman. La résolution historique de septembre 1942 le dit très nettement : « *Chaque* partie du peuple indien qui a un territoire contigu, une tradition historique commune, une langue et une culture communes, une même psychologie et une vie économique en com-

1951, comme pour couper court au débat, l'organe du Kominform publie une note où il est dit qu'au Pakistan oriental les forces progressistes luttent dans l'Awami Muslim League. Cette note est comprise comme une consigne déguisée, et les militants de la prison de Rajshahi s'inclinent.

7. T. ALI, *op. cit.*, p. 23 : « Les communistes indiens soutenaient la revendication d'un Pakistan séparé [...]. Une grossière falsification de Lénine sur la question nationale fut fournie dans une brochure du P.C.I. intitulée *Le Pakistan et l'unité nationale* dans laquelle des théoriciens communistes mélangaient religion et nationalité [...]. La façon dont le P.C.I. traitait la question aboutissait presque à la désintégration des cadres marxistes [...]. »

mun » a le droit de se constituer en nation. Autrement dit : oui à la Partition, mais sur la base des critères marxistes classiques ; pas question de nations fondées sur la religion. La même résolution évoque la constitution d'une grande fédération d'États ; mais là encore il ne s'agit pas de l'Inde hindoue et du Pakistan musulman, mais du Sind, du Rajasthan, du Tamil Nadu, du Gujarat, de l'Assam..., et au milieu de cette énumération, un État parmi d'autres, ni plus ni moins important que les autres : le Punjab « à *dominante* musulmane ». Rien que de parfaitement conforme là aussi à l'orthodoxie marxiste. Que le Punjab soit un État à majorité musulmane, c'est un fait d'évidence. Mais la résolution n'en tire aucune conséquence politique particulière[8].

On pourrait bien sûr reprocher aussi aux communistes d'avoir milité au sein de la Ligue musulmane ; au lieu de bâtir leur propre parti, d'avoir préféré noyauter un parti musulman et confessionnel qui inscrivait en tête de son programme la création du Pakistan. Mais ce serait oublier, d'une part, que le régime électoral de l'époque l'exigeait, que sous le régime des électorats séparés (hindous d'un côté, musulmans de l'autre) des politiques, même communistes, n'avaient de chances de succès qu'en militant dans un parti hindou ou musulman, en

8. Voici le texte de la résolution : « Chaque partie du peuple indien qui a un territoire contigu, une tradition historique commune, etc. devrait se voir reconnaître le droit d'exister en État souverain à l'intérieur de l'Union de la fédération indienne libre, et aura le droit de faire sécession si elle le désire [...]. L'Inde libre de demain devrait être une fédération ou une union d'États souverains représentant les diverses nationalités comme les Pathans, les Punjabis occidentaux (à dominante musulmane), les Sikhs, les Sindhis, les Hindustanis, les Rajasthanis, les Gujaratis, les Bengalis, les Assamese, les Beharies, les Oriyas, les Andhras, les Tamils, les Karnatikas, les Maharashtrians, les Keralas, etc. » (Reproduit dans *People's War*, organe du C.P.I., 4 octobre 1942, p. 10.) D'après un responsable du Parti : « Nous n'étions pas, en 1947, contre la partition de l'Inde — *nous aurions aimé que l'ensemble de l'Inde soit l'objet d'une partition* — mais nous étions opposés à la partition du Bengale seul, ou du Punjab et du Bengale seuls. Car cela a aidé certains à exploiter le Bengale, comme nous le prédisions en 1947. » (Interview reproduite par MARCUS F. FRANDA, *op. cit.*, p. 235.)

l'occurrence la Ligue ou le parti du Congrès. D'autre part, que la tactique de l'époque était de soutenir les bourgeoisies nationales et de s'allier à elles pour chasser l'impérialisme ; ce n'est pas la faute des communistes si ces bourgeoisies ont cru bon de s'organiser sur une base communaliste ; les communistes n'ont fait que suivre ; et s'ils ont commis une erreur ce n'est pas d'avoir cautionné le Pakistan, mais, beaucoup plus généralement, d'avoir cautionné le réformisme...

Du reste, ces subtilités de tactique ne changent rien quant au fond. En 1946, à la veille de la Partition, la doctrine est toujours la même : le manifeste électoral du Parti parle à nouveau d'une fédération de dix-sept États souverains ; les mêmes qu'en 1942, à une exception près : le Balouchistan. Là encore, pas question du couple Inde/Pakistan. Au lendemain de la Seconde Guerre mondiale ensuite, on parle beaucoup dans les rangs communistes d'un grand Bengale unifié et révolutionnaire. Lorsque la Partition sur la base de la religion paraît inévitable, on propose d'ajouter au couple, en guise de troisième partenaire, ce grand Bengale indivisé[9]. Et lorsqu'enfin survient la Partition, loin de s'y trouver à l'aise et de tirer parti de l'événement, les communistes la dénoncent violemment et l'attribuent au poids grandissant des intérêts capitalistes indiens liés à l'impérialisme britannique... Là encore, jusqu'au dernier moment, le mouvement communiste refuse de se laisser gagner par le virus communaliste. La création du Pakistan va le surprendre et le laisser désarmé.

9. Sur l'idée d'un « Grand Bengale », voir SARAT CHANDRA BOSE, *I Warned my Countrymen*, Calcutta, 1968, pp. 183-194. Bose cite notamment des lettres de Gandhi et Jinnah favorables à l'idée d'un grand Bengale (pp. 254, 348, 352). Voir aussi sur le même sujet HASSAN SUHRAWARDY, « The Indian Crisis : Muslim viewpoints », in *Hindustan or Pakistan*.

En effet, et c'est la dernière raison de la déroute, la situation se compliquait d'une donnée supplémentaire qui allait constituer pour les communistes un handicap insurmontable : en 1947, 95 % d'entre eux étaient hindous. Mieux : presque tous appartenaient à une élite hindoue d'un type très particulier ; les *bhadraloks* ; une élite sociale et culturelle ; des hommes généralement de haute caste et appartenant à une classe sociale privilégiée ; propriétaires terriens ou employés à la ville ; fins lettrés et fiers de leur noble passé[10].

La langue bengalie est très claire : un bhadralok, c'est quelqu'un d'« important », de « respectable », quelque chose comme un « gentleman ».

Pourquoi des bhadraloks ? Pourquoi pas des musulmans ? Parce que les seconds, nous l'avons vu, pensaient plus à s'intégrer qu'à faire la révolution, à s'appuyer sur les Britanniques qu'à faire de l'anticolonialisme. Parce que les premiers au contraire étaient entrés à la fin du XIXe siècle dans une époque de décadence et qu'ils avaient cru lire dans le marxisme une solution à leurs problèmes. Peu importe la validité de leur lecture, et peu importe que le marxisme passe au crible de l'hindouisme. Toujours est-il qu'ils y lisent une condamnation de l'impérialisme, donc des auteurs de leurs maux : *les Anglais* ; une condamnation du capitalisme, donc de leurs rivaux : *les marchands*. Une théorie de la révolution, donc la justification d'un art douteux où ils étaient

10. Voir J.-H. Broomfield, *Elite Conflict in a Plural Society : Twentieth Century Bengal*, Berkeley, University of California Press, 1968, pp. 4-6.

Broomfield écrit notamment : « A la ville et dans les villages du Bengale, il y avait un groupe de Bengalis qui se présentaient et étaient considérés comme socialement supérieurs à la masse de leurs compatriotes. C'était les bhadraloks [...] qui se distinguaient par maints aspects de leur comportement — leur manière de parler, de se vêtir, de se loger, leurs habitudes alimentaires, leurs métiers et leurs fréquentations, et tout aussi fondamentalement par leurs valeurs culturelles et leur sens de la propriété sociale. » Voir aussi Muin-ud-din Ahmad Khan, *Muslim Struggle for Freedom in Bengal*, Dacca, 1960, pp. 1-48.

passés maîtres : *le terrorisme*. Quelles que soient leurs raisons et leurs motivations, à la fin du XIXe siècle, au début du XXe siècle, les bhadraloks délaissent les lettres et se vouent au communisme.

D'où un certain nombre de conséquences qui n'ont pas fini de peser sur le mouvement communiste bengali :

a) Les marxistes sont des bhadraloks : en termes clairs, petits-bourgeois. Ils répugnent au travail manuel et aux métiers d'argent. Par contre, l'enseignement est une activité prisée par l'orthodoxie hindoue traditionnelle. Les militants communistes seront donc en majorité professeurs. Bref, coupés du peuple.

b) Issus d'une élite privilégiée, ils sont assimilés par les masses aux oppresseurs. Pour le paysan musulman, le communiste est d'abord un noble et un lettré. Marxiste peut-être, mais exploiteur d'abord.

c) Le chef d'accusation est tout trouvé : hindous, donc Indiens, donc traîtres à la patrie. Le gouvernement peut s'en débarrasser facilement ; sans même « faire de politique » ; il suffit d'invoquer la sûreté de l'État. Il ne s'en est pas privé, nous l'avons vu ; le Parti communiste est vite devenu un groupuscule.

d) Pour discréditer les communistes, il suffit de déclencher une bonne émeute communaliste. Haro sur l'hindou ; et le communiste émigré. Exemple, les troubles de 1950[11]. Quelques bons pogroms suffisent à briser l'équilibre des migrations entre les deux Bengale. En quelques mois, un million de Bengalis de l'Est passent à l'Ouest[12]. Parmi eux, les deux tiers du Parti[13]. Il ne s'en

11. RICHARD D. LAMBERT, « Religion, Economics and Violence in Bengal », *Middle-East Journal*, juillet 1950, pp. 307-328. *Census of India*, 1961, vol. XVI, West-Bengal and Sikkim. *Statesman*, Calcutta, 1er juillet 1950.

12. *Influx : Infiltration from East Pakistan*, Delhi, ministère des Affaires étrangères, 1963. MUSHTAG AHMED, *Government and Politics in Pakistan*, Karachi, Pakistan Publishing House, 1963.

13. En 1951, le C.P.I. est obligé de créer un Conseil des réfugiés du Bengale oriental, chargé d'organiser la lutte des réfugiés contre le gou-

remettra pas : il ne lui reste plus qu'à mendier un strapontin au sein des partis bourgeois.

e) Faible, divisé, coupé des masses, il est contraint de se replier : et d'abord, sur le front de la théorie. D'où cette étrange ankylose qui marque la pensée marxiste jusqu'à la veille de la crise du Bangla Desh, cette étrange impuissance à réfléchir les problèmes concrets qui se posent au Bengale oriental. D'où aussi le ton délirant, hystérique, d'une bonne partie de la littérature maoïste. Par exemple, le rapport de février 1971 de l'East Pakistan Communist Party (marxiste-léniniste), sur « la situation actuelle du Parti et nos tâches ». Il soutient, au mépris de l'évidence, que des troupes américaines sont postées au Bengale. Il transforme les secouristes de la Croix-Rouge arrivés après le cyclone en diaboliques *marines*. Il prétend prouver que les « suceurs de sang » soviétiques sont des « monstres sanguinaires » dont l'aide économique est plus lourde, plus malhonnête encore, que l'aide américaine. Le malheureux Mujibur Rahman devient le nouveau « boucher du Bengale » ; l'Awami League, le parti des féodaux ; le N.A.P., l'instrument de la bourgeoisie compradore. Ces affirmations sont absolument inexactes. Plus qu'une analyse, un délire. Au lieu d'une déclaration politique, un accès de vertige verbal[14].

vernement indien et le gouvernement du Bengale occidental. Cf. *Statesman*, 1er février 1951, p. 1 ; 19 février 1951, p. 6. MYRON WEINER, *Party Building in a New Nation : the Indian National Congress*, Chicago, 1967. MYRON WEINER, « Political leadership in West Bengal », in *Political Change in South Asia*, Calcutta, 1963.

14. *La situation actuelle et nos tâches* ; P.C.P. (m. 1), 1er février 1971. En voici quelques extraits : « Cent à cent cinquante mille pauvres gens ont péri dans le cyclone et l'inondation qui ont dévasté le pays le 12 novembre dernier [...]. Les responsables sont : les pirates impérialistes américains et britanniques, et leur lèche-bottes — le gouvernement militaire de jotedars, d'usuriers et de la bourgeoisie bureaucratico-compradore [...]. Profitant de la situation, [...] les pirates américains et britanniques ont débarqué des troupes sur le sol du Bengale oriental, afin, sous couvert de secours, de déchirer et dévorer la chair des pauvres gens [...]. Depuis la création du Pakistan, c'est la première fois que des troupes impérialistes débarquent sur le sol du Bengale oriental. Elles sont restées

f) Au bout du compte, ce curieux parti révolutionnaire renonce tout simplement... à faire la révolution ! Elle viendra toujours *en retard*, le Bengale est nécessairement *à la traîne*, à la remorque des naxalites indiens et de la révolution au West-Bengal. C'est dans la bouche d'un responsable communiste qu'on trouve l'aveu le plus lucide : « Nous ne pouvons pas rêver pour nous de mouvements comparables à ceux de l'Inde. La politique au Pakistan vole plus bas. D'abord nous devons éveiller la conscience des masses, et ensuite seulement penser au futur [...]. Le jour venu, nous verrons si c'est la tactique de Lénine, de Mao, ou de Jyoti Basu[15] qui nous convient le mieux. Mais il n'en est pas encore question pour le moment [...]. » On ne saurait être plus clair : le Bengale pakistanais ne maîtrise ni le *moment* ni la *technique* de sa propre révolution. Le Parti communiste croupion se définit lui-même comme appendice. Il est voué, pour survivre, *à suivre* et, pour agir, *à reproduire*.

ici jusqu'aux élections de l'Assemblée nationale. Et quand la Ligue Awami [...] a eu la majorité, on a annoncé le retrait, d'abord des Anglais, ensuite des Américains.

« Et il faut noter alors qu'à l'époque si le Sheikh Mujib fit une violente déclaration contre les Britanniques il ne prononça pas le moindre mot contre l'arrivée des troupes américaines [...]. Preuve manifeste que le Sheikh Mujib est désormais le numéro un des lèche-bottes des U.S.A. D'autre part, quoiqu'on ait annoncé que les troupes étaient parties, les U.S.A. en fait ne les ont pas totalement retirées. Une partie est restée comme secouristes, ingénieurs, experts en agronomie, chercheurs, enseignants, et conseillers — économiques, politiques et militaires. Et depuis lors, l'infiltration d'agents américains sous ces masques augmente tous les jours. Par l'intermédiaire de coopératives agricoles et de nombreuses autres institutions, des agents et des troupes américains ont renforcé leurs bases dans plusieurs importantes régions du Bengale rural. Même les officiers pakistanais n'ont pas le droit d'entrer dans ces zones. Le Bengale oriental est devenu un terrain d'élection des pirates américains. Nous ne savons pas exactement combien de citoyens U.S. sont actuellement au Bengale oriental. Une estimation modeste atteindrait plusieurs milliers ; et tous sont armés et entraînés à l'espionnage et à la guerre [...]. »

15. Jyoti Basu : dirigeant du C.P.I.M. (indien).

g) La structure même du mouvement, sa configuration interne, la géographie de ses tendances et de ses groupes rivaux sont elles aussi importées et imitées. Comme en Inde, on trouve d'abord des groupes marxistes, notamment le Parti communiste de Moni Singh, qui pratique l'alliance au sommet avec les partis bourgeois. Puis des groupes marxistes encore, partisans de l'alliance au sommet, mais à condition de lui adjoindre à la base une pratique révolutionnaire : en Inde, le C.P.I.M. ; au Bengale oriental le N.A.P.-Bhasani. Enfin des partis maoïstes qui refusent toute compromission avec le jeu électoral et s'opposent au N.A.P. avec la même vigueur et les mêmes arguments que les naxalites au C.P.I.M... Rien n'interdit l'imitation, sauf quand elle est incongrue. Or, s'il y a un sens en Inde à jouer le jeu électoral, il n'y en a pas au Pakistan où ce jeu n'existe pas. Et si une organisation maoïste de type naxalite a des chances de succès au West-Bengal, elle n'en a guère au Bengale oriental, où la répression et la clandestinité la vouent à l'étouffement.

II. **Maoïsme au Bengale**

Voilà donc le cadre général de l'histoire du mouvement communiste au Bengale oriental ; les obstacles fondamentaux qui bloquent son développement ; les handicaps de départ qui, accusés et incrustés, lui donnent son visage définitif. Le marxisme bengali souffre manifestement d'un traumatisme originel, que ving-cinq ans de militantisme n'ont pas réussi à liquider.

Cela dit, on peut essayer, à l'intérieur de ce cadre et compte tenu de ces limites, de le décrire d'un peu plus près et d'entrer dans le détail. De faire le point à la veille de la crise du Bangla Desh. De dresser un tableau du mouvement à l'aube de la guerre de libération nationale.

A. La face d'ombre du N.A.P.

Très vite, l'évolution des groupes communistes s'est confondue avec celle d'un parti bourgeois dont la presse a beaucoup parlé, que nous avons cité à plusieurs reprises déjà, et dont il faudra se décider un jour à écrire sérieusement l'histoire : le National Awami Party de Maulana Bhasani.

Répression, prison, clandestinité... Le gros problème pour les communistes était de trouver une couverture légale et une scène idéologique où puisse se poursuivre le débat politique. Un parti malléable et informe qui épouserait les contours de ceux qui viendraient l'habiter. Un parti *public* surtout qui puisse permettre aux militants de garder un contact avec les masses. Un trait d'union par conséquent entre la clandestinité et la légalité.

D'où l'étrange statut du N.A.P. Il est un peu à la gauche ce que la Ligue Awami est à la droite : un point de rencontre et un lieu de ralliement ; un lieu de passe politique où convergent toutes les tendances. Pas de ligne politique ferme ni de *leadership* très stable ; à peine une idéologie et tout juste une référence commune : le président du parti, Maulana Bhasani.

C'est que le N.A.P. est un parti à deux faces. Une face manifeste et publique qui apparaît dans les discours de Bhasani et dans les manifestations officielles. Une face clandestine et secrète, silencieuse et confidentielle, qui n'est autre que l'histoire du mouvement communiste.

La seconde transparaît dans l'ombre de la première. Elle affleure de loin en loin en manifestations spectaculaires qui sont autant de traces, de signes brouillés et énigmatiques qu'il faut apprendre à déchiffrer. Pour remonter de l'officiel à l'officieux, du public au clandestin, du N.A.P. au communisme.

Exemple de « trace » de ce type : la scission du Parti en mai 1966. Le prétexte ? L'appareil du Parti prépare à Liou Shao-chi en visite un comité de réception chaleureux ; et un certain nombre de membres du Parti, groupés derrière Muzaffar Ahmed, déclarent que cela équivaut à organiser une manifestation de soutien à Ayub. Les uns sont plutôt prochinois. Les autres prosoviétiques. « Plutôt » seulement, car le clivage idéologique n'est pas très clair. Le N.A.P. de Muzaffar Ahmed sera plus libéral que communiste, plus démocrate que marxiste, et refuse les « étiquettes ». « Nous sommes, déclare-t-il, un parti unanimiste, pas un parti de classe, mais un parti de toutes les classes[16]. » Quant au N.A.P. de Bhasani, ses options ne sont pas claires non plus, et elles sont très loin d'être marxistes-léninistes. « Je refuse la dictature d'une idéologie étrangère, déclarait un jour Bhasani[17], le peuple bengali n'est pas favorable au communisme car il aime trop la liberté » ; quant au maoïsme, le vieux renard l'accepte, mais à condition qu'il devienne « islamique[18] ».

Par contre, et c'est là peut-être l'essentiel, cette scission au sein du N.A.P. a eu une fonction charnière dans l'histoire du mouvement communiste. D'un côté, elle est le reflet affadi du schisme sino-soviétique. De l'autre, elle prélude, *au sein du Parti communiste local,* à une scission, beaucoup plus claire et beaucoup plus radicale cette fois, entre orthodoxes (Moni Singh) et maoïstes (Toha). Autrement dit, le N.A.P. fait office de tampon et d'écran médiateur. Il transmet au mouvement bengali les remous du mouvement communiste international. Il retarde et amortit le choc.

A partir de 1966, c'est au sein du N.A.P.-Bhasani que se passent les choses les plus intéressantes. C'est lui qui hérite du rôle de tampon du Parti. Et, cette fois, entre groupes maoïstes exclusivement. Plusieurs groupes se constituent, se démarquent les uns des autres, luttent pour la direction de l'appareil et finalement font sécession. Le N.A.P. devient le grand laboratoire du gauchisme bengali.

16. Interview de Muzaffar Ahmed, le 1er mars 1972, à Calcutta.
17. Interview de Bhasani, le 3 mars 1972, chez lui, près de Tangail.
18. *Ibid.*

B. Des maoïstes prochinois

Premier groupe : celui de Mohammed Toha, ou East Pakistan Communist Party (marxiste-léniniste). Il naît comme force politique et groupe de pression (au sein du N.A.P.) au lendemain de la scission de mai 1966. Il se veut la réplique pakistanaise du C.P.I. (m.-l.) indien ; et son journal *Ganasakti* épouse le plus souvent la ligne de son homologue de Calcutta, *Deshabrati*. Dès 1966, les hommes sont en place : sur le front ouvrier, Mohammed Toha ; sur le front paysan, Abdul Huq ; au Comité central, des militants généralement jeunes tels Badruddin Omar, Nazrul Islam, Indu Saha. Presque tous d'origine aisée ; certains (Badruddin Omar) issus de la petite bourgeoisie cultivée ; d'autres (Mohammed Toha) de la grande aristocratie foncière. Poids numérique du Parti : 2 000 à 2 500 adhérents en 1968, presque tous concentrés dans un nombre limité de districts : Jessore, Khulna, Noakhali[19].

Quelles sont les thèses du groupe ? Le plus simple est d'analyser la lettre dans laquelle Mohammed Toha expose les raisons de sa démission du poste de secrétaire général du N.A.P.[20]. : « Je dois dire tout d'abord, écrivait-il, que le différend qui m'oppose à Bhasani est un différend *politique* et qu'il tire son origine de la politique et des activités actuelles du N.A.P. »

19. Ce sont toujours les villes d'origine des grands leaders nationaux.

20. *Ganasakti*, 31 mai 1970. Voici de plus larges extraits du texte : « Il y a encore quelque déception et des questions en suspens chez les membres et les sympathisants du N.A.P., en ce qui concerne le rôle actuel du Parti et ma démission du poste de secrétaire [...]. Je dois dire d'abord que le différend qui m'oppose à Bhasani est un différend politique et qu'il tire son origine de la politique et des activités actuelles du N.A.P. Le N.A.P. est né à une époque très critique. En 1956, Suhrawardy est devenu Premier ministre du Pakistan. Et quoiqu'il fût bengali et un leader important de la Ligue Awami, quoiqu'il ait promis auparavant de combattre l'impérialisme, il n'a pas tenu sa promesse [...]. Dans ces conditions, les forces anti-impérialistes de la Ligue Awami et les partisans de la création d'unités linguistiques autonomes se groupèrent autour de Bhasani qui fonda le N.A.P. Depuis sa naissance, le N.A.P. trouva en moi un militant

Premier reproche : le N.A.P. a fondé son programme sur le sécularisme, l'idée d'autonomie régionale et la lutte contre l'impérialisme ; mais « il n'a jamais adopté de programme prévoyant l'abolition complète des relations féodales » ; il a donc péché par *défaut de radicalisme.*

Second reproche : il a beau réclamer l'union des ouvriers, des paysans et des intellectuels, il est bien incapable de la promouvoir, car « ni les N.A.P. ni aucun autre parti bourgeois et petit-bourgeois ne pouvait offrir de leadership à un tel front » ; le N.A.P. autrement dit pèche par sa *structure de classe.*

Troisième reproche : il a contribué à renverser Ayub, mais « n'a pu éliminer l'exploitation des masses par les forces impérialistes, capitalistes et féodales » ; il a ren-

fidèle. Et voici quels étaient les points essentiels de sa politique : sécularisme [...] abolition du *One Unit* [...] résistance à l'impérialisme [...]. Il faut mentionner le fait que le N.A.P. n'a jamais proposé l'abolition complète du féodalisme. A ce titre son programme a toujours été faible [...]. — Ensuite, l'événement le plus important a été le mouvement de 1968 et 1969. C'est le N.A.P. qui en a eu l'initiative, avec la « Labour Federation » et le Peasant Committee... Mais il faut bien admettre que le N.A.P. ne put pas obtenir la victoire totale, car ni le N.A.P. ni aucun parti bourgeois ou petit-bourgeois ne pouvait offrir une direction à une telle lutte. C'est ainsi qu'on détrôna Ayub, mais sans parvenir à arrêter l'exploitation des masses par les forces impérialistes, capitalistes et féodales [...]. Aussi, le seul changement obtenu par le mouvement fut-il l'abolition du *One Unit* [...]. Mais elle ne fut pas suivie d'une restitution au peuple de ses droits démocratiques. Les propriétaires fonciers, les usuriers étaient toujours au pouvoir au Pakistan occidental. Le N.A.P. a lutté pour l'établissement du socialisme [...]. Mais Maulana Bhasani a prêché le socialisme islamique et la révolution culturelle islamique, semant ainsi la confusion parmi les militants, car le socialisme est une chose, et le socialisme islamique une autre. Maulana prétendait que le socialisme islamique serait un remède à la corruption. Mais si le système social qui encourage ces vices n'est pas détruit, comment compte-t-il les éliminer ? C'est contre le système que Maulana aurait dû concentrer ses forces et son énergie ; mais il ne l'a pas fait. Même maintenant, il aide indirectement ce socialisme vicieux à exister. Les ouvriers et les paysans sont exploités par les grands propriétaires, les usuriers et leurs laquais. Le peuple exploité de notre pays est devenu impatient de changements radicaux. Il veut un bouleversement total. Mais au lieu de satisfaire son désir, au lieu de lui donner une direction politique authentique Maulana brandit le slogan du socialisme islamique versé la dictature, mais le seul changement a été « le remplacement d'un régime dictatorial par un régime militaire » ; le N.A.P. cette fois s'est caractérisé par son *opportunisme stratégique* et sa politique conciliatrice ; c'est le parti de la demi-mesure.

Quatrième reproche : le N.A.P. a lutté pour le socialisme, mais « Maulana Bhasani a prêché le socialisme islamique et la révolution culturelle islamique, semant ainsi la confusion parmi les militants, car le socialisme est une chose et le socialisme islamique une autre » ; il a péché par conséquent par défaut de *rigueur théorique.*

Et dernier reproche enfin : « Maulana prétendait que le socialisme islamique serait un remède à la corruption. Mais si le système social qui encourage ces vices n'est pas détruit, comment compte-t-il les éliminer ? C'est con-

[...]. Maulana a promis le sécularisme. Or, ce qu'il prêche à présent est contaminé par le communalisme. Et cela a entamé le prestige du N.A.P. Les suggestions que j'ai récemment présentées au Comité central du N.A.P., concernant le problème de la participation aux élections, les problèmes fondamentaux, tant économiques que politiques et culturels, de notre peuple, le problème de la restauration de ses droits démocratiques fondamentaux, le problème enfin de l'établissement d'un gouvernement démocratique — ces suggestions malheureusement ont été repoussées par Maulana. Du coup, le N.A.P. traverse une passe difficile. Par exemple les élections — le N.A.P. est actuellement le seul parti politique qui n'ait pas encore pris position sur cette importante question. N'est-ce pas un signe de banqueroute ? Maulana prétend qu'il m'a confié un document important sur la C.I.A. et que je l'ai revendu aux Américains. C'est un mensonge. Il ne m'a jamais donné un tel document. Plutôt à quelqu'un d'autre du Parti. Ce type de propagande est digne de la politique bourgeoise. C'est celle des fascistes en Allemagne. Des dirigeants pakistanais [...]. Maulana veut agir selon ses caprices. Sans se conformer aux directives des autorités du Parti. Aucune organisation politique démocratique ne peut fonctionner de la sorte. Pour finir, le N.A.P. est né il y a quatorze ans. Bien des changements sont intervenus depuis. A présent le peuple de ce pays veut un changement complet de la structure économique et politique tout entière. Il veut des droits démocratiques, et une société socialiste affranchie de tous les rapports d'exploitation. Ma longue expérience m'a appris que le N.A.P. est incapable de satisfaire les vœux populaires. C'est pourquoi j'ai décidé de démissionner de mon poste de secrétaire du Parti. »

Ce texte est inédit en langue anglaise ; traduit du bengali par mes soins.

tre le système que Maulana aurait dû concentrer ses forces et son énergie ; mais il ne l'a pas fait », se rendant ainsi coupable du crime le plus naïf pour un parti prétendument révolutionnaire : *le réformisme.*

Derrière ces reproches avoués, un autre différend, moins officiel et moins connu, mais qui n'en a pas moins joué un rôle essentiel dans la rupture : la question de la fidélité à la Chine et de la position à adopter à l'égard de la politique étrangère d'Ayub Khan. Ayub Khan normalise ses relations avec la Chine, et la Chine semble voir dans le Pakistan sinon un allié du moins un partenaire privilégié. Cas de conscience pour les prochinois. *Don't disturb Ayub,* recommandent les uns, et soutenons sa politique étrangère « progressiste ». « Ne nous laissons pas abuser », répondent les autres, et ne confondons pas : les intérêts du peuple pakistanais ne sont pas nécessairement les mêmes que ceux de l'État chinois. Le dilemme est d'autant plus angoissant que lors de la visite de Bhasani à Pékin en mai 1966, la direction chinoise semble avoir conseillé sans ambiguïté de soutenir le régime d'Ayub[21]...

C'est là-dessus, sur cette question cruciale, que se sont démarqués les partisans de Mohammed Toha. La situation est un peu moins simple qu'on ne l'a dit et Bhasani n'était pas, comme on l'a cru, l'avocat de la tendance prochinoise. Plutôt un médiateur et un conciliateur. Entre, d'une part, la faction Toha, ouvertement et inconditionnellement prochinoise et, d'autre part, la tendance Motin, favorable à une relative indépendance à l'égard de Pékin. Fin 1968, Bhasani semble plus près de Toha que de Motin. Fin 1969, il se rapproche de Motin. Le conflit apparaît en pleine lumière fin 1968 lors d'une réunion orageuse du Comité central du Parti communiste clandestin où la tendance Motin est mise en minorité ; puis,

21. TARIQ ALI, *op. cit.*, p. 135. « D'après l'ambassadeur pakistanais à Pékin à cette époque, le général Raza, qui assista aux discussions entre Maulana et Chou, ce dernier déclara sans équivoque que les Chinois apprécieraient un rapprochement entre le Parti national Awami et le régime d'Ayub. D'après Raza toujours, Maulana se déclara d'accord. »

en octobre 1969, lorsque cette dernière tient à Shahapur, dans le district de Pabna, une grande conférence paysanne à laquelle Huq, pourtant responsable de l'organisation paysanne maoïste la plus puissante, n'assiste pas. La rupture est consommée, les deux factions sont irréconciliables. Motin et ses partisans sont exclus du Parti[22].

Le E.P.C. (m.-l.) est donc d'abord, dès l'origine, un parti prochinois ; le plus prochinois des partis maoïstes ; le seul à être inconditionnellement fidèle à la ligne de Pékin. Rigoureux, intégriste, teinté de stalinisme. Sur la question par exemple de l'autonomie régionale du Bengale, il reste intraitable : la révolution sera pakistanaise ou ne sera pas ; plutôt renoncer à la révolution au Bengale si elle doit diviser le Pakistan. Un pamphlet qui circule à Jessore au printemps 1969[23] contient une analyse étonnante de naïveté ; elle tente à toute force de réconcilier la révolution au Pakistan et les calculs diplomatiques de la direction chinoise ; d'où un long discours sur « l'unité naturelle pakistanaise » ; une subtile différence entre les « nations » et « nationalités » visant à dénier au Bengale le droit à l'autonomie ; et des affirmations triomphalistes sur la coordination des luttes entre les deux ailes du pays.

C. Vers un maoïsme souverain

Le second groupe maoïste important est précisément le groupe Motin, exclu du E.P.C.P. fin 1968, regroupé à Shahapur en octobre 1969, et constitué officiellement en parti, le E.B.C.P. (m.-l.), en 1971. Les *top leaders*, comme on dit au Bengale, sont, sur le front paysan, Motin et Allaudin. Sur le front ouvrier, Sikdar et Basar. Les fiefs

22. Sur tous ces faits, un texte inédit, en anglais lui aussi, apporte de précieuses informations : *Muktir Sangramey Purba Bangla* (c'est-à-dire : *East-Bengal in its Struggle for Freedom* »), par Shaufikul Hassan, Calcutta 1972. Traduit par mes soins.
23. Texte inédit, en anglais aussi. Traduit par mes soins.

du parti : Pabna, Bogra, Mymensingh, Comilla, Rajshahi et Barisal. Sans compter quelques zones industrielles : Postogola et Jaidevpur. Avant de quitter le N.A.P. la tendance regroupe 3 000 militants au moins. Moins bien organisés que ceux du groupe Toha. Mais mieux répartis sur l'ensemble du Bengale, moins concentrés sur un nombre réduit de bastions.

Ils ont été exclus du Parti, nous l'avons vu, sur une question de politique internationale. Ce sont les premiers maoïstes à avoir compris qu'on peut être maoïste sans être prochinois, que le Bengale a des intérêts qui ne sont point ceux de la direction chinoise. En 1970, le groupe de Rajshahi souligne que la Chine n'a jamais eu pour les prochinois pakistanais les mêmes attentions que pour leurs homologues indiens ; et que les maoïstes de Toha n'avaient guère été pris en compte dans les calculs politiques de Pékin : « Les camarades chinois ont développé avec le gouvernement du Pakistan des relations d'État à État. Mais avec le prétendu Parti communiste du Pakistan, pas de relations du tout. N'est-ce pas la preuve que le Parti communiste du Pakistan n'a pas réussi à élever la conscience politique des masses et à instaurer une direction révolutionnaire[24] ? » L'observation bien sûr n'est officiellement dirigée que contre le clan rival. Mais elle vaut aussi bien, c'est clair, pour l'ensemble du mouvement. La presse chinoise qui a multiplié les articles et les proclamations délirantes à propos des naxalites indiens, n'a jamais dit un mot des maoïstes pakistanais. Le groupe Motin l'a compris et en a tiré la leçon : il est sans doute le premier à avoir rompu le cordon ombilical.

Sa seconde originalité est d'avoir saisi assez tôt l'importance de la question nationale. Quelques mois à peine après sa fondation le E.B.C.P. (m.-l.) parlait déjà d'une *Independant People's Democratic Republic of Bangla Desh.* A la conférence de Shahapur, un représentant de la tendance parle du Bengale, pour la première fois, comme d'une colonie. Tout le monde est d'accord pour

24. Inédit en langue anglaise. Traduit par mes soins.

articuler la lutte de libération nationale sur la lutte pour le socialisme, le seul problème étant de déterminer un ordre de priorités. Une tendance, représentée notamment par Biswas, conseille de soutenir inconditionnellement la lutte nationale. L'autre, celle de Motin et Allaudin, de ne la soutenir que *dans l'optique* de la lutte pour le socialisme, pour transformer la guerre nationaliste en guerre du peuple. Mais la divergence n'est pas fondamentale ; on s'accorde sur l'essentiel : que le nationalisme bengali *fait partie* du combat communiste.

En vérité, l'importance historique du E.B.C.P. (m.-l) est qu'il fut le premier à poser en termes concrets le problème de l'articulation du féodalisme, du capitalisme et de l'impérialisme. Le premier à brosser un tableau réaliste du système d'exploitation bengali. Le seul à échapper, partiellement au moins, à la fascination des grands exemples et même des naxalites indiens, pour élaborer des thèses originales, adaptées à la situation concrète du Bengale oriental. Bien sûr, son audience reste faible ; il ne surmonte pas plus que les autres ses handicaps originaires, mais il tranche sur le vide théorique ambiant ; il parvient à surmonter l'ankylose naturelle du mouvement ; et dans les limites de son audience, à une échelle réduite c'est vrai, il amorce la première analyse scientifique de la situation. Un texte récent et exemplaire à cet égard : Shaufikul Hassan, *East Bengal in its Struggle for Freedom*. Voici quelques-unes de ses thèses :

Première thèse : le système d'exploitation du Bengale est un *système* précisément ; ses éléments constitutifs sont donc rigoureusement *solidaires* et rien ne sert de s'attaquer à l'un si on ne s'attaque pas au fondement de l'ensemble. « Dans la situation actuelle, les prétendus partis de gauche n'essaient pas de comprendre le fait que l'exploitation coloniale impérialiste, et l'exploitation féodale sont autant de parties d'un même corps, donc complémentaires. La Révolution ne pourra pas réussir si l'une est négligée, tandis qu'on attaque l'autre. Il ne sera pas possible de se débarrasser de l'impérialisme et de l'exploitation féodale sans toucher à l'armée pakistanaise.

De même, il est impossible de déraciner l'exploitation pakistanaise et le pillage impérialiste, en permettant à l'exploitation féodale de se poursuivre. L'existence de l'un quelconque de ces trois ennemis signifiera la continuité de l'ensemble de l'oppression[25]. » Un peu plus loin : « Il est impossible de combattre l'un sans combattre l'autre[26]. » Et enfin : « Même si les intérêts de ces classes ne sont pas exactement les mêmes, elles sont indivises en ce qui concerne l'exploitation. De ce fait, elles doivent être attaquées simultanément avec une grande force [...], elles constituent un tout indivisé pour ainsi dire ; et si on donne moins d'importance au combat contre l'une des parties, cela équivaudra à épargner l'ensemble de l'ennemi de classe [...] et donc, à l'échec de la révolution[27]. »

Vérités d'évidence ? ce n'est pas sûr pour peu que l'on se souvienne que tous les partis politiques de l'époque privilégiaient l'un ou l'autre de ces éléments indivis : le E.B.C.P. (m.-l.), le féodalisme ; l'Awami League, le colonialisme interne ; les communistes prosoviétiques, l'impérialisme externe... *Le E.B.C.P. (m.-l.) est donc le seul à embrasser tous ces éléments dans leurs systématicité.*

Seconde thèse capitale : la nature du féodalisme au Bengale. A « un camarade de Ballygunge[28] », maoïste de tendance Toha, qui, dans la revue *Darpan*, avait contesté certaines de ses analyses[29], Shaufikul Hassan répond dans le numéro suivant[30] : « Je conviens que la sorte de féodalisme qui existait en Europe ou en Chine n'existe dans aucun des deux Bengale. C'est vrai. Mais le système d'exploitation qui pèse sur nos classes paysannes n'est-il pas de nature féodale ? Les féodaux décadents sont maintenant émiettés en mille petits propriétaires, en mille prêteurs d'argent et receveurs d'impôts [...]. C'est un

25. SHAUFIKUL HASSAN, *op. cit.*, p. 65.
26. *Ibid.*, p. 67.
27. *Ibid.*, p. 68.
28. Quartier de Calcutta.
29. SHAUFIKUL HASSAN, *op. cit.*, p. 52.
30. *Ibid.*, p. 55.

substitut du vieux féodalisme qui exploite les classes agraires dans un « style féodal », avec l'aide de l'État (police, tribunaux, armées)... »

Deux affirmations par conséquent : d'une part, le système féodal du Bengale est un système parcellisé ; non plus un bloc, mais des *miettes féodales*. D'autre part, ce féodalisme est un féodalisme appuyé par l'appareil d'État : « Au lieu de déraciner complètement le système féodal de production, les agents pakistanais de l'impérialisme, le pouvoir pakistanais ont déraciné, mais dans leur propre intérêt et sur une base communaliste, les grands propriétaires fonciers du Bengale, pour prendre *eux-mêmes* le rôle hideux des exploiteurs[31]. » Et « un nouvel ordre féodal a pris forme avec l'avènement des jotedars[32] et la multiplication des usuriers et de leurs chiens courants ; un nouveau féodalisme éclaté des centaines de fois ».

Restent deux autres organisations, moins importantes c'est vrai, mais qui vont jouer dans la crise un certain rôle qu'il n'est pas inutile de mentionner.

D'abord le groupe dit « Siraj-Sikdar », officiellement le East Bengal Labour Front. Lui se cantonne essentiellement à Dacca et n'a guère de base de masse ni dans les campagnes ni dans les petites villes. Mais il fut le premier en mars 1971 à appeler à la guerre nationale. Il soutint très tôt que le Bengale était soumis à un régime colonial classique ; et par conséquent que cette colonie serait libérée par la guerre. Cela dit, il tend malheureusement à négliger les problèmes de lutte de classes et n'a jamais pu formuler, à notre connaissance, de diagnostic correct sur la situation interne et sur les conflits sociaux du Bengale.

Ensuite, le groupe dit « Zaffar-Menon », qui est beaucoup plus intéressant. Officiellement, c'est le Coordina-

31. *Ibid*, p. 77.
32. Petit propriétaire foncier.

tion Committee of East Bengal Revolutionaries. Actif essentiellement à Dacca, mais aussi en milieu paysan, à Sylhet et à Tongi. L'intérêt du groupe tient moins dans son audience qui est faible, que dans certaines de ses thèses, relativement originales. A propos de la question nationale, il est le seul à affirmer nettement que même si la lutte nationale et la lutte sociale sont liées, il faudra les mener séparément et donc, le cas échéant, s'allier provisoirement à certaines couches de la bourgeoisie. Il est le seul à souligner simultanément l'articulation de fait des deux problèmes, mais en même temps la nécessité stratégique de les traiter un à un. Sur la question du parti ensuite, il prend une position que l'on qualifie à Dacca de « guévariste » : la révolution n'est pas l'œuvre du parti révolutionnaire, mais c'est le parti révolutionnaire qui sera issu de la révolution ; pour l'instant il faut se contenter de *coordonner* des points de lutte et des foyers de guérilla ; quitte après la victoire à construire un grand parti structuré. Sur la question du régime d'exploitation enfin : le groupe souligne le lien organique entre l'exploitation du Bengale par le Pakistan et l'impérialisme externe ; « le principal oppresseur des malheureux paysans du Bengale n'est pas l'exploiteur pakistanais mais le grand capital étranger ; celui-ci se sert de celui-là comme outil de sa domination[33] », le pouvoir pakistanais n'exploite le Bengale que « par hasard » *(by chance)* ; le colonialisme interne est le relais à l'intérieur de la colonisation externe.

33. Interview du président du groupe Menon, le 4 mars 1972 à Dacca.

6

GENÈSE DU NATIONALISME BENGALI

I. Un nationalisme sans nationalistes

A. Une idéologie tout armée : le Pakistan en question

Voilà vingt ans que l'on compare le Pakistan à Israël. Deux minorités opprimées et deux diasporas déracinées. Retour aux sources et exaltation d'une Terre promise. Un État semi-confessionnel et parfois même théocratique ; deux consciences nationales cimentées par une solidarité religieuse. Comme Israël, le Pakistan s'intègre à deux ensembles bien distincts. Israël : à l'ensemble régional du Proche-Orient, mais aussi à l'ensemble « culturel » de la communauté juive mondiale. Le Pakistan : à l'ensemble régional du sous-continent, mais aussi à la grande communauté islamique. Dans les deux cas, une « double intégration » qui est peut-être la meilleure définition du sionisme. Le nationalisme pakistanais est un peu un sionisme musulman.

Dans les deux cas aussi, on trouve une même mentalité

d'« assiégés ». Psychose de guerre ; menace aux frontières — réelle ou supposée —, commode en tout cas pour proclamer l'état d'urgence et appeler à l'union sacrée. Le Pakistan, comme Israël, a mis des années à se doter d'une Constitution : la politique peut attendre quand la patrie est en danger. Au fond, demandent certains, ce type de comportement politique ne trahit-il pas la faiblesse extrême de l'État et l'inconsistance de la nation ? Le fait de brandir l'épouvantail de l'agression au moment d'affronter les problèmes internes, n'est-il pas, au Pakistan comme en Israël, un moyen de sceller à toute force une conscience nationale contre nature ?

Toutes ces analogies existent et de telles analyses, courantes dans la littérature sur le Pakistan, ont sans doute leur part de vérité [1]. Mais elles oublient malheureusement une chose ; elles négligent de tenir compte d'une différence, qui suffit à distinguer les deux sionismes et à ramener à leur juste valeur les analogies de surface : la conscience nationale israélienne existe, alors que la nation pakistanaise, *l'idée nationale pakistanaise* n'ont jamais eu d'existence réelle. L'État pakistanais était d'emblée non viable ; la solidarité nationale devait se briser aux lendemains mêmes de la Partition ; le concept de Pakistan venait d'entrer dans les faits, et dès le premier jour il était remis en question.

C'est en effet trois mois à peine après l'Indépendance que se déroule la première escarmouche entre les deux ailes du pays [2]. Le 25 février 1948, un député bengali, Dhirendra Nath Dutta, soumet à la Chambre un projet de loi sur l'adoption du bengali comme langue officielle du pays, au même titre que l'urdu. Rien de plus logique puisque l'urdu n'est parlé que par 7 % des Pakistanais, le bengali par 55 % [3]. Mais ce n'est pas l'avis du Premier ministre Liaquat Ali Khan, qui répond sèchement que

1. Par exemple P. Dreyfus, *Du Pakistan au Bangla Desh*, Arthaud, 1972.

2. Mohammed Ayoob, K. Subrahmanyam, *The Liberation War*, *op. cit.*, p. 51.

3. *Census of Pakistan*, 1951.

« le Pakistan est un État musulman et il ne peut avoir comme langue officielle que la langue d'une nation musulmane [...]. Il faut à une nation une seule langue, et cette langue ne peut qu'être l'urdu [...][4] ». Stupeur chez les Bengalis. Pourquoi cette discrimination ? Ils ont fait le Pakistan, ils ont donné au mouvement ses meilleurs cadres et l'essentiel de ses militants. N'est-on pas en train de les exclure de la communauté nationale ?

Leurs craintes se précisent l'année suivante, quand le père du Pakistan lui-même, Mohammed Ali Jinnah, vient confirmer à Dacca les propos de son Premier ministre. Deux ans plus tard, même scénario : c'est, cette fois, Nazzimuddin, un Bengali, fils prodigue parvenu au pouvoir et revenu au pays, qui déclare tout net à ses compatriotes qu'il leur faudra, comme lui, apprendre à parler urdu. Cette fois, c'en est trop, et la petite bourgeoisie de Dacca explose. Manifestations étudiantes ; violences dans la rue ; slogans hostiles au régime. Il ne s'agissait que de « langue », et voilà qu'il est question du pouvoir. Une revendication culturelle débouche sur une révolte politique. Le régime commet une erreur de plus et tire sur les manifestants. Cent morts : le nationalisme bengali est né, il a ses premiers martyrs[5]. L'armée pakistanaise est apparue comme une armée d'occupation. En quelques jours, la fable pakistanaise a perdu de sa crédibilité. Le régime politique dominant apparaît en pleine lumière : un régime colonial.

D'où un second événement, décisif lui aussi pour la désintégration de l'idée pakistanaise ; la seconde brèche dans le front et la seconde étape dans la maturation du nationalisme bengali : la naissance d'un nouveau parti, qui se fait l'avocat des classes moyennes déçues, le traducteur patenté de cette révolte culturelle en termes politiques, — l'Awami Muslim League.

4. *Constituent Assembly of Pakistan Debates*, 1948, volume II, 25 février 1948, pp. 15-17.

5. 21 février 1952 ; le 21 février reste pour les Bengalis le « jour des martyrs ».

L'Awami Muslim League, c'est d'abord un parti *d'opposition*. Le *premier* parti d'opposition pakistanais. Le premier à rompre l'union sacrée et le premier surtout à réclamer le passage à la démocratie. Son président est le vieux leader paysan Maulana Bhasani, agitateur et terroriste des années trente, qui passe pour « radical » même s'il n'est encore que démocrate et libéral. Les autorités pakistanaises ne s'y trompent guère, qui déclenchent immédiatement leur machine répressive. Dès 1949, une vingtaine d'Awami Leaguers, dont le Maulana, sont arrêtés sous prétexte qu'ils avaient osé défiler dans Dacca. On fait jouer le Public Safety Ordinance qui donne à la police, en cas d'urgence, des pouvoirs discrétionnaires. On rappelle que les réunions de plus de cinq personnes sont interdites. De 1949 à 1958, toutes les occasions sont bonnes pour brimer le jeune parti. A croire que, comme le déclarait Liaquat Ali Khan en 1950 à Mymensingh, « le Pakistan a été construit par la Ligue musulmane. Aussi longtemps que je vivrai, aucun autre parti politique ne sera autorisé à y travailler ».

Si l'Awami Muslim League fait si peur à l'*establishment*, c'est qu'elle menace effectivement, qu'elle dénonce par son existence même, le mythe pakistanais. Conjonction redoutable : le premier parti *d'opposition* est un parti rigoureusement *provincial* ; il tentera de fusionner au lendemain de sa naissance avec la Jinnah Muslim League de l'Ouest, mais ne réussira jamais à acquérir de dimension nationale. Surtout, ce parti provincial est aussi, et d'emblée, *régionaliste* : il inscrit à son premier programme le droit à l'autodétermination des provinces et réclame pour le Bengale le droit d'entretenir des forces armées. Subversif, provincial, autonomiste : la création de l'Awami Muslim League répond à une situation historique précise et à un besoin politique objectif — le statut de colonie interne, et la nécessité, à l'horizon, d'une guerre nationaliste.

Le plus curieux est que ce parti continue pourtant d'évoluer dans l'horizon idéologique de la « théorie des deux nations ». L'Awami Muslim League a beau être radicale, elle est d'abord, comme son nom l'indique, *musulmane*. Jusqu'en 1955, elle n'opère pas dans les zones à majorité hindoue et ne présente de candidats que musulmans. Maulana Bhasani lui-même est un vieux communaliste, et les organisations paysannes qu'il contrôle dans les districts du nord et de l'est sont, en 1950 encore, fermées aux non-musulmans. Qu'est-ce que cela veut dire ? Tout simplement que l'État musulman est contesté d'*un point de vue musulman* ; que le Pakistan est mis en question *par des Pakistanais sincères* ; que c'est à partir de la problématique communaliste que l'on commence à ébranler la situation politique que cette problématique a engendrée. L'A.M.L., autrement dit, accomplit une tâche historique capitale : assurer la naissance, *en terrain communaliste,* du régionalisme bengali ; tenir compte du fait que dans le Pakistan des années cinquante, la politique n'est pas pensable hors de l'horizon religieux ; mais poser, *dans cet horizon,* la question politique de la colonisation interne. C'est à la fois sa chance et son mérite ; c'est à cette situation privilégiée qu'elle doit une partie de son succès.

Premier succès : sa victoire électorale en mars 1954 au Bengale, aux côtés du Krisak Sramik Party de Fazlul Huq, et du Ganatantri Dal. Victoire spectaculaire et décisive. C'est le troisième coup porté à l'idée pakistanaise, la troisième étape critique dans la genèse du mouvement national bengali. Le Krisak Sramik Party est une nouvelle version du Krisak Proja Party d'avant la Partition ; un parti strictement bengali lui aussi, mais sécularisté, antiféodal, et assez bien implanté dans la paysannerie moyenne. Le Ganatantri Dal est un groupuscule plus qu'un parti ; un groupe d'intellectuels, rigoureux mais parfois sectaires ; une couverture légale pour certains militants communistes ; le noyau du National Awami Party qui naîtra trois ans plus tard ; pour l'instant, en 1954, la conscience critique et la caution gauchiste du Front uni. Toujours est-il que le Front l'emporte de très loin dans la bataille électorale : 223 des 237 sièges musulmans, alors que la Ligue musulmane, le parti de l'Indépendance, le parti musulman par excellence, en obtient à peine dix. Faillite étonnante, qui aura dans les campagnes bengalies un impact psychologique considérable. La Ligue musulmane avait assez clamé, avant et pendant les élections, qu'elle incarnait le Pakistan ; avec sa déroute, *c'est, une fois de plus, l'idée pakistanaise qui est atteinte*[6] !

D'autant plus que le Front uni s'était battu sur une plate-forme presque sécularistе cette fois — Fazlul Huq se rend à Calcutta où il évoque la possibilité de réunifier les deux Bengale. Les hindous se rallient au mouvement avec autant d'enthousiasme que les musulmans. Au sein de l'Awami Muslim League, la tendance Mujibur Rahman marque des points sur la tendance Bhasani. On commence à nourrir l'idée folle, saugrenue, impensable jusqu'ici : l'ennemi n'est pas nécessairement l'hindou, mais peut être parfois musulman. L'idéologie communaliste, donc la théorie des deux nations, donc l'entité pakistanaise ne sont pas encore sérieusement menacées ; mais elles n'ont plus l'évidence massive des lendemains de la Partition.

Que disait au juste le « programme en vingt et un points » du Front uni ? D'une part que le Pakistan doit évoluer vers une structure fédérale plus souple où le centre ne conserverait que la Défense, la Monnaie et les Affaires étrangères. D'autre part, que la Province orientale devra être dotée d'usines d'armement, et que son gouvernement provincial aura son mot à dire quant à l'affectation des devises obtenues à l'exportation. Enfin, que le commerce avec l'Inde, et notamment le commerce du jute, doit être intégralement libéré. La ressemblance est frappante : c'est à peu de chose près, et avec douze ans d'avance, le Programme en six points de Mujibur Rahman. Tout y est. La question des rapports centre/province et le problème de la structure du pouvoir. La question de la disparité régionale avec, en filigrane, l'idée de colonialisme interne. La question du commerce

6. *Liberation War, op. cit.*, pp. 54-55.

avec l'Inde qui fut peut-être, nous le verrons, à l'origine de la crise du Bangla Desh. Tout y est : au plan des programmes, des idées, des concepts, la Ligue Awami n'a pas évolué d'un *iota* de 1954 à 1966. C'est peut-être même le « Programme en vingt et un points » qui est le plus radical, puisqu'il prévoit une réforme agraire dont il ne sera plus question en 1966.

La Ligue Awami, autrement dit, est idéologiquement constituée dès les lendemains de la Partition. L'idéologie nationaliste bengalie est en place pour l'essentiel. Elle aura à se développer bien sûr, et les idées doivent encore faire leur chemin ; mais aucun thème réellement nouveau n'apparaîtra jusqu'en 1971.

B. Une idéologie d'antichambre : rôle d'avant-garde de la petite bourgeoisie

Tout y est, mais il manque l'essentiel : un mouvement de masse et un parti politique de masse. L'idéologie nationaliste est toute constituée déjà, mais il manque ce qui la rendrait effective, explosive, *politique* — une prise de conscience populaire, et un parti réellement populaire.

Le nationalisme bengali est encore en effet, à la fin des années cinquante, une idéologie d'école et de chapelle : élaboré en vase clos et sans contact avec les masses, dans des cercles petits-bourgeois et au sein de ce qu'on appelle alors fièrement les « élites » politiques. L'Awami Muslim League a beau être « radicale », opposée à l'*establishment*, et présidée par le Maulana, elle est tout de même née, il ne faut pas l'oublier, de querelles de clans et de calculs politiciens[7]. Le prétexte : la nomination à la présidence provinciale de la Ligue musulmane de Maulana Akram Khan, politicien usé et discrédité, imposé par le gouvernement central — la nomination au poste de Premier ministre de Nurul Amin, vieux cheval de retour lui aussi, désigné sans que l'on ait daigné consulter la base du parti. Les protagonistes : l'aile dynamique de la

Muslim League, les jeunes contre les vieux, les étudiants contre les leaders d'hier. A la tête de la rébellion : le spécialiste en politique qu'est H.S. Suhrawardy ; ambitieux, déçu d'être écarté des affaires et rêvant de faire du nouveau parti une machine de guerre électorale. Rien de très engageant. Rien de très populaire. L'Awami League est et restera *un parti de notables*.

D'où l'aspect étriqué, confiné, de son histoire et de ses débats. Plus que des débats d'idées, des querelles de clans. Plus que des conflits de tendances, des affrontements de personnes. Le clan Ataur Rahman Khan contre le clan Mujib. Mujib contre Bhasani. Le peuple ne se sent guère concerné et il n'intervient jamais. La rumeur des débats ne dépasse pas la porte des antichambres. Et lorsque, en 1947, Bhasani se décide à rompre définitivement pour fonder le National Awami Party, le prétexte, le motif de la rupture, est une question de politique étrangère : Bhasani reproche à Suhrawardy et à la Ligue, venue à la tête de l'État depuis 1956, leur politique pro-occidentale et alignée sur l'Amérique. A la conférence de Kagmari où se décide la scission, les responsables paysans venus soutenir Bhasani en sont pour leurs frais : il n'est question que de grande politique et de diplomatie, et ils ne retrouvent guère l'écho de leurs problèmes concrets. Même à cette étape cruciale de son histoire par conséquent, le mouvement national bengali évolue *par le haut*, dans la tête des politiciens, et dans des débats de spécialistes. Le mouvement se radicalise, mais toujours dans la serre des élites politiques...

Le peuple est là pourtant, et il le manifeste à l'occasion. Témoin, en 1954, de violentes manifestations dans les centres industriels de Khulna, Chittagong et Narayangang ; le 30 mars une échauffourée à l'usine de papier de Chandragona ; le 15 mai un affrontement dans l'usine de jute de la famille Adamji... Mais ces manifestations opposent hindous et musulmans, Bengalis de souche et Bengalis immigrés. Elles ont été gagnées par conséquent par

7. *Ibid.*, p. 53.

le virus communaliste. La politique spontanée du prolétariat est-pakistanais reste embourbée dans la problématique réactionnaire qui a mené le Pakistan à l'existence. L'ennemi n'est pas le féodal, le capitaliste ou le bureaucrate, mais le camarade hindou ou le rival Bihari. La lutte de classes se dit dans la langue de la guerre de religion : la contestation populaire semble se radicaliser, quand elle ne fait que miner l'idéologie des maîtres.

Quelle est alors la base de classe de ce mouvement nationaliste naissant ? Où l'Awami Muslim League recrute-t-elle ses cadres et ses troupes ? Ce n'est pas dans le prolétariat des villes qui existe à peine et qui semble plus communaliste que nationaliste. Pas dans la paysannerie non plus qui est encore singulièrement amorphe, qui apporte occasionnellement ses suffrages, mais sans participer à la vie d'un parti qu'elle n'a pas construit et où elle ne se reconnaît guère. Ce n'est pas pour autant dans les classes privilégiées, au sens traditionnel du terme : les féodaux n'existent plus, et les capitalistes pas encore... Que reste-t-il ? Une classe flottante et ambiguë, sans statut précis dans le procès de production : la petite bourgeoisie. Petite bourgeoisie des villes, cultivée et frustrée dans ses aspirations au pouvoir. Petite bourgeoisie des campagnes, paysans moyens, qui ont un capital mais n'emploient pas de salariés, qui ont de quoi vivre mais sans se vendre à autrui. Toute une couche sociale dont la junte d'Islamabab s'efforce d'enrayer la croissance, mais qu'elle ne parvient qu'à museler ; qui prend conscience progressivement de l'exploitation coloniale interne et tend à poser le problème politique pakistanais en termes de lutte nationale.

A l'avant-garde, le mouvement étudiant. Toutes les sociétés coloniales le savent — et le Pakistan, ne l'oublions pas, *est* une société coloniale —, les étudiants sont là à chaque étape du processus nationalitaire, pour le relancer et le radicaliser. Les organisations étudiantes ne sont pas comme en Europe l'appendice des partis politiques, mais leur aiguillon et leur aile marchante ; plus qu'un réservoir de militants, un laboratoire d'idées ;

mieux qu'une annexe, le nerf et le cœur du parti ; non pas un lieu d'attente, mais un point politique stratégique, directement branché sur les luttes et les débats. Au Pakistan, c'est la Ligue de la jeunesse qui lance en 1952 l'idée d'un Front uni. C'est elle qui, deux ans plus tard, donne au « Programme en vingt et un points » l'essentiel de son contenu. Et ce sont les deux organisations étudiantes rivales de l'époque qui vont battre la campagne, mobiliser les paysans et assurer la victoire de la coalition électorale.

Un autre exemple, plus récent : Ceylan. Le J.V.P., parti de jeunes et d'étudiants, révolutionnaire et radical, qui fut à l'origine de l'insurrection de l'année dernière[8], était issu des organisations étudiantes des grands partis classiques (L.S.S.P., S.L.F.P., P.C.). On raconte même dans l'île qu'il avait été créé pour prendre le relais des partis, au cas où ceux-ci échoueraient. Ce n'est qu'une hypothèse, bien sûr. Mais il est caractéristique que la rébellion ait éclaté au moment précisément où les partis faisaient machine arrière ; au moment où ils se révélaient incapables de tenir leurs promesses électorales ; au moment où sur trois points au moins, la législation du logement, le statut de la terre, et la nationalisation des banques, ils durent s'incliner devant les intérêts acquis et les forces d'inertie. Là encore, le mouvement étudiant se pose en avant-garde ; il s'impose comme solution de rechange aux politiciens défaillants ; il n'est pas en retrait, mais en avant ; même si cela doit, en l'occurrence, le mener à des erreurs fatales[9]...

D'où vient cette importance, ce poids politique, des mouvements étudiants ? D'abord, une raison d'ordre général qui vaudrait aussi bien pour l'ensemble du tiers monde : le retard de l'infrastructure économique sur la croissance des classes moyennes. Le cas le plus exemplaire est là aussi celui de Ceylan. Le People's United

8. Mars 1971.

9. Urmila Phadnis, *Insurgency in Ceylonese Politics : Problems and Prospects.*

Front adopte dans les années soixante une politique très libérale en matière d'éducation nationale : scolarité gratuite ; obligatoire jusqu'à quatorze ans ; le nombre d'étudiants double en quelques années ; on passe d'une à quatre Universités... Malheureusement, l'économie ne suit pas et ne progresse pas au même rythme. Les cercles vicieux du sous-développement ont la vie dure et résistent aux coups de baguette magique technocratiques. En 1968, 14 % de la population active sont sans emploi ; la moitié a moins de vingt-cinq ans ; deux sur cinq ont fait plus de cinq années d'études.

L'Université a donc produit des chômeurs intellectuels. Une intelligentsia s'est constituée, mais elle est d'emblée déclassée ; surcultivée et surdéveloppée ; inadaptée à un appareil productif encore largement colonial. Une intelligentsia *marginale* par conséquent ; marginale par en haut ; de cette marginalité qui aiguise le regard et éveille les consciences politiques.

A cela s'ajoute, dans le cas particulier du Pakistan, des raisons plus spécifiques. La nature même des partis politiques d'abord : dérisoires et inconsistants, partis de notables plus que de militants, de clientèle et non de masse. Les appareils fonctionnent, mais ne sont guère capables de sécréter, à peine de véhiculer, des idéologies progressistes. Ensuite leur clandestinité : le régime d'Ayub Khan ne leur a pas épargné les brimades ; et les organisations étudiantes ont longtemps été les lieux les plus commodes parce qu'à l'abri de la répression, pour mener des activités politiques. Et puis enfin, la faiblesse et la médiocrité des syndicats ouvriers : dans d'autres pays, ils sont un peu le dernier recours et le dernier retranchement ; au Pakistan ils sont contrôlés par le patronat et stipendiés par l'administration ; et comme le remarque Tariq Ali dans son livre[10], les travailleurs font davantage confiance à un étudiant venu de l'extérieur qu'à leur représentant officiel... Là encore, le mouvement étudiant est particulièrement bien placé ; qu'on le veuille ou non, il a la

10. *Op. cit.*, pp. 10-11.

direction, mais aussi l'initiative des luttes ; *la junte pakistanaise n'a qu'un ennemi sérieux, la petite bourgeoisie.*

II. **Vers un nationalisme de masses**

Étrange décalage. Une idéologie déjà mûre, et un mouvement de masse encore enfant : autrement dit, un nationalisme sans nationalistes.

La décennie d'Ayub Khan va se charger de réduire l'écart. D'une part, en enrayant le développement de l'idéologie nationale. D'autre part, en éveillant dans les deux Pakistan, mais spécialement au Bengale, un mouvement de masse authentique. Au total, en créant les conditions politiques d'une rencontre explosive : entre le nationalisme « petit-bourgeois » apparu dans la décennie antérieure, et les problèmes concrets, les aspirations concrètes, du peuple bengali.

A. La « parenthèse » Ayub Khan, ou l'idéologie congelée

Ayub Khan commence son règne en étouffant purement et simplement les activités politiques traditionnelles. Loi martiale : les partis sont interdits. *Elective Bodies Disqualification Order :* les hommes sont « disqualifiés », c'est-à-dire bannis, emprisonnés ou physiquement supprimés. D'un seul coup, c'est le vide. Plus de Parlement et plus d'élections. Plus de grands leaders ni de meetings. Les politiques entrent en bloc dans la clandestinité.

Pour un parti comme l'Awami League, la clandestinité est mortelle. Elle n'a ni structure ni organisation. Elle ne doit son succès qu'à sa « publicité », c'est-à-dire au pouvoir charismatique de ses chefs. Suhrawardy se réfugie au Liban, et Mujibur Rahman retourne en prison. C'est l'éclipse, au sens propre du mot. Le Parti a perdu ses sources de rayonnement. Il ne lui reste qu'à hiberner en attendant des jours meilleurs. Jusqu'en 1964 au moins, la Ligue Awami sera un parti léthargique.

Il est vrai qu'en 1962 Ayub promulgue un *Political Parties Bill* aux termes duquel les activités politiques peuvent reprendre, moyennant de sérieux contrôles et à certaines conditions. Mais ces conditions sont telles que la Ligue Awami ne daignera même pas en profiter. Le National Awami Party reparaît, mais muselé et autocensuré. Seuls des partis du style du Jamaat-E-Islami, musulmans intégristes, et souvent fascisants, peuvent s'organiser et militer en toute tranquillité[11].

Le jeu politique continue, mais sur le mode bouffon. On scelle des alliances qui n'unissent et ne contraignent personne. On multiplie les fronts unis entre partis débiles. On crée des comités d'action en sachant qu'il est impossible d'agir. En 1962, aussitôt après la reprise officielle des activités politiques, neuf anciens ministres créent à grand fracas un United Front. Quelques mois plus tard, quelques partis exsangues s'unissent en un National Democratic Front[12]. En 1964, à l'occasion de l'élection présidentielle, une Combined Opposition Parties Association[13] se charge de soutenir la candidature de Miss Jinnah, concurrente d'Ayub Khan. Chaque fois, l'alliance change de forme. On essaie toutes les solutions et toutes les combinaisons possibles. Des programmes en six, neuf ou onze points. Comme si l'arithmétique et l'intrigue avaient des vertus magiques. Faute de mieux, on scissionne, et puis on se raccommode après ; la politique se groupuscularise, histoire de passer le temps. Tout cela, bien entendu, dans un cercle de plus en plus restreint, dans les salons et les quartiers résidentiels de Karachi. Plus que jamais, à l'écart des masses.

D'où une étonnante régression idéologique. Ne parlons

11. Mohammed Ayoob, K. Subrahmanyam, *op. cit.*, p. 63. Ayub Khan ranime par la même occasion la vieille Ligue musulmane. Il en devient président. Provoquant une scission au sein du parti. Et regroupant les minoritaires. Pour en faire un cheval de bataille politique.

12. *Ibid.*, p. 63.

13. *Ibid.*, p. 64.

pas du mouvement communiste qui nage dans l'académisme. Mais les autres partis aussi se figent littéralement au point qu'ils avaient atteint au milieu des années cinquante. Les programmes et les alliances se réduisent toujours en fait à une même revendication fondamentale : retour à la démocratie parlementaire et à la Constitution de... 1956. Et lorsqu'en 1966 l'Awami League décide de lancer sa bombe politique, lorsqu'elle annonce à grand bruit son Programme en six points[14], lorsqu'elle prend la peine d'éditer une brochure spéciale *(Our Right to Live)*, elle ne fait que présenter une nouvelle mouture, plutôt affadie, nous l'avons vu, de son programme électoral de 1954.

Le résultat est manifeste : la politique répressive de la junte pakistanaise a gelé pendant dix ans l'évolution des idées politiques au Bengale.

B. Radicalisation et répression. Naissance d'un mouvement populaire

Mais inversement, et c'est peut-être l'essentiel, elle a rendu possible sans le vouloir l'éveil d'un mouvement populaire.

Dans la décennie cinquante, le jeu parlementaire faisait office de soupape ; les partis canalisaient les aspira-

14. C'est le programme que plébiscitera fin 1969 le peuple bengali. En voici, schématiquement, le contenu :

a) Instituer une constitution fédérale, un gouvernement parlementaire, une chambre élue au suffrage universel.

b) Limiter les compétences fédérales à la défense et aux affaires étrangères.

c) Établir deux monnaies séparées, librement convertibles ; ou bien une monnaie unique, mais avec garanties contre les mouvements spéculatifs de capitaux.

d) Ramener la fiscalité au niveau de la province ; le budget central étant financé par des allocations volontaires des deux provinces.

e) Laisser aux deux provinces l'usage des devises obtenues à l'exportation.

f) Lever une force para-militaire au Pakistan oriental. Y installer des usines d'armement et une école militaire.

tions populaires et les traduisaient dans le langage rassurant de la politique traditionnelle. Avec Ayub Khan au contraire, la soupape disparaît, et avec elle le canal de dérivation. Le peuple est laissé seul en face des oppresseurs ; sans tampon politique et sans représentants ; sans trompe-l'œil par conséquent et sans méprise possible.

Une prise de conscience va s'opérer ; le Bengale va se radicaliser. Quelles sont les étapes de cette radicalisation ? Essayons au moins de mettre en place quelques *repères*.

1961 : c'est encore une fois les étudiants de Dacca qui vont donner le signal de la révolte. Comme toujours en régime de terreur, il était difficile d'attaquer le pouvoir de front ; interdit sous peine de mort de violer et même de dénoncer la loi martiale. L'occasion devait venir d'un événement extérieur qui ne touchait qu'indirectement les masses pakistanaises, ne concernait pas directement le régime pakistanais, mais allait permettre de le dénoncer par la bande — l'assassinat de Patrice Lumumba. Magnifique prétexte : les étudiants de Lahore et de Karachi descendent dans la rue, pour la première fois depuis octobre 1958, sous le signe de l'anti-américanisme et, chez les plus conscients, de l'anti-impérialisme ; avec parfois, timidement c'est vrai, des slogans hostiles à Ayub. La police ouvre le feu ; il y a des morts et des blessés ; la vie politique a repris ; à un niveau où on ne l'attendait plus[15]...

L'année suivante, c'est le tour du Bengale. Une cause occasionnelle encore : l'arrestation en janvier de Suhrawardy. Pourquoi Suhrawardy ? Parce qu'on cherche un alibi. A défaut du Congo, un homme politique traditionnel, et qui fut autrefois bien en cour. Là aussi, un prétexte prudent et une caution démocratique. L'agitation atteint cette fois un degré de violence appréciable. Les étudiants de Dacca se mettent en grève, défient la loi martiale, ouvertement maintenant. Le mouvement

15. T. ALI, *op. cit.*

s'étend à toutes les villes étudiantes de la province : Barisal, Kushtia, Chittagong, Comilla, Sylet, Noakhali. Les collégiens retournent à « leur » village, haranguent les paysans, dénoncent publiquement le régime. Pour la première fois, la contestation gagne l'ensemble de la province et dépasse les frontières de la petite bourgeoisie. C'est la première étape de la radicalisation : la rencontre étudiants/paysans, impossible à l'ouest où la ville est coupée de la campagne, risque de se produire à l'est où l'urbanisation est plus récente et où les citadins restent, fondamentalement, des ruraux[16].

Quelques mois plus tard, un autre prétexte, strictement corporatiste celui-là ; et une nouvelle vague d'agitation, encore d'origine étudiante : Islamabad a publié un rapport sur l'éducation nationale et promulgué une série d'ordonnances sur l'Université. On leur reproche de privilégier l'enseignement supérieur au détriment du secondaire et on y voit une manière déguisée d'interdire aux étudiants les activités politiques. Mais le mouvement, en fait, prend d'emblée une tournure globale. A partir d'une revendication sectorielle, on lance immédiatement une campagne politique d'ensemble. Le 17 septembre, les étudiants se mettent en grève. Mieux : ils appellent à la grève générale. Le prolétariat de Dacca suit. De même que les travailleurs de Tejgaon, Postogola et Chittagong. Vaste mouvement de solidarité et seconde étape de la radicalisation : c'est la classe ouvrière cette fois qui s'est ralliée aux étudiants[17].

1965 : c'est la guerre indo-pakistanaise, qui va jouer le rôle de catalyseur politique pour l'ensemble des couches populaires bengalies. La guerre, ou plutôt ses suites et ses retombées, plongent la province dans la crise. Les Bengalis vivaient du commerce avec l'Inde, il est brutalement interrompu. Ils exportaient leur poisson à Calcutta,

16. Jayanta Kumar Ray, *Democracy and Nationalism on Trial, op. cit.*, p. 221.
17. T. Ali, *op. cit.*, p. 107.

le poisson pourrit maintenant dans les ports. Ils achetaient leur charbon et leur ciment aux Indiens, ils doivent se le procurer ailleurs. Le chômage et la disette menacent... Le gouvernement d'Islamabad a donc sacrifié le bien-être des Bengalis aux exigences de sa politique étrangère. Il apparaît de plus en plus que la question du commerce avec l'Inde ne peut qu'être une pomme de discorde entre les deux ailes du pays. Économiquement parlant, ou commercialement, comme on voudra, les deux Pakistan *ne font pas un*.

Et puis surtout, les Bengalis ont pris conscience d'une vérité terrible. Pendant les vingt-deux jours de la guerre, le Bengale est resté sans défense, à la merci des armées indiennes, et incapable de résister à une éventuelle agression : tout simplement parce qu'on se méfiait de lui et qu'on avait préféré ne pas le doter de forces armées spécifiques ; parce qu'on avait décrété, une fois pour toutes, que les Bengalis étaient des poltrons ou des poètes, incapables de se défendre par eux-mêmes. La junte avait sacrifié cette fois la *sécurité* de la province à une querelle oiseuse et, vue de Dacca, lointaine. Elle avait pris le risque de perdre le Bengale pour récupérer le Kashmir[18]. A moins que, comme le déclara un jour imprudemment Bhutto, elle n'ait délégué aux armées chinoises, aux termes d'un accord resté secret, le soin de défendre la province : pour les Bengalis, ce n'est pas une excuse, mais une humiliation de plus, on les a traités décidément en citoyens de seconde zone.

On n'insistera jamais assez sur l'effet psychologique de cette série de bévues. La preuve est faite à présent que, *du point de vue de sa défense,* le Pakistan n'est pas une entité. La thèse du gouvernement central était que, comme tous les États souverains, le Pakistan doit avoir une armée unique et unifiée ; que comme dans tous les pays normaux, la défense des frontières et des provinces reculées revient à l'état-major central. Or, la guerre a prouvé précisément que l'état-major était incapable

18. A. Ayoob, K. Subrahmanyan, *op. cit.*, p. 65.

d'assumer cette fonction : que l'État pakistanais par conséquent n'est ni « normal » ni « souverain » ; que l'union du Bengale aux provinces occidentales est une union contre nature.

Le mouvement a commencé, il ne s'arrêtera plus. Une prise de conscience s'est opérée, elle va se généraliser. Les manifestations se multiplient, et la radicalisation s'accélère. Au printemps 1966, une grève générale encore ; des émeutes à Dacca, Chittagong, Narayangang et Téjgaon ; dans les centres industriels par conséquent ; sur des mots d'ordre qui n'ont plus rien de communaliste. Les étudiants progressistes se mettent aux champs, et partent dénoncer les *Basic Democrats*. Ils savent trouver un langage réellement populaire qui *parle* réellement aux masses. Les mots d'ordre ne sont pas encore socialistes ; mais peu importe : un courant est né, la politique pénètre le Bengale rural ; un bloc populaire est en train de se souder ; à l'aveugle encore ; sur des bases politiques fragiles, et dans un immense vide théorique.

III. **Du nationalisme à la révolution**

Voilà donc la situation dans les dernières années du régime d'Ayub. La conscience politique des masses est en train de « rejoindre » l'idéologie ; la petite bourgeoisie bengalie, de s'unir à la paysannerie et au prolétariat. La problématique politique de l'époque tient entre trois données fondamentales : faiblesse du mouvement communiste, radicalisation des masses, popularité des thèmes nationalistes. C'est entre ces trois facteurs que va se nouer la crise. C'est de leur articulation que résultera la naissance du Bangla Desh.

Cette crise ultime est extrêmement complexe, et il n'est pas question d'en relater toutes les péripéties. Là aussi, nous procéderons très schématiquement : en marquant les principales lignes de force et en posant les jalons essentiels.

Premier acte : la chute d'Ayub

1967, 1968 : la fin du règne est proche et l'*establishment* s'agite. Le 1er janvier 1967, Ayub abroge l'*Elective Bodies Disqualification Order* en vigueur depuis 1959. Au début de l'année suivante, il tombe malade et reste trois longs mois à l'écart des affaires. Sa robustesse et sa santé physique étaient proverbiales : l'annonce de son déclin frappe les imaginations. Ayub Khan est donc mortel ! Il faut songer à la succession. Les politiciens ne se font pas prier et reviennent sur le devant de la scène. L'horizon est enfin libre, et ils décident d'en profiter. En mai 1967, ils constituent un Pakistan Democratic Movement ; en 1968, un Democratic Action Committee. Impression de déjà-vu. Les mêmes programmes qu'autrefois. Les mêmes méthodes, et les mêmes hommes surtout. Les Nurul Amin, Man Mumtaz Daultana, Choudhury Mohammed Ali, Mujibur Rahman... Comme s'il ne s'était rien passé entre-temps. Comme si, après la parenthèse Ayub, la vie politique reprenait *au point* où elle s'était interrompue.

Un élément nouveau pourtant : les politiciens de l'Est et de l'Ouest travaillent pour la première fois de concert. Ou, plus exactement, leurs revendications spécifiques se rencontrent et se renforcent dans la lutte contre l'ennemi commun. A l'Ouest, un mouvement démocratique classique. A l'Est, un mouvement régionaliste et déjà autonomiste ; chacun profite du climat insurrectionnel créé et entretenu par l'autre ; les deux mouvements se conjuguent et additionnent leurs effets. Bhutto, un politique de l'Ouest, vient à l'Est fin 1966 et déclare aux Awami Leaguers qui l'accueillent que le Bengale, *leur* Bengale, est « la plus importante partie du pays » ; en juillet 1968, il évoquera dans un discours la « disparité économique » entre les deux ailes du pays ; un soir, dans l'euphorie, il se laissera aller à parler de « colonisation »... Quant aux hommes politiques de l'Est, ils mettent de l'eau dans leur vin, eux aussi ; Mujib met en veilleuse quelques-unes de ses revendications pour rendre son programme compatible avec les exigences de ses compères occidentaux. Que de prévenances ! et que de concessions ! Un vaste rassemblement démocratique est possible, qui couvrira enfin les deux Pakistan[19].

Seconde nouveauté : pour la première fois peut-être depuis la Partition, les hommes politiques ne tournent plus à vide, mais s'appuient sur un mouvement de masse. Mujibur Rahman à l'Est, Zulfikar Ali Bhutto à l'Ouest, deviennent extraordinairement populaires, dans toutes les couches de la société. Bhutto chez les prolétaires dont les salaires diminuent, chez les petits-bourgeois revanchards et anti-Indiens, chez les petits patrons écrasés par les monopoles, et dans la paysannerie du Punjab et du Sind. Mujib, dans la paysannerie pauvre, dans le prolétariat des villes, et auprès de la bourgeoisie nationale bengalie. L'Awami League tend à devenir un grand parti du style du parti du Congrès indien d'avant 1947 : populaire, populiste et nationaliste. Le People's Pakistan Party (P.P.P.) de Bhutto fait figure de radical et polarise les aspirations réformistes, voire révolutionnaires, des Ouest-Pakistanais. Deux grands partis unanimistes et dynamiques, qui comblent le vide laissé par l'échec du mouvement communiste et donnent une voix à tous les ressentiments, à toutes les révoltes accumulés.

Et puis surtout — troisième élément nouveau — les politiques semblent *débordés* par le mouvement de masse qui les soutient. Situation inédite là aussi : Bhutto et Mujibur Rahman *répondent* à des aspirations populaires, la petite bourgeoisie des villes garde la *direction* des luttes, mais elle est en train d'en perdre *l'initiative*... Le point tournant semble se situer fin 1968. C'est l'époque des révoltes étudiantes de Dacca, de Karachi et du Balouchistan. L'époque des grandes manifestations de Dacca où l'on voit les politiciens du Pakistan Democratic Movement défiler sagement et dans l'ordre, tandis que le peuple, lui, enivré par ses premiers succès, ne craint plus d'enfreindre la légalité. L'époque enfin où l'on fait état dans les campagnes du Bengale des premières jacqueries

19. *The Challenge of Bangla Desh, op. cit.*, p. 41.

sérieuses : refus de payer l'impôt, exécutions sommaires de *Basic Democrats,* tribunaux populaires, attaques de postes de police. Le vieux rapport de forces s'inverse. La situation est prérévolutionnaire[20].

Résultat : Ayub Khan, progressivement, cède du terrain. Dans les premiers mois de 1969, il satisfait l'essentiel des revendications étudiantes. Puis il annonce qu'il ne sollicitera pas de nouveau mandat. Il promet le retour à la démocratie parlementaire et convoque les politiciens à une conférence dite « de la table ronde »... Finalement, il démissionne et passe les pouvoirs au chef de l'État-Major, le général Yahya Khan.

Deuxième acte : le Bengale isolé[21]

A vrai dire, la chute d'Ayub n'est qu'une demi-victoire pour les forces démocratiques.

Bien sûr, Yahya Khan est contraint de lâcher un peu de lest et de consentir des réformes importantes. Il déclare qu'il n'est pas hostile à « la forme parlementaire » de gouvernement. Il promet et entame une épuration de l'administration. Il parle de transférer le pouvoir au peuple, et promet même — ô miracle ! — ce que les deux Pakistan attendent en vain depuis vingt ans : des élections générales au suffrage universel ! Le pays va élire une nouvelle Chambre. Le vieux slogan — *one man, one vote* — va enfin entrer dans les faits. La nouvelle Chambre élaborera une nouvelle constitution. Les politiciens n'en reviennent pas : d'un seul coup, toutes leurs revendications sont satisfaites.

Mais justement cela équivaut aussi, *du même coup,* à les neutraliser et à briser la redoutable coalition qui avait provoqué la chute d'Ayub Khan. La manœuvre était visi-

20. Tariq Ali, *op. cit.*

21. Sur tout ce qui suit, voir surtout l'excellent récit d'Anthony Mascarenhas, *The Rape of Bangla Desh,* Vikas publications, Delhi, 1971. C'est la meilleure description de la crise. Et nous lui empruntons beaucoup.

ble dès la Round Table Conference d'avril 1969 : en donnant satisfaction aux politiciens de l'Ouest, on les détachait de ceux de l'Est ; tandis que les uns étaient comblés, les autres n'étaient qu'à demi satisfaits. La stratégie de Yahya va dans le même sens : céder du terrain en ce qui concerne les revendications démocratiques, mais rester inflexible sur le chapitre de l'autonomie régionale ; désarmer les politiciens et apaiser les esprits à l'Ouest ; quitte, à l'Est, à les exciter et à relancer l'agitation ; l'essentiel étant de rompre le front uni qui s'esquissait depuis 1968 et *d'isoler les Bengalis* !

Il y a un autre front, virtuel celui-là, qu'il est urgent de rompre ; une autre coalition qu'il faut désamorcer : celle des autonomistes du Bengale et des autonomistes des provinces occidentales. Yahya Khan le sait fort bien, des partis comme le Sind United Front de G.M. Syed, le National Awami Party de Wali Khan dans la N.W.F.P., seront, le moment venu, les alliés naturels du Programme en six points ; extrêmement attentifs à l'évolution de la crise bengalie. Là encore, il faut jouer serré. La collusion est plus redoutable encore que la précédente puisqu'elle menace cette fois l'existence même de l'État pakistanais. Yahya Khan fait une proclamation spectaculaire : le *One Unit,* pomme de discorde des provinces occidentales depuis quinze ans, est aboli. Il avait empoisonné depuis son institution les rapports du Punjab et des provinces sous-développées de l'ouest ; les partis autonomistes en avaient fait leur cheval de bataille principal. D'un seul coup, ils n'ont plus rien à réclamer. Leur programme, d'un bloc, vient d'être réalisé. Aux élections, d'ailleurs, leur score sera dérisoire. Pour l'instant les Bengalis, plus que jamais, se retrouvent *seuls.*

Troisième acte : le raz de marée électoral

En organisant des élections, Yahya Khan ne pensait pas courir de grand risque. La dispersion et la multiplicité des partis politiques sont devenues proverbiales, de même que leur désunion et leur incapacité à s'entendre. En 1969, on n'en dénombre pas moins de trente-six ; trente-six partis et groupuscules, souvent sans idéologie bien définie, mais jaloux de leur personnalité et prêts à tout sauf à transiger. Au Bengale, on compte beaucoup aussi sur la rivalité des deux grands partis qui se partageront sans doute l'essentiel des suffrages : le National Awami Party et la Ligue Awami. Dans les deux ailes du pays, les partis musulmans, et notamment le Jamaat-E-Islami, mènent une campagne tapageuse et font beaucoup plus de bruit qu'ils n'ont d'audience réelle. Cela suffit à induire en erreur les fins stratèges d'Islamabad et à faire surestimer l'influence et le score électoral de la droite. Tout concourt par conséquent à donner confiance à Yahya Khan. Aucun parti ne sortira vainqueur de l'épreuve. Ni la Ligue Awami à l'Est qui n'aura pas plus de 100 sièges ; ni le P.P.P. à l'Ouest qui en aura 80 au maximum. Pas assez pour gouverner seuls, mais trop pour s'effacer et laisser le pouvoir à l'autre. Pas de coalition possible. L'Assemblée sera partagée, déchirée, paralysée : il ne restera plus à l'armée qu'à intervenir pour arbitrer et pour trancher.

Or, justement, les choses se sont passées autrement. L'impossible, l'inconcevable, s'est produit : l'Awami League a obtenu 160 des 162 sièges bengalis. Miracle ! D'un seul coup et sans alliés, elle a la majorité absolue, non seulement à l'Assemblée provinciale, mais aussi au Parlement central. On attendait des élections, on a un référendum. On devait élire des députés, on plébiscite un homme. Victoire unique. Sans précédent dans l'histoire des grands partis nationalistes. Mieux que le Congrès indien. La nation bengalie tout entière vient de se reconnaître dans un homme, dans un parti, dans un programme. D'un seul élan, et par-delà les clivages de classe. Balayant tous les vieux partis et ignorant les invitations de la gauche. Comme si, à ce moment précis, Mujibur Rahman avait *incarné* le Bengale entier.

Pourquoi ce succès ? Pourquoi ce raz de marée ? D'abord parce que la gauche, depuis longtemps, ne remplissait plus sa mission et qu'elle était devenue incapable de donner corps et voix aux aspirations populaires. Ne parlons pas des communistes prosoviétiques ou du N.A.P. tendance Muzaffar Ahmed que l'opinion publique ne distingue même plus de la Ligue Awami. Ni des maoïstes, qui ont déjà un lourd passif, dont l'audience ne dépasse guère le niveau local, et qui bien sûr boycottent les élections. Le seul parti qui aurait pu répondre au mouvement et faire concurrence à la Ligue Awami était le N.A.P. de Maulana Bhasani. Bhasani lui-même était en 1967-1968 plus populaire que Mujibur Rahman. Malheureusement, il accumule les erreurs politiques ; il s'est discrédité par son indulgence à l'égard du régime d'Ayub Khan ; il a préféré les « amitiés sino-pakistanaises » à l'organisation d'un mouvement de masse. A la veille des élections, le parti perd, avec la défection des maoïstes de Mohamed Toha, une bonne partie de son aile paysanne, l'essentiel de ses bases ouvrières et ses structures les plus solides. Ce qui reste est déchiré par les querelles intestines : le groupe prochinois dit « de Pabna » dominé par Motin et Allaudin ; le groupe social-démocrate dirigé par le trésorier Anwar Zahid ; des groupuscules marxistes et marxisants divers ; et un bon nombre de « démocrates », tout juste libéraux et nationalistes. Tirée à hue et à dia, incapable d'arbitrer les différends, la direction du N.A.P. saisit la première occasion de se retirer de la course électorale, et, plutôt que d'aller à l'échec, elle appelle au boycott.

Et puis surtout, comme souvent dans le sous-continent, les bureaucrates pakistanais ont voulu jouer aux technocrates, et obnubilés par les chiffres, ils sont passés à côté de l'essentiel. Il y a des choses qui ne se mettent pas en équations et que l'on ne devine pas d'un bureau d'Islamabad. Par exemple, le fait que ces élections générales étaient *les premières* au Pakistan ; que pour les Bengalis l'événement était proprement fantastique ; qu'élire un député au suffrage universel paraissait plus radical, plus subversif, plus *révolutionnaire,* que liquider un propriétaire foncier ou lire les écrits de Mao Tsé-toung. Par exemple aussi l'impact psychologique et politique du cyclone du 12 novembre ; catastrophe sans précédent au Bengale : des centaines de milliers de morts ; et tandis que les secours de la Croix-Rouge affluent, les autorités pakistanaises réagissent avec une lenteur et une indifférence inexplicables. D'un seul coup, le voile s'est déchiré : on peut crever ici, là-bas ils ne bougeront pas ; le Bengale est sous les flots, et les bureaucrates d'Islamabad, brillants apôtres de l'unité nationale et de la solidarité islamique, continuent à courir les cabarets... Comment ne pas devenir antipakistanais, comment ne pas plébisciter le Sheikh Mujib ?

D. Quatrième acte : la menace

Quelles sont les conséquences politiques de cette victoire ? En quoi menaçait-elle les intérêts de l'*establishment* ? Pourquoi celui-ci a-t-il choisi l'épreuve de force et l'intervention militaire ? C'est la question cruciale. C'est autour d'elle que tout se joue. Or, la presse occidentale a entretenu sur ce point une série de malentendus ; elle a accrédité une double erreur qu'il faut, d'abord, dénoncer.

En premier lieu, contrairement à l'idée reçue, il n'a jamais été question que Mujibur Rahman devienne Premier ministre du Pakistan[22] ; l'Awami League n'a jamais eu l'intention de prendre le pouvoir central ; il n'y avait pas de risque sérieux de ce fameux « glissement » du centre de gravité du pays, dont parlent tous les commentateurs de la crise.

L'Awami League, il ne faut tout de même pas l'oublier, est un parti régional, rigoureusement régional, sans dimensions et sans *ambitions nationales*. Mujibur Rahman est bengali avant tout, mal à l'aise dans les cercles politiques d'Islamabad, dépaysé dès qu'il dépasse les

22. Cf. MASCARENHAS, SUBRAHMANYAM, *op. cit.*, plus toute la littérature française sur le sujet.

frontières du Bengale. L'intérêt d'avoir gagné les élections, c'est de pouvoir faire pression sur le gouvernement central pour l'obliger à améliorer le sort de la province et à réduire les disparités économiques. A quoi bon être Premier ministre ? D'autant que dans l'État fédéral dont il rêve, les provinces seront plus autonomes, l'appareil central plus faible, et le poste aura perdu une bonne partie de son prestige et de ses attributions. Rien d'étonnant par conséquent à ce qu'à peine remis de sa victoire, plébiscité par 56 % des Pakistanais, alors que tout le monde s'attend à ce qu'il prenne le pouvoir et le monopolise, il s'empresse de contacter Bhutto, son rival malheureux, pour lui proposer, ni plus ni moins, le *top job*, c'est-à-dire la direction de l'État[23]. Décidément Mujibur Rahman ne veut pas régner sur le Pakistan.

Du reste, même s'il l'avait voulu, l'*establishment* ouest-pakistanais n'avait pas lieu de s'inquiéter. Ce n'aurait pas été la première fois qu'on aurait vu l'Awami League au pouvoir. En 1955-1956 déjà, elle avait participé, au *niveau central,* à des gouvernements de coalition, et les classes dominantes pakistanaises n'avaient eu qu'à s'en féliciter. Rien ne permettait de penser que, quinze ans plus tard, l'Awami League serait devenue plus coriace. Mujibur Rahman ne semblait pas *a priori* moins docile que son aîné Suhrawardy. Et la junte pakistanaise savait, le cas échéant, comment mettre au pas un gouvernement turbulent. Autrement dit, la perspective d'un ministère Mujibur Rahman n'était ni extraordinaire ni redoutable. Ce n'est pas elle qui a effrayé l'*establishment* ; ce n'est pas sur ce plan qu'il s'est senti menacé.

Ce n'est pas non plus — encore une idée reçue ! — la perspective d'une sécession du Bengale. Là encore, il y a un malentendu à dissiper. L'Awami League était pour l'autonomie, pas pour l'indépendance. Elle était régionaliste, mais non séparatiste. Elle souhaitait un aménagement de la structure pakistanaise, non son éclatement. *Pakistan Zindabad !* Vive le Pakistan ! C'est ainsi que

23. Mascarenhas, *op. cit.*, p. 70.

jusqu'au dernier jour Mujib terminait ses discours. Loin d'être antipakistanais, il prétend revenir aux sources de l'idée pakistanaise ; ressusciter la résolution de Lahore et l'appliquer enfin ; réaliser le rêve des pionniers occulté depuis vingt ans : créer *plusieurs* Pakistan fédérés en un État unique. Mieux : jusqu'à la veille du drame, il a essayé de toutes ses forces de s'entendre avec la junte. Alors que la révolte gronde au Bengale, il discute encore avec Yahya. Alors que la révolution menace, il déclare à l'Associated Press qu'il est « dans cette partie du monde le seul rempart au communisme ». Jusqu'au dernier moment, il croit à la possibilité d'un compromis.

Les pressions ne manquent pas pourtant, ni les invitations à aller de l'avant. Maulana Bhasani a déjà appelé à l'Indépendance, les maoïstes parlent d'une « république populaire du Bangla Desh », et on brûle ici et là quelques drapeaux pakistanais. Au grand stade de Dacca, le 7 mars, ce sont les étudiants de la Chatra League, l'aile étudiante de l'Awami League, qui pressent Mujib de franchir le pas décisif. On y croit cette fois. Tout le monde attend le mot magique. Des dizaines de milliers d'hommes et de femmes sont suspendus aux lèvres du Bangabandhu... Et pourtant non. *Pakistan Zindabad* encore. Et toujours le refrain de l'autonomie. Mujib, consciemment, *sciemment*, a résisté à la vague ; il a délibérément refusé de répondre à l'immense appel populaire. Une fois de plus, il s'est posé en défenseur de l'intégrité nationale pakistanaise.

Alors que craignaient donc les Pakistanais de l'ouest ? Si Mujib ne veut pas le pouvoir et s'il ne veut pas non plus la sécession, où est le danger ? Le danger, c'était le Programme en six points. Tout simplement. Ce programme réchauffé, modéré, petit-bourgeois, antisocial, contre lequel les gauchistes n'ont pas encore fini de s'indigner, mais qui était pourtant, pour deux raisons au moins, inacceptable.

Que demandait au juste le programme ? Essentiellement trois choses : une réforme de la *fiscalité* : la levée des impôts au niveau provincial et l'institution de deux systèmes fiscaux séparés ; une réforme *monétaire* : la création de deux monnaies distinctes et librement convertibles ; une réforme d'ordre *financier et commercial* : l'attribution à chaque province des devises qu'elle a gagnées à l'exportation. Autrement dit, l'idée force du texte était que les deux ailes du Pakistan, économiquement parlant, ne devaient pas, ne pouvaient pas être traitées comme un tout, et qu'il fallait prévoir pour chacune d'elles un modèle de développement spécifique. Quand on sait que l'appareil militaire consommait à lui tout seul 55 % du budget national, et quand on sait que ce budget était alimenté par le produit des exportations de jute bengali, la menace apparaît très clairement : c'est l'appareil militaire que visait le Programme en six points, c'est son existence même qu'il remettait en question.

Seconde menace, en filigrane celle-là : les rapports avec l'Inde. Les provinces, devenues autonomes et semi-souveraines, couperont les budgets militaires et affaibliront le Pakistan face à l'Inde. Elles seront tentées peut-être d'abandonner la querelle du Kashmir qui était, rappelons-le, l'« Alsace-Lorraine » du Pakistan et la raison d'être de la junte. Surtout, on soupçonne le Bengale, sous prétexte d'autonomie économique, de loucher en fait vers les marchés indiens. Créer deux caisses distinctes pour les devises, n'est-ce pas l'autoriser à organiser comme il l'entend son commerce extérieur et à renouer des liens séculaires avec l'autre Bengale ? Le Programme en six points touche là aussi un point sensible. Il heurte de front les intérêts des grands monopoles punjabis qui ne tiennent pas à offrir à leurs rivaux indiens la colonie bengalie. Et il heurte, de manière diffuse mais déterminante, tout un état d'esprit, chauvin et revanchard, qui marque depuis la guerre indo-pakistanaise de 1965 la petite bourgeoisie occidentale et qui a été, aux élections, le grand atout de Bhutto.

D'où l'alliance contre Mujib de Yahya Khan et de Bhutto. L'un et l'autre représentent les intérêts menacés par la victoire électorale de l'A.L. Et Yahya va se servir de Bhutto pour neutraliser cette victoire. La démarche sera simple. Yahya invente d'abord la théorie des deux partis dominants : puisque dans chaque aile du pays un parti s'est nettement dégagé, l'Assemblée ne se réunira que si les deux partis s'entendent au préalable. Puis il met tout en œuvre justement pour empêcher les deux partis de s'entendre, et donc l'Assemblée de se réunir : et pour cela il convainc Bhutto de se brouiller avec Mujib. Effectivement, alors que fin décembre Bhutto avait réagi favorablement à l'offre du poste de Premier ministre, lorsqu'il revoit Mujib à Dacca, le 27 janvier, il paraît méfiant, soucieux, peu coopératif. Puis, alors que le 11 février il déclarait à la presse qu'il mettait la dernière touche à son projet de constitution, il fait volte-face le 15 et annonce qu'il boycottera l'Assemblée : le projet de Mujib — qu'il n'a pas encore vu ! — lui paraît « inacceptable »... Dans les deux cas il a rencontré Yahya dans l'intervalle ; dans les deux cas, Yahya l'a convaincu de rompre avec Mujib.

Le résultat ne se fait pas attendre. Le 1er mars, Yahya Khan déclare, la mine contrite, que ces politiciens sont décidément incorrigibles ; qu'ils refusent de s'entendre et paralyseront les travaux de l'Assemblée. La première réunion est ajournée, *sine die*.

E. Cinquième acte : l'escalade

A cette date, le 1er mars, les ponts ne sont pas encore coupés. Mujibur Rahman reste pour Yahya Khan et Bhutto le seul interlocuteur acceptable. Et la décision d'intervenir militairement n'est pas encore prise.

Il est vrai que des mouvements de troupes ont commencé depuis janvier ; il est vrai aussi que les effectifs stationnés au Bengale sont passés de 20 000 hommes fin décembre à 60 000 fin février. Mais c'est seulement qu'en bon stratège Yahya tient prudemment deux fers au feu. Il n'exclut pas la solution militaire, mais il ne l'a pas choisie pour autant. Il croit encore aux vertus de la négociation et compte bien, comme au bon vieux temps, mater les politiciens bengalis. Seulement voilà : la situation a changé. Yahya ne pourra pas mater Mujib pour la bonne raison que Mujib lui-même ne contrôle plus ses troupes. La tendance apparue fin 1968 atteint son point culminant. Les politiques sont débordés par un mouvement de masse spontané. Le peuple presse : bon gré mal gré, il faut se laisser porter. La Ligue Awami transigerait bien, mais elle est prisonnière de sa victoire. Pour 75 millions de Bengalis, le Programme en six points est un programme symbolique, minimal, sur lequel il n'est plus question de discuter. Mujib n'est ni Gandhi ni Jinnah ; le nationalisme bengali se passerait au besoin de lui ; et de peur d'être écarté, il épouse le mouvement.

D'où le paradoxe de ce néo-gandhien forcé de cautionner une guerre civile. D'où cette étrange campagne de non-violence dont, très vite, on ne compte plus les victimes. Le 1er mars, Mujib lance un ordre de grève pacifique ; mais dès le 2, des étudiants, des ouvriers, des employés défilent dans Dacca aux cris de « Bengale indépendant ». Le 3, il lance une campagne dite de « désobéissance civile » ; mais dès le lendemain, l'armée, harcelée, tire sur la foule. Les jours suivants, la révolte s'étend, et les actes illégaux se multiplient. A Khulna et à Jessore, on attaque des postes de police. A Dinajpur et à Rangpur, des trains sont pris d'assaut. Des groupes d'étudiants se spécialisent dans les opérations de sabotage. De jeunes Awami Leaguers élèvent des barricades en travers des routes ; Mujib ordonne de les détruire : sauf exception, l'ordre n'est pas suivi.

A partir du 8, pressé par la base, harcelé par les étudiants, Mujib commence une redoutable escalade[24]. Il demande d'abord à tous les fonctionnaires de ne plus prendre d'ordres que de lui ; les juges, les postiers, les cheminots ne connaissent plus d'autre autorité que celle de la Ligue Awami. Puis, le 15, menacé encore de débordement, interpellé quotidiennement par la gauche, il

24. *Bangla Desh, a Struggle for Nationhood,* ouvrage collectif, Anirudha Gupta, pp. 45-84.

franchit un pas de plus et décrète que toutes les communications télégraphiques avec l'ouest doivent être coupées, excepté entre banques ; puis que les impôts locaux et provinciaux devront désormais être réglés à l'ordre du « gouvernement du Bangla Desh ». Quelques jours plus tard, il légalise une situation de fait en confiant à des jeunes volontaires les tâches de police et de maintien de l'ordre. Petit à petit, le cordon ombilical entre les deux Pakistan se rompt.

Dans tous les cas, Mujib ne décide guère, mais réagit. Les derniers jours, il tente une dernière fois de négocier. Mais le peuple, lui, se déchaîne. A Jaidevpur, le 19, la foule attaque un train qui transporte des soldats. A Chittagong, le 23, les dockers refusent de décharger des navires d'armes. Les maoïstes, clairvoyants, prennent le maquis. Mujibur Rahman est peut-être un rempart au communisme, mais pas à la révolution.

C'est cela qui a motivé finalement l'intervention militaire. C'est parce que la L.A. n'a plus la confiance de l'appareil d'État que l'appareil l'a brisée. C'est parce qu'elle n'est plus capable d'enrayer le mouvement de masse que la junte a décidé de frapper. Le 25, le génocide commence. Le Pakistan est mort. Le Bangla Desh va naître.

7

UN VIETNAM DANS LE DELTA DU GANGE ?

Le Bengale s'est donc soulevé. La direction nationaliste, petite-bourgeoise et modérée est en passe d'être débordée. Pas de direction communiste prête à prendre la relève. Le Bengale, ivre, rompt les amarres. Que va-t-il se produire ? Que va-t-il sortir du chaos ? *Quel* Bangla Desh ?

La guerre de libération prend le chemin des grandes guerres révolutionnaires classiques. Elle doit déboucher à terme sur une authentique révolution. Les maoïstes d'emblée sont montés en première ligne. L'agitation menace de s'étendre et de gagner l'autre Pakistan, le Bengale indien, l'Inde entière. A condition qu'elle dure, qu'elle se prolonge, qu'elle se radicalise. Un gigantesque bouleversement se prépare qui touchera l'ensemble du sous-continent.

I. **Vers une longue guerre du peuple**

Les Pakistanais comptaient sur une guerre courte ou pas de guerre du tout. Une simple opération de police et quelques règlements de compte. Liquider les intellectuels subversifs et décapiter l'Awami League. En comptant sur l'effet de surprise et la veulerie bien connue des Bengalis. Sans prévoir que cette fois ils allaient peut-être réagir. Sans comprendre que l'ampleur même du génocide (on parle de deux ou trois millions de morts de mars à décembre), la fièvre ambiante, l'accumulation des désespoirs et des déceptions allaient donner à cette réaction une violence et un impact inouïs. Sans soupçonner le moins du monde qu'en faisant donner la troupe le 25 mars ils signaient l'arrêt de mort du Pakistan[1].

Les Awami Leaguers eux-mêmes sont pris de court par la violence de la réplique populaire. Ils ne l'avaient pas prévue et ils ne l'avaient pas préparée. Le massacre était prévisible, mais ils s'étaient bien gardés d'y préparer le peuple. Moins d'ailleurs par mauvaise volonté que par réflexe de classe. Moins par un sombre machiavélisme que par une impuissance naturelle : l'Awami League est un parti de notables, on la voit mal donner des leçons de guérilla. Elle aussi par conséquent est désarçonnée, dépassée, débordée. Une guérilla spontanée se constitue, mais sans elle, voire contre elle. Une guerre de partisans, une guerre de maquisards, qui menace d'emporter l'*establishment* à l'est comme à l'ouest[2].

1. C'est un argument courant à Dacca. Les véritables responsables de la mort du Pakistan ne sont pas les Bengalis, mais les Punjabis. Les premiers souhaitaient seulement revenir aux sources de l'idée pakistanaise (Résolution de Lahore : plusieurs Pakistan fédérés). Les seconds par contre, par leur violence et leur aveuglement, sont à l'origine directe de la désintégration du pays.

2. Mujibur Rahman se voyait dans le rôle de Gandhi négociant avec le vice-roi des Indes le statut du pays dans l'Empire : « Si c'est nécessaire, menaçait-il le 9 février 1971, nous irons à nouveau en prison, mais nous ne pouvons transiger sur nos principes. » Étrange naïveté en vérité : il semble à mille lieues de prévoir l'ampleur du massacre. Cela dit, les commentateurs ont souvent relevé un certain nombre de faits troublants.

Il reste à écrire l'histoire de cette guerre de guérilla. Tâche impossible encore car l'événement est trop proche et les informations peu sûres[3]. Tout ce que l'on peut faire pour le moment, c'est établir un certain nombre de faits majeurs. Moins une chronique qu'une série de mises au point ; en attendant une histoire, la mise en place de quelques repères fondamentaux.

A. *De la guerre militaire à la guerre populaire*

La guerre de libération du Bengale n'est pas d'emblée une guerre du peuple. Elle ne l'est devenue que plus tard, au terme d'un long processus de radicalisation.

Il ne faut pas oublier d'abord que, dans les premiers jours de la guerre, c'est des soldats et des policiers que sont venues les premières ripostes. L'East Pakistani Rifle (E.P.R.), chargé jusqu'ici de la sécurité des frontières ; l'East Bengal Regiment (E.B.R.) créé peu auparavant pour répondre à la revendication des Bengalis se plaignant d'être sous-représentés dans l'armée ; les Mujahids, force paramilitaire locale ; les forces de police enfin. Dans la nuit du 25 au 26 mars, ce sont les cinq mille

Par exemple, le fait que tous les cadres importants de la Ligue Awami, à l'exception de Mujibur Rahman, avaient miraculeusement disparu au moment du massacre. Le colonel Osmany, futur commandant en chef de la guérilla, révélait fin décembre dans une interview à Khushwant Singh (*Illustrated Weekly of India*, 5 décembre 1971) que Mujibur Rahman lui avait donné des instructions pour le cas d'une intervention militaire. Le major Zia, à Chittagong, réagit étonnamment vite, et proclame dès le 26 mars un gouvernement provisoire. Tout indique par conséquent que l'effet de surprise n'a pas été total. Il semble bien que la Ligue Awami ait *envisagé* le recours à la force, mais sans *imaginer* le degré de violence de l'affrontement.

3. Les informations sont, curieusement, à la fois déficientes et pléthoriques. Pléthoriques en ce qui concerne la face officielle de la guerre ; la guerre de l'Inde et la Ligue Awami ; abondamment commentée et démesurément grossie par la presse ; sans qu'on puisse toujours faire la part de la vérité et de l'exagération. Déficientes au contraire en ce qui concerne sa face cachée et souterraine. La guerre de l'intérieur. Celle des francs-tireurs et des gauchistes. Celle dont on ne sait pas grand-chose. Et qu'on a tendance, de ce fait, à minimiser ou au contraire à idéaliser.

policiers de Dacca et les mille E.P.R. qui affrontent les premiers les troupes pakistanaises. Le 26 au matin, les unités du E.B.R. stationnées à Chittagong, Dinajpur, Rajshahi, Mymensingh se révoltent et la garnison de Chittagong proclame un gouvernement provisoire. De même les E.P.R. postés aux frontières ou dans les villes stratégiques — Jessore, Khulna, Kushtia, Dinajpur. De même encore les forces de police de Rajshahi et de Khulna. En quelques jours, près de la moitié des E.P.R. périssent (6 000 sur un effectif de 14 000) ; et près des deux tiers des E.B.R.[4].

Puis dans les semaines, voire dans les mois qui suivent, c'est cette poignée de militaires survivants qui va constituer l'essentiel de la résistance. C'est eux qui sont à l'origine des attaques frontales suicidaires des premiers temps. Ils n'ont ni le goût ni la pratique de la guérilla et font la guerre comme on le leur a appris : en rangs serrés et en batailles rangées. Jusqu'au mois de juin à peu près, jusqu'à la transformation des Mukti Fouj en Mukti Bahini, ils dominent la plupart des commandos. La guerre de libération est encore une guerre classique, menée par des professionnels, selon des méthodes traditionnelles.

Ils recrutent bien sûr. Mais peu dans la paysannerie, et surtout dans les classes moyennes. D'abord parce qu'il faut paraît-il six à huit mois pour former un illettré, deux mois à peine pour un étudiant[5]. Surtout parce que la Ligue Awami, résignée à la guerre, a intérêt à l'empêcher de se radicaliser et à tenir à l'écart les couches sociales les plus misérables. Résultat : les paysans croupissent dans des camps de réfugiés ou dans des camps de recrutement d'où ils ne sortiront qu'à la fin de la guerre. Les militants communistes n'y sont même pas admis et doivent s'équiper et s'entraîner tout seuls. La petite bourgeoisie tente de contrôler la guerre et de monopoliser la résistance.

4. Mohammed Ayoob, K. Subrahmanyam, *op. cit.*, p. 152.
5. *Ibid.*, p. 160.

Dans les premiers temps d'ailleurs, les paysans ne soutiennent même pas toujours les guérilleros. Ils semblent craindre les *razakhars*[6] et les représailles de l'armée. Tant que la guerre ne les touche pas directement — or, les premiers massacres, ne l'oublions pas, visaient en priorité les intellectuels et la minorité hindoue —, tant qu'ils ne se sentent pas directement menacés, ils restent prudemment dans l'expectative. Dans le district de Pabna par exemple, à Nagarbarighat, on a même parlé d'affrontements sanglants entre Mukti Fouj et paysans du cru : les paysans refusent d'aider à creuser des tranchées, on les y force ; ils hésitent à abriter et à nourrir les Mukti Fouj, ces derniers se servent tout seuls[7]. Après la libération encore, dans des districts isolés, nous avons entendu des paysans pauvres se plaindre des exactions des guérilleros, beaucoup plus que des Pakistanais. Preuve que la guerre de libération n'est pas allée jusqu'à eux et qu'elle ne les a pas tous concernés.

C'est à partir de l'été que les choses ont commencé à changer et le mouvement à se radicaliser. L'armée pakistanaise se conduit à présent comme une armée d'occupation. Elle a installé sur place une administration fantoche. Harcelée de toutes parts, elle réagit à l'aveugle et avec une violence croissante. Par ailleurs, la guerre civile n'arrange pas l'économie régionale : la récolte de blé d'été est insuffisante, les rations alimentaires diminuent, les salaires des journaliers aussi, et les rares usines licencient. Les paysans commencent à se sentir concernés et, spontanément, prennent les armes.

En juin, un événement témoigne de cette évolution : la transformation de la Mukti Fouj en Mukti Bahini. *Fouj* est un mot urdu qui signifie « armée », *bahini* un mot bengali qui signifie « organisation ». Mais il ne s'agit pas seulement d'un changement de nom ni d'une mesure symbolique, mais bien de la reconnaissance, par la Ligue Awami et les Indiens, d'une *situation nouvelle*. La Mukti

6. « Collaborateurs » recrutés sur place par l'armée pakistanaise.
7. Épisode relaté dans *Frontier*.

Fouj est devenue un ramassis hétéroclite de combattants venus de tous les horizons ; les militaires professionnels des premiers jours sont noyés dans la masse des nouvelles recrues. La création de la Mukti Bahini correspond à un effort pour maîtriser cette situation nouvelle et pour rétablir un contrôle sur la résistance. Elle témoigne par conséquent que la guerre change de forme et de nature. Moins « militaire », plus « populaire ». Moins une guerre qu'une guérilla.

C'est à peu près au même moment d'ailleurs que le colonel Osmany, commandant en chef de la guérilla, révise sa stratégie. Il sait maintenant que les grandes puissances ne bougeront pas et que l'Inde elle-même n'interviendra pas. Il sait que le Bengale doit compter sur ses forces propres, et que la guerre, malheureusement, sera dure et longue. Du coup, il décentralise ses unités, il les organise en commandos à effectifs réduits et met au point une stratégie d'usure et de harcèlement.

Et puis surtout, il semble qu'au milieu de l'été le nombre de combattants de l'intérieur ait rattrapé celui des guérilleros basés en Inde. Ceux-ci opèrent à partir de la frontière, par raids de deux ou trois jours à peine, sur quelques dizaines de kilomètres, et se replient, une fois leur mission accomplie, sur leur base de départ. Les « combattants de la liberté », comme on les appelle au Bengale, stationnent, opèrent, vivent et se replient à l'intérieur du pays ; sans aucune coordination avec l'état-major central ; en liaison constante avec la population civile. C'est eux qui donnent à la guerre ses traits les plus originaux ; c'est par eux qu'elle risque de devenir, qu'elle est *en train* de devenir, une guerre du peuple authentique.

B. Le temps de la guerre : l'attente et le délai

L'Armée de libération, la Mukti Bahini, a mis six mois à se constituer. Il a fallu attendre l'automne pour que ses unités soient opérationnelles.

Là encore la presse indienne a trop souvent pris ses désirs pour des réalités. Elle parle dès le mois d'avril des cohortes de guérilleros. Elle annonce tous les jours de nouvelles batailles et de nouvelles victoires. Sous prétexte que quelques Awami Leaguers en exil constituent un gouvernement provisoire, sous prétexte qu'ils divisent le pays en quatre « zones militaires » qu'ils confient souverainement, et pompeusement, à quatre « gouverneurs », on en conclut que le Bengale est à feu et à sang et que sa libération n'est plus qu'une question de jours[8].

En fait, on a su depuis que le gouvernement provisoire en question, basé à Mujibnagar, se terrait en fait à Calcutta ; que l'état-major avait beau être en place, il n'avait pas de cadres ni de troupes ; que les troupes, quand il y en avait, étaient généralement désarmées ; et que les glorieux gouverneurs militaires se tassaient tous les quatre dans une étroite bande de terrain, entre Jessore et la frontière... Les batailles et les victoires qui alimentent pendant six mois les colonnes de la presse indienne sont souvent de purs produits d'une imagination indulgente. Et quant aux fameuses « zones libérées » par les guérilleros entre avril et août, ce sont généralement celles où l'armée pakistanaise n'a pas cru bon ou n'a pas eu le temps de pénétrer.

Il convient de rappeler tout cela moins pour diminuer le mérite des combattants que pour souligner la lenteur du processus et la consistance des obstacles à surmonter. Il ne suffit pas de déclarer la guerre pour qu'elle se transforme en guérilla. Il ne suffit pas d'organiser l'armée d'en haut pour qu'elle se constitue à la base. Une guérilla ne se décrète pas, elle se développe. Et ce développement suppose d'abord du temps. Du temps pour former un commando : entre deux et six mois, d'après

8. Peu de journaux ont fait exception même les plus sérieux comme le *Statesman*, l'*Hindustan Standard* ou le *Times of India*. Même la presse communiste : *The Patriot, Link, Mainstream*. Les seuls à avoir gardé à l'égard de tout cela une attitude critique sont *Frontier* (hebdomadaire gauchiste de Calcutta) et l'*Economic and Political Weekly* de Bombay.

les responsables des camps d'entraînement. Du temps pour mettre les camps eux-mêmes en place : pas avant le milieu ou la fin du mois de mai. Du temps encore pour surmonter les lenteurs bureaucratiques qui sont un peu la maladie du sous-continent, et qui n'ont pas été épargnées aux combattants du Bangla Desh. Des mois par conséquent, avant que les premiers commandos n'entrent en lice ; de longs mois, avant qu'ils ne menacent effectivement l'armée pakistanaise[9].

Encore fallait-il des armes et là aussi se posait un problème de *délais*. Les seuls qui auraient pu en avoir étaient les East Pakistani Rifles et les soldats de l'East Bengal Regiment. Or, ils avaient été désarmés avant le 25 mars ; les premiers, au retour de l'exercice, avaient trouvé leurs casernes occupées par des troupes ouest-pakistanaises ; les seconds avaient remis leurs vieilles armes contre des promesses de neuves qu'ils n'ont jamais eues, bien sûr... Seule l'Inde pouvait remédier à cette pénurie. Mais elle se décide trop tard. Et lorsqu'elle se décide, on s'aperçoit qu'elle a peu d'armes en réserve et qu'elle hésite à s'en démunir à l'heure où les Pakistanais risquent à chaque instant de lancer une attaque surprise. Là encore par conséquent, il a fallu *attendre*. Attendre le bon vouloir des Indiens, et peut-être, le traité indo-soviétique d'août[10]. Jusqu'à l'été, l'« Armée de libération nationale bengalie » est bien souvent une fable des journalistes.

Encore une fois, s'il faut rappeler ces faits, c'est moins pour dévaloriser la guérilla que pour lui donner sa valeur

9. Tout cela ne vaut bien entendu que pour les commandos officiels, la Mukti Bahani proprement dite. Pour les autres, et notamment les maoïstes, les choses sont allées beaucoup plus vite.

10. Voir troisième partie, chapitre 9. Même si le traité n'impliquait pas un engagement inconditionnel des Russes aux côtés des partisans du Bangla Desh, il marque un premier infléchissement de leur politique neutraliste et une légère accélération des livraisons d'armes. Également, dans le petit monde des Bengalis orientaux réfugiés à Calcutta, un renforcement de la position des communistes prosoviétiques ; leur participation à un « comité consultatif » constitué de sept membres ; leur entrée massive dans la Mukti Bahini.

vraie. Comme toutes les grandes guérillas elle ne pouvait se constituer en un jour. Elle devait durer, mûrir, *pourrir*. C'était sa vocation et son inclination naturelle. C'est à ce prix seulement qu'elle pouvait vaincre et se radicaliser.

C. Guerre d'usure

En effet, l'efficacité de la guérilla ne se mesure pas à ses succès militaires immédiats qui sont insignifiants. Mais c'est à long terme, sur une longue période, qu'elle menaçait l'équilibre des forces.

Là aussi, les reportages de la presse indienne ont été trompeurs. A les croire, à partir du mois d'août la situation militaire se retourne brusquement, et la déroute des Pakistanais commence. On ne parle plus que des hauts faits des vaillants Mukti Bahini. La moindre escarmouche fait figure de bataille décisive. Les Pakistanais semblent le dos au mur et les Mukti Bahini volent de succès en succès. Les reportages en question procèdent d'une double erreur.

D'abord une illusion politique. Effectivement à partir d'octobre-novembre, la Mukti Bahini pénètre dans un nombre croissant de zones. Mais ce n'est pas toujours qu'elle les a libérées. C'est souvent plus simplement que les Pakistanais ont préféré se masser aux frontières ; et que jugeant le péril extérieur plus menaçant que la guérilla, ils ont laissé le soin du maintien de l'ordre à des milices de *razakhars* et à de nouvelles brigades de police. Illusion d'optique ensuite : suivant pas à pas l'évolution des Bengalis, au courant de leurs projets et des plans de l'état-major, on voit dans leur moindre initiative l'accomplissement d'un dessein préalable ; leurs moindres faits et gestes prennent sens et s'intègrent dans une stratégie d'ensemble. Alors que ne sachant rien de la stratégie des Pakistanais, les voyant évoluer sans savoir où ils allaient, on pouvait les croire le dos au mur et sur la défensive.

D'un côté, le moindre mouvement de troupes prenait

des allures d'offensive ; de l'autre, il semblait irrationnel et saugrenu, fruit des calculs désordonnés d'un stratège affolé.

En fait, répétons-le, l'armée pakistanaise n'était pas réellement menacée sur le plan militaire par les activités des commandos. *The People,* quotidien officiel édité à Mujibnagar, parlait de 25 000 morts par jour dans les rangs pakistanais : il n'y en a pas eu en fait, et aux époques de pointe, plus d'une trentaine[11]. On a vanté l'organisation de la guérilla et la coordination des opérations ; elles étaient en fait parfaitement dispersées et s'ignoraient le plus souvent. On a vanté aussi la formation militaire des résistants ; alors qu'il s'agissait souvent de simples écoliers ou de paysans pauvres, contactés un matin par un Mukti Bahini ; contractés et formés sur-le-champ ; résistants d'un jour à qui l'on confie une grenade ou un explosif, avec à peine un mode d'emploi. A croire la propagande officielle enfin, la guérilla se serait très vite étendue à l'ensemble du pays. Là encore c'est extrêmement douteux ; des zones entières n'ont pas vu l'ombre d'un résistant ; la résistance s'est en fait concentrée dans quelques poches (Jessore, Tangail, Mymensingh...), dans l'ensemble du delta du Gange, et sur les zones frontalières[12].

Par contre, et c'est là l'essentiel, si elle était à court terme relativement inefficace, elle pesait très lourd, *mais à long terme,* sur l'équilibre des forces. D'abord, parce qu'elle désorganise l'économie de la province. Il faut savoir qu'en novembre la production de thé a baissé de 80 % ; la production de tabac de 60 % ; la production de jute de 35 % ; que les plantations situées en bordure des frontières ont dû être abandonnées ; et que, de surcroît, le réseau de communications est, à partir d'août, totalement démantelé. Le trafic routier représente en novembre un dixième à peine de ce qu'il était en mars, le trafic fluvial est pratiquement stoppé. Il reste les hélicoptères

11. *Hindustan Standard,* 25 novembre 1971.
12. *Ibid.,* 1er décembre 1971.

et les coolies... Le Bengale autrement dit est économiquement paralysé[13].

C'est que les Mukti Bahini, conscients, eux, parce qu'ils étaient sur le terrain, de l'impossibilité d'attaquer de front l'adversaire, ont porté l'essentiel de leur effort sur le système logistique et donc sur le réseau de communications de la province. L'aile navale de la Mukti Bahini s'est signalée à Chittagong et à Chalna. A Chittagong, elle bloque le port en coulant deux navires étrangers porteurs de vivres. Les Pakistanais tentent d'aménager une voie de remplacement : les terroristes font sauter quatre nouveaux navires qui rendent inutilisable la nouvelle voie d'accès. De même à Chalna, près de Jessore, le 21 décembre, où un navire, grec cette fois, est coulé et bloque le chenal... A Jessore même, ils livrent une bataille importante moins pour prendre la ville que pour l'isoler. Les Pakistanais doivent lâcher le carrefour de Satkhira, puis de Jehinda et Chuadanga (district de Kushtia). Aux quatre points cardinaux, les ponts, les routes, les ports et les aéroports sont bombardés. Jessore, point stratégique essentiel en cas de guerre avec l'Inde, étape décisive pour l'acheminement des vivres vers Dacca, est progressivement encerclée et coupée de l'ensemble de la province[14].

La stratégie vaut pour la plupart des villes moyennes où les Mukti Bahini se sont signalés. Elle a un défaut : c'est de laisser indemne l'armée pakistanaise, de ne toucher que la périphérie en laissant intact le noyau. Mais elle a un mérite en contrepartie : celui d'isoler, de traquer, d'enfermer les unités pakistanaises. Les soldats se réfugient dans la ville, mais ils sont aussi bloqués et réduits à l'impuissance. Cinq mille soldats se retranchent par exemple dans Jessore ; mais ils sont aussi de ce fait, et de plus en plus, *réduits à la défensive*.

Là encore, ce qu'il faut retenir, c'est que le temps travaille pour les résistants. Que chaque journée de ce petit

13. *Ibid.*, 28 novembre 1971.
14. *Ibid.*, fin novembre 1971.

face à face coûte 2 millions de dollars aux Pakistanais. Les Bengalis pouvaient attendre, pas les Pakistanais. Une fois encore l'intérêt du Bengale était de prolonger la guerre ; la guérilla pour être victorieuse devait nécessairement durer.

II. **Les maoïstes dans la guerre**

Voilà pour la guérilla officielle. La plus connue. Celle dont on a parlé. Et qui figure déjà dans le folklore du Bangla Desh.

Reste l'autre guérilla. Secrète et clandestine. Ignorée par la grande presse. La face d'ombre de la guerre. Incontrôlée par l'Inde et la Ligue Awami. Noyautée par les maoïstes, et souvent dirigée par eux.

On a dit en Inde, en France aussi, que les naxalites bengalais avaient trahi la cause du Bangla Desh. Et qu'aveugles au sens de l'Histoire, aveuglés par leurs scrupules prochinois, ils avaient manqué leur première chance historique. Qu'en est-il en fait ? Quelle a été leur position, et leur rôle, dans la guerre de libération ?

A. L'East Pakistan Communist Party (marxiste-léniniste) ou groupe Toha

Leur position politique apparaît dans quatre textes principaux.

a) D'abord un éditorial de *Deshabrati*, organe du C.P.I. (m.-l.) indien, mais qui traduit assez bien la position des maoïstes de Dacca[15]. L'éditorial s'en prend à Mujibur Rahman qui « au lieu de s'opposer à l'impérialisme a

15. Rappelons que leur organe, *Ganasakti*, épouse le plus souvent les positions de *Deshabrati*.

brandi le slogan de la guerre au Pakistan ; et qui à la place de la lutte des classes, sous la direction des travailleurs et des paysans, a élevé le slogan du chauvinisme bengali ». Un peu plus loin, le même texte accuse Mujib de vouloir « introduire au Bengale des troupes étrangères ; pour unir en fin de compte les deux Bengale sous l'hégémonie de l'impérialisme, et dans le cadre d'un complot prochinois[16] ».

Texte caractéristique à plusieurs égards :

— Il ne dit pas un mot de la résistance, des massacres, du génocide. Il ne voit dans l'affaire que son aspect international. Il se situe sur le plan de la stricte diplomatie et des rapports entre États. Peu importe la situation intérieure du Bengale ; le Bengale est, ou plutôt *n'est que*, la pièce d'un échiquier.

— Cette étrange analyse est dictée par des positions prochinoises intransigeantes. Et ces positions elles-mêmes obéissent à une conception étroite du fameux internationalisme révolutionnaire. Les intérêts *d'État* de la Chine sont identiques à ceux des *peuples* opprimés. Confusion des deux niveaux par conséquent : celui des rapports entre États et celui des rapports entre peuples. Confusion qui dans l'histoire du mouvement communiste a un nom : le stalinisme.

— Autre erreur : ne pas voir que l'impérialisme, que l'on se fait fort de combattre, ne prend effet au Pakistan que sous la forme d'un colonialisme interne ; qu'il faut bien un maillon faible à la chaîne capitaliste-impérialiste ; et que ce maillon en l'occurrence était le rapport entre les deux provinces pakistanaises.

— Plus profondément, ce que sous-estime le groupe Toha, c'est la question nationale et l'idéologie nationaliste. Il n'est pas encore temps de porter un jugement.

16. Cité dans une dépêche *A.F.P.* datée du 31 mai, « by a special correspondent ».

Notons pour le moment que les maoïstes font de la question nationale *quelque chose d'autre* que la lutte des classes ; quelque chose qui viendrait *à sa place* et la recouvrirait ; alors qu'il s'agit peut-être moins d'un *substitut* que d'un *langage* ; que la question nationale est peut-être une forme, un élément, de la lutte des classes.

b) Second texte : un article publié le 1er mai 1971, dans la revue de Calcutta *Frontier* et qui cite les propos de « quelques combattants prochinois du E.P.C.P. (m.-l.) ». Selon eux, « la Ligue Awami s'est servie des revendications légitimes du peuple bengali contre la grande bourgeoisie ouest-pakistanaise ; mais elle a essayé de limiter la résistance populaire à des moyens pacifiques pour que le Bengale ne devienne pas un nouveau Vietnam, pour que l'impérialisme U.S. [...] puisse en faire une base militaire, et que le complot impérialiste contre la Chine réussisse [...] ». Cela dit, il est indubitable qu'une « résistance armée est apparue spontanément [...] ». Mais il ne faut pas oublier que « dans le monde d'aujourd'hui toutes les luttes de libération nationales doivent être intégrées à la guerre des peuples du monde contre le système impérialiste mondial ». Autrement dit, « la lutte du Bengale oriental doit être reliée au combat général contre l'impérialisme U.S. ». A cette condition, et à cette condition seulement, les révolutionnaires mèneront une guérilla : la révolution agraire se fondra dans la guerre de libération nationale ; il faudra prendre le pouvoir dans les poches rurales, encercler les cités à partir des bases rurales, jusqu'à la victoire finale. Sur tout cela, la position des Chinois est exemplaire : ils ne soutiennent pas Yahya Khan, mais appréhendent seulement que « la lutte ne soit dominée par un complot impérialiste destiné à faire du Bengale une base militaire contre la Chine ».

Là encore, plusieurs éléments décisifs :

— Le texte reconnaît l'opportunité de mener une guerre de guérilla ; et il en précise même les principes, qui ne sont autres que les principes maoïstes classiques : réforme agraire, bases rouges, encerclement des villes par les campagnes.

— Il reconnaît la nécessité de mener de front réforme agraire et guerre de libération, lutte de classes et lutte nationale, socialisme et nationalisme. Autrement dit, l'analyse semble prendre un tour plus réaliste, et envisager de faire de la question nationale *une des questions* du projet révolutionnaire.

— A condition bien sûr de rester fidèle à l'internationalisme prolétarien ; qui en un premier temps est conçu en termes authentiquement léninistes : l'impérialisme est un système, et toutes les luttes de l'époque doivent être menées dans l'horizon de ce système ; ou encore : la révolution est un tout, et nulle révolte ne doit rester isolée, isolée d'un projet révolutionnaire global et mondial.

— Malheureusement il y a un centre à ce système, et ce centre n'est autre que l'État chinois ; un État dont la révolte du peuple bengali pourrait menacer la sécurité ; un État encerclé, en fonction duquel les luttes du peuple doivent s'ordonner.

— Dangereux dilemme qui n'embarrassait pas le premier texte, mais qui semble faire problème ici. Que se passerait-il si la révolution bengalie venait à être incompatible avec la révolution mondiale ? Les maoïstes hésitent encore. On les sent inquiets et désemparés. Plutôt que de résoudre la question, ils préfèrent recourir à une petite astuce politique qui n'était pas d'ailleurs, nous le verrons, sans fondement : les Chinois ne sont pas encore décidés, ils ne sont pas contre le Bengale libre, mais contre les manigances impérialistes ; ils soutiendront le moment venu leurs fidèles partisans. Ce rêve a eu la vie dure dans les rangs des maoïstes. C'est lui qui a permis à certains de lutter contre l'évidence et de prendre part à la guérilla malgré les signes sibyllins de Pékin.

c) Un « pamphlet[17] » distribué en juin dans la région de Khulna par les partisans d'Abdul Huq, et qui fait le point sur la stratégie à adopter : « La guerre actuelle, déclare-t-il, devra se transformer en une longue guerre du peuple. Dans ce but les communistes auront à cœur de la faire durer autant que possible. » Et pour que la guerre dure, lit-on un peu plus loin, la meilleure solution est « d'exciter les adversaires les uns contre les autres, de lutter sur deux fronts, en alternance ; pour les affaiblir ensemble et éviter une victoire trop rapide de l'un d'eux » ; Mujibur Rahman en effet n'est pas « un moindre ennemi que Yahya Khan. Il représente les classes féodales du Bengale et la bourgeoisie compradore ». Yahya = Mujib. Et si on les élimine tous les deux, « le *leadership* de la guerre changera de mains. Il passera comme il a déjà commencé de le faire entre les mains du parti communiste ».

Ces lignes datent de juin 1972 ; c'est-à-dire d'une époque où les silences chinois commençaient à peser bien lourd sur la conscience des maoïstes.

— On peut y voir d'abord le signe d'un effort pour briser le cordon ombilical et imaginer une stratégie autonome. Pékin ne recommande rien. Charu Mazumdar à Calcutta reste étrangement elliptique. Huq prend donc son courage à deux mains et bâtit une stratégie spécifique : lutte sur deux fronts, télescopage des deux combats, pour le socialisme et pour la libération nationale.

— C'est la première faiblesse de cette stratégie : elle pose ce qui précisément fait question. Il fallait articuler les deux luttes : elle les fond. Il fallait s'interroger sur leur compatibilité : elle la postule. Il fallait fixer un ordre de priorité : elle refuse de choisir. Pour des maoïstes, l'erreur est de taille. Mujib = Yahya : c'est refuser de chercher « l'ennemi principal » ; c'est négliger de rechercher la « contradiction décisive ». C'est tout simplement se condamner à l'impuissance ; et soit dit en passant, se

17. Brochure politique.

mettre à dos les dizaines de millions de Bengalis qui venaient de plébisciter Mujibur Rahman.

— Cette erreur procède elle-même d'un double parti pris. D'une part le refus aveugle de concevoir le Bengale comme une colonie de l'intérieur. Les yeux fixés sur les deux extrémités de la chaîne (le grand capital impérialiste/le petit féodal local), on oublie de prendre en compte le maillon décisif qui articule les deux extrémités l'une à l'autre ; on refuse par conséquent de penser le concept *(colonialisme interne)* qui, seul, permet de comprendre pourquoi le système impérialiste mondial a produit ici, en ce lieu, un système féodal.

— D'autre part, le refus d'analyser la nature de classe de la Ligue Awami ; le refus de poser la question de la nature de classe du mouvement nationaliste bengali. Mujibur Rahman n'est pas le représentant de la bourgeoisie compradore puisqu'elle n'existe pas ; il n'est pas non plus l'avocat des féodaux ; il représente, nous l'avons dit, la paysannerie moyenne et la petite bourgeoisie cultivée des villes. En mars 1971, il avait réalisé le prodige de réunir sur son nom le pays tout entier. Voilà un phénomène qu'Abdul Huq ne semble pas avoir cru bon d'analyser.

d) Un texte postérieur à la guerre, enfin, signé Mohammed Toha, publié à Dacca par l'hebdomadaire de gauche *Holiday*. Texte important puisqu'il vient après coup. A l'heure de vérité. En guise d'autocritique. Quand Mohammed Toha aurait pu, comme d'autres le feront après lui, reconnaître ses erreurs :

1. « *Ingénieuse contre-offensive de l'impérialisme et naissance du Pakistan* : il y a vingt-cinq ans [...] les impérialistes anglais et leurs alliés naturels (l'aristocratie féodale et la bourgeoisie compradore) complotèrent contre la vague de révolte populaire menaçante et divisèrent le pays sur une base communaliste. Ingénieuse contre-offensive contre une révolution populaire imminente [...].

2. « *Notre lutte pour l'établissement d'une démocratie*

populaire : les progressistes de l'époque [...] prédirent l'écroulement inévitable de cet État artificiel qu'était le Pakistan. Et ils eurent l'intuition de l'inévitable naissance du Bengale oriental comme démocratie populaire ; depuis 1951 ils travaillent sur cette ligne [...]. Vingt ans après le parti communiste (m.-l.) inscrivit à son programme la création d'une république démocratique populaire du Bengale oriental (aujourd'hui, Bangla Desh) et commença d'organiser une révolution agraire pour atteindre ce but.

3. « *Nouvelle contre-offensive ingénieuse de l'ennemi :* dans le sillage du mécontentement populaire, le Comité central de notre parti décida de lancer un mouvement : [...] l'agitation contre Ayub de 1968-1969 fut lancée en liaison avec d'autres partis politiques [...]. Le mouvement ébranla le régime antipopulaire jusqu'à ses fondations [...]. Mais avec l'aide de leurs mentors impérialistes les classes dirigeantes antipopulaires préparèrent une nouvelle contre-offensive ingénieuse destinée à endiguer la vague [...]. D'où la Conférence de la Table Ronde qui se tint du 10 au 13 mars 1969 [...]. La restauration de la soi-disant démocratie parlementaire [..] fut considérée comme la meilleure méthode pour dériver l'humeur révolutionnaire du peuple sur le chemin du réformisme. Les élections générales de 1971, les seules à avoir jamais été tenues sur une base pan-pakistanaise, devaient être un élément de ce plan contre-révolutionnaire. Les partis d'extrême droite [...] et les nationalistes petits-bourgeois de la Ligue Awami crurent nécessaire de faire cause commune contre la révolution populaire menaçante.

« Cependant les élections ne reflétèrent qu'une chose : le désir populaire de s'émanciper de décennies d'exploitation par les classes dirigeantes appuyées sur l'impérialisme. Par ailleurs, les élections aidèrent en même temps à mettre en évidence les contradictions internes des classes dirigeantes, et tout particulièrement entre celles du Bengale oriental et du Pakistan occidental. Contrairement à leur attente, la victoire de l'Awami League bouleversa le plan de la junte en aiguisant les contradictions entre l'Awami League affamée de pouvoir et la clique dirigeante au centre.

« Tantôt sous la direction de notre parti et tantôt sous la direction de groupes spontanés et sporadiques, le peuple commença à résister à l'assaut de l'armée pakistanaise. Petit à petit, les engagements dispersés se polarisèrent et se transformèrent en une guerre nationale révolutionnaire sous la direction de notre parti [...]. Les deux super-puissances, les impérialistes U.S. et le social-impérialisme soviétique, avec leurs intérêts respectifs, et leur intérêt commun qui était de faire échouer la révolution dans notre pays et de l'intégrer dans une stratégie d'agression à l'égard de la République populaire de Chine et des guerres de libération nationale de l'Asie du Sud-Est, transformèrent le conflit en une guerre à grande échelle avec l'aide des expansionnistes indiens qui ont toujours nourri des espoirs quant à notre pays [...]. Aujourd'hui, le Bengale oriental, devenu Bangla Desh, est un protectorat de l'Inde. La République populaire du Bangla Desh doit sa naissance et son existence à l'intervention armée des expansionnistes indiens activement appuyés par le social-impérialisme soviétique et une section des classes dirigeantes américaines [...]. Le seul changement visible est que le nombre d'exploiteurs étrangers a augmenté.

4. « *Nouveau danger de guerre généralisée* : l'établissement du Bangla Desh sous contrôle indien a achevé de donner forme au glacis antichinois que les super-puissances essaient depuis longtemps de bâtir [...].

« Pour finir, notre parti prend note de l'existence d'un grand nombre de patriotes hors du parti qui croient honnêtement que le socialisme est la seule solution à nos problèmes mais qui sont abusés quant à la voie correcte. Nous les invitons à se joindre à nous pour combattre pour l'émancipation de notre peuple[18]. »

18. *Holiday*, 6 mars 1972.

Il ressort de ce texte : *a)* que le parti a pris part à la guerre ; il s'est associé « à d'autres organisations démocratiques » ; il reconnaît l'existence de démocrates dévoyés et leur tend la main ; et il semble même soupçonner l'existence de quelque chose comme un colonialisme interne (contradiction entre les bourgeoisies d'est et d'ouest). *b)* Mais là commence le délire ; Toha se contente de répéter ce qu'il n'a cessé de dire depuis neuf mois. Son maoïsme est le royaume de l'équivalence et de l'indifférence. Rien de changé avec la création du Pakistan. Rien de changé avec la victoire de Mujibur Rahman. Rien de changé avec la libération du Bangla Desh. L'histoire du Bengale est celle d'une série de trahisons. Vingt-cinq ans de luttes révolutionnaires et vingt-cinq ans de contre-révolutions répétées. On ne sort donc pas de la Partition, c'est-à-dire des mystifications.

C'est la question décisive qu'il faudra bien, un jour, tenter de poser. Quel est le *sens* de la libération du Bangla Desh ? Qu'y a-t-il de nouveau dans le sous-continent avec l'éclatement du Pakistan ? Qu'y a-t-il de *changé* avec la révolution nationaliste ?

e) Voilà donc pour les analyses. Que s'est-il passé dans les faits ? Comment se sont comportés concrètement les maoïstes de Toha ? Il semble qu'on puisse distinguer trois phases principales.

Pendant les premières semaines, la majorité du parti participe à la guerre naissante. Mieux, alors que la guérilla est encore inconstituée, que les Mukti Fouj s'épuisent en batailles rangées, les maoïstes, ceux de Toha et les autres, sont les premiers guérilleros dignes de ce nom. Ils ont été les premiers à prendre le maquis, entre le 5 et le 10 mars. Alors que les Awami Leaguers palabrent à Dacca, ils s'agitent dans leurs fiefs et organisent la paysannerie. Alors que les Awamis Leaguers ensuite se réfugient à Calcutta, ils restent sur place et affrontent les Pakistanais. A Jessore, à Khula, à Noakhali, les paysans locaux sont formels, et les notables du coin aussi, pour peu qu'ils soient honnêtes : Toha, Huq et leurs partisans ont été les premiers résistants ; ils ont constitué les premiers commandos.

Rien d'étonnant. Voilà deux ans qu'on ne parlait dans le parti que de lutte armée et de guérilla. Deux ans de discussions d'école et de révolution en chambre. Deux ans aussi de préparatifs militaires et, dans quelques zones très localisées, de mobilisation populaire. Or voilà que brusquement l'occasion tant attendue se présente. Un général imbécile offre aux maoïstes la guérilla qu'ils appelaient de leurs vœux ; toute servie ; idéale ; comme dans les livres. Avec un ennui, un seul, qui s'arrangera avec le temps : une direction pour le moment petite-bourgeoise. De fait, le E.P.C.P. (m.-l.) ne se fait guère prier ; et jusqu'à la lettre de Chou En-laï au moins, c'est-à-dire jusqu'au 10 avril, il combat l'armée pakistanaise à peu près sans arrière-pensée.

Puis, début avril, les choses changent quand on apprend la position de Pékin. Il semble qu'il y ait eu au sein du Comité central des débats orageux. D'après ce que nous ont expliqué des militants de Jessore, Mohammed Toha fut un moment partisan de passer outre les prudences de Pékin ; Huq au contraire, partisan d'une abstention pure et simple. Le premier prétendait que les Chinois se réservaient de pratiquer une double politique (de soutien à l'État pakistanais mais aussi au peuple bengali) ; le second estimait le verdict sans appel, et la guerre de libération du Bengale intrinsèquement réactionnaire.

Cela semble avoir suffi à autoriser une double stratégie. Tantôt une stratégie d'abstention (non-intervention dans la guerre) ; tantôt une stratégie militante. La première dans les grands fiefs (Jessore et Khulna), c'est-à-dire là où l'influence directe des « théoriciens » se faisait le mieux sentir. La seconde dans les zones plus éloignées, peu en contact avec le Comité central et ses analyses abstruses ; dans les collines de Chittagong notamment, où fin juillet on signalait des raids de maoïstes alliés à des commandos plus modérés dirigés par la Chatra League, aile étudiante de la Ligue Awami. Près de la frontière birmane aussi, où on a parlé d'armes automatiques qui ont passé clandestinement la frontière fin mai ; peut-être d'origine chinoise ; tombées en tout cas entre les mains de maoïstes du E.P.C.P. (m.-l.).

Enfin, au début de l'été, la stratégie de lutte sur deux fronts semble l'avoir emporté un peu partout. Souvent par choix délibéré, comme à Khulna, où les maoïstes se sont systématiquement attaqués aux Mukti Bahini autant qu'à l'armée pakistanaise. Souvent aussi contraints et forcés : à Noakhali par exemple, ce sont les Mukti Bahini qui ont déclaré la guerre aux gauchistes. Dans les deux cas, le scénario est presque toujours identique : un groupe de maoïstes libère un village, les propriétaires locaux sont exécutés et leurs terres distribuées ; le village est proclamé « base rouge » et on y installe un « pouvoir révolutionnaire » ; survient un groupe de Mukti Bahini qui revendique l'administration de la zone ; refus des maoïstes ; nouvel affrontement ; généralement à l'avantage des guérilleros officiels.

On discute encore aujourd'hui dans les cercles élégants de Dacca de l'efficacité de cette stratégie. Elle a pu avoir parfois des effets positifs ; un effet de révélation ; la minute de vérité ; en un jour, un siècle de féodalisme pouvait paraître aboli ; mieux que des promesses, une révolution ; mieux que des lois, la justice ici et maintenant... Malheureusement, les Mukti Bahini étaient aussi les héros du jour, et les paysans ne comprenaient pas qu'on attende d'eux qu'ils les combattent. Pris entre deux feux, les maoïstes ont parfois eu des réactions désastreuses : comme de s'en prendre aux paysans qui avaient appuyé les Mukti Bahini et de les décréter, eux aussi, « ennemis de classe ». De fait l'Histoire n'a pas tardé à trancher. Fin septembre, le E.P.C.P. (m.-l.) est liquidé comme parti. Physiquement et politiquement. On n'en parle plus guère au Bengale. Les militants continuent de combattre, mais sous d'autres étiquettes et sur d'autres bases[19].

19. Par exemple, le « groupe de coordination des communistes marxistes-léninistes du district de Noakhali ».

B. L'autre maoïsme

Le cas des autres groupes est un peu plus simple. On ne trouve pas la même incertitude dans la formulation de leur position théorique ; ni le même écart entre ces formulations et leur application pratique ; mais une position claire, relativement cohérente et mieux adaptée à la situation ; un soutien loyal à la cause de la libération nationale ; une participation totale, après un flottement initial, à la lutte armée ; et dans certains cas aux côtés des Mukti Bahini de la Ligue Awami.

Avant d'en venir à la position spécifique de chaque groupe, il n'est peut-être pas inutile de citer un texte qui, quoique de source indienne, n'en est pas moins très significatif de l'existence d'un courant naxalite original, dissident et hérétique, ne craignant pas quand il le faut de faire passer les intérêts des peuples du sous-continent avant ceux de l'État chinois ; et ne craignant pas surtout de s'opposer aux thèses du sacro-saint Charu Mazumdar[20]. Ce texte émane du Committee of Communist Revolutionaries of West Bengal lié au groupe dit Naggy Reddy des communistes d'Andhra Pradesh, donc au second grand pôle maoïste indien. Il était publié en juillet 1971 dans la revue de Calcutta *Proletarian Path* sous le titre : « Let the War of Bengla Desh turn into a protracted people's war », et proposait, à ma connaissance, la meilleure analyse naxalite de la crise.

Avantage supplémentaire : il contenait en condensé l'essentiel des thèmes et de l'argumentation qu'ont avancés pendant la guerre la plupart des groupes maoïstes du Bengale oriental, à l'exception du E.P.C.P. (m.-l.). Il avait d'ailleurs passé la frontière et avait été discuté par les communistes locaux. Après la guerre, nombre de maoïstes bengalais le citaient comme un texte essentiel et exemplaire.

Le texte commençait par une mise au point, d'autant plus urgente qu'on accusait précisément la gauche de se

20. Maître à penser des naxalites indiens. Aujourd'hui décédé.

contredire en dénonçant d'un côté l'impérialisme indien et en appelant de l'autre à la reconnaissance du Bangla Desh : « Le *peuple* indien a le droit d'exprimer son soutien au peuple du Bengale oriental (Pakistan oriental), mais la position du *gouvernement* indien est une interférence éhontée dans les affaires intérieures de l'État pakistanais [...], l'expression d'une mentalité expansionniste. » Seconde mise au point et seconde distinction : « Il y a deux courants distincts et indépendants dans la guerre du Bengale oriental (Pakistan oriental) contre le gouvernement central du Pakistan : un courant populaire contrôlé par les révolutionnaires, et un autre courant contrôlé par les partisans de Mujibur Rahman en collusion avec le gouvernement indien, l'impérialisme, et le social-impérialisme. Ces deux courants, quoique distincts et indépendants, se sont rencontrés en un point, mais sont destinés à se développer séparément, parvenus à une certaine étape. »

Deux courants « indépendants » : donc non homogènes et en équilibre instable. La guerre de libération du Bengale est par essence confuse et équivoque, fruit d'une conjonction politique unique et monstrueuse. Les maoïstes de Toha, comme Mujibur Rahman, masquent et manquent, chacun à leur manière, cette conjonction. Les véritables révolutionnaires au contraire doivent l'assumer et mener la contradiction à son terme : repérer les deux courants, guetter le moment de leur séparation, le hâter si possible, et grossir le courant populaire. Afin « qu'aujourd'hui et demain la lutte se transforme en une puissante guerre de libération nationale, partie intégrante de la révolution démocratique menée par la classe ouvrière [...] » ; et, ajoute le texte, « à travers plusieurs étapes ».

Du reste, « toute lutte nationale est, en dernière analyse, de la lutte des classes » ; de sorte que « le mouvement pour l'autodétermination nationale, l'autonomie, etc., se fond finalement dans la révolution démocratique populaire pourvu que son but soit la prise du pouvoir [...], et que dans ce mouvement démocratique la paysannerie émerge pour s'émanciper de la malédiction du féodalisme et de l'exploitation ». A cette condition, et à cette condition seulement, « la lutte de classes se développe et s'aiguise tout autant au sein du mouvement national ». En d'autres termes, le C.C.R. entrevoit l'articulation complexe de la lutte nationale et de la lutte pour le socialisme. A condition qu'on accepte que la révolution se fasse *par étapes*, à condition que le mouvement nationaliste soit un mouvement *populaire* et qu'il touche *aux racines* de l'exploitation, la lutte nationale sera un moment, une partie, une étape, de la révolution socialiste.

Encore faut-il qu'on lui laisse le temps de mûrir. Là encore, le C.C.R. est un des premiers à apercevoir une étrange collusion d'intérêts qui menace la révolution bengalie et la fera certainement avorter : « Malgré d'âpres divergences, tout le monde, depuis Mujibur Rahman, les impérialistes, la clique révisionniste soviétique, l'État indien, les deux partis communistes, jusqu'à Yahya Khan — tout le monde donc est d'accord sur un point : ne pas transformer cette guerre en une longue guerre du peuple. » Car si la guerre se prolonge et se transporte dans les villages, le résultat sera inévitablement une « guerre révolutionnaire » ; et l'Inde entière, ou au moins l'Inde orientale, ne pourra plus échapper « à l'influence directe des feux de cette guerre ».

Le texte revient ensuite sur le caractère composite et équivoque de la résistance : « Tirant profit de la guerre du Bengale, plusieurs forces antagoniques, avec des buts différents, des moyens différents, essaient de faire du gouvernement central du Pakistan la cible de leurs attaques. » Mais une telle situation n'est pas sans exemple dans l'histoire : c'est à peu près ce qui s'est passé en Russie en 1917 : « Cinq forces firent la révolution [...] : l'impérialisme britannique, l'impérialisme français, la bourgeoisie russe, la paysannerie russe, la classe ouvrière russe [...]. » Cinq forces différentes qui « frappaient le tsarisme à partir d'angles différents. C'est la même chose qu'on voit aujourd'hui au Bengale oriental. Si on mettait ces forces dans la même catégorie, ce serait une faute, une faute fatale ». Et cette faute fatale, les maoïstes du C.P.I. (m.-l.) et du E.P.C.P. (m.-l.) l'ont malheureusement commise ; ils ont refusé de voir que, momentanément, la bourgeoisie nationale, voire l'expansionnisme indien pouvaient être des alliés objectifs de la révolution, et que « jusqu'à ce que le rôle révolutionnaire de la bourgeoisie nationale soit complètement achevé *(exhausted)*, il faut maintenir un front uni avec elle », quitte à rester « largement éveillé quant à son rôle *duplice* ».

C'est sur ce canevas théorique que les maoïstes du Bengale oriental ont presque tous brodé leurs propres thèses ; soit pure coïncidence ; soit qu'une fois de plus les maoïstes indiens les aient directement inspirés.

Le groupe le plus important après celui de Toha est le groupe dit « Abdul Motin » ou E.B.C.P. (m.-l.). Les thèses du groupe ont été exprimées à diverses occasions. Pendant la guerre, dans des « pamphlets » distribués dans les districts de Pabna et de Bogra. Après la guerre, dans l'ouvrage déjà cité de Shaufikul Hassan[21]. Ces thèses s'articulent en gros sur trois points.

D'abord, qu'on le veuille ou non, Mujibur Rahman a réussi à polariser sur son nom le mouvement populaire le plus important qu'aient connu les deux Bengale. Rien ne sert de le nier : « Les communistes de Pabna déclarent que le principal problème auquel se heurte la lutte actuelle, et qu'il faut envisager avec sérieux, est la popularité extrême de l'Awami League et son hégémonie de fait sur le peuple[22]. » Autrement dit, le caractère petit-bourgeois de la direction et des thèses actuelles du mouvement n'est pas une raison de le désavouer, mais une invitation à le penser, à le critiquer, à le transformer. *Ensuite*, la guerre de libération nationale, même dirigée par un parti petit-bourgeois, « est marquée par la lutte des classes » ; elle est « partie intégrante[23] » du combat pour le socialisme ; et c'est dans l'horizon de ce combat que

21. Voir deuxième partie, chapitre 5, note 22.
22. Brochure circulant en avril dans le district de Pabna.
23. *Ibid.*

les révolutionnaires doivent l'envisager : non pas qu'il ne faille l'accepter « que pour autant qu'elle coïncide avec la lutte pour le socialisme », *mais il faut la prendre telle quelle « pour la transformer en une longue guerre du peuple ». Troisième point enfin,* tout cela implique qu'il faut « en toutes circonstances déterminer l'ennemi principal et l'ennemi secondaire » ; fixer donc un ordre de priorités et une série d'étapes ; et l'erreur des « soi-disant maoïstes de Mohammed Toha fut justement « d'ignorer les principes marxistes, léninistes, maoïstes, de repérage des contradictions principales et secondaires » ; s'ils s'étaient attelés à ce travail, ils se seraient peut-être rendu compte qu'« à l'étape actuelle de la lutte l'ennemi principal est l'armée pakistanaise plus que la Ligue Awami[24] ».

Selon les époques, ces positions de principe se sont traduites différemment dans les faits. Dans les premiers temps de la guerre d'abord, jusqu'à la mi-avril environ, le groupe a pratiqué la stratégie dite « de lutte sur deux fronts » ; il semble même qu'il l'ait inaugurée, avant le groupe Toha, et dans son fief principal, Jessore. Les premiers « ennemis de classe » liquidés, ou plutôt le premier dont la liquidation fit du bruit. Chand Ali, grand propriétaire de Jessore, dirigeant local de la Ligue musulmane, a été exécuté par un commando du E.P.C.P. (m.-l.)[25]. Puis, les premières exécutions dans le secteur de Noakhali furent revendiquées non par le groupe Toha, mais par le groupe Motin. Et lorsque enfin, fin mars ou début avril, la pratique s'étend à Khulna (fief d'Abdul Huq), Mymensingh, Tangail, ce fut encore sous la direction du groupe Motin. « De cette manière, explique Shaufikul Hassan, le E.B.C.P. et les masses révolutionnaires du Bengale oriental purent tracer une ligne de démarcation claire entre eux et leurs ennemis nationaux et ennemis de classe[26]. »

24. *Ibid.*
25. Shaufikul Hassan, *op. cit.*
26. *Ibid.*

Cela dit, la différence avec le groupe Toha est que cette stratégie ne durera pas, et qu'à l'époque où Toha la reprend à son compte, Motin justement l'abandonne, et presque partout porte ses coups contre l'armée pakistanaise. A Bogra, Pabna, Mymensingh, Barisal, Rajshahi, le groupe est le premier à appeler le peuple à la révolte, le premier à l'armer et à le mobiliser ; contre l'« ennemi national » ; en laissant de côté pour l'instant « l'ennemi de classe » ; contre les unités pakistanaises, en s'alliant parfois à un commando de Mukti Fouj ; mais en refusant la tactique aberrante de ces derniers ; en évitant les attaques frontales et en refusant de s'enfermer dans les villes ; mettant sur pied autrement dit une authentique guerre de guérilla.

C'est ainsi qu'en avril par exemple, un commando dirigé par Tipu Biswas harcèle pendant plusieurs jours la garnison de Pabna, l'attire hors de sa caserne et lui inflige des pertes sévères. Il occupe un moment la ville, pille l'arsenal et distribue les armes. Mais sachant que la contre-attaque n'allait pas tarder, il préfère abandonner ses positions et regagner le maquis ; faisant ainsi la preuve d'une certaine lucidité qui manquait justement à l'époque aux commandos officiels[27].

Le plus souvent d'ailleurs, et jusqu'à l'été, les maoïstes se situent à l'avant-garde de la lutte, et les Mukti Fouj nettement en retrait. Une anecdote encore : l'armée pakistanaise occupe la ville de Rajshahi. Autour, c'est la terre brûlée et les villages ont été détruits. L'Awami League et la Chatra League se sont repliées à trente kilomètres pour constituer une seconde ligne de défense... C'est encore du groupe Motin que vient l'initiative de la lutte ; c'est lui qui regroupe à Nababgane, Natore, Nowgaon une milice de paysans qu'il lance à l'assaut de la ville. Et ce n'est que plus tard, au moment de l'hallali, que la Chatra League et les Mukti Fouj se joignent au combat[28].

27. Tariq Ali, *IVe Internationale*, septembre 1971.
28. *Frontier*, 1er mai 1971.

Avril, mai, juin... Mymensingh, Pabna, Bogra, Chittagong, Barisal, Noakhali... Les maoïstes de l'E.B.C.P. (m.-l.) font des progrès spectaculaires ; ils lèvent de véritables petites armées populaires ; ils portent aux Pakistanais les coups les plus durs. La guerre va se radicaliser. Le *leadership* va passer entre les mains des communistes.

La position du groupe Zaffar-Menon est plus nette encore, et dès le départ. Un texte distribué après la guerre à l'université de Dacca fait le point ; et les témoignages directs recueillis auprès des militants le confirment : le groupe s'est tout entier, et dès la première heure, rallié à la lutte[29].

« Gagner notre lutte nationale fut notre seul but, déclare le texte [...] et nous avons essayé depuis le début de soulever la nation tout entière ; de la souder en un bloc démocratique, et d'organiser cette guerre avec la pleine coopération de tous les partis. » Cela dit, « nous avions aussi nos propres buts, et nous avons essayé de les réaliser ; mais cela ne fut pas possible, parce que les personnes impliquées dans cette guerre n'ont pas compris le pouvoir des masses et n'ont pas su l'utiliser. Elles sont restées dépendantes des Indiens. Elles n'ont pas pu et n'ont pas osé non plus s'appuyer sur le pouvoir des masses à l'intérieur. » Peu importe, car le plus urgent n'était pas là : « Même dans ces conditions nous n'avons prêté attention qu'à l'intérêt national ; jusqu'au dernier jour nous avons suivi le mouvement. Et quant à nos divergences avec l'Awami League, nous sommes passés outre. »

Suit alors un long récit des activités du groupe, souvent exagéré d'ailleurs, mais qui reconnaît au moins un fait fondamental : « Nous avons rejoint les Mukti Bahini, même si parfois nous avons entraîné, dans des poches locales, des commandos spéciaux. Nous nous sommes battus de concert avec les guérilleros de la Mukti Bahini.

29. Ce texte, comme la plupart de ceux que nous citons, n'est disponible qu'en bengali. Nous en avons fait traduire les principaux extraits.

Nous ne pouvions pas nous unir avec tous les partis, mais nous nous sommes alliés avec certains pour réaliser en juin 1971 une organisation commune dont l'importance fut historique[30]. » Le groupe revendique enfin, pour son propre compte cette fois, un certain nombre d'opérations de sabotage à Dacca et dans la région de Tongi.

Au sujet du dernier groupe enfin, le East Bengal Labour Front, ou groupe Siraj-Sikdar, nous n'avons pu réunir de textes de première main. Mais il est suffisamment cité dans les textes du C.P.I. (m.-l.) et du E.P.C.P. (m.-l.) pour que l'on puisse se faire une idée de ses activités. Il est généralement décrit comme un parti « collaborationniste », pseudo-naxalite, pseudo-marxiste et pseudo-maoïste ; parce qu'il a, paraît-il, « transformé le soutien indirect à la League Awami en soutien direct et conscient » ; parce qu'il est allé plus loin qu'une simple collusion objective « en pactisant avec l'ennemi de classe[31] » ; parce qu'enfin il décide en août 1971 de siéger au Comité consultatif. Après la guerre, il publiera une brochure où il évoque, paraît-il, « la bonne entente » *(friendship)* entre ses hommes et les Mukti Bahini. Il est certain en tout cas que cette fraction de courant maoïste a plus que les autres peut-être compris le sens de la guerre de libération et du nationalisme bengali.

Les trois tendances maoïstes vont travailler de concert ; et de concert aussi avec les partisans de Maulana Bhasani ; avec le ferme espoir de radicaliser la guerre et d'en prendre la direction. En avril, quelque part dans les collines du nord-est, des représentants de tous les groupes révolutionnaires se retrouvent, à l'exception du groupe Toha. Bhasani est mis en minorité et contraint de s'aligner sur des positions plus radicales. Il consent à inscrire dans la plate-forme commune le thème de l'élimination du féodalisme. On parle de créer un Front

30. Allusion, sans doute, à la création du Co-ordination Committee of the Left (C.C.L.), officiellement proclamée en août.

31. *The War of Bangla Desh*, Calcutta, 1972 ; « pamphlet » édité par des sympathisants clandestins du C.P.I. (m.-l.).

de libération nationale, sur le modèle vietnamien[32]...
La gauche se radicalise donc ; elle s'unit ; elle a le vent en poupe. A Calcutta, à Delhi, on frémit ; d'aise ou de peur ; la Ligue Awami va être débordée, la guerre va prendre une tournure nouvelle.

III. **Au-delà du Bengale**

La situation est d'autant explosive que la guerre risque de s'étendre à l'ensemble du sous-continent. Au printemps 1971, les gauchistes le clament et les tenants du *statu quo* le redoutent : le Bangla Desh est devenu la poudrière de la région.

A. Pakistan : la crise

Le Pakistan occidental d'abord n'a jamais été, rappelons-le, réellement unifié. Agrégat inconstitué de quatre provinces disparates. Recelant lui aussi de graves inégalités de développement. Avec, ici ou là, des guerres de guérilla endémiques. Et, à l'horizon, le danger d'une alliance des lumpen-bourgeoisies occidentales et de la lumpen-bourgeoisie orientale. Sans compter, sur l'ensemble du pays, un régime de dictature que supportent depuis vingt ans les couches populaires, mais qui, de plus en plus, est ressenti comme intolérable.
La guerre va accélérer les choses en plongeant le pays dans la crise. Les industriels ouest-pakistanais ne se résolvent pas à diminuer leurs profits et préfèrent faire pression sur les salaires ouvriers. Ils ferment des usines et licencient de mars à octobre, dans le secteur de l'industrie textile, plus de 400 000 ouvriers. Les prix montent, à mesure que l'offre de produits se raréfie : 50 % pour le

32. *A.F.P.*, 12 mai 1971, « by a special correspondent ».

coton brut, 25 % pour les vêtements, 100 % pour la viande... Tout cela entre août et octobre seulement[33].

Quant au secteur public, il ne se porte guère mieux. L'État supprime des subventions. Il renonce à des projets de grands travaux. Le taux de chômage dans le secteur public atteint 75 à 80 %... Dans les campagnes, le tableau n'est pas brillant non plus. Les zones reculées manquent d'approvisionnement. Les grands propriétaires renvoient leurs journaliers et parfois même leurs métayers. Là aussi la misère menace et, derrière elle, le spectre de la disette.

Le peuple réagit, et violemment. Dans la North Western Frontier Province, on signale des affrontements armés entre forces de police et métayers congédiés. De grands propriétaires sont kidnappés et rançonnés. Dans une usine pharmaceutique d'Hyderabad (Sind), 250 ouvriers déclenchent une grève, longue et dure, violant ouvertement la loi martiale, et soutenus par les ouvriers des usines voisines. Les étudiants s'agitent parfois sous la direction des maoïstes. Ils affrontent des militants du Jamaat-E-Islami[34].

Révolte populaire + crise économique : la situation est mûre pour une explosion révolutionnaire ; ou au moins, comme le dira Wali Khan, dirigeant du N.A.P. occidental, pour « d'autres Bangla Desh »...

B. Inde : la contagion

Le Pakistan est loin ; et la poudrière bengalie ne le menace que par contrecoup. En revanche il y a, tout près, l'Inde. L'Inde instable et déchirée. Qui, elle, est directement menacée par la contagion.

Voilà des années que le C.P.I.M. accuse le gouvernement central de coloniser le Bengale occidental. Des années de colonisation effective, ou en tout cas de dis-

33. Tariq Ali, *Le Monde diplomatique*, novembre 1971.
34. *Frontier*, 30 octobre 1971.

crimination économique. Le Bengale a eu un passé brillant, il n'a plus que de beaux restes. Hier prospère, aujourd'hui misérable. Autrefois perle de l'Empire, à présent exploité par ses rivaux. Le plan de développement pour l'année 1972-1973 prévoyait une allocation de 730 millions de roupies : pour une population de 44 millions et demi d'habitants, cela fait à peine 16 roupies par tête ; le Maharastra au même moment doit recevoir deux milliards de roupies pour 50 millions d'habitants, soit 40 roupies par tête ; et le petit État d'Haryana, avec ses 10 millions d'habitants, 820 millions, soit 82 roupies par tête. Par ailleurs, le scandale tient à ce que c'est *aux frais du Bengale* qu'on finance le développement des autres États. Le seul port de Calcutta fournit au Trésor central entre un milliard et demi et deux milliards de roupies par an sous forme de douanes et de taxes diverses (sans compter par conséquent les autres impôts et les autres villes). Or, la commission des Finances recommandait en 1966 d'allouer au Bengale, sur quatre ans, deux milliards de roupies seulement. Où est allé le reste ? A Delhi, mais aussi à Bombay et à Madras[35].

Le problème est plus grave encore et dépasse les frontières du Bengale. L'Inde est le pays où l'on parle le plus grand nombre de langues : vingt-cinq parlées par plus d'un demi-million d'habitants ; quarante-sept autres parlées par plus de cent mille habitants[36]. L'Inde est aussi le pays où l'on compte le plus de partis politiques. Or, la plupart sont rigoureusement régionaux ; il y en avait soixante-quinze aux dernières élections ; huit seulement dépassaient en audience le cadre de la région. L'Inde est comme le Pakistan un agglomérat de nations ; un État *en quête* de nationalité. Il n'y a guère d'Indiens en Inde, mais plutôt des Tamouls, des Gujeratis, des Bengalis... Qu'on le déplore ou qu'on s'en félicite, c'est un fait : l'Inde est un État multinational.

35. Sur le déclin du Bengale occidental, lire RAJANIT RAY, *The Agony of West Bengal*, « A Hindustan Standard Publication », 1971.

36. Voir *Marxism and the Language Problem in India* par SATYENDRA NARAYAN MAZUMDAR, People's Publishing House, Delhi, 1970.

D'où le risque de contagion. Le Programme en six points de Mujibur Rahman a été soigneusement étudié par les états-majors de tous les partis régionaux. Presque tous ont réclamé dès le premier jour la reconnaissance du Bangla Desh et presque tous surtout ont brandi à un moment ou à un autre la menace de créer des Bangla Desh indiens. C'est ainsi qu'au Punjab l'*Organiser* et le *Motherland* avertissent le gouvernement central qu'à moins de mettre fin à sa politique de discrimination à l'égard de la province « il risque d'avoir un sort analogue à celui du gouvernement pakistanais ». Un éditorial du *Motherland*[37], s'inspirant visiblement du Programme en six points, réclame même l'établissement d'une fédération souple *(Loose Federation)* et la restriction des compétences de l'État fédéral aux questions de défense nationale, de communications, de monnaie et d'affaires étrangères. Quant au D.M.K. de Madras, parti autonomiste, pourtant allié au New Congress, il tient des propos analogues ; et le Premier ministre de l'État, Karu Nanidhi, prévient que la « séparation deviendra inévitable si la demande « d'autonomie régionale » n'est pas satisfaite[38] ».

Ce n'est pas tout. Sur ce mouvement autonomiste se greffe un mouvement maoïste puissant. En perte de vitesse depuis l'automne 1970, mais suffisamment fort encore pour inquiéter l'*establishment*.

Tous les jours, à Calcutta, les naxalites affrontent dans la rue les militants du C.P.I.M. ou du parti du Congrès. On ne compte plus le nombre d'« ennemis de classe » liquidés. La guérilla urbaine bat son plein et on parle d'une révolution culturelle[39]. Les capitalistes bengalis hésitent à investir ; les *landlords* désertent leurs terres ; les bourgeois de Calcutta quittent la ville. Le Bengale est en passe de devenir une « base rouge[40] ».

37. *Frontier,* 3 juillet 1971.

38. *Frontier,* 10 juillet 1971.

39. PHILIPPE GAVI, *Le Triangle indien,* Le Seuil, 1972, pp. 306 et s.

40. Voir par exemple *C.P.M. Terror in West Bengal,* par BHUPESH GUPTA, Ranen Sen, Prabhat Das Gupta. Il s'agit d'une brochure du C.P.I. De pro-

Ces faits sont connus. Ce qui l'est moins, c'est le cas de la région de Mithila au Bihar, où l'agitation est à son sommet, et qui aurait pu devenir à l'intérieur de l'Inde un véritable petit Bangla Desh. La région est à cheval sur quatre districts biharis : Dharbanga, Purnea, Bhagalpur, Monghyr. Elle a 350 kilomètres de frontière commune avec le Népal ; 35 avec le West-Bengal ; elle est à 15 kilomètres à peine de la frontière indo-pakistanaise ; tout près de Naxalbari[41] ; zone stratégique par conséquent, à mi-chemin de Dacca et du Tibet.

Elle a par ailleurs le privilège de constituer à soi seule une entité régionale. On y parle la même langue. On y pratique une culture commune. Une de ces cultures que les textes et les manuels officiels qualifient avec mépris d'« arriérées », et qui sont en fait profondément subversives. Or, ce qui est important, c'est qu'en février-mars, un groupe de naxalites y a élu domicile. Refluant du Bengale, il risque d'en faire une zone d'agitation privilégiée[42].

Conjonction par conséquent de l'extrême gauche et du régionalisme. Depuis l'indépendance, les communistes n'ont jamais réussi à récupérer, à *politiser*, le régionalisme diffus des États et des zones tribales. Les naxalites vont-ils le faire à une échelle réduite ?

De fait, ils noyautent, dans les districts de Monghyr et de Purnea, les organisations ouvrières. A Purnea même, ils sont à l'avant-garde des travailleurs du jute et des cheminots. Dans l'ensemble de la région, ils constituent une véritable administration parallèle. Ils créent des milices populaires. Ils parlent la langue locale. Ils commencent, pour la première fois, à articuler régionalisme et politique. Dans un tract distribué dans la région de Katihar, ils parlent de créer une mini-« république populaire ».

pagande par conséquent. Mais elle contient quelques informations précieuses. Et traduit bien le « climat » de Calcutta à l'époque. Sur la guérilla urbaine, voir *Economic and Political Weekly*, Bombay, 10 juillet 1971.

41. Lieu de naissance du mouvement naxalite.

42. *Frontier*, 1971.

C. Vers un Bengale rouge ?

La conjonction de la guérilla à l'Est et de la crise politique à l'Ouest, du maoïsme dans l'un et l'autre Bengale, risque d'avoir une puissance explosive singulière ; et on ne parle plus, des deux côtés de la frontière, que de transformer la région en foyer révolutionnaire.

Depuis longtemps déjà, les naxalites des deux provinces avaient noué des contacts. En février, les services de renseignements indiens interceptent des messages entre états-majors militaires de Dacca et de Pindi qui font état d'infiltrations de maoïstes d'Ouest en Est, et vice versa. Le gouvernement donne presque tous les jours des instructions précises aux East Pakistani Rifles, chargés de la sécurité des frontières. Et on signale en mars le cas de quelques maoïstes pakistanais abattus par la police indienne au Bengale où ils venaient, paraît-il, s'entraîner à la guérilla. Le thème de l'unité des deux Bengale est d'ailleurs populaire dans les milieux naxalites. Le 20 mars par exemple, on lit dans *Deshabrati,* organe du C.P.I. (m.-l.), qui deviendra quelques mois plus tard farouchement hostile à la sécession du Bengale, les lignes suivantes : « Au Bengale oriental aussi, sous la direction du E.P.C.P. (m.-l.), une révolte paysanne armée a commencé ; et la possibilité d'unifier les deux Bengale est apparue [...]. »

De fait, les naxalites n'attendent pas les directives de Pékin pour partir en guerre. Ils passent en masse la frontière ; une merveilleuse frontière longue de 1 500 kilomètres ; sans contrôle d'aucune sorte, puisque les East Pakistan Rifles sont passés à la guérilla. Ils font mieux : ils contrôlent eux-mêmes les postes frontières et demandent aux journalistes leurs papiers ; prêts, si la tête ne leur revient pas, à faire rebrousser chemin. Ils apportent des armes, de l'essence, des vivres... Ils se joignent aux premiers commandos constitués entre Jessore et Khulna. En attendant de se replier, de revenir au Bengale indien, et d'y étendre la révolution.

Là encore, les observateurs ont souvent pris les textes

pour la réalité. Et ils ont sous-estimé l'immense enthousiasme qu'a soulevé en Inde le déclenchement de la guerre. Les scrupules théoriques viendront plus tard. Pour l'instant, seule compte une évidence : la révolution a commencé au Bengale oriental ; les Chinois, pour des raisons obscures, tardent à s'y rallier ; mais il faut interpréter leurs silences et prévenir leurs désirs. Il faut bâtir autour de la frontière des deux Bengale une guérilla.

Il faut, en un mot, vietnamiser le delta du Gange...

III

La révolution avortée

INTRODUCTION

La guerre de libération du Bengale avait donc incontestablement la vocation des grandes guerres révolutionnaires classiques. Toutes les conditions étaient réunies, et la dynamique était engagée. Le scénario était au point, et les acteurs savaient leur rôle. Il manquait une chose seulement, essentielle c'est vrai, mais qui manque par définition à toutes les révolutions dans leur enfance : du temps.

Or il se trouve que cette révolution-là a échoué. Étrange spectacle en vérité. La tourmente est passée. Des millions d'hommes sont morts. D'autres se sont battus. Des armes ont circulé. Les paysans se sont organisés, et le pays est ravagé... Et que voit-on au bout du compte ? Que reste-t-il du Bengale rouge ? La Ligue Awami encore. Mujibur Rahman, toujours le même. Plus populaire que jamais. Solidement installé au pouvoir. On attendait des Guevara, des Castro, des héros révolutionnaires comme dans la grande tradition. Et on retrouve tout simplement les vieux politiciens réformistes qui devaient être balayés...

Alors que s'est-il passé ? Une immense machination, dont les conjurés étaient toutes les puissances intéressées au statu quo régional. Un processus unique dans l'histoire des mouvements révolutionnaires. Une opération à double détente si l'on veut, que nous allons essayer de décrire. En un premier temps, toutes les forces de stabilité sont hostiles à la naissance d'un Bangla Desh qui va bouleverser le fragile équilibre régional ; et toutes, même l'Inde et l'U.R.S.S., s'en remettent à l'armée pakistanaise pour mater la rébellion. Et puis, en un second temps, quand on comprend enfin que le Bangla Desh se fera et que rien ne pourra plus l'empêcher, les mêmes puissances, *quoique dans un ordre différent, décident d'intervenir pour le Bangla Desh cette fois ; et elles choisissent de hâter la guerre, pour éviter son pourrissement et sa radicalisation.*

8

LE STATU QUO DE WASHINGTON

Premier acteur, premier conjuré, le gouvernement des États-Unis. Sa position dans l'affaire n'était pas à première vue très claire ni très explicable. A-t-il réellement soutenu Yahya Khan ? Et l'a-t-il soutenu de la même manière pendant toute la durée de la crise ? A-t-il empêché la naissance du Bangla Desh ? Ou ne l'a-t-il pas, comme d'autres le prétendent, précipitée ? La Ligue Awami et Mujibur Rahman étaient-ils à la solde de la C.I.A. ? Ou au contraire farouchement anti-américains ? Quel était, autrement dit, l'intérêt des États-Unis ? Comment ont-ils réagi, et comment ont-ils manœuvré ?

La question est obscure, parce que plusieurs tendances, plusieurs lignes de force, et plusieurs politiques peut-être, se sont, dans cette affaire, heurtées puis finalement conjuguées. Parce que la politique américaine n'était pas une, mais équivoque et soumise à des pressions contradictoires. Parce que la crise du Bangla Desh était aussi peut-être une crise américaine : qu'elle correspondait à un point critique de l'évolution de l'impérialisme U.S.

Pour démêler l'écheveau, pour rétablir les faits, il importe d'opérer une double mise au point ; et pour cela, d'effectuer un double détour. D'abord rappeler les principes généraux qui depuis un quart de siècle régissent la politique américaine à l'égard du sous-continent. Ensuite énumérer les indices de ce que nous appellerons « le déclin relatif » de l'hégémonie américaine.

C'est au point de rencontre de cette histoire et de cette crise, de cette tradition impérialiste et de cette *crise de* l'impérialisme, que se situe peut-être la clef de l'énigme et l'explication des mystères diplomatiques de l'Administration Nixon.

I. **États-Unis, Inde, Pakistan : ou les avatars du statu quo**

La politique sous-continentale des États-Unis peut se formuler en quelques principes simples qui sont autant de noms pour une politique identique, mais menée sur plusieurs fronts et par des moyens différents : le maintien du statu quo.

A. Lutter contre la subversion

C'est le premier front. Le premier statu quo à défendre. Dans le sous-continent comme ailleurs, les États-Unis sont passés maîtres dans l'art de prévenir, de désamorcer, ou de réprimer les mouvements révolutionnaires. Le raisonnement est simple et il constitue précisément le discours politique de l'impérialisme : ce qui se passe là-bas m'affecte personnellement ici ; un conflit localisé, parce qu'il est nécessairement mondialisé, requiert et autorise mon intervention ; il n'y a plus de questions politiques internes, ni de problèmes proprement nationaux, l'Administration des États-Unis a le droit, voire le devoir, de fonctionner jusqu'aux confins de l'Asie.

En Inde et au Pakistan, cette politique se traduit d'abord par un soutien inconditionnel aux régimes en place, et par un goût très prononcé pour les régimes militaires. Indira Gandhi n'est peut-être pas le chef d'État idéal pour la Maison Blanche, mais elle a le mérite d'être chef d'État et cela suffit à la faire agréer. Elle menace parfois les intérêts américains ; la menace ne reste pas toujours verbale ; mais les diplomates reconnaissent en privé que mieux vaut une Indira radicale et progressiste que le néant ou l'inconnu...

Quant à la junte pakistanaise, si Washington la soutient avec autant de constance, c'est qu'elle correspond parfaitement au profil de gouvernement de pays du tiers monde que brossent le Pentagone et la C.I.A. Laquelle C.I.A. d'ailleurs n'était pas pour rien dans le coup d'État d'octobre 1958 qui mena Ayub Khan au pouvoir[1] ; et qui, ici comme ailleurs, comme en Amérique latine, comme en Asie du Sud-Est, est presque toujours là quand il s'agit de réprimer une guérilla ou un mouvement populaire : par exemple, la révolte du Bengale...

Lutter contre la subversion, cela veut dire aussi, dans le cas de l'Asie du Sud, éviter la désintégration des États constitués. Il semble que, sur ce point, l'impérialisme ait changé de tactique. Il insistait justement autrefois sur l'in-viabilité des nouveaux États ; il accusait les dissensions et les créait parfois de toutes pièces. Alors qu'il préfère aujourd'hui renforcer la stabilité des nouvelles unités ; plutôt que les aider à s'écrouler, les intégrer de force. A croire que le nationalisme a changé de forme et de sens : hier « national », aujourd'hui « régional » ; le nationalisme national, le nationalisme d'État, dangereux au lendemain de la décolonisation, est devenu garant de l'ordre et de la stabilité ; le nationalisme de région, le nationalisme de sécession, le relaie comme fauteur de troubles et comme menace de déséquilibre. Hier la Grande-Bretagne causait, ou tout au moins hâtait la Par-

1. Voir notamment T. Ali, *Pakistan : dictature militaire ou pouvoir populaire*, *op. cit.*

tition, donc la division de l'Empire des Indes. Vingt ans plus tard, les États-Unis sont partisans au Pakistan du *One Unit,* en Inde du centralisme. Là les Bengalis, ici les Nagas et les Mizos. Dans les deux cas, l'intégration territoriale et l'unité nationale. Sans lesquelles le sous-continent irait au chaos, c'est-à-dire selon l'Administration américaine vers l'inconnu[2].

Politique cohérente et simple à comprendre. Mais que se passera-t-il si d'aventure c'est le maintien d'un régime en place et l'intégrité d'un État qui viennent à menacer le statu quo régional ? Que se passera-t-il s'il s'avère que le meilleur moyen d'empêcher la Révolution est d'aider un État, le Pakistan, à éclater ; et d'aider un régime, Yahya Khan, à s'écrouler ? Dilemme... C'est ce dilemme qui sera au cœur de la crise du Bangla Desh. C'est lui qui explique les hésitations et les retournements de la diplomatie américaine devant une situation nouvelle que ne prévoyaient pas les schémas habituels.

B. Faire échec à la pénétration communiste

Le sous-continent est une zone critique et stratégique qu'aucune ligne de démarcation ne partage. Une zone flottante, et politiquement ambiguë. Tout près du bloc communiste, et à la merci de l'« expansionnisme » soviétique. Et de Dulles à Kennedy la politique américaine, son but, son obsession, n'ont guère varié : unir les deux frères ennemis dans la défense commune du « monde libre » ; faire de l'Inde et du Pakistan deux bastions,

2. C'est sur des questions de ce type qu'apparaît tout le retard idéologique dont souffre le communisme orthodoxe. Le C.P.I. (Parti communiste indien, prosoviétique) semble avoir manqué ce retournement politique et théorique des concepts de « nation » et « sous-nation ». Crispé sur des positions et des stratégies dépassées, il continue de voir dans l'unité nationale à tout prix un but progressiste et anti-impérialiste. Alors qu'avec la fin de la guerre froide et la fin de la décolonisation proprement dite, c'est cette unité nationale qui, de plus en plus, fait le jeu du néo-colonialisme, et la révolte des sous-nations qui menace le plus efficacement le statu quo.

deux places fortes anticommunistes. Et pour cela, les « aider » ; au besoin les contraindre ; de toute manière, *se rendre indispensable.*

Le cas du Pakistan est le plus typique et le plus spectaculaire, parce que le Pakistan finalement s'est volontiers prêté au jeu. C'est en 1950, en pleine guerre froide, que Liaquat Ali Khan[3] est invité à Washington officiellement. Début 1951, l'aide économique commence à prendre forme. Septembre-octobre 1953, voyage d'Ayub Khan aux États-Unis. 2 avril 1954 : signature à Karachi d'une alliance turquo-pakistanaise. Septembre 1954 : adhésion du Pakistan à l'O.T.A.S.E. aux côtés de la Thaïlande et des Philippines. Septembre 1955 : signature du C.E.N.T.O. aux côtés de l'Indonésie, de la Turquie, de la Grande-Bretagne, et un moment de l'Irak.

Le Pakistan entre donc dans des pactes militaires. Il s'engage à autoriser l'accès de son territoire aux armées alliées. Il prend position auprès des États-Unis sur tous les grands problèmes internationaux de l'heure : la guerre de Corée, la reconnaissance du Vietnam du Sud, l'expédition de Suez... Les États-Unis de leur côté l'équipent militairement ; armement ultra-moderne ; interdiction de recourir sans leur consentement à une assistance technique autre qu'américaine. « La seule ambassade qui m'intéresse, dira un jour Ayub Khan, c'est l'ambassade américaine[4]. »

Pendant ce temps, l'aide économique va bon train aussi. Des dons, des prêts, des fournitures en nature... Mais surtout, une intervention américaine directe : ce sont des compagnies américaines qui conçoivent, financent, construisent le réseau d'irrigation du Pakistan occidental. Des compagnies américaines encore qui sont responsables du système de contrôle des eaux et du réseau routier au Pakistan oriental. Le régime d'Islamabad est le premier client du fameux « development advisory service » de Harvard... « Impérialisme technologique » si

3. Premier ministre.
4. Rapporté dans *Friends not Masters, op. cit.*

l'on veut ; l'expression prend ici tout son sens : celui d'un lien vital, organique, consubstantiel. L'économie pakistanaise ne peut *fonctionner* que grâce aux experts et aux techniques des U.S.A. Le rapprochement avec la Chine n'est qu'un flirt sans conséquence, le jeu de bascule entre Soviétiques et Américains un caprice, parfois rentable c'est vrai ; mais l'essentiel demeure : le Pakistan a beau faire, son économie est *physiquement* dépendante.

Le cas de l'Inde est moins évident, car elle ne s'est pas laissée si facilement réduire au statut de valet respectueux. Depuis Nehru elle multiplie les velléités, voire les crises d'indépendance ; le non-alignement reste officiellement de mise ; et même s'il se transforme dans la pratique en un double alignement de fait (sur l'U.R.S.S. et sur les U.S.A.), ce double alignement a au moins le mérite de jouer des contradictions entre les deux grandes puissances, d'accroître par conséquent la marge de manœuvre indienne, de desserrer au bout du compte l'étau impérialiste[5].

Mais là encore, en fait, il ne s'agit que de velléités et de crises précisément qui ne remettent pas en cause le principal : et d'abord que l'Inde *a besoin*, pour vivre, de l'aide américaine. De 1947 à 1971, les États-Unis fournissent à eux seuls 9 149 millions de dollars au gouvernement indien : 50,2 % de l'aide totale reçue... Par ailleurs, la moitié de ces 9 149 millions de dollars consistent en fournitures en nature ; essentiellement du coton et du blé livrés au titre de la loi P.L. 480 ; ces fournitures sont remboursables en roupies ; des dizaines de millions de roupies par conséquent ; disponibles sur place ; pour corrompre un ministre ; pour acheter un parti ; ou en bâtir un autre ; source de pouvoir considérable aux mains de l'ambassade américaine... Quant au commerce extérieur enfin, il est dominé également par les firmes américaines, qui absorbent bon an mal an de quinze à vingt pour cent des exportations et fournissent près du tiers des

5. Voir au chapitre suivant la discussion du concept de « social-impérialisme ».

importations ; beaucoup plus, là encore, que leurs rivales soviétiques ; et infiniment plus, bien entendu, que les Chinois.

Cette aide américaine devient au fil des ans indispensable. On a beau parler de la réduire, le gouvernement indien serait incapable de s'en passer. Pour la bonne raison qu'il a aujourd'hui les dettes d'hier à rembourser ; et qu'il n'a d'autre moyen de le faire pour l'instant que les... dollars américains. Le calcul est vite fait : le financement du déficit commercial et le service de la dette exigent chaque année plus de 200 millions de dollars ; 20 % des réserves actuelles en devises. Pour les rembourser sans aide, il faudrait que dès l'an prochain les exportations vers les pays à devises fortes augmentent de 15 %. Or, justement, depuis quelques années, loin de progresser, elles ont tendance à fléchir. Là aussi par conséquent, plus subtilement, mais aussi efficacement, l'Inde a tendance à s'aligner sur les positions américaines ; la survie du gouvernement indien, voire de l'Inde en tant qu'État, dépend encore directement de la puissance économique des U.S.A.[6].

6. De l'Indépendance au 31 mars 1971 l'Inde reçoit une aide totale de 18 225 millions de dollars, ventilés de la manière suivante :

— 12 666 millions de dollars sous forme de prêts (70 %)

— 4 400 millions de dollars de fournitures en nature (24 %).

— 1 159 millions de dollars de dons (6 %).

Pour chacun de ces postes la part des États-Unis a été la suivante :

— 4 367 millions de dollars de prêts, soit 34,5 % du total des prêts.

— 4 400 millions de dollars de fournitures en nature, soit 100 % du total.

— 382 millions de dollars de dons soit 32,9 % du total.

L'aide américaine totale (9 149 millions de dollars) représente donc 50,2 % de l'ensemble de l'aide reçue par l'Inde. Cela dit, le volume de l'aide américaine a tendance à décroître depuis quelques années. L'aide en nature atteignait 523 millions de dollars en 1966-1967 : elle n'est plus que de 98 millions en 1969-1970, et presque nulle l'an dernier. Les dons américains, très importants pendant les 1er et 2e plans, ont disparu depuis 1967-1968. Quant au poste des prêts il est passé de 357 millions de dollars en 1966-1967 à 180 millions de dollars en 1970-1971. (Tous ces chiffres sont tirés du *Bulletin d'informations économiques du* Conseiller commercial de France à New Delhi, numéro de janvier 1972.)

C. Maintenir l'équilibre entre l'Inde et le Pakistan

Le statu quo, cela veut dire aussi l'équilibre ; l'équilibre des puissances ; la « balance » des forces... Les États-Unis se sont constamment servis du Pakistan pour neutraliser le poids de l'Inde.

D'abord, parce qu'ils héritaient des principes de la diplomatie britannique. La Grande-Bretagne s'est repliée, mais elle conserve une réputation de « spécialiste » des affaires indiennes, et on vient consulter ses experts au moment de prendre position. Jusqu'en 1965 au moins le Département d'État s'est constamment aligné sur le Foreign Office ; et à l'O.N.U. la délégation américaine emboîtait généralement le pas à la délégation britannique. De sorte que comme les Anglais, les Américains ne jurent que par la vieille *parity* : diviser pour régner, mais diviser en parties égales, et si les parties sont inégales les égaliser de force...

Ensuite, parce que les diplomates de Washington se sentaient plus d'affinités avec le Pakistan qu'avec l'Inde. Bien entendu, on ne manque jamais de saluer en Nehru un « démocrate sincère » ; on évoque périodiquement la parenté idéologique, presque « spirituelle » même, des deux grandes démocraties du monde libre. Mais cela n'empêche pas qu'au moins pendant la période Dulles on se méfie comme de la peste de cette étrange marotte qu'est le « non-alignement ». On soupçonne les Indiens de sympathies communisantes[7]. On sait en tout cas qu'ils

7. Il reste encore à Delhi un certain nombre de diplomates attardés qui raisonnent toujours dans les termes de l'après-guerre. Ils tirent argument de l'alliance du « New Congress » (Indira Gandhi) et du C.P.I. (parti communiste prosoviétique) pour voir dans l'Inde un pilier du bloc soviétique. C'est un des facteurs qui expliquera la position de Nixon dans l'affaire du Bangla Desh : le traité indo-soviétique du 9 août est apparu à beaucoup comme la preuve irréfutable du virage de l'Inde qui aurait opté selon eux pour un alignement définitif sur Moscou.

Il faudrait étudier de près l'importance de la présence soviétique en Inde. Le C.P.I. est assurément très puissant. Il contrôle une partie de l'appareil d'État, une bonne part des moyens d'informations (quelques titres parmi d'autres : le quotidien *The Patriot* ; les hebdomadaires *Link*,

ne prendront jamais de positions ouvertement antisoviétiques ; l'Inde autrement dit n'est pas un allié sûr dans la guerre froide. Alors que le Pakistan par contre, avec son régime militaro-bureaucratique, est un chasseur de sorcières idéal ; sa bourgeoisie est trop inconsistante pour avoir l'arrogance de celle de l'Inde ; né dans un isolement diplomatique quasi complet il a tout à gagner dans l'alliance américaine ; il promet par conséquent d'être plus docile et plus fidèle[8].

Et puis, troisième raison qui fera jouer du Pakistan comme contrepoids : les États-Unis veulent empêcher le plus longtemps possible que l'Inde devienne une grande puissance. Il y en a déjà bien assez sur le continent avec la Chine déjà puissante mais qu'on contient, et le Japon virtuellement dominant mais que l'on peut encore utiliser. Un troisième Grand en Asie, et c'en est fini de l'influence occidentale. Une Inde hégémonique, et les affaires asiatiques reviendront pour le coup aux Asiatiques eux-mêmes... Il faut donc *se servir* du Pakistan pour faire échec aux prétentions de l'Inde. Il faut *l'armer* pour qu'il soit un obstacle à son expansionnisme. Il faut le *soutenir* diplomatiquement pour affaiblir et isoler les Indiens...

Exemple, le Kashmir. Il est « occupé » par l'Inde et « revendiqué » par le Pakistan. Les États-Unis n'ont pas toujours pris très clairement position. Mais dans l'ensemble, ils se sont *plutôt* alignés sur le Pakistan. Comme l'écrivait en 1954 un spécialiste du sous-continent : « Le

Mainstream, New Wave, Blitz). Au Kérala, et au West Bengal, il est apparu comme un véritable parti de gouvernement. Les Russes ont contribué à bâtir l'infrastructure économique du pays... (voir chapitre suivant).

Cela dit, les Soviétiques n'ont pas toujours très bonne presse dans la population, et notamment dans la petite bourgeoisie cultivée. Beaucoup ont regretté que les U.S.A. n'aient pas joué le rôle de l'U.R.S.S. dans l'affaire du Bangla Desh. On est reconnaissant à Brejnev, mais à contrecœur. Et les invectives contre Nixon relèvent plus du dépit amoureux que de la haine proprement dite.

Curieusement d'ailleurs, malgré le lourd contentieux qui les en sépare, les petits bourgeois indiens se sentent affectivement et idéologiquement plus proches des Chinois que des Russes. Là aussi, une étrange « sinophilie ».

8. Cf. première partie, chap. 2, I.

Pakistan, qui est actuellement le perdant au Kashmir, a tout à gagner et rien à perdre en coopérant étroitement avec l'Occident [...]. Quelle qu'en soit la raison, la position pakistanaise sur le Kashmir est favorisée aux États-Unis et en Grande-Bretagne par rapport à la position indienne. Et que le Pakistan, devant le contrôle de fait du Kashmir par l'Inde, ait dit : "Vous voulez un Pakistan fort, or pour être fort le Pakistan a besoin du Kashmir ", n'est pas exclu [...][9]. » Et de fait à l'O.N.U. et au moment des crises, les États-Unis proposent des solutions au problème que l'Inde juge généralement inacceptables... Il arrive qu'ils aient, spontanément et sur le moment, des réactions pro-indiennes. Mais elles ne résistent guère au temps et font vite place à des calculs plus complexes. Ainsi en 1967, au moment de la guerre avec la Chine, Kennedy commence par soutenir l'Inde. Il prie même Ayub Khan de relâcher la tension aux frontières pour permettre aux Indiens d'utiliser contre les Chinois les troupes qui y sont postées en permanence : Ayub Khan refuse évidemment. Kennedy intensifie son aide économique et militaire. Mais il l'assortit aussitôt d'une condition, vraisemblablement suggérée par le Foreign Office : que le ministre des Affaires étrangères indien, Swaran Singh, vienne d'abord au Pakistan pour causer avec Bhutto, son homologue pakistanais, de la question du Kashmir.

La diplomatie américaine depuis 1945 accumule les échecs parce qu'elle néglige l'identité nationale chinoise. Elle répète l'erreur avec l'Inde. Et l'affaire du Bangla Desh en est la plus récente illustration.

II. **L'impérialisme en crise**

Cette tradition diplomatique s'inscrit, aux États-Unis même, sur une conjoncture de crise.

9. Cité par Marcus F. Franda, *op. cit.*

On a beaucoup décrit cette conjoncture. L'Amérique s'écoute et s'ausculte. Elle multiplie les diagnostics. La crise est partout. Morale, politique, bien entendu économique. Le monstre impérialiste est-il en train de mordre la poussière ? Est-ce déjà le déclin ? Ou au contraire une crise momentanée ? L'Amérique se relèvera-t-elle ? Et, avec elle, son prodigieux système d'exploitation ? Les questions se pressent. Les réponses aussi malheureusement. Sans qu'on puisse encore trancher. Il est tout juste possible pour l'instant de relever quelques indices et d'énumérer quelques tendances.

A. Vers le partage impérialiste

Premier symptôme : en 1971, la balance des paiements américaine enregistre un phénomène inédit et décisif : les importations l'emportent sur les exportations. Pour la première fois de son histoire récente, l'Amérique a plus acheté qu'elle n'a vendu. Jusque-là, elle abusait de son pouvoir, mais l'honneur au moins était sauf ; le dollar était en crise, mais sa puissance restait indiscutée ; sa balance des paiements était négative, mais sa balance commerciale, elle, restait, quoi qu'il arrive, positive. Or, voilà que brutalement la situation se modifie. L'économie américaine est directement, ouvertement vaincue ; vaincue à l'étranger et sur son propre marché[10]...

Le phénomène est moins décisif en lui-même que par les tendances qu'il révèle. Si on a préféré aux produits américains des produits fabriqués ailleurs, c'est d'abord tout simplement que les premiers coûtaient plus chers. Les progrès de productivité ont tendance à plafonner

10. CHRISTIAN GOUX *Le Monde diplomatique*, mai 1972. La balance commerciale des États-Unis accuse un déficit de 2,9 milliards de dollars en 1971. A comparer avec un excédent, en 1964 par exemple, de 6,6 milliards de dollars. D'autant plus grave que les États-Unis comptaient traditionnellement sur leur excédent commercial pour compenser une partie du déficit de leur balance des paiements.

depuis le milieu des années soixante ; les revendications salariales inversement prennent une ampleur redoutable ; de sorte que de 1963 à 1970 le pouvoir d'achat moyen a augmenté de 8 %, *autant que la productivité*[11]. Qu'est-ce que cela signifie ? Qu'il n'y a plus guère de marge ni pour les profits ni pour le gaspillage capitaliste ; et que pour maintenir tout de même leur croissance il a fallu évidemment recourir à l'inflation. En neuf ans, l'indice des prix est passé de 100 (en 1962) à 135 (en 1972). Les produits américains autrement dit deviennent chers ; et sur presque tous les marchés perdent du terrain.

Si les produits perdent du terrain, c'est aussi que de nouveaux producteurs font concurrence aux anciens, que de nouveaux pôles économiques sont apparus qui défient l'hégémonie américaine. Un chiffre encore : en 1950, les États-Unis totalisaient 70 % de la richesse totale du monde non communiste ; en 1970, 50 % seulement ; en 1980, ils n'en posséderont plus que 40 %[12]. En trente ans, par conséquent leur poids relatif a diminué. 70 % : c'était une position de quasi-monopole. 40 % : il y aura *place* pour d'autres pouvoirs ; une hégémonie à deux, trois, quatre têtes. On commence déjà à pouvoir les identifier. Un ensemble européen avec son économie intégrée, et le géant allemand. Un autre ensemble, sans doute asiatique, centré sur le Japon...

B. Le relais japonais

Le cas du Japon est le plus typique car c'est là qu'on voit le mieux le lien entre la crise économique et le désengagement politique ; entre le repli économique et le repli diplomatique.

Le Japon n'est pas encore prêt, bien sûr, à prendre le relais de l'impérialisme U.S. ; il n'a pas d'appareil militaire et ne semble guère prêt, psychologiquement, pour

11. *Ibid.*
12. *Ibid.*

l'aventure. Surtout, la structure de ses exportations ne le prédispose guère pour l'instant à l'expansionnisme. Entre 1935 et 1970, la part d'exportations à destination des U.S.A. a augmenté : de 16 à 37 % du total. A destination de l'Europe, elle est passée de 8 à 14 %. Mais à destination de l'Asie, elle a relativement diminué : de 64 à 34 %[13]... Autrement dit, les ventes japonaises ont progressé dans les pays industrialisés, mais pas dans l'ensemble asiatique. Les Japonais sont en passe d'acquérir une position de force en Europe, mais pas chez leurs voisins immédiats. Leur influence progresse partout, sauf dans la partie du monde qui leur reviendrait naturellement en cas de repli américain et de redistribution des cartes.

Cela dit, il reste que l'économie japonaise est structuralement mûre pour l'étape « impérialiste ». Elle a un besoin croissant de matières premières ; de 1967 à 1975, sa consommation de zinc, de nickel et de pétrole aura doublé ; sa consommation de fer et de charbon aura quadruplé ; et le Japon, rappelons-le, n'a pas sur son territoire la moindre matière première. Il a par contre des capitaux à exporter et cela de plus en plus. En 1967, on évaluait à 7 billions de yen les capitaux qui pouvaient espérer trouver meilleur profit à s'expatrier ; en 1969, il y en avait 16 billions ; en 1975, il y en aura 90 ; la masse de capitaux disponibles pour l'exportation augmente donc à un rythme exponentiel[14].

Enfin, si les exportations de produits à destination des pays voisins ont tendance à décroître, les programmes d'aide aux pays sous-développés augmentent ; et ils sont presque tous destinés à l'Asie. Entre 1964 et 1968, ils ont presque triplé ; en 1975, ils auront sans doute décuplé ; dès aujourd'hui, ils sont supérieurs aux programmes américains... En Thaïlande, en Malaisie, à Taiwan, en Indonésie, l'État japonais finance des infrastructures ; et déjà les firmes privées japonaises se ruent à l'assaut des

13. « Imperial Redivision in Pacific Asia », *Frontier,* 25 septembre 1971.
14. *Ibid.*

nouveaux marchés, véritables eldorados ouverts à l'exploitation[15].

Pourquoi rappeler tous ces chiffres ? Parce qu'ils attestent que le Japon est déjà *en position* de prendre la relève de l'impérialisme U.S. ou de le décharger tout au moins d'une partie du fardeau. Parce que, surtout, la relève est déjà commencée. Relève économique, mais qui n'a pas tardé à se traduire en termes politiques. « Transfert d'impérialisme », dont l'accord de juin 1971 sur Okinawa est peut-être moins un signe qu'une étape décisive. Okinawa est vendue (350 millions de dollars), cédée, *concédée* au gouvernement japonais ; ce dernier *hérite* des B 52 américains ; les fusées restent reliées et intégrées aux forces de Corée du Sud et de Formose. Le Japon *prend place* par conséquent dans le réseau militaire de l'impérialisme en Asie.

Peut-être prend-il même *la place* des États-Unis dans cette partie du monde. Lorsqu'en juillet Melvin Laird vient à Tokyo et évoque « la défense de l'Asie par les Asiatiques eux-mêmes », il en donne pour exemple justement le réarmement du Japon. Les États-Unis, déclare-t-il, souhaitent qu'au début des années 80 le Japon soit devenu une puissance militaire. L'Amérique autrement dit ne se sent plus la force ni le goût d'assumer à elle seule le rôle de gendarme du monde libre. Elle sous-traite ses fonctions ; elle délègue ses pouvoirs ; en termes clairs, elle se replie[16].

15. *Ibid.*

16. Wilfred Burchett, *Le Monde diplomatique*, octobre 1971. C'est lors de ce voyage que Melvin Laird rappelle qu'en 1953 déjà le vice-président Nixon avait demandé la révision de l'article 9 de la Constitution japonaise, qui interdisait la fabrication d'armes nucléaires et l'utilisation au-delà de l'île des forces armées nationales. Il note également que les États-Unis consacrent chaque année 7 % de leur P.N.B. à la défense du monde libre, contre 1 % seulement pour le Japon. Là encore, invitation à aller de l'avant et à prendre la relève... La question qui se pose, cela dit, est de savoir ce qui prime, de la *collusion* ou de la *rivalité*. Le Japon prend-il *place dans* le réseau impérial américain ? Ou bien prend-il *la place de* l'appareil américain dans cette partie du monde ? C'est la question essentielle dont dépendra peut-être le sort de l'Asie tout entière. Difficile de

C. « L'Amérique en péril »

Dernier élément de cette crise, dernier facteur de désengagement : l'effet en retour des capitaux exportés sur l'économie des États-Unis.

Jean-François Landau et Christian Goux l'ont brillamment démontré dans un livre récent[17] : les filiales américaines à l'étranger ont fini par constituer un second monde, une économie parallèle, une seconde Amérique, qui met en péril la première, l'Amérique métropolitaine, l'Amérique américaine. Les investissements à l'étranger ont pris une ampleur telle que l'on n'est plus très sûr qu'ils alimenteront encore longtemps la prospérité de la mère-patrie ; ils sembleraient plutôt avoir dépassé un seuil critique au-delà duquel ils risquent de plus en plus de compromettre cette prospérité même.

En 1970, les filiales à l'étranger des firmes américaines fabriquaient et vendaient pour une valeur totale de 77 milliards de dollars ; dont près de 80 % sur leurs marchés d'implantation ; et 8 % sur leur marché d'origine, les États-Unis. Or, au même moment, les firmes américaines d'Amérique, les entreprises métropolitaines, n'exportaient que l'équivalent de 30 milliards de dollars, et on commençait à parler de récession... 77 milliards/30 milliards : les entreprises expatriées monopolisent des marchés qui étaient disponibles jusque-là pour l'exportation. On risque de voir apparaître ce paradoxe d'une Amérique au chômage et de firmes américaines multinationales prospères.

Là encore, il semble que l'on soit allé trop loin ; un retour en arrière s'impose ; il faudra ralentir les exportations de capitaux ; mettre un frein à l'expansion.

répondre pour l'instant, sinon de manière évasive : l'impérialisme japonais sera longtemps encore un sous-impérialisme régional, complice de la machine impériale U.S. ; mais il est sans doute destiné, à terme, à *rivaliser* avec cette machine, et à la supplanter.

17. *L'Amérique en péril*, précisément.

D. Vers le repli ?

La diplomatie américaine commence depuis quelques années à tirer la leçon de la situation. Citons, pêle-mêle encore, quelques indices.

1967 : les États-Unis refusent de s'engager au Nigeria, au Congo, dans l'affaire des détroits de Tiran. 1968 : offensive du Têt au Vietnam du Sud ; le président Johnson annonce qu'il ne sollicitera pas de nouveaux mandats. 1969 : discours de Guam où Nixon annonce sa décision de ne plus engager de troupes terrestres au cas où une situation de type vietnamien se présenterait à nouveau. 1970 : nouvelle législation du service militaire ; abolition du service sélectif ; décision de réduire les effectifs de 3 150 000 hommes à 2 500 000. 1971 : réduction de moitié des effectifs stationnés en Corée ; restitution au Japon d'Okinawa[18]...

Il ne s'agit là, répétons-le, que d'embryons et de tendances ; de signes prémonitoires non encore suivis d'effets et qui ne le seront sans doute que très tard, dans de nombreuses années. La guerre du Vietnam n'est pas finie ; et quand bien même elle le serait, elle pourrait bien recommencer ailleurs[19]. Gardons-nous de tomber dans le piège des symptômes ; de prendre le signe pour la réalité, le présent pour l'avenir, et de tirer avant Nixon les conséquences de ses erreurs... Simplement, on peut noter dès à présent que la diplomatie américaine *tend à* changer de style ; qu'en perdant ses moyens elle perd un peu de son assurance ; que privée d'une partie de son infrastructure économique elle tend à procéder plus prudemment. L'Amérique n'est pas encore sur le déclin. Mais elle se prépare à partager.

18. NEVILLE BROWN, *Le Monde diplomatique*, 4 mai 1972.
19. Ces lignes ont été écrites en septembre 1972.

III. **Du Pakistan au Bangla Desh : du statu quo au statu quo**

C'est dans ce double contexte qu'éclate la crise du Bangla Desh. C'est en fonction de cette tradition d'une part, et de cette conjoncture critique de l'autre, que les États-Unis vont réagir.

A. La crise dans la crise

De cette situation de crise d'abord découle une relative indécision et une prudence inaccoutumée.

Le Bangla Desh était une bonne carte. Un pion bien placé. La Ligue Awami n'était pas anti-américaine. Plutôt antisoviétique au contraire. Et même si Mujibur Rahman a éconduit comme on l'a dit, en mars 1971, l'ambassadeur de Washington, le geste ne prêtait pas à conséquence ! Mujib serait venu tôt ou tard à raison, et l'appareil de la Ligue avec lui. Et les États-Unis à terme auraient contrôlé le nouvel État[20].

La C.I.A. d'ailleurs l'avait fort bien compris puisqu'elle caressait dès 1970 le rêve d'un grand Bengale indépendant ; d'un super Bangla Desh par conséquent ; anticommuniste et paisible ; une sorte d'État-tampon entre l'Asie du Sud et l'Asie du Sud-Est. Soustrait à l'influence chinoise, et peut-être même à la mouvance indienne. Une base pro-américaine autrement dit dans un sous-continent de plus en plus « prochinois » (l'État pakistanais et la politique dite « progressiste » d'Ayub Khan), ou prosoviétique (l'Inde, apparemment favorable à l'idée lancée par Brejnev d'un « pacte de sécurité collective en Asie »).

Pourtant, soit par incompréhension, soit par prudence excessive, ce n'est pas ainsi qu'a raisonné au moment décisif l'Administration Nixon. Débordée, affolée, ne saisissant guère le sens de la crise, elle *attend*. Longtemps,

20. L'ambassade américaine proposait de soutenir la cause nationale bengalie en échange de facilités portuaires et de bases militaires éventuelles.

sa position reste ambiguë et faussement conciliatrice. On se renseigne à Londres. On réunit à la hâte quelques dossiers. La diplomatie américaine piétine, hésite, temporise. C'est elle qui pour le coup n'a pas de politique disponible. Elle ne semble pas saisir l'immense parti qu'elle pourrait tirer d'une sécession du Bengale.

En d'autres temps, la réaction aurait été plus rapide, et peut-être plus agressive. La septième flotte ne se serait pas contentée de montrer le bout de son nez au large du Bengale. L'analyse de la situation aurait été plus offensive. Manifestement, le département d'État a choisi la voie de la facilité : en attendant de comprendre, éviter que les choses ne changent ; plutôt que d'essayer d'orienter la situation dans le sens des intérêts américains, se borner à un objectif simple, simpliste : le maintien du statu quo.

Pendant ce temps, les Russes, nous le verrons, n'attendent pas. Les Américains sont pris de vitesse. Ils s'en rendront compte. Mais un peu tard.

B. La tradition dans la crise

Il y a eu aussi, bien entendu, l'effet de la tradition diplomatique. Effet d'inertie. Effet d'habitude. L'affaire du Bangla Desh a été comprise à travers un cadre vieillot et rassurant. On attendait l'explosion au Kashmir, elle se produit au Bengale. Du coup, on a manqué, on ne pouvait que manquer, l'originalité de la crise. Derrière le Bangla Desh naissant, les États-Unis voyaient d'abord une visée expansionniste indienne. Le cauchemar indien. La grande puissance virtuelle. L'Inde arrogante et indépendante. Liée, mais à contrecœur, et qui de Nehru à Indira Gandhi multiplie les bravades et les provocations... Cette Inde-là, le Bangla Desh allait lui donner une assise et un prestige nouveaux. Un État satellite ne sied guère à une colonie révoltée. L'Inde est cliente ; comment aurait-elle une clientèle ? Il faut à tout prix étouffer dans l'œuf le nationalisme bengali.

Derrière l'Inde, se profile aussi l'horrible Union soviétique. Elle n'a pas non plus opté très clairement, nous le verrons, pour ou contre le Bangla Desh. Mais elle resserre depuis quelques années ses liens avec le gouvernement indien. Depuis 1965, depuis les accords de Tashkent, elle s'est instituée aux côtés des États-Unis en gardienne loyale du statu quo. Mais on la soupçonne maintenant, à tort ou à raison, de vouloir bouleverser à son profit l'équilibre régional. On parle au Kremlin d'un pacte de sécurité collective. On caresse le projet d'un traité bilatéral avec l'Inde. Tout cela semble de bien mauvais augure[21].

Que ces calculs soient justes ou non importe finalement peu. Que l'U.R.S.S. et l'Inde aient effectivement choisi de soutenir l'indépendance du Bengale ne compte pas en fait. L'essentiel est que la Maison Blanche l'ait cru et qu'elle ait orienté sa stratégie en fonction de cette conviction.

C. *Une politique « chinoise »*

Il y a peut-être un dernier élément qui explique la réaction américaine. Ni l'effet d'inertie d'une tradition diplomatique. Ni la tendance au repli d'un impérialisme blessé. Mais une circonstance toute nouvelle, difficile à intégrer dans les cadres politiques anciens : le rapprochement avec la Chine.

L'hypothèse n'est pas invraisemblable. Le Pakistan a sans doute servi de relais entre la Chine et les États-Unis. L'État chinois soutenait le Pakistan, ou en tout cas n'appuyait pas la sécession bengalie. L'Administration Nixon préférait donc éviter à la veille du sommet les points de friction ; multiplier au contraire les points d'entente. D'où la lenteur à réagir. D'où le refus d'intervenir (cf. les *Cinq Principes* qui sont devenus, nous le verrons,

21. Pour tout ceci, voir le chapitre suivant : « Le statu quo de Moscou. »

la bible diplomatique des Chinois). Comme si la perspective de la rencontre au sommet paralysait la politique étrangère américaine, ou lui imposait en tout cas un moratoire[22].

D. Alliés infidèles

Tout cela étant, quelle a été, concrètement, la position adoptée ? Comment ces divers éléments se sont-ils combinés ? Les États-Unis ont-ils été réellement, comme on l'a affirmé presque partout, des alliés fidèles du Pakistan ?

En un premier temps, sûrement. L'Inde, l'U.R.S.S., le désordre, le démantèlement d'un État en place, une menace de subversion : c'est plus qu'il n'en fallait pour faire pencher la balance. Mujibur Rahman n'avait *a priori* aucun des atouts que les Américains aiment trouver chez leurs protégés : ni un soutien de l'armée, ni un antisoviétisme militant, ni le goût de l'ordre, ni surtout les moyens politiques de l'imposer. Quelles seraient les conséquences immédiates de la sécession ? Une menace de subversion, un risque de pénétration communiste, un affaiblissement du Pakistan face à l'Inde : tout ce que le département d'État redoute et tout ce qu'il essaie d'éviter depuis vingt ans. Pas de doute. Il faut empêcher le démantèlement du Pakistan. Il faut, avant toute chose, préserver le statu quo.

22. A noter toutefois que le rapprochement sino-américain se préparait depuis de nombreuses années déjà.

Quelques jalons parmi d'autres :

— *1954 :* lors de la signature du pacte militaire avec Formose l'administration américaine fait savoir que l'usage de la force pour défendre les îles côtières tenues par Tchang Kaï-chek est affaire d'agrément mutuel.

— *1958 :* Dulles rappelle à Formose que le pacte est un pacte défensif. « Le rétablissement de la paix sur le continent », déclara-t-il, ne saurait reposer sur « l'emploi de la force ».

— Depuis plusieurs années la marine américaine a cessé de patrouiller le long des côtes chinoises.

— *1969 :* premiers assouplissements à l'embargo commercial.

— *14 avril 1971 :* levée de l'embargo sur les produits non stratégiques.

Il y a bien eu quelques dissonances. Dans la presse d'abord : de grands journaux comme le *New York Times* décrivent les massacres, soulignent la disparité économique et politique entre les deux ailes du pays. Au Sénat, des démocrates comme Kennedy et Fulbright déplorent que ce soit avec des armes américaines que le Pakistan écrase sa rébellion interne. Mais rien n'y fait. L'Administration américaine reste propakistanaise. Ou, plus exactement, elle essaie de convaincre Yahya Khan de s'entendre avec Mujibur Rahman. Elle se fait l'avocat de la solution « politique et négociée ». Elle opte sans ambiguïté par conséquent pour le maintien du Pakistan comme État. Et lorsqu'au plus fort de la crise, en décembre, la délégation américaine à l'O.N.U. propose de poster des observateurs sur la frontière, c'est pour geler la situation au profit des Pakistanais. Pour arrêter l'avance des Indiens. Pour préserver, s'il en est encore temps, l'intégrité territoriale du Pakistan.

Tout cela est connu. C'est le visage officiel et public de la diplomatie américaine. C'est ce qu'a retenu l'opinion, et ce dont se souviennent les Bengalis. En apparence du moins, c'est l'évidence.

Dans la réalité, la position américaine a été beaucoup plus subtile. Et d'abord parce qu'en soutenant le Pakistan, on n'a pas pour autant lâché l'Inde. L'aide économique ne s'est jamais réellement interrompue, même pendant les quelques semaines critiques de la fin de l'année 1971. Elle se serait plutôt accrue avec des livraisons spéciales destinées aux réfugiés pakistanais. On avait promis un prêt de 104 millions de dollars pour financer des importations, la somme a été intégralement versée. Quand Mac Namara, président de la Banque mondiale, vient faire sa tournée sous-continentale, il reste plus longtemps à Delhi qu'à Islamabad et félicite le gouvernement indien des efforts accomplis dans la voie du progrès et du développement. La Chambre des représentants, le 9 décembre, décide une réduction de trois millions de dollars des budgets d'aide au tiers monde, mais cette réduction affecte l'Inde *et le Pakistan*, mis par conséquent sur le même plan, et pénalisés au même titre. Quant au traité indo-soviétique, il n'inquiète pas plus les Américains que les Chinois. Indira Gandhi, lors de son voyage à Washington en novembre, multiplie les explications et les justifications. Elle démontre que l'Inde est toujours aussi « non alignée » ; la preuve : rien n'empêche d'autres pays de signer avec elle des traités du même type !

En fait, on n'a pas toujours très bien compris l'attitude de l'Administration américaine. Elle soutenait Yahya Khan, moins pour ce qu'il était, que parce qu'il paraissait le meilleur garant du statu quo. Elle s'opposait à la naissance du Bangla Desh, moins par principe, que parce qu'elle semblait menacer ce même statu quo. Il suffisait par conséquent que le régime d'Islamabad la déçoive, et que la guerre de libération change de forme, pour qu'elle révise ses analyses et qu'elle inverse ses batteries.

Car enfin, on n'a pas assez remarqué l'étonnante passivité de Washington aux dernières heures de la crise, au moment de la débâcle pakistanaise. On comprend que les Chinois ne soient pas intervenus : quoi qu'ait prétendu la propagande locale, ils ne s'y étaient jamais engagés. Mais on comprend plus difficilement la réserve des Américains : le Pakistan leur était lié par des traités militaires ; il était tout de même membre du C.E.N.T.O. et de l'O.T.A.S.E. ; les États-Unis s'étaient engagés, publiquement et par des textes, à leur prêter main-forte en cas d'agression. Ils sont les premiers à reconnaître l'existence d'un *casus belli* ; mais ils ne bougent pas le petit doigt pour assister leurs alliés.

Par ailleurs, le journaliste Anderson a fait d'étranges révélations. Kissinger aurait déclaré le 5 décembre que le total de l'aide américaine pendant la crise n'avait pas excédé 5 millions de dollars, c'est-à-dire approximativement la valeur de deux avions. Il aurait affirmé le lendemain, le 6, que l'issue du conflit était désormais claire : le Pakistan oriental devait inévitablement tomber. Et il aurait recommandé pour finir au délégué américain à l'O.N.U. de prendre position aux côtés des Pakistanais, mais *for the record* seulement...

Autrement dit, à dix jours du dénouement, alors qu'aucune ville importante n'est tombée aux mains des Indiens, alors que les Pakistanais ont encore un certain nombre d'atouts, qu'il suffirait de les aider davantage pour leur permettre de résister – alors que rien n'est joué par conséquent et que tout est encore possible —, Kissinger déclare froidement que la partie est terminée. Il se résigne à la défaite. Il paraît décidé à laisser aller la guerre là où les Russes et les Indiens ont décidé de la mener. En soutenant leur vieil allié, mais pour la forme et sans y croire ; un peu comme Tchang Kaï-chek au moment de l'entrée de la Chine à l'O.N.U.

On raconte même au Bengale que les Américains sont intervenus activement pour dénouer la crise. Ils ne se seraient pas contentés de laisser venir, mais auraient précipité les choses, au détriment du Pakistan... La C.I.A. aurait en effet armé — elle a en tout cas parrainé — une cohorte spéciale de guérilleros, née à la dernière heure, et spécialisée dans la chasse aux maoïstes : la Mujib Bahini. Nous en avons rencontré un certain nombre, au moment de la remise des armes à Dacca. Bien équipés, bien nourris, bien payés ; farouchement anticommunistes, pro-américains et vaguement fascisants. Pour eux, les États-Unis ne devaient pas tarder à reconnaître le Bangla Desh pour peu qu'il s'éloigne de la Russie ; le département d'État n'est pas réellement perdant dans l'affaire, car Mujibur Rahman se pliera bientôt à sa loi, quand il aura besoin de ses dollars.

Les Américains par conséquent semblent avoir accepté, au dernier moment, la chute de Yahya Khan. Est-ce si étonnant ? Ils ne le soutenaient que pour autant qu'ils le croyaient solide. Or, voilà qu'il montre les premiers signes de faiblesse et qu'il s'enlise dans la crise. Ils comptaient sur les militaires pour mater les Bengalis : les militaires en fait n'ont réussi qu'à les radicaliser. La junte d'Islamabad autrement dit n'est plus à la hauteur de la tâche. Elle est incapable d'assumer la fonction qu'on lui avait assignée. Quoi qu'il en coûte, il faut s'en débarrasser.

De sorte que la diplomatie américaine, d'un bout à l'autre de la crise, a poursuivi le même objectif, mais avec des moyens différents. D'abord le « gros bâton » et la carte Yahya Khan. Ensuite, une stratégie plus subtile, et la carte Mujibur Rahman. D'un côté, le *containment* à la Johnson, c'est-à-dire la solution dure. De l'autre, le *containment* version Kennedy : « [...] Rejoindre ceux que l'on ne peut vaincre... » On était *contre* le Bangla Desh parce qu'il mettait en péril le statu quo ; on devient *pour* ensuite, quand c'est la guerre qui en se radicalisant menace à son tour l'équilibre régional. La raison qui faisait qu'on s'y opposait fait à présent qu'on s'y résigne. Le Bangla Desh était un mal, il devient un moindre mal. Car mieux vaut un Bengale avorté qu'une révolution triomphante.

9

LE STATU QUO DE MOSCOU

Second acteur : l'Union soviétique. Le mécanisme, nous le verrons, est analogue. Maintenir le statu quo par tous les moyens possibles. D'abord en empêchant la création du Bangla Desh. Ensuite au contraire en la précipitant. Attitude peut-être plus fine, et réaction plus rapide ; mais qui procède au fond d'un même choix et d'une même méthode que les États-Unis.

Là encore, un détour est nécessaire. Détour historique. Détour par l'histoire. D'autant que l'Inde occupe dans la vision du monde soviétique une position privilégiée. Et que la politique soviétique à l'égard du sous-continent est révélatrice de l'évolution générale des analyses soviétiques quant aux problèmes du tiers monde.

I. Inde-U.R.S.S. : la tradition diplomatique

A. Staline : une puissance ignorée

A l'époque de Staline d'abord, le sous-continent indien n'intéresse pas la diplomatie soviétique. A la fin des années quarante, au début des années cinquante, les Soviétiques sont préoccupés par la question de Berlin, le schisme yougoslave, la création de l'O.T.A.N., le plan Marshall ; les États post-coloniaux ne les passionnent pas, et pas plus l'Inde que les autres.

Ainsi, par exemple, le fameux discours de Jdanov en septembre 1947[1]. Il évoque le partage du monde en deux blocs : impérialiste et antidémocratique d'un côté, anti-impérialiste et démocratique de l'autre. Il parle des projets américains d'asservissement de l'Europe. Mais ne dit presque rien ni des colonies ni des États décolonisés. A quelques mois de l'indépendance de l'Inde, il n'en souffle pas mot ; comme si elle se situait dans un tout autre horizon.

Cinq ans plus tard, c'est Malenkov, nouveau secrétaire du Parti, qui fait le rapport de politique intérieure et internationale au XIXe congrès. Même tableau. La tâche du Parti, dans le domaine de la politique extérieure, est de rallier les forces démocratiques et pacifiques, de développer les relations commerciales avec tous les pays, de renforcer les liens d'amitié avec les pays socialistes et de renforcer la défense de l'Union soviétique. Là encore, rien sur le tiers monde ; aucune mention particulière du sous-continent[2].

L'indépendance de l'Inde passe d'ailleurs assez inaperçue. Ni la *Pravda* ni aucun grand journal ne la commente. Elle est à peine mentionnée, et avec plusieurs jours de retard ; comme si les affaires indiennes n'intéressaient pas l'opinion publique soviétique ; comme s'il s'agissait d'un monde lointain, à l'égard duquel on n'a ni le goût ni l'occasion d'élaborer une politique spécifique. Ce n'est pas exactement de la neutralité, plutôt de l'indifférence. Ce n'est pas encore la neutralité d'un Brejnev qui sera, nous le verrons, calculée et politique, autre nom d'une recherche de l'équilibre et du statu quo. Sim-

1. Discours prononcé en Pologne, fin septembre 1947 et publié dans la *Pravda*, sur deux pages, le 22 octobre 1947.

2. *New Times*, n° 42, supplément, 1952.

plement, à l'époque de Staline, l'U.R.S.S. *n'a pas* de politique sous-continentale.

Elle n'a pas de politique, mais elle a par contre quelques dogmes, qui font l'affaire le cas échéant et qu'elle applique à la réalité indienne, mécaniquement et sans nuances. Pas d'analyses concrètes, mais des positions de principe. Pas d'effort pour comprendre l'Inde, mais des préjugés hostiles. Vision sectaire, mal informée ; au mieux, hyper-gauchiste. L'Inde adhère au Commonwealth ? C'est que l'indépendance n'a rien changé et qu'elle appartient toujours, et de la même manière, à l'Empire britannique[3]. La Partition ? C'est, et ce n'est que, le fruit d'un calcul impérialiste destiné à conserver, sous une autre forme et sous un autre nom, la situation antérieure[4]. Nehru ? Un représentant de la bourgeoisie compradore, qui choisit ses ministres dans les rangs de la bourgeoisie monopoliste[5]. Gandhi ? Un allié du colonialisme britannique en 1914, de l'impérialisme américain trente ans plus tard et dont la *Pravda* signalera à peine la mort[6]... La politique économique du gouvernement

3. *Ibid.*, nº 3, 1948 : « L'Inde divisée » par A. DYAKOV ; *ibid.*, nº 23, 1949, p. 29 ; *Izvestia*, 10 septembre 1950 : « La Politique coloniale des travaillistes anglais. »

4. *Pravda*, 2 décembre 1948, p. 4.

5. « Ce n'est un secret pour personne que Birla est particulièrement proche de Sardar Patel, le leader reconnu de l'aile droite du Parti du Congrès, ministre de l'Intérieur dans le gouvernement Nehru, et, de l'avis de tous, le fer de lance spirituel du gouvernement... Il y a plusieurs faits qui attestent que le tout-puissant ministre de l'Intérieur, que beaucoup regardent comme le futur dictateur de l'Inde, doit sa carrière au soutien indéfectible de la firme Birla [...] La famille Tata est un autre pilier du Parti du Congrès [...] Le Docteur John Mathaï, l'un des directeurs de la firme Tata, était auparavant, pendant la guerre, un très haut fonctionnaire du gouvernement indien ; et aujourd'hui le Docteur Mathaï est ministre des Transports dans le cabinet Nehru. » (*New Times*, nº 32, 1948, p. 10 ; cité dans *Soviet Policy Towards India*, J.A. NAIK, p. 38).

6. « L'Inde est actuellement déchirée par une lutte d'influence entre capitalistes américains et britanniques. Les monopoles U.S. rivalisent avec les monopoles anglais qui ont depuis longtemps établi leur emprise sur le pays, et ne sont pas près d'y renoncer. Il est clair que l'Inde continue à être une partie de l'Empire britannique, elle appartient à la zone sterling, et au système de défense impérial. Le capital financier anglais

Nehru ? Un arbitrage entre impérialistes rivaux[7]. La nouvelle constitution indienne ? Un instrument destiné à renforcer les intérêts des capitalistes, locaux et étrangers[8]. Toutes ces affirmations sont abstraites, schématiques et péremptoires ; elles oscillent entre l'évidence et la contre-vérité ; tantôt des lapalissades qu'une analyse devrait prolonger, mais dont on se dispense toujours ; tantôt au contraire des erreurs flagrantes qui témoignent d'une méconnaissance totale de la réalité indienne.

De fait, la Russie stalinienne se garde bien de choisir entre l'Inde et le Pakistan. Leur querelle ne la concerne pas. C'est trop loin, trop marginal, trop compliqué. Et sur la question du Kashmir notamment, la diplomatie soviétique, qui sous Khrouchtchev prendra ouvertement parti, reste pour l'instant parfaitement neutre. Plus que neutre, indifférente. Plus qu'indifférente, incompétente. Alors qu'en 1948 la question occupe pendant six mois les débats du Conseil de Sécurité, les discours du délégué soviétique sont remarqués pour leur médiocrité. Ils se cantonnent à des points de détail et se complaisent dans les querelles de procédure. En 1951, pour la première fois, à l'occasion du second rapport Graham, Jacob Malik semble aborder la question de front ; mais sur les vingt-quatre paragraphes de son discours un seul traite directement de la querelle indo-pakistanaise ; vingt-trois, des noirs calculs des Britanniques et des Américains. Il se réfugie dans la grande politique, c'est-à-dire, cette fois, dans l'abstraction. Autre façon, plus élégante, d'esquiver le débat. Débat sur lequel, encore une fois, les Soviétiques n'ont aucune raison de prendre position, puisqu'ils n'ont à proprement parler rien à dire.

contrôle les trusts industriels et bancaires en Inde. Les deux tiers du capital indien sont britanniques. Les amiraux et maréchaux anglais commandent l'armée indienne ; et les aviateurs et les généraux indiens s'entraînent dans les écoles militaires britanniques. » (*Pravda*, 29 mars 1952, p. 3.)

7. Voir aussi *Pravda*, 21 juin 1951, p. 4 ; 4 février 1953, p. 4 ; 8 janvier 1951, p. 4 ; 15 octobre 1951, p. 4.

8. *Pravda*, 3 février 1952, p. 3.

B. Khrouchtchev : le cinquième grand

Pourtant, avec la guerre de Corée, les choses avaient commencé de changer, et l'Inde pour la première fois semblait avoir attiré l'attention du Kremlin.

Tout d'abord, au début des années cinquante, la situation s'est stabilisée dans l'ensemble du tiers monde. La stratégie « gauchiste » de renversement des bourgeoisies nationales et de radicalisation immédiate des processus nationalitaires a échoué ; il faut la réviser ; il faut repenser les dogmes ; il faut mettre au point une stratégie nouvelle, plus réaliste et mieux fondée ; fondée sur une analyse attentive des réalités concrètes. Par ailleurs, avec la guerre de Corée, les Soviétiques croient discerner un glissement du centre de gravité politique mondial ; d'ouest en est ; d'Europe en Asie ; du mur de Berlin aux frontières chinoises. Les questions européennes priment encore, mais comment ne pas voir qu'il se passe aussi des choses à l'autre bout de la planète ; qu'il faut remettre à jour les analyses et les ordres de priorité ?

Et puis, surtout, il semble qu'à la faveur de ce glissement les Soviétiques aient redécouvert l'existence et l'importance de l'Inde. Elle est bien placée géographiquement et diplomatiquement indépendante. Elle occupe donc en Asie une position clef. Et on commence à y voir un médiateur éventuel... De fait, trois semaines après la déclaration de guerre, Nehru adresse à Staline une lettre personnelle. Staline, contre toute attente, lui répond aussitôt, et chaleureusement. Nehru : « Le but de l'Inde est de localiser le conflit, de contribuer à son règlement rapide et pacifique, en éliminant notamment l'impasse actuelle du Conseil de Sécurité, pour que le représentant de la République populaire de Chine puisse prendre place au Conseil, et l'U.R.S.S. y revenir. » De cette façon, ajoute-t-il, « l'U.R.S.S., les U.S.A., la Chine, assistés par d'autres États pacifiques, pourront trouver une base pour l'arrêt des hostilités et la solution finale du problème coréen[9] ». Réponse de Staline : « Je me réjouis de votre initiative de paix, je partage pleinement votre point de vue en ce qui concerne l'opportunité d'un règlement pacifique de la question coréenne à travers le Conseil de Sécurité avec participation obligatoire des représentants des cinq grandes puissances, y compris le gouvernement chinois. Et je crois que pour un règlement rapide de la question coréenne, il serait bon d'entendre au Conseil de Sécurité les représentants du peuple coréen[10]. » La *Pravda*, de son côté, consacrera pendant six jours consécutifs une page entière aux commentaires de la presse internationale de cet échange de lettres[11]. L'Inde existe enfin. Le Kremlin a daigné la rencontrer.

Sous Staline, les choses n'iront pas plus loin. Un jalon a été posé, mais on en reste là. Et il faudra attendre Khrouchtchev pour que les relations indo-soviétiques prennent un nouveau départ.

Les premiers temps de la déstalinisation se caractérisent par une véritable euphorie diplomatique. Reprise des relations avec Israël ; règlement du conflit frontalier avec la Turquie ; normalisation des rapports avec la Yougoslavie. Rapport de Malenkov au Soviet suprême le 8 août 1953. Le rapport insiste notamment sur la nécessité d'établir des relations de bon voisinage avec l'Iran, la Turquie, l'Afghanistan et la Finlande ; et il conclut, sous les applaudissements : « L'attitude d'un pays aussi important que l'Inde est d'une grande importance en ce qui concerne la paix en Asie... L'Inde a déjà considérablement contribué aux efforts des pays pacifiques en vue d'arrêter la guerre de Corée. Nos relations avec elle sont de plus en plus solides. Les rapports économiques et culturels s'élargissent. Nous espérons que les relations indo-soviétiques se renforceront et se développeront dans un esprit d'amicale coopération[12]. »

L'alliance avec l'Inde est d'autant plus urgente que la

9. *Keesing's Contemporary Archives*, vol. VIII, 19.0.52, p. 10847.
10. *Idem.*
11. Voir notamment *Pravda*, 23 juillet 1950, p. 4.
12. *New Times*, n° 33, 1953, supplément, p. 15.

guerre froide bat son plein, et qu'elle est en train de gagner le sous-continent. La pactomanie américaine s'étend au Pakistan ; le bloc anticommuniste pénètre donc en Asie ; l'étau se resserre ; et on commence à comprendre le parti qu'on pourrait tirer du « non-alignement » de Nehru. D'où des initiatives soviétiques spectaculaires. En dix-huit mois, quatorze délégations indiennes sont invitées en U.R.S.S., alors que depuis cinq ans le Kremlin interdisait régulièrement à ses savants de participer à la réunion annuelle de l'Indian Sciences Congress ; quatorze délégations, depuis des équipes de football et des acteurs de cinéma, jusqu'aux industriels et aux politiques. Indira Gandhi, la propre fille de Nehru, est la première personnalité étrangère à visiter les républiques d'Asie centrale. En 1954, à l'occasion de l'anniversaire de la Révolution d'Octobre, on porte pour la première fois un toast en l'honneur de l'Inde ; et l'année suivante enfin, c'est l'apothéose : Nehru est invité en U.R.S.S., et Khrouchtchev en Inde[13].

Nehru arrive à Moscou le 7 juin 1955 et l'accueil que lui réserve la direction soviétique est, d'après l'ambassadeur de l'époque, « sans exemple dans le passé[14] ». L'appareil du Parti est là, au grand complet : Khrouchtchev, Bulganine, Malenkov, Molotov, Kaganovitch, Mikoyan et Sudurov. L'éditorialiste de la *Pravda* écrit : « Du plus profond de son cœur le peuple soviétique se réjouit de l'amitié grandissante avec le peuple indien[15]. » Et le communiqué final insistera sur l'adhésion commune des deux parties au fameux « Cinq principes de la coexistence pacifique » qui sont sinon une invention, du moins un cheval de bataille des Indiens. Nehru de son côté ne perd rien de son arrogance et refuse de transiger sur les points de désaccord. Contrairement à ce que prétend la presse américaine de l'époque, ce n'est pas Nehru qui vend son âme aux communistes, mais bien plutôt

13. *Pravda*, 22 juin 1953, p. 3. *Pravda*, 30 août 1953, p. 4. *Pravda*, 12 juillet 1953, p. 3.
14. K.P.S. Menon, *Flying Troïka*, Oxford University Press, 1963, p. 106.
15. *Pravda*, 7 juin 1955.

Moscou et, quelques mois plus tôt, Pékin[16] qui achètent — fort cher — l'amitié indienne.

Le prix à payer était le soutien de la position indienne dans la querelle du Kashmir. Moscou ne se fait pas prier. Alors que sous Staline on négligeait de prendre position, on s'aligne à présent sur l'Inde, au mépris des analyses pakistanaises. Khrouchtchev déclare à Srinagar[17] le 10 décembre 1955 que la querelle du Kashmir « créée de toutes pièces par les puissances coloniales a été résolue par le peuple du Kashmir lorsqu'il a décidé de se réunir à la République indienne. Et le gouvernement soviétique approuve cette décision[18] ». Propos confirmés au retour à Moscou par Bulganine : « La question a *déjà* été réglée par le peuple du Kashmir lui-même ; il se considère comme partie intégrante de la République indienne[19]. »

16. Cf. peu après la conférence de Genève, le voyage de Chou En-lai à Delhi, en juin 1954.

17. Capitale du Kashmir.

18. N.A. BULGANIN et N.S. KHRUCHTCHEV, *Speeches during Sojourn in India, Burma, Afghanistan*, New Delhi, 1956, pp. 83-86. « En Union soviétique nous avons trouvé de bonnes solutions et au problème des nationalités et au problème de la liberté de conscience. Chaque citoyen dans notre pays peut organiser sa vie religieuse de la manière qu'il veut [...]. Vous savez, il y a des peuples qui essaient encore de semer la discorde au sein du peuple de l'Inde en enflammant des querelles nationales ou en divisant le peuple sur la base de la religion [...]. On peut donc dire que ce n'est pas la différence dans les croyances religieuses qui a été le facteur principal dans la création du Pakistan, et dans sa séparation de l'Inde unitaire. Certains États qui suivent depuis longtemps le principe bien connu " diviser pour régner " ont activement aidé les choses à se faire. Nous sommes absolument convaincus que lorsque les passions se seront calmées et que le peuple aura réalisé la signification de cette partition artificielle, il la regrettera [...]. »

19. *New Times*, n° 2, supplément 1956, pp. 9-10. (Rapports de Boulganine au Soviet suprême.) « [...] Quant à la question du Kashmir elle a été créée par des pays qui poursuivent des objectifs militaires et politiques dans la région — sous prétexte de soutenir le Pakistan dans la querelle du Kashmir, certains pays ont cherché à intervenir dans cette partie de l'Inde, en vue de menacer et de faire pression sur les régions proches du Kashmir [...]. Le peuple du Kashmir s'oppose résolument à cette politique impérialiste. Le problème du Kashmir a déjà été réglé par le peuple du Kashmir lui-même ; il se considère comme partie intégrante de la République indienne et est désireux d'œuvrer à l'intérieur de la famille fraternelle des peuples indiens pour construire une Inde nouvelle et indépen-

Jusqu'à la chute de Khrouchtchev, les Soviétiques s'en tiendront à cette position. Lorsque, au début de 1957, les Pakistanais remettent la question à l'ordre du jour, et que le Conseil de Sécurité conclut une fois de plus à la nécessité d'organiser un plébiscite, Jacob Malik répète que la question du Kashmir n'existe pas, que le peuple kashmiri l'a déjà résolue. En janvier 1962 encore, il répond à la délégation pakistanaise qu'il n'y a pas, comme elle le prétend, de risque d'invasion par l'Inde du Kashmir pakistanais, mais au contraire d'invasion par le Pakistan du territoire indien.

Moscou a donc fait son choix. Et, de fait, l'Inde semble occuper une place grandissante dans sa diplomatie. Alors qu'à la même époque les États-Unis cherchent à tempérer justement sa puissance, en se servant du Pakistan comme contrepoids, le Kremlin au contraire mise à fond sur elle ; il ne perd aucune occasion de l'élever au rang de grande puissance ; ou plus exactement de reconnaître, et de faire reconnaître aux yeux du monde, son statut de cinquième grand. Témoin : l'affaire de Suez. Delhi et Moscou s'accordent à condamner l'agression tripartite et réclament le retour à la paix. A la conférence de Londres, réunie à l'initiative des Anglais, les points de vue indien et soviétique s'accordent et se soutiennent mutuellement. Et Shepilov, ministre soviétique des Affaires étrangères, déclare que la conférence a révélé « un affrontement entre deux courants opposés, deux types de principes complètement différents, en ce qui concerne la solution de la question de Suez ». D'un côté « les propositions formulées par l'Inde [...] ». De l'autre « les propositions formulées par les États-Unis d'Amérique, plus largement connues sous le nom de plan Dulles[20] ». L'Inde

dante... Nous avons tiré cette conviction de nos rencontres avec la population de Srinagar et de nos conversations avec le distingué Premier ministre du Kashmir, Gulam Mohammed Bakshi, et ses collègues. Le gouvernement soviétique soutient la position indienne sur la question du Kashmir parce qu'elle concorde parfaitement avec les intérêts de la paix dans cette partie de l'Asie [...]. »

20. *New Times*, n° 36, supplément, pp. 36-37.

autrement dit appartient sans conteste au camp anti-impérialiste. Elle est douée d'une capacité d'initiative, sinon d'innovation diplomatique, qui est l'apanage des grandes puissances ; l'U.R.S.S., second grand, s'aligne sur ses positions et en fait un allié privilégié. L'Inde est plus qu'un protégé, et même plus qu'un allié : un partenaire.

Témoin aussi, et le cas est plus net encore : la crise du Proche-Orient de juillet 1968. Le roi d'Iraq a été détrôné ; l'Iraq dénonce le Pacte de Bagdad ; les Britanniques débarquent des troupes en Jordanie ; les Américains au Liban... Or, là encore, non seulement les points de vue soviétique et indien concordent parfaitement, mais Khrouchtchev, désireux de parvenir à un règlement de la crise, adresse des messages personnels aux chefs d'État américain, français, anglais, et *aussi indien* ; pour que, dit-il, « les chefs d'États d'U.R.S.S., des U.S.A., de Grande-Bretagne, de France et d'*Inde* se rencontrent sous le patronage du secrétaire général de l'O.N.U. et prennent des mesures destinées à mettre un terme au conflit militaire actuel[21] ».

Mieux : dans la lettre adressée à Nehru, on lit les lignes suivantes : « Nous savons en U.R.S.S. que l'Inde est une puissance majeure *(one of the leading states)*, un pays dont la voix porte non seulement en Asie mais à travers le monde entier. Et le gouvernement soviétique espère que vous ferez votre possible pour faciliter le succès des efforts collectifs de tous les États pacifiques, en vue d'éviter la catastrophe menaçante, tant qu'il est encore temps[22]. » La conférence se tiendra, mais sans l'Inde. Parce que, selon le général de Gaulle, elle n'y avait pas plus de droit que l'Iran ou la Turquie[23]. Peut-être avait-il raison. Mais l'essentiel pour notre propos est que Khrouchtchev était de l'avis contraire, et qu'il faisait de l'amitié indienne *un pilier de sa diplomatie*.

Pas uniquement d'ailleurs de sa diplomatie asiatique. Il

21. 19 juillet 1958.
22. *New Times*, n° 30, supplément, 1958.
23. *Pravda*, 29 juillet 1958.

entendait par exemple inviter l'Inde aux conférences sur le désarmement. Il consulte à plusieurs reprises Nehru sur les grands problèmes internationaux. L'Inde est beaucoup plus que l'ennemi du Pakistan, et autre chose qu'un simple médiateur en Asie : une pièce décisive dans le jeu de la coexistence pacifique.

C. Brejnev : une puissance comme les autres

Avec la chute de Khrouchtchev, la politique soviétique prend un nouveau virage.

Comme dans la phase précédente, la crise s'annonçait depuis quelque temps déjà. L'affaire de Budapest en 1956 avait porté un coup sérieux à l'image de marque des Soviétiques ; contemporaine de la crise de Suez, elle semblait prouver que leur expansionnisme vaut bien, à la limite, l'impérialisme américain. Puis c'est la question des essais nucléaires qui envenime les rapports entre Khrouchtchev et Nehru. Le premier tire argument de l'agressivité des puissances occidentales pour justifier l'escalade. Le second s'oppose au principe même des essais nucléaires et, en 1961, écourte de plusieurs jours sa visite à Moscou. Enfin et surtout, la question allemande constitue un moment le point de désaccord essentiel. Les Soviétiques épousaient la position indienne sur le Kashmir, ils espéraient que les Indiens en retour épouseraient leur propre position sur le problème allemand. Or, pas du tout. Loin de songer à reconnaître la R.D.A., Nehru tient en mars 1957, lors de la visite à Delhi du ministre ouest-allemand des Affaires étrangères, des propos qui, à Moscou, sont jugés scandaleux : « L'Inde exprime une fois de plus sa sympathie à l'égard du souhait du peuple allemand d'obtenir pacifiquement son unité nationale et émet l'espoir que les conditions soient réunies pour que la réunification de l'Allemagne puisse s'opérer, conformément aux vœux du peuple allemand et en conformité avec les exigences de sécurité de l'Allemagne et des autres pays d'Europe[24]. »

Ce n'étaient jamais que des points de friction, et l'U.R.S.S. au fond les tolérait assez bien. En fait, pour que la crise se cristallise, pour que la politique étrangère soviétique se modifie, il faudra un nouvel événement, plus décisif et plus déchirant : la rupture avec Pékin, le grand schisme du mouvement communiste.

En rompant avec les Chinois, les Russes perdent en Asie leurs alliés les plus sûrs et les plus naturels. Ceux-ci de leur côté se rapprochent des Pakistanais, et la manœuvre prend, semble-t-il, une tournure antisoviétique. Il reste l'alliance avec l'Inde, mais elle n'est ni sûre ni surtout exclusive : le « non-alignement » que l'on bénissait autrefois paraît à présent redoutable. Les Russes se sentent brusquement isolés ; sans point d'appui réel en Asie ; isolés et menacés d'encerclement ; redoutant une collusion sino-américaine dont on devine déjà le point d'appui : la junte d'Islamabad. Et tout cela à l'heure où justement la guerre froide en Europe semble entrer en sommeil, et où c'est en Asie que s'annoncent les parties politiques les plus serrées...

D'où un revirement stratégique. La leçon de tout cela, c'est que l'U.R.S.S. ne peut plus compter sur ses alliances, en l'occurrence sur l'Inde, en cas d'épreuve de force. Elle a en face d'elle non plus un, mais deux ennemis, la Chine et les États-Unis. Et dans l'hypothèse de la guerre, elle n'est plus nécessairement gagnante. D'où une nouvelle stratégie, plus fine et plus rouée : au lieu de miser sur la guerre, faire l'hypothèse de la paix ; dans l'hypothèse de la paix, conserver une influence majeure dans la région ; et pour conserver cette influence, pratiquer une diplomatie tous azimuts ; moins pour gagner de nouveaux amis que pour défaire les amitiés des autres.

La stratégie khrouchtchévienne était finalement offensive, ou au moins dynamique. Elle comptait sur des alliances solides pour marquer des points dans la région.

24. *Foreign Policy of India, Texts of Documents*, 1947-1959, Lok Sabha Secretariat (New Delhi), p. 287.

Elle ne craignait pas de se mettre à dos les Pakistanais si cela devait renforcer les liens d'amitié avec l'Inde. Elle pensait autrement dit en termes de blocs, de solidarité militaire et d'alliances. A présent, retournement complet. On sait que les Indiens ne voueront pas au Kremlin une amitié éternelle sous prétexte qu'on les a préférés aux Pakistanais : pourquoi alors ne pas mener de front les deux alliances, au risque de froisser les Indiens ? On sait qu'en cas de déséquilibre dans la région il faudra lutter non plus sur un mais sur deux fronts : pourquoi ne pas s'associer aux États-Unis pour maintenir le statu quo ? Bref, on opte pour une stratégie statique, une stratégie *d'équilibre*, qui aura pour but non plus de constituer un bloc soviétique en Asie, mais de s'immiscer, pour les défaire, dans les blocs adverses.

D'où d'abord un tiédissement des relations avec l'Inde. Il n'est plus jamais question de l'inviter aux grands sommets internationaux ; en décembre 1968, lorsqu'on propose une conférence sur le Proche-Orient, on ne la mentionne même plus. Dans les grandes occasions, à l'occasion des toasts et des traditionnels messages, elle est reléguée à un rang auquel depuis Khrouchtchev elle n'était plus habituée : derrière la R.A.U., l'Algérie, la Syrie, la Birmanie, la Guinée, le Congo, le Mali. Et au moment du coup de Prague enfin, son attitude, pourtant relativement pro-soviétique, passe à peu près inaperçue à Moscou ; ni la *Pravda* ni les *Izvestia* n'y consacrent le moindre commentaire ; que l'Inde approuve, désapprouve, déplore ou renonce à se prononcer, importe finalement peu : depuis 1965, elle n'est plus une grande puissance[25].

Cela ne veut pas dire qu'elle ne soit plus un pays ami. Au contraire, les liens, tant économiques que militaires, sont plus nombreux et plus solides que jamais. Simplement la nouveauté de la situation tient à ce que le *Pakistan aussi* est devenu un allié. En 1965, Ayub Khan vient

25. Cf. *Pravda* et *Izvestia*, 23 août, 29 août, 4 septembre : compte rendu des débats du Conseil de Sécurité.

à Moscou en visite officielle. Le communiqué commun insiste sur l'atmosphère cordiale qui a présidé aux entretiens et parle de « nombreux » points d'entente[26]. Puis, dans les mois qui suivent, le Pakistan monte brutalement en grade et apparaît à un rang honorable dans les citations protocolaires. La presse qui le boudait lui consacre à présent des articles de fond. Et en août 1965 par exemple on peut lire dans la *Pravda* que « le renforcement des liens entre l'U.R.S.S. et le Pakistan doit être considéré comme partie intégrante d'une politique plus générale visant à assurer la paix en Asie et à travers le monde. Nous voudrions que les relations soviéto-pakistanaises, comme notre amitié avec l'Inde, soient un facteur de stabilité dans cette partie du monde et contribuent à la normalisation des rapports entre l'Inde et le Pakistan[27] ».

Le texte est significatif, et il mérite qu'on s'y arrête un instant.

— Le but des Soviétiques est désormais, très clairement, de maintenir le statu quo régional. A un triple niveau : mondial (« à travers le monde »), asiatique (« paix en Asie ») et sous-continental (« stabilité dans cette partie du monde »).

— Pour y parvenir, il ne s'agit plus comme autrefois d'« aiguiser les contradictions » entre l'Inde et le Pakistan ; mais au contraire de réconcilier si possible les frères ennemis. Stratégie d'équilibre et de balance des forces qui ressemblera étrangement à celle des États-Unis.

— La nouvelle diplomatie soviétique met finalement le Pakistan *au même plan* que l'Inde (« ... les relations soviéto-pakistanaises *comme* notre amitié avec l'Inde... »). L'Inde, autrement dit, n'est plus le cinquième grand qu'elle avait failli être autrefois. Comme les États-Unis encore, les Soviétiques auront tendance à se servir du Pakistan comme *contrepoids* aux ambitions hégémoniques de l'Inde.

26. *Pravda*, 22 avril 1968, AYUB KHAN, *Friends not masters, op. cit.*, pp. 168-174.

27. *Pravda*, 24 août 1965.

Résultat : lorsque éclate en 1965 la guerre indo-pakistanaise le Kremlin ne prend pas parti et adopte une position de *médiation* et de *neutralité*. On déplore que deux pays si pauvres, aux économies si fragiles, à peine engagés sur la voie du développement, s'épuisent et se ruinent en querelles insensées. On évoque les risques de contagion et de déséquilibre régional. C'est Kossyguine qui appelle le premier à un cessez-le-feu et à un retrait des troupes. C'est lui aussi qui propose, le premier, ses bons offices. Et c'est lui encore qui mènera Ayub Khan et le président indien Shastri à Tashkent, pour négocier.

A plusieurs reprises, les négociations sont sur le point de se rompre. On bute sur l'éternelle question du Kashmir. Ayub menace de se retirer si on ne la mentionne pas dans le texte final. Shastri au contraire s'y oppose, et menace lui aussi de partir si on donne satisfaction à son rival. Il a fallu là encore le zèle des Soviétiques pour éviter le pire. Un jour où les choses vont particulièrement mal, Kossyguine fait la navette entre Ayub et Shastri ; il a avec l'un et l'autre de longs entretiens ; et les convainc finalement de se mettre d'accord sur un compromis[28].

C'est cela la nouvelle diplomatie soviétique. C'est dans ce contexte que va éclater la crise du Bangla Desh. Une stratégie d'équilibre et de médiation. Non plus indifférente, mais calculée. Non plus par manque d'initiative, mais par volonté délibérée. L'U.R.S.S. s'est instituée en gardienne du statu quo.

C'est en ce sens, et en ce sens seulement, qu'on peut parler de « collusion » américano-soviétique.

II. **Sur la question du « social-impérialisme »**

Les relations de l'Inde et de l'Union soviétique posent un problème de fond, sur lequel les Indiens se divisent et

28. J.A. Naïk, *op. cit.*, p. 137.

qui n'est pas loin de constituer un des clivages politiques essentiels entre les divers partis de gauche : le problème de la nature de l'aide soviétique ; la question de ce qu'il est convenu d'appeler, dans les rangs des révolutionnaires indiens, « social-impérialisme ».

A. Bilan de l'aide soviétique

D'abord quelques remarques, en guise de bilan.

L'Inde exporte en U.R.S.S. du tabac, du café, du jute, du thé, des épices, des étoffes et des cuirs... L'U.R.S.S., du blé, des céréales diverses, du bois, du papier, des produits manufacturés, des biens d'équipement, du matériel électrique, des produits chimiques. Les termes de l'échange sont à première vue favorables à l'Inde, puisque les produits soviétiques sont payables en roupies et non, comme d'habitude, en devises. Favorables et, qui plus est, équilibrés puisque, depuis le premier accord commercial quinquennal signé le 2 décembre 1953, les Soviétiques se sont toujours efforcés d'équilibrer la balance commerciale entre les deux pays. Pas de sortie de devises par conséquent. Ni de risque d'inflation[29].

Deuxième remarque : l'U.R.S.S. consent aussi à l'Inde des prêts, à des conditions relativement avantageuses. Quant à leur durée : généralement à long terme. Quant aux modalités de remboursement : en monnaie nationale, à faible taux d'intérêt. Quant à leur *effet* surtout : ce sont des prêts *publics,* qui renforcent en Inde le secteur *public,* et son corrélat, le *capitalisme d'État.* Ils permet-

29. Comme le déclare un responsable indien : « Grâce à de tels accords, l'Inde pouvait pour la première fois de son histoire développer effectivement son commerce sur des bases équilibrées : à savoir que les roupies payées en échange de biens soviétiques de même que les remboursements de prêts antérieurs devaient être intégralement utilisés par l'U.R.S.S. pour acheter des produits indiens. C'était aussi la première fois que la roupie indienne était reconnue dans des accords de commerce [...] avec un pays industrialisé. » *(Ten Years of Soviet Indian Economic Cooperation,* Information Department of the U.S.S.R. Embassy, New Delhi, p. 20).

tent par conséquent à l'État de bâtir les infrastructures qu'aucune entreprise privée ne se risquerait à bâtir toute seule. Ils donnent à *l'État* indien les moyens financiers de créer les indispensables bases de toute économie souveraine, autonome et autocentrée. Quant à savoir quel est le sens *politique* de cette démarche, ce que signifie *au fond* le concept de capitalisme d'État, c'est une autre question : nous l'aborderons en son temps.

Il suffit d'ailleurs de prendre un exemple pour voir toute la différence entre un prêt soviétique et un prêt consenti par une puissance du « monde libre ». On avait commencé par contacter, pour la construction du complexe sidérurgique de Bhilaï, les firmes allemandes Krupp et Demag. Elles étaient disposées à consentir un prêt, mais à un taux d'intérêt annuel de 12 %, et elles exigeaient de surcroît une part importante du capital. L'U.R.S.S., pressentie ensuite, ne demande que 2,5 % d'intérêt ; elle consent à être remboursée en nature, sur douze ans, en produits manufacturés indiens... L'aide soviétique, autrement dit, a au moins un mérite qu'il est difficile de nier : elle ne grève pas le budget national du pays aidé. Lorsqu'on sait que près de la moitié des fonds américains est destinée chaque année à éponger les dettes des années antérieures, l'avantage n'est pas négligeable[30].

Troisième remarque : les Soviétiques ne se sont pas contentés de *prêter,* ils ont construit. Des usines sidérurgiques, des usines de produits finis et de machines-outils, des raffineries de pétrole. Ils se sont efforcés, en apparence du moins, d'engager l'Inde sur la voie de la révolution industrielle et de la soustraire aux malédictions d'une économie dépendante, agricole, et importatrice de produits finis. Exemple : le grand complexe sidérurgique de Bhilaï. Le projet est en place dès le 2 février 1955 ; il coûtera 647 millions de roupies ; la capacité de production sera d'un million de tonnes, avec possibilité d'extension à 2,5 millions. Or, au moment de l'Indépen-

30. *Ibid.*, p. 30.

dance, la capacité de production totale de l'Inde entière n'atteignait même pas le million de tonnes ; en 1955, au moment où l'on commence les travaux, elle arrive à peine à 1,26 million ; et en attendant la demande globale d'acier croît de 12 % par an...

Exemple encore : en 1965, le complexe de Bokaro. Plus impressionnant peut-être que le précédent, par le volume autant que par les sommes engagées. Il a coûté jusqu'à présent aux Russes deux milliards de roupies ; sa capacité de production actuelle est de 1,7 million de tonnes d'acier et de 880 000 tonnes de fonte ; elle montera prochainement à 5,5 millions de tonnes... Par ailleurs, dans le secteur des biens d'équipement, les Soviétiques ont financé à Ranchi une usine de machines-outils ; un gros complexe industriel à Durgapur. Et dans le secteur de l'énergie enfin, ils sont directement responsables d'un tiers de l'énergie produite pendant le troisième plan ; pendant le quatrième plan, de la quasi-totalité des nouvelles centrales ; les centrales de Neyvali, Bhakra, Patratu, Karba, Orba sont financées, mises au point et mises en route par les capitaux, les experts, les techniciens soviétiques.

Et puis le pétrole enfin. L'Inde avait bien essayé d'attirer les grandes compagnies occidentales et d'obtenir qu'on prospecte son sous-sol. Mais l'opinion générale était que ce serait peine perdue ; que l'Inde était « un pays de second ordre en ce qui concerne la production du pétrole brut, sauf dans la zone déjà prospectée d'Assam. Toutes les études de géologues montrent qu'il y a peu de chances de trouver du pétrole en Inde en grandes quantités[31]. Or, précisément, les Russes relèvent le défi et engagent les travaux de prospection. On découvre des réserves importantes en Assam, au Gujarat et au Punjab. N'en déplaise aux experts occidentaux, un puits sur cinq seulement se révèle stérile (moyenne mondiale :

31. HENRY CHARTER RAY. Conseiller du gouvernement indien en la matière. Déclaration à *l'American Oil and Gas Journal.* Reproduite dans *Ten Years of Soviet Indian Economic Cooperation,* p. 63.

sept sur huit). Et les Soviétiques construisent aussitôt deux raffineries : l'une à Koyali dans le Gujarat, l'autre à Barauni dans le Bihar[32].

L'aide soviétique a donc ce mérite de plus : elle opère dans les secteurs clefs de l'économie nationale ; elle vise à développer les infrastructures fondamentales. Les Américains se soucient peu que leur usine de Coca-Cola ait un effet d'entraînement dérisoire et ne corresponde pas sur place à un besoin réel. Les Soviétiques au contraire préfèrent les secteurs clefs aux secteurs marginaux. Ils contrôlent 30 % de la production d'acier indien, 35 % des raffineries de pétrole, 60 % de l'industrie électrique, 85 % de la production de biens d'équipement. Ils s'efforcent donc loyalement, honnêtement, de doter l'Inde de l'industrie lourde qui, selon leurs propres schémas de développement, est l'inévitable base de tout développement authentique[33].

Quatrième remarque : l'aide soviétique semble se donner pour but de créer les conditions de sa propre disparition. Qu'on le veuille ou non, c'est ainsi : les Russes ne se contentent pas de construire des usines, mais ils forment aussi des techniciens ; ils construisent d'abord des outils, mais ils enseignent ensuite leur fonctionnement ; les Indiens autrement dit reçoivent l'aide, mais apprennent également à s'en passer. Pour la seule usine de Bhilaï, huit cents Indiens ont pu partir en Union soviétique, et cinq mille autres acquérir une formation sur place, à l'Institut technique de Bhilaï. A Ranchi, les Soviétiques ouvrent un autre centre de formation : le Central Training Institute. A Hardwar, ils forment des techniciens destinés à travailler dans les centrales thermo-électriques. Et une centaine d'étudiants peuvent partir chaque année en U.R.S.S. même, à l'Université Patrice-Lumumba. Ils en reviennent géologues, physiciens, chimistes, ingénieurs. Cela ne résout pas, c'est vrai, le problème

32. En 1964, l'essentiel des travaux est accompli. On a foré 266 puits. Parmi lesquels 149 se sont révélés pétrolifères, 29 pleins de gaz naturel, et 36 seulement secs.

33. Pour ces chiffres, voir, par exemple, PHILIPPE GAVI, *op. cit.*

dramatique de l'emploi. Mais cela permet au moins de pallier un des « inconvénients » de l'aide étrangère : la dépendance technologique[34].

Cela ne signifie pas — et c'est notre dernière remarque — que l'Inde puisse se passer d'aide, et notamment de l'aide occidentale. Mais elle peut au moins, grâce aux Russes encore, la marchander et l'aborder en position de force. Exemple : en 1960, les Soviétiques proposent aux Indiens de leur vendre du pétrole brut, moins cher que les compagnies occidentales et payable en roupies. Les compagnies répondent qu'elles refuseront de le raffiner et qu'elles le boycotteront. Mais il n'empêche que, quelques jours plus tard, elles annoncent une baisse de 11 % du prix de leur propre pétrole ; ce que les Indiens réclamaient en vain depuis trois ans, les Soviétiques l'ont obtenu en quelques jours. « Social-impérialisme » ou pas, ils ont contraint l'« impérialisme » à céder[35].

B. A propos d'un concept maoïste...

« Social-impérialisme » : l'expression appartient au vocabulaire maoïste. Elle entend aligner l'« expansionnisme » soviétique sur l'impérialisme américain. Quels sont, sur ce point, les arguments maoïstes, et que valent-ils ? Que vaut le concept de social-impérialisme ? et quels sont ses présupposés théoriques ? Nous allons le voir : ils ont pour fonction de *dénoncer* les quatre grands princi-

34. Pour tout ceci, voir notamment : J.A. Naïk, *op. cit.*, pp. 175-177. Voir également dans *Ten Years of Soviet Indian Economic Cooperation* le texte suivant, émanant d'un économiste américain, John P. Lewis, qui visitait en 1960 le complexe de Bhilaï : « [...] Les Indiens étaient non seulement prodigieusement fiers du bon résultat des travaux de Bhilaï, mais surtout parfaitement convaincus qu'il s'agissait de *leur* œuvre. Associés à chaque étape des travaux, ils avaient tant appris dans le domaine technique [...] qu'ils étaient sûrs d'être capables dans un proche avenir d'en faire un complexe industriel exclusivement indien [...]. »

35. J.A. Naïk, *op. cit.*, p. 172.

pes, les quatre grands concepts, qui sous-tendent la politique soviétique à l'égard du tiers monde. Un concept « économique » : le capitalisme d'État. Un concept « social » : la bourgeoisie nationale. Un concept « stratégique » : la révolution par étapes. Et un concept de « politique internationale » enfin : le non-alignement. Quatre concepts qui constituent l'armature théorique des pratiques soviétiques en Inde ; et qui sont aussi bien, pour les maoïstes, les quatre *noms*, les quatre *symptômes*, ou les quatre *composants* du social-impérialisme.

a) La « révolution par étapes » est une trop vieille tarte à la crème pour que les maoïstes s'y attardent longtemps. Les articles de *Deshabrati*[36] sur ce point sont ennuyeux, médiocres et rituels. Le débat a l'âge du stalinisme et de son ombre, le trotskisme. Les Soviétiques, selon eux, ont abandonné la ligne prolétarienne et révolutionnaire au début des années cinquante. La révolution par étapes est un autre nom de l'équilibre et du statu quo. Le « passage au socialisme » est un mythe destiné à rassurer les consciences marxistes. Pourquoi se le dissimuler ? Les Soviétiques ont intérêt au maintien du statu quo, tout simplement — pardi ! — parce qu'ils en *profitent*...

Ils en profitent d'abord parce que l'existence de marchés protégés, de marges à développer, permet d'atténuer en U.R.S.S. même les tensions et les conflits sociaux. Et ils en profitent surtout parce que l'existence d'un tiers monde capitaliste et sous-développé leur permet d'exporter techniques et capitaux ; de faire tourner des usines dans des pays où le travail n'est pas cher ; d'exporter ensuite les produits fabriqués — et fabriqués au moindre coût — vers les pays tiers ; autrement dit de conquérir des marchés nouveaux hors de portée pour les usines soviétiques mêmes, mais à la portée de bases périphériques comme l'Inde, l'Égypte ou le Pakistan... Exemple souvent cité : on achète du coton au Soudan, on le

36. Organe de Communist Party of India (marxist-leninist).

travaille en Inde dans des usines mises au point par les Soviétiques, et on le réexporte ensuite vers les pays industrialisés ; profit sur trois tableaux par conséquent ; version socialiste du vieux commerce triangulaire. Le tiers monde est un tremplin vers la conquête économique du monde développé. L'aide soviétique fonctionne comme l'aide occidendale[37].

b) Second symptôme, second point d'affleurement théorique du « social-impérialisme » : le concept de « non-alignement ». Le concept est d'origine indienne. Repris par tous les États « neutres ». Et récupéré par les Soviétiques. Un État non aligné, c'est un État qui n'appartient à aucun des deux blocs. Sinon indépendant, du moins souverain. Il mérite d'être « aidé » parce qu'il affaiblit objectivement la chaîne impérialiste. Il peut ne pas être « communiste », il n'en est pas moins « progressiste[38] ».

Pour un maoïste, ce concept est lui aussi un alibi. Il dissimule sous l'apparence de la « neutralité » la réalité plus subtile du « double alignement ». L'Inde est alignée sur les U.S.A., mais aussi sur l'U.R.S.S. Sous des dehors de liberté, une double servitude. Aux uns l'armée et l'industrie. Aux autres la santé et l'agriculture. Soviétiques et Américains se sont partagés le gâteau indien. L'Inde est devenue le lieu non pas d'un, mais de *deux* pillages impérialistes. Complices et harmonisés l'un à l'autre. Au détriment de la Chine qui, isolée et encerclée, est la victime ultime du complot[39]. L'analyse ne manque pas de cohérence, mais elle simplifie les faits, sur deux points au moins. D'abord, elle privilégie abusivement la collusion soviéto-américaine. La crise du Bangla Desh a démontré au moins une chose : que le jeu diplomatique des trois grands est plus complexe et plus subtil ; que s'il y a com-

37. *Frontier,* 14 mai 1971 et 23 septembre 1971.

38. Cf. textes cités par H. Carrère d'Encausse, *Revue française de sciences politiques,* art. cité.

39. Exemples d'analyses de ce type ; les passages du livre de Philippe Gavi (pp. 342-358) consacrés à la diplomatie indienne, et l'ouvrage de Mohan Ram, *Maoism in India,* New Delhi, 1971.

plot, il n'est pas toujours antichinois ; et que s'il y a collusion, elle est aussi, pour une large part, sino-américaine. Où sont les conjurés, et où sont les victimes ? Le jeu triangulaire, c'est un peu le cache-cache diplomatique. Les maoïstes, comme tout le monde, s'y perdent et tâtonnent. Par ailleurs, l'idée de non-alignement a tout de même un mérite qu'escamote la théorie du « social-impérialisme » : elle permet de jouer l'une contre l'autre les deux aides rivales ; de jouer de leur collusion, *mais aussi* de leur rivalité ; de *déjouer* leur collusion pour faire éclater leur contradiction. Le « non-alignement » autrement dit est un concept *dynamique* et non statique ; un concept *dialectique* en un mot ; et c'est ce qu'oublient les maoïstes[40].

c) C'est sur la notion de capitalisme d'État que la critique se fait la plus acerbe. Notion mystificatrice encore, qui masque une réalité plus secrète : en l'occurrence la lutte des classes. Le capitalisme d'État, disent les maoïstes, n'a jamais enrayé le développement du capitalisme tout court. Le développement du secteur public n'empêche pas le secteur privé de prospérer. L'État se charge de ce que le privé ne peut entreprendre. Il lui bâtit des infrastructures et des industries de base ; et lui laisse le champ libre ensuite pour édifier par-dessus sa machine de profit ; une machine qui fonctionne bigrement bien d'ailleurs, puisque les profits atteignent en Inde des taux exceptionnels (12 à 13 %). Comment ne pas voir, concluent les maoïstes, qu'en se faisant les avocats du capitalisme d'État, les Soviétiques aident dans leur sale besogne les capitalistes privés ? Comment ne pas voir qu'à l'instar de leurs rivaux américains, ils s'appuient sur une bourgeoisie locale qu'ils aident à devenir puissante ? Ils introduisent la maladie capitaliste, qui dans le tiers monde a un nom : impérialisme[41].

Là encore, la critique maoïste ne porte pas toujours

40. C'est la thèse par contre du Communist Party of India (marxist). (C.P.I.M.)

41. PHILIPPE GAVI, *op. cit.*

très juste. Ses analyses sont parfois exactes, mais elles éludent la question *fondamentale*, elles passent à côté du *vrai* débat. Si les rapport privé/public est fait de collusion autant que de rivalité, y a-t-il un seuil critique à partir duquel la rivalité l'emporte ? Jusqu'à quel point le développement du secteur public reste-t-il compatible avec l'existence du régime capitaliste ? Où se situe le seuil ? Quelle est la forme de la contradiction ? Ni les maoïstes ni les communistes orthodoxes ne posent la question au niveau où il faudrait la poser : c'est-à-dire en termes de rapport de forces.

d) La notion de bourgeoisie nationale n'a pas meilleure presse dans la littérature maoïste indienne. Elle n'est pas à proprement parler contestée mais on refuse de l'appliquer au cas de l'Inde. Ce qu'on ne voit pas cette fois, c'est que les bourgeoisies du tiers monde sont souvent *et* compradores *et* nationales. Compradores par nécessité. Et nationales par vocation. Compradores, parce qu'elles prospèrent dans un monde capitaliste où elles sont nécessairement les plus faibles, donc les plus vulnérables, donc dociles et soumises. Nationales, parce que la décolonisation leur a donné des velléités d'indépendance ; qu'on ne goûte pas à la forme sans aspirer à toucher le fond ; et qu'on ne mène pas des guerres de décolonisation pour retomber spontanément sous la patte d'un néo-colonialisme. La question est mal posée parce qu'il faudrait tenir compte à la fois de ces deux tendances contradictoires ; ces deux tendances coexistent, et il faut savoir les distinguer ; elles se succèdent aussi, et il faut savoir les exploiter.

La bourgeoisie indienne, par exemple, a été tantôt nationale et tantôt compradore. *Nationale* à sa naissance, puisqu'elle est née contre les vœux des Britanniques, à travers des prouesses financières dont les descendants des Tata n'ont pas fini de s'enorgueillir. Nationale aussi en 1947 parce qu'elle était sincèrement anti-impérialiste, et que son anti-impérialisme a été un moment relativement conséquent. Nationale encore en 1971, pendant quelques semaines sinon quelques jours, où Indira Gandhi a sérieusement pensé à se passer de l'aide américaine... Et puis au contraire *compradore*, relativement compradore, dans l'intervalle. Parce que le capitalisme a des lois et que ces lois sont inflexibles ; que la bourgeoisie indienne est faible et la bourgeoisie impérialiste forte ; que la partie est truquée et que les dés sont pipés ; parce qu'en un mot la bourgeoisie pour survivre, survivre à la concurrence, n'a d'autres ressources finalement que de se vendre.

La règle impérialiste autrement dit connaît des exceptions. La bourgeoisie *structurellement* tend à perdre son indépendance ; mais il y a des *crises*, à la faveur desquelles l'étau impérialiste se relâche et la bourgeoisie compradore se rebelle. Ce sont ces exceptions, ces crises, que les maoïstes négligent et qu'une stratégie révolutionnaire pourtant devrait privilégier. C'est d'elles qu'il faudrait jouer, c'est *sur elles* qu'il faudrait miser. La vraie question étant de savoir quand et comment une bourgeoisie compradore a des velléités d'indépendance ; comment susciter des occasions et comment en tirer parti ; comment *critiquer* les tendances contradictoires des classes dominantes.

III. **La crise de la diplomatie soviétique et la crise du Bangla Desh**

A. La fuite en avant

Depuis quelques années, l'U.R.S.S. est entrée, comme les U.S.A., dans une période de crise. Crise politique, morale, économique. A tous les niveaux par conséquent. Crise de crédibilité ; de crédibilité du régime. « L'U.R.S.S. survivra-t-elle en 1984[42] ? » Les experts s'interrogent ; le système est si rigide, les articulations si ankylosées, que

42. Andréï Almarik.

l'ensemble risque de craquer ; et que, s'il craque, il craquera en chacun de ses points.

Or, curieusement, les réactions dans les deux cas sont exactement inverses. Aux États-Unis, la crise incite au doute, à la remise en question et finalement au repli. En U.R.S.S. au contraire, au dogmatisme, à la rigidité idéologique et à une stratégie internationale nouvelle, plus dynamique. Comme si le remède était dans un cas la retraite ordonnée, dans l'autre la fuite en avant. Une preuve parmi d'autres : de 1967 à 1968, les dépenses soviétiques consacrées à la défense ont atteint 11 % du P.N.B. ; aux U.S.A. au contraire, champions en la matière jusqu'ici, elles sont passées de 9,5 % à 7,8 %[43]. Les U.S.A. en crise *tendent* donc à la démilitarisation ; l'U.R.S.S. en crise *tend* à se surmilitariser. Dans un cas, on révise les stratégies anciennes dans le sens de la prudence et d'une plus grande neutralité. Dans l'autre, dans le sens d'un plus grand dynamisme, les mauvaises langues diraient de l'expansionnisme... C'est cela la crise de la diplomatie soviétique. C'est son premier aspect, sa première facette.

Seconde facette de la crise : une réorientation des alliances, un véritable transfert de priorités. Depuis la chute de Khrouchtchev, le Proche-Orient semblait être un des points d'ancrage les plus solides, la Méditerranée, une zone d'expansion privilégiée des Soviétiques. Or depuis quelques années, on assiste à une réduction de l'influence soviétique en Méditerranée, et, d'autre part, par compensation ou par contrecoup, à une série d'efforts pour prendre pied dans une zone qui, depuis la victoire de Suffren en 1783 jusqu'à ces dernières années, pouvait être considérée comme un quasi-monopole britannique : l'océan Indien.

Les premiers nuages sont apparus au Proche-Orient après la mort de Nasser. D'abord l'élimination du groupe Ali Sabri qui visait directement le lobby soviétique en Égypte. Puis le président Sadate ne réagit pas le moins du

43. Neville Brown, *Le Monde diplomatique*, mai 1972.

monde au contre-coup d'État soudanais. On parle d'une alliance étroite entre l'Égypte et la très anticommuniste Libye. En juillet 1972, l'alliance est consommée, et elle a la forme d'une *fusion*. Presque en même temps, les Égyptiens congédient les experts soviétiques. Un peu partout dans le monde arabe, les gouvernements en place adoptent des positions soit franchement antisoviétiques, soit plus froides que naguère.

Les Russes eux-mêmes, de leur côté, sentant le vent, ajustent leur propre stratégie. Une stratégie d'équilibre et de repli. De neutralité et peut-être même, qui sait ? de paix. Tout se passe comme si le Kremlin renonçait partiellement à la stratégie militante. En cas de règlement du conflit, il apparaît de plus en plus que les États-Unis seront les seuls à être en position de médiateurs et à tirer les marrons du feu. L'U.R.S.S. entend redresser la barre et se ménager des appuis dans l'un et l'autre camp, quitte à réduire ses visées expansionnistes et sa sphère d'influence directe. La démarche est analogue, toutes proportions gardées, à celle qui quelques années plus tôt conduisait à se rapprocher du Pakistan, quitte à froisser peut-être l'Inde[44].

On raconte qu'en juillet 1971 Golda Meir, en tournée dans les pays scandinaves, contacte quelque part en Finlande des diplomates soviétiques. La rumeur est démentie, mais on convient tout de même en haut lieu qu'une telle rencontre n'aurait pas été une mauvaise chose. Le 29 juin, Abba Eban fait une importante déclaration reprise par le quotidien *Haaretz*, où il évoque la nécessité et l'urgence d'une normalisation. Fin juin, le journaliste Victor Louis se rend en Israël. Le 29 juin, Gromyko croit bon, lors de la visite du ministre des Affaires étrangères égyptien, de démentir que des contacts aient eu lieu entre l'U.R.S.S. et Israël. Peu après, on assouplit les conditions d'émigration des juifs soviétiques[45].

Inversement, ce repli relatif ne se comprend que mis

44. HÉLÈNE CARRÈRE D'ENCAUSSE, *Le Monde diplomatique*, octobre 1971.
45. *Ibid.*

en parallèle avec une stratégie plus militante dans l'océan Indien. Une stratégie qui rompt, ou qui commence à rompre, avec la stratégie antérieure d'équilibre et de maintien du statu quo ; et qui doit avoir pour résultat, à terme, de modifier ce statu quo en faveur de l'Union soviétique. Depuis trois ou quatre ans les symptômes se multiplient et les étapes se bousculent. Les Soviétiques cherchent manifestement à s'assurer en Asie, sur tout le pourtour de l'océan indien, sinon des bases du moins des comptoirs, et à devenir dans la région la puissance maritime essentielle.

C'est d'abord la normalisation des rapports entre la Turquie et l'Iran. Puis l'acquisition de facilités portuaires à l'île de Socotra. Les Soviétiques négocient à Ceylan, à Singapour, aux îles Maldives pour obtenir des facilités du même type. Ils cherchent à normaliser leurs rapports avec les Philippines. Aide économique à l'Indonésie. Puis aide militaire à la Birmanie. Il n'est pas impossible qu'ils aient eu des contacts à Taiwan. On parle en 1971 d'installer des bases de SAM au Bengale occidental. Le filet se resserre ; lentement mais sûrement ; la marine soviétique prend pied dans la région[46].

De fait, en 1968, les navires soviétiques font leur première apparition dans l'océan Indien depuis 1905 (peu de temps après la visite en Inde de l'amiral Gorzshkov) : une escadre composée d'un croiseur, d'un destroyer porte-missiles, et d'un sous-marin nucléaire, et qui fait escale dans les ports indiens, à Ceylan, en Iran, en Irak, en Somalie et au Sud-Yémen. La brèche est ouverte, elle ne tarde pas à s'élargir. En 1969-1970, les Soviétiques font une série de croisières du même type avec des flottes dont l'importance varie de quatre à six navires[47]. Leur marine du reste a fait bien des progrès depuis la crise de Cuba, elle s'est mise à l'école des U.S.A. et a étudié les techniques les plus modernes[48]. Les Soviétiques sont en

46. *Frontier*, 4 mars 1972.
47. *Political Quarterly*, juillet 1971.
48. Neville Brown, *Le Monde diplomatique*, mai 1972. En 1962 au

passe de reprendre à l'est de Suez la position qui fut autrefois celle des Anglais. Avec l'arrière-pensée sans doute de constituer un jour un vaste ensemble maritime, axé sur la Méditerranée et l'océan Indien, et communiquant par le canal.

Manifestement donc, on assiste depuis la guerre de Six-Jours, *entre* la guerre de Six-Jours et la guerre indo-pakistanaise, à une révision stratégique, à une restructuration de l'espace diplomatique soviétique. Et s'il en fallait une nouvelle preuve, on pourrait comparer pour finir le traité soviéto-égyptien au traité indo-soviétique. L'un est mesuré dans le ton, l'autre plus décidé. L'un pacifique et conciliateur ; l'autre n'exclut pas la possibilité d'une alliance directe, voire d'une intervention. L'article 7 du premier déclare qu'en cas de menace pour la paix il faudrait « coordonner les positions » ; l'article 9 du second prévoit un franc soutien aux justes aspirations des peuples dans leur lutte contre la domination coloniale et raciale.

B. Le Bangla Desh des Soviétiques

Résumons : lorsque éclate la crise du Bangla Desh, l'U.R.S.S. a derrière elle une tradition et une crise.

Par tradition, elle se tient pour garante, avec les États-Unis, du statu quo. Elle se charge, avec eux, d'assurer la stabilité politique de la région. Elle ne tolérera pas l'ouverture d'un foyer révolutionnaire qui menacerait cette stabilité.

Mais parce qu'elle est aussi *en crise*, elle penche vers une stratégie plus militante que ce simple exercice d'équilibre. Elle a commencé depuis quelques années à marquer des points dans la région, et elle pourrait songer à profiter des circonstances pour en marquer un de plus, décisif cette fois.

moment de la crise de Cuba, l'infériorité de la marine soviétique était très nette. Aujourd'hui le retard semble comblé.

La conciliation de ces deux exigences sera difficile. C'est entre ces deux pôles que va se déployer toute la subtilité du jeu diplomatique soviétique. C'est de leur tension que proviendront ses ambiguïtés et ses hésitations. Et c'est finalement de leur conciliation, de leur articulation ultime, que proviendra l'avortement de la révolution bengalie.

En un premier temps, le souci d'équilibre l'emporte, la tradition pèse plus lourd que la crise. Et d'abord parce que les Soviétiques sont pris au dépourvu par l'affaire. Ils attendaient comme tout le monde une explosion au Kashmir, elle se produit à l'autre bout du sous-continent. Ils tenaient le Kashmir pour la clef politique de la région, voilà qu'ils la découvrent au Bengale. Pas de politique disponible. Pas de réaction sur mesure. Comme toujours en pareil cas on attend et on observe. Une longue semaine. Pour étudier le dossier et voir venir. Jusqu'au 3 avril, où Podgorny se décide enfin et envoie à Yahya Khan une lettre personnelle. Que dit cette lettre ? Elle déplore d'abord l'ampleur du massacre, « les souffrances et les privations » du peuple bengali. Elle demande « l'arrêt du bain de sang et de la répression contre la population du Pakistan oriental ». Elle recommande « une solution politique pacifique ». Et Podgorny ajoute : « Nous sommes convaincus que cela conviendrait aux intérêts du peuple pakistanais tout entier et aux intérêts de la paix dans la région. » Le texte est clair : s'il parle du « peuple pakistanais tout entier », c'est que le Pakistan est un *tout*, souverain et indivisible. Quant à la « paix », c'est une manière élégante de nommer le statu quo. Yahya Khan est à peine blâmé, on le rappelle simplement à la raison. Les Soviétiques n'appuient pas la sécession du Bengale, ils réprouvent l'abus de pouvoir de la junte. Aucun doute : ils sont encore à cette époque sur une position prudente, la même à peu de chose près que les Américains.

Podgorny exprime aussi ses inquiétudes quant à « l'arrestation et aux poursuites contre M. Rahman et autres hommes politiques qui ont reçu un soutien si impressionnant de la part de l'immense majorité de la population du Pakistan oriental ». Le Sheikh est donc cité en nom propre. Citation suffisamment exceptionnelle pour être signifiante. Signe que Mujib est aux yeux des Soviétiques la carte politique la plus valable. Comme Mme Bandaranaïke à Ceylan et Indira Gandhi en Inde. Signe surtout qu'il leur paraît souhaitable que Yahya s'entende avec lui. Faute de quoi le « règlement politique » dont parlait Podgorny un peu plus haut serait impraticable. Faute de quoi la sécession serait inévitable et le mouvement se radicaliserait. Yahya, Mujib, les Soviétiques, *c'est-à-dire les forces de stabilité*, perdraient le contrôle de la situation. On aurait laissé passer la dernière chance.

« Vous comprendrez, conclut Podgorny, les motifs qui nous poussent à formuler cet appel. Nous souhaitons sincèrement que la paix et la justice soient rétablies au Pakistan oriental, le plus vite possible. » Podgorny connaît les usages, mais l'appel n'en est pas moins pressant. Yahya Khan est prié d'étouffer la rébellion et de désamorcer la poudrière. « Les motifs », comme il dit, sont ceux-là mêmes qui justifient au même moment le soutien à Mme Bandaranaïke et à la répression de l'insurrection guévariste. Il faut lutter contre tous les foyers de désordre. Il faut amortir des ébranlements qui pourraient se propager à l'ensemble du sous-continent. Et il faut, précise le texte, aller « le plus vite possible » parce que les Soviétiques ont du flair et qu'ils savent par expérience que la radicalisation, elle, n'attend pas.

Voilà donc la position initiale. Or, contrairement à ce qu'a longtemps prétendu la presse, cette position a duré jusqu'à l'automne 1971 au moins. En octobre, en novembre même, l'U.R.S.S. refuse encore de cautionner la sécession du Bengale. Comme les U.S.A., comme la Chine, mais en un langage différent et avec un peu plus de nuances, elle demeure obstinément dans le camp des partisans du statu quo.

Il y a bien eu le fameux traité avec l'Inde, signé le

9 août. On l'a monté en épingle à New Delhi, et on a voulu y voir la preuve d'un engagement inconditionnel de Moscou, alors qu'il n'avait pas grand-chose à voir avec l'affaire du Bangla Desh. C'est en février 1969, après que Brejnev eut déjà lancé le thème d'un pacte de sécurité collective en Asie, que D.P. Dhar[49], alors ambassadeur à Moscou, lance l'idée pour la première fois. Si l'idée tarde ensuite à entrer dans les faits, c'est que la situation intérieure indienne ne s'y prête pas. Le Congrès s'est divisé : que va-t-il sortir de cette division[50] ? La majorité parlementaire de Mme Gandhi n'est pas sûre ; réussira-t-elle à la renforcer? Des élections sont prévues pour mars 1971 : Mme Gandhi les gagnera-t-elle ? Autant d'incertitudes qui repoussent l'échéance, mais ne changent rien au sens. Le traité indo-soviétique est une affaire entre l'Inde et les Soviétiques. Il n'a pas pour objet ni pour prétexte la crise du Bengale.

Les Indiens ont pu croire et prétendre le contraire, et le clamer à qui voulait l'entendre : ils ne faisaient que projeter dans un texte équivoque l'effet de leur propre panique. C'est eux, pas les Russes, qui décident au début du mois d'août de précipiter les choses et de signer très vite. Le président Nixon vient d'annoncer son voyage à Pékin ; le bruit court que les Pakistanais préparent une offensive pour le 12. Les « milieux bien informés » s'alarment ; les ministres s'agitent ; Indira Gandhi rappelle brusquement D.P. Dhar qui passait de paisibles vacances au Kashmir. A peine arrivé à Delhi, on l'expédie à Mos-

49. Éminence grise de Mme Gandhi, en matière de politique étrangère.

50. Le « New Congress » d'une part ; le « Old Congress » de l'autre. Ici les éléments les plus traditionalistes et réactionnaires. Là, au contraire, les plus « progressistes » et les plus dynamiques, les partisans d'un radicalisme qui prend parfois des allures de socialisme, groupés évidemment derrière Indira Gandhi. La question politique qui se pose actuellement dans le sous-continent est peut-être justement celle de la valeur, du statut, de l'avenir de ce radicalisme et de ce socialisme réformistes. En Inde Indira Gandhi, au Pakistan Zulfikar Ali Bhutto, à Ceylan Mme Bandaranaïke, au Bangla Desh Mujibur Rahman : c'est à nouveau le vieux dilemme « réforme ou révolution ? » qui vient à l'ordre du jour.

cou avec des consignes pressantes. Il arrive le 3 ; l'ambassadeur officiel vient à peine de remettre ses lettres de créance ; le 9, le traité est paraphé ; à trois jours du fatidique 12 août[51]... Les Indiens ont eu très peur ; les Soviétiques, imperturbables, leur ont emboîté le pas, mais sans changer pour autant de manière de voir : le traité reste pour eux une engagement sur vingt ans, qui sera la première pierre de l'édifice politique auquel Brejnev faisait allusion quatre ans plus tôt, quand il parlait d'un « pacte de sécurité collective en Asie[52] ».

D'où le fait que le « communiqué commun » ait paru à Delhi en retrait sur le texte même du traité. De plus longue portée, dépassant le cadre de l'actualité, le traité pouvait se permettre d'être équivoque et autoriser des interprétations divergentes. Le communiqué, par contre, branché sur la crise immédiate, était plus « conjoncturel » et les Soviétiques ont pris soin de ne pas laisser planer la moindre ambiguïté et de mettre scrupuleusement les points sur les *i*. On parle de la crise bien sûr : mais on ne dit pas « Bangla Desh », ni même « Bengale oriental », mais « Pakistan oriental[53] ». D.P. Dhar comptait arracher au Kremlin trois promesses, à consommation immédiate en quelque sorte, mais elles ne sont pas

51. *Frontier*, 25 septembre 1971.

52. Il est vrai qu'un peu plus tard les Russes s'inquiéteront à leur tour, et manifesteront plus d'empressement. D'abord, parce que l'Inde leur paraît flirter dangereusement avec Pékin. La crise du Bangla Desh correspond aussi en effet, on ne l'a pas assez dit, à un début de normalisation des rapports sino-indiens (voir chapitre suivant). Cette normalisation n'ira pas très loin, dans la mesure où, à partir de la mi-novembre, les Chinois durciront leurs positions. Mais il n'en est pas moins significatif qu'à l'heure même où D.P. Dhar négociait l'amitié soviétique, les Chinois proposaient de leur côté l'ouverture immédiate d'échanges culturels. (*Frontier*, 16 octobre 1971.) Ensuite parce que soucieuse d'expliquer sa position aux yeux du monde, de se justifier avant de prendre parti et d'assurer ses arrières avant d'intervenir, Indira Gandhi annonce en octobre sa décision de se rendre à Washington. Enfin parce que, soucieuse précisément de minimiser le traité avec les Russes au moment de se réconcilier avec les Américains, Indira semble bouder le Kremlin. Elle aurait dû se rendre à Moscou pour consacrer l'affaire et régler les derniers détails : elle en laisse le soin aux diplomates.

53. *Frontier*, 23 octobre 1971.

inscrites dans le texte final. Il demandait des armes : les Soviétiques donnent leur accord verbal. Mais il demandait aussi une promesse de veto à l'O.N.U. en cas de motion pro-pakistanaise, et la promesse que Moscou suivrait New Delhi au cas où cette dernière se déciderait à reconnaître le Bangla Desh : sur aucun de ces deux points les Soviétiques n'acceptent de s'engager : preuve qu'ils ne sont encore décidés ni à soutenir l'Inde sur la scène internationale, ni à parrainer le Bangla Desh dans le concert des nations[54].

Le mois suivant, fin septembre, Indira Gandhi se rend à Moscou[55]. Cette fois encore, on est frappé par l'extrême froideur des Soviétiques. Ils tentent de la persuader qu'elle a tort de croire à une agressivité « pakistanaise », mais que, par contre, en aidant les Mukti Bahini elle risque de donner à Yahya Khan « prétexte » à se fâcher. Et Kossyguine déclare en propres termes que « la sorte d'autorité qui règne au Pakistan n'intéresse pas l'Inde[56] ». On croirait entendre les Chinois, quoique sur un ton plus mesuré. Si les mots ont un sens, ils signifient que la crise du Bengale est une affaire *intérieure* au Pakistan, et que l'Inde n'a pas à s'en mêler ; faute de quoi elle se rendrait coupable du grave délit d'« interférence dans les affaires intérieures d'un État souverain »...

Le communiqué commun qui suit les entretiens est plus significatif encore. D'abord, il est toujours question du *Pakistan* oriental, et non comme l'ont traduit les agences de presse indienne, du *Bengale* oriental. Par ailleurs, le communiqué affirme qu'il « ne peut y avoir de solution militaire au problème du Bengale » ; pas de solution militaire, cela veut dire une solution politique ; et une solu-

54. *Frontier*, 25 septembre 1971.

55. D'après l'« Associated Press », Mme Gandhi aurait dû patienter un jour ou deux avant d'entamer les conversations. Kossyguine lui aurait déclaré qu'il fallait attendre le retour de Brejnev, en voyage en Europe de l'Est, alors que Brejnev en réalité était bien à Moscou. Signe d'un accueil singulièrement réservé. Signe peut-être que les Soviétiques redoutaient d'avoir à prendre position sur un problème qu'ils avaient intérêt pour l'instant à laisser dans le vague.

56. S.K. DATTA RAY, *Le Monde diplomatique*, novembre 1971.

tion politique, cela veut dire un accord entre Yahya Khan et Mujibur Rahman, sans intervention de la turbulente Indira Gandhi[57]. Le texte parle également de la « population du Pakistan tout entier... ». Comme dans le texte de Podgorny par conséquent, le peuple pakistanais reste un, et l'État pakistanais est un tout ; la révolte du Bengale est une rébellion, pas une révolution ; elle tombe sous le coup de la vieille méfiance soviétique à l'égard des mouvements de sous-nationalités[58]... Et puis enfin — le bouquet si l'on peut dire — il est question pour résoudre la crise, tout simplement... de « persuader » Yahya Khan[59]. Cette fois, on croirait entendre parler Henry Kissinger. Manifestement les Russes ne se décident pas à engager l'épreuve de force, ni militaire ni diplomatique. A deux mois du dénouement, ils croient toujours à la solidité du régime de Yahya Khan, et à la possibilité de maintenir le Pakistan intact.

Début octobre, la 59e conférence de l'Union interparlementaire de Paris, est le théâtre d'un curieux affrontement[60]. L'Inde distribue aux délégués le texte d'une résolution relativement favorable au Bangla Desh. Le représentant soviétique s'oppose violemment à ce texte et soutient au contraire un texte américain qui appelle le Pakistan et l'Inde, les deux protagonistes par conséquent, à plus de « retenue » ; et le texte est publié avec le double parrainage de Rogers et de Gromyko... Puis un nouveau texte vient en discussion où l'on « demande au Pakistan de prendre les mesures pacifiques et démocratiques propres à arrêter le flux des réfugiés et à créer au Pakistan oriental des conditions qui stimuleront et encourageront le retour volontaire de ces derniers... ». Le délégué tunisien propose d'ajouter au texte : « [...] Demander au Pakistan de *continuer* à prendre les mesures propres à [...]. » Ce qui signifierait qu'il a *déjà* commencé de le

57. *Frontier*, 23 octobre 1971 ; *Le Monde diplomatique*, novembre 1971.
58. Hélène Carrère d'Encausse, *Le Monde diplomatique*, février 1972.
59. *Ibid.*, novembre 1971.
60. *Frontier*, 23 octobre 1971.

faire et qu'on le prie simplement de persévérer dans cette voie. L'Inde refuse l'amendement. Or, les Russes et les Bulgares s'abstiennent... L'U.R.S.S. décidément hésite encore entre la neutralité et l'engagement, entre le statu quo et son bouleversement, entre Tashkent et le Bangla Desh.

Tout cela prouve au moins une chose : contrairement à l'idée reçue, l'U.R.S.S. n'a pas plus soutenu le Bangla Desh que les U.S.A. n'ont réellement soutenu le Pakistan. Elle s'est efforcée le plus longtemps possible, d'éviter d'avoir à choisir. Elle a opté pour le Bangla Desh, mais très tard, quand il est apparu qu'avec ou sans elle il se ferait, parce que la junte d'Islamabad était inévitablement condamnée. Elle n'a misé sur l'Inde qu'au dernier moment parce que, les choses traînant en longueur, la crise s'étendait à l'autre Bengale et à l'autre Pakistan et risquait par conséquent de prendre une ampleur nouvelle, impossible à prévoir, et impossible à maîtriser. Elle s'en est tenu au statu quo territorial, jusqu'au jour où comme les États-Unis elle s'est aperçue que la guerre en se radicalisant le menaçait autrement, et de façon beaucoup plus sérieuse.

Du coup, elle a « objectivement » étouffé dans l'œuf la révolution bengalie. Si l'on se souvient en effet[61] que la guerre de libération ne pouvait devenir une « guerre du peuple » qu'à condition de pourrir et de durer, si l'on se souvient que fin 1971 justement, l'ensemble de la région risquait d'être contaminé, il faut bien admettre qu'en intervenant les Russes ont eux aussi enrayé le processus ; qu'en encourageant l'Inde à intervenir, ils ont bloqué la dialectique de la révolution ; qu'en opposant leur veto à l'O.N.U. à des résolutions propakistanaises ils ont permis aux Indiens, très vite, d'arriver jusqu'à Dacca, d'écraser l'armée pakistanaise, et d'installer l'Awami League au pouvoir. Ne confondons pas : l'U.R.S.S. n'a pas aidé le Bangla Desh à naître, mais elle en a hâté la naissance ;

61. Cf. deuxième partie, chap. 7.

pour hâter sa naissance, elle a dû abréger la guerre ; et en abrégeant la guerre, elle a, elle aussi, bloqué la redoutable machine qui s'était mise en route neuf mois plus tôt et qui devait balayer les politiciens réformistes et libéraux.

De sorte qu'en fin de compte les Soviétiques sont les grands vainqueurs de l'affaire. Tout le monde y a laissé des plumes, c'est-à-dire des objectifs et des exigences, sauf eux. Les U.S.A. ont empêché la naissance d'un nouveau Vietnam, mais ils ont toléré l'écrasement de leur allié pakistanais. La Chine a évité, nous le verrons, la constitution d'un front « social-impérialiste » axé sur Delhi, Dacca et Karachi, mais elle s'est déjugée aux yeux des peuples en lutte. Les Russes seuls ont misé sur plusieurs tableaux et ont gagné sur tous les tableaux à la fois. Seuls ils ont pu combiner et harmoniser leurs objectifs. Ils ont empêché un bouleversement régional et ont satisfait par conséquent leur vieux souci de stabilité. Mais ils ont aussi marqué un point dans la région en soutenant un État et un régime qui leur devront tout, et d'abord leur existence.

Parrainant un « Bengale libre », ils ont fait avorter un Bengale rouge. Et ce Bengale libre, comme par hasard, sera peut-être un Bengale prosoviétique.

10

LE STATU QUO DE PÉKIN

Restent les Chinois. Équivoques et sibyllins. Inquiétant les sinologues. Et semant la panique chez les gauchistes. Leur position a été souvent mal comprise. Perçue dans les cadres inadéquats de l'information étrangère. Condamnée à n'apparaître qu'au point de son émergence dans la trame de l'histoire « bourgeoise ». Vouée surtout au recouvrement idéologique et au vacarme partisan.

La bourgeoisie exulte. La Chine est donc aussi un État. Un État comme les autres. Un État comme tout le monde. Avec des besoins et des intérêts, qui ne sont pas toujours ceux de l'idéologie, et qui parfois même la contredisent. Il a suffi de l'admettre à l'O.N.U. pour qu'elle tombe tout bêtement dans le piège. Les grandes puissances, c'est comme les grands hommes : de gros vaniteux qu'un rien de flatterie suffit à séduire. Pauvres gogos de maoïstes qui croyez encore à la « patrie du socialisme » ! pauvres naïfs ! quand comprendrez-vous enfin que le machiavélisme règne, partout.

Les maoïstes de leur côté préfèrent le rêve à l'analyse. Ils nient d'abord contre l'évidence le soutien de Pékin au

Pakistan. Puis, quand il devient impossible de nier, ils justifient et ils rationalisent. Les dogmes tiennent lieu de principes et l'apologétique de politique. L'État chinois est infaillible ; si d'aventure il faute, les apôtres sont là pour l'excuser ; et s'il refuse de se repentir, c'est le monde entier qui s'effondre... Théologie politique que l'on avait oubliée depuis Staline.

Les uns et les autres en fait commettent deux erreurs symétriques. Les premiers font de l'idéologie et de l'intérêt deux réalités distinctes et contradictoires qu'aucun État, fût-il révolutionnaire, n'est capable d'harmoniser. Les seconds les concilient d'avance, et les voient toujours déjà indentiques. Tantôt inconciliables, tantôt fondamentalement harmoniques. Pour les uns, la Chine parce qu'elle est un *État* est incapable de réaliser les exigences de l'idéologie. Pour les autres, la Chine parce qu'elle est un État *révolutionnaire,* parce qu'elle est la forteresse, c'est-à-dire le centre et le foyer, de la révolution mondiale, n'a pas d'intérêts distincts de ceux des peuples révolutionnaires.

Aucun n'aborde la question de fond : la question de la dialectique de l'idéologie et de l'intérêt. Conciliables mais jamais conciliés. Modes d'être d'une même politique fondamentale, mais sur deux registres distincts, fatalement décalés par conséquent. C'est de ce décalage que nous voudrions donner la loi. C'est de cette dialectique qu'il faut essayer de rendre compte.

On dispose pour cela d'un double matériau :

1. D'abord un certain nombre de textes de principe, tel le discours inaugural à l'O.N.U. du délégué chinois Chiao Huang-hua ; ils permettent de faire le point sur les tendances de la nouvelle diplomatie chinoise[1].

2. Ensuite l'ensemble des textes, publiés ou radiodiffusés entre le 25 mars 1971 (date de l'intervention de

1. Intervention du 15 novembre 1971. Reproduite dans *Problèmes politiques et sociaux,* n° 13, 18 février 1972 : « Les Relations sino-américaines ».

l'armée pakistanaise) et la fin décembre (date de la victoire indienne) ; textes qui permettent de préciser la position de Pékin dans la crise du Bangla Desh : ses hésitations, et son évolution[2].

I. **Fondements théoriques de la diplomatie chinoise**

A. Coexistence politique et internationalisme prolétarien

Une question d'ordre général d'abord : peut-on parler d'une *nouvelle* politique étrangère ? Y a-t-il eu révision des grands principes ? Ou au contraire adaptation à une situation nouvelle ? Y a-t-il autrement dit une *crise* de la diplomatie chinoise dont l'affaire du Bangla Desh serait l'illustration ?

Ce que l'on peut dire, *a priori,* c'est qu'*historiquement* parlant la Chine vient d'entrer il y a quatre ans dans une nouvelle « phase » diplomatique. De 1949 à 1956, de la Révolution à Bandoeng, elle avait pratiqué, souvent en vain, une politique d'ouverture et de conciliation. De 1956 à 1960, déçue et rejetée, elle se retourne vers le camp socialiste et fait de ses rapports avec l'U.R.S.S. le pilier de sa politique. De 1960 à 1968, du rapatriement des conseillers soviétiques à la fin de la Révolution culturelle, elle se replie sur elle-même, en précisant bien toutefois que c'est l'hostilité ambiante qui l'y pousse et qu'elle n'a pas choisi le ghetto. En novembre 1968 enfin, semble s'ouvrir une nouvelle période officiellement inaugurée par le communiqué du département de l'information du ministère des Affaires étrangères qui déclare que si les forces américaines se retiraient de Formose les relations avec la Chine pourraient être normalisées sur la base des cinq principes de la coexistence pacifique.

2. Extraits parus dans *Problèmes politiques et sociaux* et *China Report* : « Special Number on China and Bangla Desh », vol, VII, n° 6, novembre 1971.

Idéologiquement parlant, la ligne nouvelle apparaît comme une ligne « centriste » au sens maoïste du terme. Entre 1960 et le début de la Révolution culturelle la ligne dominante, symbolisée par le nom de Liu Shao-chi, pouvait être caractérisée comme « droitière ». Puis la ligne postérieure, la ligne dite Lin Piao, comme « gauchiste » au contraire. La première : rupture avec l'Inde, alliance avec le Pakistan, mise en sourdine du soutien aux luttes du peuple... La seconde : soutien aux mouvements insurrectionnels quels qu'ils soient, notamment en Birmanie et aux Philippines ; soutien aux naxalites indiens... La ligne actuelle n'a explicitement répudié aucune de ces deux déviations ; elle semble se situer entre les deux, en appliquant peut-être autrement des principes antérieurs.

Car il n'est pas sûr que la nouvelle diplomatie chinoise se fonde sur des principes théoriques effectivement nouveaux. Une fois de plus les commentateurs sont victimes d'une illusion d'optique. L'information ne leur parvient que quand la direction chinoise consent à la divulguer. Nécessairement aveugles au cours muet de l'Histoire, *aveuglés* par conséquent par ses manifestations spectaculaires, ils sont tentés de prendre pour un événement ce qui n'est peut-être qu'un symptôme, de voir une fracture historique quand il n'y a qu'un changement de rythme, et de ne lire le phénomène que lorsqu'il finit par s'officialiser.

On a longuement épilogué par exemple sur l'élimination de Lin Piao, alors que les masses chinoises, sans doute instruites par plusieurs mois de campagne politique et de « rectification » de ligne, y étaient vraisemblablement préparées : on a vu une rupture dans ce qui n'était peut-être qu'une trace ; une tendance nouvelle dans le point d'aboutissement d'un remous plus profond et plus ancien... De même en politique étrangère : il y a moins révision des principes qu'application de principes anciens. Les Chinois disent depuis longtemps la même chose, mais on consent seulement à les écouter. Ce n'est pas la Chine qui se plie à la règle de l'O.N.U., mais l'O.N.U. qui la rejetait et qui à présent l'accueille. L'Occident n'a-t-il pas transformé ses propres mues et ses propres sautes d'humeur en crises et en revirements du grand partenaire inconnu... ?

Exemple : la « coexistence pacifique ». Les fameux « cinq principes[3] » régissent, nous le verrons, la politique chinoise. Les ennemis de la Chine triomphent : elle emprunte à son tour le chemin tortueux du révisionnisme et du compromis ; elle néglige la lutte de classes et se comporte enfin en « super-grand »... Ce qu'on ne voit pas c'est que cela fait très exactement vingt-cinq ans que Mao Tsé-toung parle de nouer avec les pays à régime social différent des relations fondées sur l'avantage réciproque... Vingt-cinq ans que les pays en question s'y refusent obstinément et tiennent la direction chinoise dans le ghetto politique. Les principes n'ont pas évolué d'un pouce : simplement, on daigne enfin y prêter attention.

S'il en fallait une preuve, on pourrait se reporter à l'échange de lettres de 1963 entre le Comité central du P.C.U.S. et le Comité central du P.C.C., et notamment à la brochure intitulée *Deux politiques de coexistence pacifique diamétralement opposées*[4]. Partant de Lénine, les Chinois écrivaient que « la politique de coexistence pacifique de Lénine est la politique que le prolétariat au pouvoir poursuit envers les pays à systèmes sociaux différents. Lénine n'a jamais fait de la coexistence pacifique le contenu exclusif de la politique extérieure de l'État socialiste. Il a souligné explicitement et à plusieurs reprises que le principe fondamental de l'État socialiste en matière de politique extérieure, c'est l'internationalisme

3. Ces principes sont selon les Chinois :
— Respect mutuel de l'intégrité territoriale et de la souveraineté.
— Non-agression mutuelle.
— Non-ingérence dans les affaires intérieures.
— Égalité et avantage réciproque.
— Coexistence pacifique.

4. « Deux politiques de coexistence pacifique diamétralement opposées. » (A propos de la lettre ouverte du Comité central du P.C.U.S.) Par la Rédaction du *Renmin Ribao* et du *Hongqi*, Éditions en langues étrangères, Pékin, 1963.

prolétarien[5]. » Coexistence pacifique/internationalisme prolétarien ; la première suspendue au second, et le second fondant la première ; c'est la dichotomie décisive qui se trouve encore aujourd'hui au cœur des analyses chinoises. L'internationalisme prolétarien n'échappe à l'aventurisme que conjugé à la coexistence pacifique ; la coexistence pacifique n'échappe au révisionnisme que vue dans la perspective globale de l'internationalisme. Sur ce point, la Chine, nous le verrons, n'a pas évolué d'un pouce.

Un peu plus loin, la brochure cite un texte de Mao lui-même, rédigé avant 1949 et qui étonnera sans doute ceux qui ont découvert avec le voyage de Nixon à Pékin le concept chinois de coexistence pacifique. « Nous proclamons, disait Mao, que ce que nous combattons, c'est exclusivement le système impérialiste et les complots de l'impérialisme contre le peuple chinois. Nous sommes prêts à entamer des négociations avec tout gouvernement étranger pour établir des relations diplomatiques fondées sur le principe d'égalité, de l'avantage réciproque, ainsi que du respect mutuel de la souveraineté et de l'intégrité territoriales, à condition qu'il soit disposé à rompre ses relations avec les réactionnaires chinois [...]. Le peuple chinois est prêt à coopérer amicalement avec les peuples de tous les pays, à rétablir et à développer le commerce avec l'étranger afin de favoriser la production et de faire prospérer l'économie[6]. »

5. *Op. cit.*, p. 7. Mais le texte rappelle aussi que, selon Lénine : « Par sa situation objective, de même qu'en raison des intérêts économiques de la classe capitaliste qu'il incarnait, l'impérialisme international [...] ne pouvait en aucun cas, sous aucune condition, s'accommoder d'une existence aux côtés de la République des Soviets. » Que selon Lénine encore : « La plus grande fierté (de la Russie soviétique) est de pouvoir aider les ouvriers du monde entier dans leur âpre lutte pour le renversement du régime capitaliste. » Et qu'enfin, d'après Lénine toujours « les classes opprimées et les classes oppresseuses, les nations opprimées et les nations oppresseuses ne peuvent coexister pacifiquement ». Il est bon de garder ces réserves à l'esprit pour pouvoir discerner tout ce qui sépare la « coexistence pacifique » des Chinois et le « social-pacifisme » des Russes.

6. *Op. cit.*, p. 12.

Tout y est. La définition actuelle de l'« *indépendance* », comme *souveraineté* et *intégrité* territoriales ; comme premier but, logique et chronologique, des États soumis à l'impérialisme. En filigrane, la définition de la *subversion,* pratique impérialiste par excellence, qui est systématiquement associée dans les textes les plus récents à l'*agression* et à la *sécession,* et qui signifie avant 1949 non-respect de la souveraineté et de l'intégrité territoriales. Le double horizon stratégique enfin sur lequel se détache la pratique internationaliste chinoise : à l'intérieur la consolidation des bases de l'État socialiste (« favoriser la production, faire prospérer l'économie ») ; à l'extérieur, une lutte contre le *système* de l'impérialisme, en tant que ce système affecte la forteresse de la révolution, l'État chinois.

Suit un autre texte de Mao, qui date, lui, de 1956 : « Pour gagner une paix durable dans le monde, il nous faut développer davantage notre coopération amicale avec les pays frères du camp socialiste, et renforcer notre union avec tous les pays qui aiment la paix. Nous devons faire tous nos efforts pour établir avec tous les pays désireux de vivre en paix avec nous des relations diplomatiques normales sur la base du respect mutuel de l'intégrité territoriale et de la souveraineté ainsi que de l'égalité et des avantages réciproques. Aux mouvements de libération et d'indépendance nationale dans les pays d'Asie, d'Afrique et d'Amérique latine, aux mouvements de paix et aux justes luttes, dans tous les pays du monde, nous devons apporter un soutien actif[7]. »

Texte décisif lui aussi, qui reste encore d'actualité quinze ans après, parce qu'il opère la distinction fondamentale entre les trois types de pays que la Chine peut être amenée à rencontrer[8]. D'abord les « pays frères » qui

7. *Op. cit.*, p. 14. La citation de Mao est tirée de son « Allocution d'ouverture au VIIIe congrès national du Parti communiste chinois ».

8. Distinction mieux formulée encore un peu plus bas (pp. 14-16 de la brochure) dans un texte capital : « Ces quatorze dernières années nous avons adopté, dans les affaires internationales, une politique faite de distinctions entre les divers genres de pays et selon la situation de chacun des pays d'un même genre.

bénéficient invariablement d'une « coopération amicale » c'est-à-dire auxquels s'appliquent les principes de l'internationalisme prolétarien. Ensuite les pays en lutte pour leur libération, c'est-à-dire tantôt les colonies (Dhofar, Mozambique, Angola), tantôt les pays victimes d'une agression extérieure (Corée) ; eux, ont droit à un « soutien actif »... Enfin les pays à régime social différent ; c'est à eux que s'applique proprement la coexistence pacifique ; à une condition toutefois, dit le texte : qu'ils renoncent à intervenir dans les affaires intérieures d'un État souverain et qu'ils acceptent le principe de l'égalité des petits et des grands pays ; à condition par conséquent qu'ils renoncent, ni plus ni moins, à leur essence impérialiste, qu'ils renforcent donc le camp anti-impérialiste et isolent davantage le « tigre de papier ». De même que le voyage de Nixon est compris à Pékin comme une grande victoire de la Chine et des luttes du peuple dans

« 1. Nous opérons une distinction entre pays socialistes et pays capitalistes. Pour ce qui est des pays socialistes, nous nous en sommes fermement tenus au principe internationaliste prolétarien de l'aide mutuelle. Notre politique étrangère a pour règle fondamentale le maintien et le renforcement de l'unité des pays du camp socialiste.

« 2. Nous opérons une distinction entre pays nationalistes qui ont nouvellement acquis leur indépendance politique et pays impérialistes. Par leur système politico-social, les pays nationalistes se différencient foncièrement des pays socialistes. Mais de profondes contradictions les opposent à l'impérialisme. Dans la lutte contre l'impérialisme, pour la sauvegarde de l'indépendance nationale et de la paix mondiale, leurs intérêts sont identiques à ceux des pays socialistes. Il en résulte une vaste et réelle possibilité d'établissement de relations de coexistence pacifique, d'amitié et de coopération entre pays socialistes et pays nationalistes. L'établissement de pareilles relations est d'une grande signification pour le renforcement de l'unité des forces anti-impérialistes et le développement de la lutte commune des peuples contre l'impérialisme.

« 3. Nous opérons une distinction entre pays impérialistes et pays capitalistes en général, et aussi entre les différents pays impérialistes.

« Alors que le rapport international des forces évolue sans cesse à l'avantage du socialisme, que l'impérialisme s'affaiblit et que ses contradictions internes s'aiguisent de jour en jour, la possibilité existe pour les pays socialistes de faire en sorte que l'un ou l'autre pays impérialiste se voie obligé de consentir à l'établissement de relations tenant dans une certaine mesure de la coexistence pacifique, et cela en prenant appui sur le renforcement de leurs propres forces, sur le développement des forces

le monde[9], de même en 1956, le fait que le Ghana, l'Indonésie, l'Afghanistan aient consenti à nouer avec la Chine révolutionnaire des relations fondées sur les cinq principes de la coexistence pacifique, est une victoire éclatante de la politique chinoise *sur le seul plan où elle peut prendre effet à l'extérieur de la Chine même : le plan des relations d'État à État.*

Seulement attention !... Le rapprochement diplomatique avec un État à régime social différent ne devient une victoire révolutionnaire qu'à condition de ne pas oublier pour autant les luttes du peuple ; de ne pas exiger d'un peuple en lutte qu'il pratique à l'égard de son État la politique pacifique que pratique l'État chinois ; de ne pas confondre autrement dit les deux niveaux, celui des relations entre États où opère l'État chinois, et celui des luttes du peuple où opèrent les peuples directement concernés. La Chine peut faire ami avec la France, cela ne doit pas empêcher la Somalie de se révolter. Elle se rapproche de l'Inde, que cela ne trouble pas les naxalites et qu'ils continuent de plus belle dans la voie révolutionnaire... C'est à cette condition seulement que le concept de coexistence pacifique reste un concept léniniste ; c'est à cette condition qu'il ne verse pas dans le « social-pacifisme ».

révolutionnaires des peuples, sur l'union des pays socialistes avec les pays nationalistes, sur la lutte de tous les peuples attachés à la paix, ainsi que par l'utilisation des contradictions internes de l'impérialisme.

« Nous remplissons nos obligations internationales prolétariennes avec une fermeté inébranlable, tout en maintenant résolument la coexistence pacifique avec les pays à systèmes sociaux différents. Nous soutenons activement le mouvement de libération nationale des pays d'Asie, d'Afrique et d'Amérique latine, le mouvement ouvrier des pays d'Europe occidentale, d'Amérique du Nord et d'Océanie ; nous soutenons activement la lutte révolutionnaire des peuples et leur lutte contre la politique d'agression et de guerre de l'impérialisme et pour la défense de la paix mondiale.

« Tout ceci tend vers un seul but : rassembler autour du camp socialiste et du prolétariat international toutes les forces qui peuvent être unies et établir un vaste front uni contre l'impérialisme américain et ses laquais. »

9. Cf. *Pékin Information* et *Bulletin des Amitiés franco-chinoises.*

C'est d'ailleurs sur ce point que les Chinois prétendent se démarquer des Soviétiques. Pour eux, c'est seulement *après* avoir fait triompher la révolution qu'il est possible pour le prolétariat d'appliquer une politique de coexistence pacifique. Quant aux peuples et aux nations opprimés ils ont pour tâche de renverser la domination de l'impérialisme et de ses laquais, de lutter pour leur propre libération ; mais ils ne doivent ni ne peuvent[10] appliquer les Cinq Principes... Les Soviétiques à l'inverse — et c'est ce qu'on leur reproche à Pékin — prétendent justement les appliquer « aux rapports entre classes opprimées et classes dominantes » ; ils confondent « la politique appliquée par le prolétariat au pouvoir en matière de règlement des relations avec les États à systèmes sociaux différents avec la ligne générale des partis communistes du monde entier et, ce faisant, ils tentent de substituer la première à la seconde. Ils exigent des partis communistes et des peuples révolutionnaires qu'ils obéissent tous à ce que la direction du P.C.U.S. appelle la ligne générale de la coexistence pacifique [...][11] ».

Là encore la distinction est capitale et elle reste en 1972 la pierre de touche de la politique étrangère chinoise, mieux le fondement théorique de toute diplomatie révolutionnaire... Une diplomatie ne peut être « révolutionnaire » qu'une fois admis trois postulats connexes.

1. On peut distinguer, comme deux niveaux distincts, la pratique des États et la pratique des peuples.

2. Les deux niveaux sont étanches et, en soutenant un État, on ne porte pas préjudice au peuple qu'il opprime.

3. On peut tout à la fois se rapprocher de l'État et soutenir son peuple.

10. Ils ne *peuvent* pas mettre en pratique les principes de la coexistence pacifique puisque ces derniers concernent par définition les rapports d'État à État ; autrement dit le prolétariat *au pouvoir* et non le prolétariat en *lutte pour* le pouvoir.

11. *Op. cit.*, p. 30.

Soit l'exemple de l'Europe de l'Est.

Postulat 1 : il y a d'un côté une partie internationale qui se joue entre les éléments constitutifs du bloc soviétique et, de l'autre, une série de parties régionales qui se jouent en Roumanie, en Pologne, en Russie même, entre l'appareil d'État local et les populations opprimées.

Postulat 2 : l'État chinois peut soutenir les velléités d'indépendance de l'État polonais ou roumain, sans que son soutien déteigne dans le rapport des États à leurs peuples respectifs.

Postulat 3 : il peut même continuer de soutenir les luttes du peuple tout en applaudissant aux initiatives d'un Ceaucescu ou d'un Tito ; concrètement, il peut conserver par l'intermédiaire des ambassades des antennes politiques qui le tiennent au courant de la situation intérieure des pays concernés.

Les peuples luttent par conséquent, mais cela ne doit pas empêcher la Chine d'agir au seul niveau où son action sera effective et efficace : contre le *système* impérialiste mondial et le *jeu* diplomatique qui l'exprime. C'est cela une attitude révolutionnaire dans le domaine de la politique étrangère. De 1945 à 1972, l'analyse chinoise restera sur ce point absolument imperturbable.

B. Indépendance des États et révolution des peuples

Voilà donc le cadre d'ensemble et les limites à l'intérieur desquelles on peut parler d'une *nouvelle* diplomatie chinoise. Cela étant, passons aux textes récents. Depuis le rapport de Lin Piao au IXe Congrès les deux textes essentiels sont la déclaration gouvernementale du 29 octobre qui suit le vote d'admission de la Chine à l'O.N.U. ; puis surtout la première intervention à l'Assemblée générale du délégué chinois Chiao Huang-hua, le 15 novembre ; le second texte recouvre et explicite le premier ; c'est lui surtout que nous allons tâcher de décrypter.

Premier point essentiel : *la tendance a beau être à la « révolution », l'étape actuelle est celle de l'« indépendance ». L'horizon reste le même, mais le diagnostic conjoncturel s'est affiné. C'est pourquoi la Chine soutient inconditionnellement les États en place contre les agressions et les risques de démembrement. C'est pourquoi elle fait figure de défenseur du statu quo.*

Que disent les textes ? Chiao Huang-hua rappelle d'abord la vieille formule maoïste : « Les pays veulent l'indépendance, les nations veulent la libération, les peuples veulent la révolution. » Derrière le stéréotype, on peut discerner trois concepts majeurs.

D'abord l'*indépendance*. C'est le contraire de l'« agression », de la « subversion », de la « sécession ». On l'obtient contre un ennemi extérieur qui « pille les ressources » nationales, qui impose « des traités inégaux », qui « foule aux pieds l'intégrité territoriale ». Être indépendant par conséquent, c'est être autonome, intégré, *autocentré*. Autonome par rapport au dehors, et intégré donc à l'intérieur. C'est lutter contre l'impérialisme en lui opposant des États bien soudés[12].

Libération nationale ensuite. Le concept s'applique aux nations opprimées. Pas aux sous-nations, dont la sécession mettrait en péril l'indépendance précisément, mais aux nations proprement dites, c'est-à-dire en fait aux colonies. Les Bengalis, les Sikhs, les Tibétains ne constituent pas des nations au sens propre. Par contre, les populations de Mozambique, d'Angola, de Guinée, du Zimbabwe et de Namibie, sur lesquelles pèsent une « discrimination raciale » et une « domination coloniale blanche » sont de plein droit des nations et leur lutte de libération est « juste ». Libération par rapport à quoi ? Les textes sont un peu flous ; ils semblent faire allusion d'une part au pouvoir colonial mais d'autre part aussi aux forces compradores locales.

12. Tous les passages et les mots mis entre guillemets sont tirés de l'allocution de Chiao Huang-hua.

Révolution enfin. C'est sur ce point, curieusement, que Chiao Huang-hua s'étend le moins longuement. Il ne peut produire que des exemples, mais pas de concept. La Révolution chinoise notamment : la dernière étape de ce « développement continu de la société humaine » qu'il évoquait au début de son allocution, et qui doit mener le monde « vers le progrès et la lumière et nullement vers la réaction et les ténèbres ». Pourquoi ce demi-silence ? pourquoi cette discrétion ?

D'abord parce que la « révolution » est conçue comme le point d'arrivée, lointain et presque hors de portée, d'un très long processus. « Pour conquérir l'indépendance, la liberté et la libération nationale, rappelle Chiao Huang-hua, le peuple chinois a mené, vague après vague, une longue et héroïque lutte contre l'impérialisme et *a fini par mener la révolution à sa victoire*. » La Révolution autrement dit n'est pas un début mais une fin. Elle vient *après* l'indépendance et la libération. Elle n'est pas donnée d'emblée ni d'un seul coup, mais suppose le lent travail de la lutte contre l'impérialisme. Le processus a beau être ininterrompu, il n'en est pas moins scandé par des *paliers,* et le dernier de ces paliers, l'ultime période si l'on veut, paraît bien être celui de la révolution.

Surtout, il semble, à croire le délégué chinois, qu'aucun pays sauf la Chine ne soit encore parvenu jusque-là ; aucun pays du tiers monde n'est entré dans l'étape de la révolution. « Depuis plus de vingt ans les peuples d'Asie, d'Afrique et d'Amérique latine mènent une lutte inflexible pour la conquête et la sauvegarde de *l'indépendance* nationale contre *l'agression* et l'oppression étrangères. » Pas question de révolution par conséquent ni de libération, l'étape actuelle est celle de la reconquête de la souveraineté. La révolution reste l'horizon, mais elle ne semble pas à l'ordre du jour. L'heure est manifestement à la lutte *pour l'indépendance.*

Suit une revue des principaux points chauds du globe. Or, pas une seule fois, le mot « révolution » n'est prononcé ; il n'est pas une seule fois question de guerre de « libération ». Ce que menacent les Américains au Vietnam, c'est l'« intégrité *territoriale* et la *souveraineté* » ; les Vietnamiens mènent une guerre de résistance « pour le *salut national* » ; et si les Chinois les soutiennent, c'est parce que l'Indochine doit pouvoir « régler ses affaires *en toute indépendance sans interventions étrangères* ». Puis Chiao Huang-hua en vient à la Corée et commence par déclarer qu'elle « reste à ce jour *divisée* » ; puis que l'« *unification* pacifique de la *patrie* est l'aspiration commune de tout le peuple coréen » ; et que le gouvernement et le peuple chinois « soutiennent résolument le programme en huit points formulé en avril dernier par la République populaire démocratique de Corée pour *l'unification pacifique* de la patrie [...] ». Toujours des questions d'intégrité territoriale par conséquent ; pas un mot sur le passage au socialisme ou la révolution ; ce qui préoccupe les Chinois, c'est *la division ou la réunification des États*.

Vient ensuite le problème du Proche-Orient. « L'essence du problème, d'après Chiao Huang-hua, réside dans l'*agression* contre le peuple palestinien *et les autres peuples arabes* à laquelle se livre le sionisme israélien avec le soutien et l'encouragement des superpuissances. Le gouvernement et le peuple chinois [...] sont convaincus qu'en persistant dans la lutte et en s'en tenant à l'*unité* ceux-ci pourront à coup sûr recouvrer les *territoires* perdus et les droits nationaux du peuple palestinien. » Position claire, et sans doute juste. Mais il fut un temps où on parlait aussi de la lutte des Palestiniens contre les classes dirigeantes arabes, de leur lutte de libération *à l'intérieur* contre les féodaux locaux. Il n'est plus question à présent que de retrouver des territoires et une patrie. La question palestinienne n'est plus qu'une modalité du conflit israélo-arabe ; l'ennemi à combattre, c'est, et ce n'est que l'impérialisme et le sous-impérialisme israélien. Ce que veulent les Palestiniens c'est, comme leurs frères arabes, l'« *indépendance* »...

De sorte qu'au bout du compte il n'y a guère que la Chine elle-même où la révolution soit à l'ordre du jour. C'est le seul passage du texte où le mot est prononcé :

« Le peuple chinois [...] a fini par mener la Révolution à la victoire sous la direction de son grand dirigeant le président Mao Tsé-toung et du parti communiste chinois. » Et Chiao Huang-hua s'empresse d'ajouter que le « pays socialiste » que la Chine est désormais a réussi « en maintenant l'indépendance et l'autonomie » à connaître « un *début* de prospérité »... La nuance n'est pas négligeable : la Chine est seule à avoir abordé l'étape, mais elle n'est encore qu'au début, *à l'orée* de cette étape ; l'ensemble du tiers monde à plus forte raison est encore bien en deçà.

Rien d'étonnant alors à ce que les Chinois s'opposent avec tant d'ardeur au démembrement des États en place. C'est une explication parmi d'autres, mais elle a le mérite d'expliquer la « diplomatie » par l'« idéologie » : si réellement l'« indépendance » est le chemin de la « révolution », et si l'étape actuelle n'est encore que celle de l'indépendance, alors il faut se plier loyalement aux exigences de cette première étape, il faut remplir son programme avec scrupule. Si l'heure de la révolution des peuples se révèle plus lointaine qu'on ne pensait, et que l'urgence pour le moment soit de résister à l'agression impérialiste, qu'y a-t-il de mieux à faire que d'aider les peuples à résister ? Comment résister, sinon en bâtissant des États solides ? et comment bâtir des États solides, sinon en empêchant leur démembrement ? Si le Pakistan n'est pas mûr encore pour la « révolution », mais seulement pour l'« indépendance », et si l'« indépendance » est l'inévitable préliminaire à la « révolution » elle-même, qu'est-ce que les Chinois peuvent faire de mieux que de l'aider à renforcer cette indépendance, à lutter donc contre ce qui la menace, en l'occurrence le Bangla Desh. Ce n'est pas une justification, mais une tentative d'explication : à l'étape actuelle, d'après les Chinois, l'atomisation des États en place, l'autodétermination des sous-nations affaiblissent les pays du tiers monde face au colosse impérialiste. Elles relèvent de la « subversion », jamais de la « révolution ».

C'est en ce sens, et en ce sens seulement, que la direction chinoise est devenue gardienne du statu quo.

C. L'O.N.U., nouveau front de la lutte des classes

Quel va être alors, dans ce cadre, le rôle de la Chine ? Comment va-t-elle agir dans ce combat mondial pour l'« indépendance » ?

Première affirmation, qui revient à plusieurs reprises dans les textes : la Chine est un État du tiers monde ; elle n'a de leçons à donner à personne et dispose de peu de moyens pour aider les luttes populaires. Elle est encore, déclarait le délégué à l'O.N.U., « un pays économiquement arriéré, un pays en voie de développement. Comme la majorité des pays d'Asie, d'Afrique et d'Amérique latine, elle appartient au tiers monde ». Et un peu plus loin : « L'économie de notre pays se trouve dans un état relativement arriéré et notre aide est fort limitée sur le plan matériel, elle est essentiellement d'ordre politique et moral. »

De manière plus générale, les textes soulignent que les mouvements populaires locaux doivent se dérouler « sans intervention extérieure ». La formule doit être comprise à double sens : avertissement aux impérialistes, mais aussi aux prochinois. « Le peuple d'un pays quel qu'il soit a le droit d'opter conformément à sa volonté, pour le système social de son choix. » Puis, plus loin : « La Chine n'est pas aujourd'hui et ne sera jamais demain une superpuissance qui soumet les autres à l'agression, à la subversion, au contrôle, à l'intervention et aux vexations. » C'est la version O.N.U. des thèses de Lin Piao exprimées en 1965 dans le fameux article « Vive la guerre populaire ». Les contradictions locales doivent mûrir naturellement et sans catalyseur extérieur. La révolution n'est pas un produit d'exportation, mais doit germer sur le sol même qu'elle est destinée à subvertir. Les maoïstes du Bengale doivent « compter sur leurs propres forces » sans attendre de providence étrangère.

Tout de même, Chiao Huang-hua dit aussi : « Nous espérons pouvoir changer graduellement cette situation où nos moyens ne sont pas à la mesure de nos intentions. » En termes clairs, nous voudrions bien faire davantage, mais nous n'avons pas de quoi ; quand nous serons riches et puissants nous pourrons passer d'une aide « morale » à une aide « matérielle »... Est-ce contradictoire avec ce qui précède ? Nullement, car il ne s'agit pas de la même chose. Il ne s'agit plus cette fois du *prolétariat en lutte* mais du *prolétariat au pouvoir*, c'est-à-dire des États socialistes. Dans ce cas, et dans ce cas seulement, les Chinois doivent une assistance, tant militaire que matérielle. Et la preuve qu'il s'agit des États socialistes constitués et non des mouvements populaires en gestation, c'est que le but de l'aide est explicitement d'aider « certains pays amis à développer leur économie en toute indépendance » ; autrement dit de défendre et de consolider les forteresses *déjà en place*.

Pas de doute par conséquent : l'État chinois, au niveau des professions de foi en tout cas, n'est pas une agence de subversion et ne s'assigne pas pour tâche de faire la révolution dans le monde à la place des révolutionnaires. Une politique étrangère progressiste ne consiste pas à intervenir dans les affaires intérieures d'un État, fût-ce pour le révolutionner ; moins d'ailleurs par respect de l'État en place, que par souci de la révolution ; parce qu'une révolution exportée n'est jamais autre chose qu'une subversion... S'il n'intervient pas dans le pays et s'il ne hâte pas la maturation des luttes, s'il n'intervient pas directement et s'il se contente d'un soutien « moral », quel type d'intervention reste-t-il ? qu'est-ce alors qu'une politique étrangère « progressiste » ? quel est le rôle « révolutionnaire » de l'État chinois, et sur quel théâtre le tient-il ?

Son rôle d'abord. « Nous soutenons, déclare Chiao Huang-hua, que les affaires d'un pays doivent être prises en main par le peuple de ce pays, que les affaires mondiales doivent l'être par les pays du monde et que celles de l'O.N.U. doivent l'être conjointement par tous les pays membres de cette organisation. » Distinction de deux niveaux par conséquent. Celle-là même que faisait déjà dix ans plus tôt le Comité central du P.C.C. dans sa polémique avec le P.C.U.S. Le niveau des luttes populaires où l'État chinois n'a rien à voir. Et le niveau des États, le niveau des rapports entre États (le texte dit : le niveau des « affaires mondiales ») où la Chine a au contraire un rôle à jouer. La diplomatie peut devenir, à certaines conditions, une pratique révolutionnaire. C'est même la seule pratique révolutionnaire possible, mise à part la construction du socialisme en Chine. Là encore, il ne s'agit pas d'« excuser » les Chinois ou de les justifier ; simplement de convenir que cette importance donnée aux rapports d'État à État n'est pas un caprice de grande puissance, mais la conséquence rigoureuse d'un certain nombre de *principes*.

Quant au théâtre de cette pratique, ce sera tout simplement l'O.N.U. L'allocution du 15 novembre se terminait sur une évocation dithyrambique de son rôle et de son importance. « L'O.N.U., proclamait le délégué chinois, doit jouer le rôle qui lui revient dans la sauvegarde de la paix internationale et dans la lutte contre *l'agression* et *l'intervention.* » Les Chinois savent ce que les mots veulent dire surtout quand ils les ont eux-mêmes définis : or « agression » et « intervention » sont, nous l'avons vu, les définitions maoïstes de la pratique impérialiste. L'O.N.U. autrement dit se doit, ni plus ni moins, de lutter contre l'impérialisme !... Les superpuissances, ajoute Chiao Huang-hua, ont à maintes reprises violé la Charte, « contrairement aux aspirations des peuples du monde » ; et la Chine souhaite, elle, « que l'esprit de la Charte soit réellement observé ». L'O.N.U. donc n'est pas une organisation fantoche comme a pu l'être la Société des Nations ; en violant sa Charte, c'est les *peuples* qu'on contrarie et pas seulement les États ; car cette charte a un « esprit », c'est-à-dire une consistance ; et reconnaître cette consistance, c'est, conclut le texte, « sauvegarder *l'indépendance* et la *souveraineté* nationales des divers pays, défendre la paix internationale et promouvoir la cause du *progrès* de l'humanité ». Là non plus Chiao Huang-hua n'a pas peur des mots. Ce « progrès de l'humanité », c'est ce qu'il décrivait au début de son allocution comme le « courant de la révolution ». « L'indépendance et la souveraineté », c'est le premier besoin ou la première « volonté » des peuples en lutte. L'O.N.U. est décidément, à l'étape actuelle, un front essentiel de la pratique révolutionnaire. Mais que faire à l'O.N.U. ? En quoi des rapports d'État à État peuvent-ils s'insérer dans la « tendance principale » de la révolution ?

Ici, les théoriciens chinois ont besoin d'une nouvelle hypothèse et d'un nouveau principe stratégique. Cette hypothèse, c'est qu'une des contradictions principales de la période oppose les « petits pays » aux « grands pays » ; les pays « non alignés » aux « blocs » et aux « superpuissances ». L'O.N.U. à ses débuts « ne comptait que 51 pays membres ; ce nombre est aujourd'hui de 131 [...] Un nombre croissant de pays moyens et petits sont en train de *s'unir* pour s'opposer à l'hégémonisme et à la *politique du plus fort* pratiqués par une ou deux superpuissances pour obtenir le droit de régler ses propres affaires en toute indépendance et pouvoir jouir d'un *statut d'égalité* dans les relations internationales ». Autrement dit, par-delà les contradictions de classes, ou les contradictions classiques entre pays capitalistes et socialistes, les Chinois croient discerner un nouveau type de clivage, révélé justement à l'O.N.U. Et ce clivage est l'indice d'un nouveau front de lutte.

Sur ce front, quelle stratégie ? Le texte parle de « s'opposer à l'hégémonisme » des deux grands ; en termes clairs, s'efforcer de démembrer les blocs ou au moins de les fissurer ; concrètement, tendre à « la dissolution des blocs militaires [...] et au démantèlement des bases » ; ou encore, encourager partout les velléités d'indépendance des petits pays par rapport aux grands. Peu importe la « politique intérieure » d'un État, s'il contribue par sa « politique extérieure » à affaiblir le front impérialiste. Peu importe qu'Ayub Khan soit un tyran local s'il s'allie avec la Chine et se rebelle contre ses maîtres américains.

Peu importe que la cause du Bangla Desh soit « juste », si le démembrement du Pakistan renforce le front « social-impérialiste ». Peu importe, parce que ce n'est pas l'affaire des dirigeants chinois, mais des révolutionnaires locaux ; parce que la direction chinoise a un but et un rôle : hâter, sur le seul terrain où elle a prise, c'est-à-dire le terrain des rapports entre États, la dissolution des blocs impérialistes.

Laquelle dissolution ne peut se produire, Chiao Huang-hua le précise, que si les pays émancipés *s'unissent* inversement entre eux : pour mieux se rebeller, coopérer ; pour mieux résister, s'associer... Et les Chinois vont soutenir *par principe* tous les regroupements régionaux qui, comme la Communauté économique européenne, menacent l'hégémonie d'un des deux grands. Il est significatif que l'Albanie par exemple voie avant tout dans la C.E.E. une machine à exploiter le prolétariat européen. Peut-être a-t-elle raison. Elle se fait en tout cas une idée différente de la lutte des classes à l'échelle internationale. La direction chinoise, une fois de plus, privilégie les rapports d'États au risque de négliger les luttes du peuple. Une fois de plus, elle pousse à ses conséquences dernières la logique de la coexistence pacifique...

D. « Structuralisme diplomatique » et néo-stalinisme

C'est maintenant, et maintenant seulement, qu'on peut risquer une « critique » de la politique étrangère chinoise. Une critique portant non plus sur sa pratique visible, mais sur ses fondements théoriques. Une critique *de principe* par conséquent.

Pousser à ses dernières conséquences la logique de la coexistence pacifique, c'est concevoir le monde comme un échiquier, et la lutte de classes à l'échelle internationale comme une partie d'échecs. Or, dans un échiquier, une pièce ne vaut pas par elle-même mais par son rapport aux autres pièces. Elle n'a pas de valeur propre, mais relative. Elle n'a pas d'existence intrinsèque, mais extrinsèque. Peu importe par conséquent le *contenu* d'un Etat, seule compte sa *position* par rapport à d'autres États. Peu importe le contenu d'une lutte, seule compte son intégration formelle dans le système impérialiste mondial. La Chine pratique ce qu'on pourrait appeler un formalisme ou un « structuralisme » diplomatique...

A la limite, elle n'a même pas de relations avec des États particuliers, mais avec la *structure d'ensemble* où l'État particulier s'articule. Elle n'a pas de rapport privilégié avec le Pakistan, mais joue de sa *position* dans un ensemble plus complexe. Elle n'a pas, contrairement à ce que pensent les Indiens, d'hostilité réelle pour l'Inde ; mais elle voit à plus long terme, ou dans un cercle plus large, en l'occurrence son alignement sur le « social-impérialisme ». Les pays amis ou ennemis ont tort par conséquent de croire à un traitement de faveur dans l'un ou l'autre sens. Ils n'intéressent la Chine que par ce qui leur est le plus extérieur et le moins spécifique : leur rapport structural au système impérialiste mondial. Ils ne valent aux yeux des Chinois que par un jeu de liens et de distances dont ils n'ont pas toujours eux-mêmes conscience. Il semble qu'au fond la Chine n'ait jamais avec quiconque et *ne conçoive pas même l'idée* de ce que les diplomates occidentaux appellent des « relations bilatérales ».

Première conséquence, les Chinois ne « choisissent » pas leurs alliés ; ils ne « préfèrent » pas le Pakistan à l'Inde, et ne jugent pas la Yougoslavie « plus progressiste » que l'U.R.S.S. Le monde de leur diplomatie est un monde d'équivalences et d'indifférences. Les États, ne valant que par leurs positions respectives, *se valent* intrinsèquement les uns les autres. Mis à part les États socialistes, il n'y a pas de « bons » États avec lesquels on préfère s'allier, et de « mauvais » États au contraire qu'on tiendrait à distance. On trace une ligne de partage, mais sur des critères formels et extrinsèques ; selon que l'État considéré renforce ou affaiblit le camp impérialiste ; selon qu'il porte ou non préjudice au foyer de l'autre camp, la Chine révolutionnaire. C'est en ce sens, et en ce sens seulement, qu'on peut parler de « réalisme diplomatique » ; mais un « réalisme » qui loin de contredire l'« idéologie » en est la conséquence pratique ; un réalisme qui procède de principes théoriques rigoureux et de positions de principe solides. « L'intérêt » n'est pas le contraire de l'« idéologie », *mais sa formulation stratégique.*

C'est cela qui choque dans la politique étrangère chinoise. Ce mélange d'ultra-gauchisme théorique et de réalisme stratégique. *Gauchisme théorique :* au plan où nous avons décidé de nous placer, le Pakistan vaut l'Inde, et Yahya Khan n'est pas plus réactionnaire que Mujibur Rahman. *Réalisme stratégique :* entre l'aveugle et le paralytique, il n'y a pas de choix possible, ou plutôt tous les choix sont permis ; rien ne nous interdit par conséquent de miser le bourreau contre la victime. L'ultra-gauchisme théorique donne au réalisme stratégique ses raisons et ses justifications. Dialectique habile, qui n'est pas sans précédents dans l'histoire du mouvement communiste : Hitler = Daladier ; Staline choisissait Hitler. Yahya = Mujib ; Chou En-laï choisit Yahya. Dans la nuit du stalinisme, toutes les vaches politiques sont grises...

Seconde conséquence : les Chinois seront fatalement tentés d'utiliser les luttes du peuple comme instruments ou arguments de leur politique étrangère. Ils ont tendance à faire communiquer les deux niveaux, qu'ils s'étaient pourtant promis de tenir rigoureusement séparés. Ne jouant qu'à la table des rapports d'États, ils courent constamment le risque d'y projeter et d'y faire valoir des pièces ou des épisodes du jeu politique souterrain. Et cela, de deux façons. Ils ont d'abord tendance à exprimer plus bruyamment leur soutien à un peuple en lutte, quand l'expression de ce soutien peut affaiblir un État auquel ils s'opposent par ailleurs, à l'échelle internationale. Par exemple, les déclarations fracassantes au moment de la naissance du mouvement naxalite indien ne s'expliquent que si l'on admet que *l'État* chinois avait intérêt à voir s'ouvrir au flanc de *l'État* indien des poches d'instabilité. Par contre, inversement, ils ne diront pas un mot d'un autre mouvement révolutionnaire, ils ne lui apporteront ni aide ni encouragement moral, s'il compromet la stabilité d'un État qui dans leur jeu diplomatique occupe une position privilégiée. Ils ne diront *jamais un mot* de la naissance ni des développements des groupes maoïstes pakistanais : parce qu'ils mettraient en péril l'unité et la stabilité d'un État sur lequel ils comptaient par ailleurs pour fissurer le front impérialiste. Les luttes du peuple par conséquent sont soit *utilisées* soit *négligées* au profit d'une lutte d'États.

De sorte qu'au bout du compte, utilisant les unes et négligeant les autres, appuyant un État (le Pakistan) et en combattant un autre (l'Inde), la Chine intervient bien malgré elle dans un champ qu'elle devait en principe déserter. Et elle y intervient surtout de la pire manière qui soit : non pas en fonction du degré de développement de la lutte, de la maturité des militants, ou de la faiblesse de l'État en place, mais en fonction de considérations extérieures à la lutte même, en fonction d'impératifs qui sont ceux de la Chine en tant qu'elle a une vision synoptique du monde, mais qui ne concernent que marginalement les luttes concrètes. La coexistence pacifique autrement dit, quand on la pousse à ses conséquences ultimes, contredit ses propres présupposés théoriques. La distinction États/peuples, rapports d'États/luttes du peuple, sur laquelle elle reposait, se révèle intenable dans les faits.

C'est qu'au fond il est peut-être illusoire, et en tout cas antimarxiste, de prétendre distinguer les deux choses et de ne considérer l'État qu'à sa valeur faciale. Car l'État, c'est une pièce parmi d'autres pièces, mais c'est aussi un appareil d'oppression. Mieux : c'est *le même* État, mais vu sous deux angles différents, qui est tantôt appareil d'oppression, et tantôt pièce d'un système plus large. C'est le même État, mais sous un double visage, qui exploite un peuple d'un côté, et soutient ou menace l'impérialisme de l'autre ; c'est *le même* État, et ses deux visages sont complémentaires ; renforcer l'un, c'est renforcer l'autre du même coup ; miser sur le premier, c'est se résigner au second ; livrer des armes à Ayub pour le rendre plus indépendant de Washington, c'est prendre le risque que les armes servent un jour à mater les maoïstes pakistanais.

II. **Le Bangla Desh, vu de Pékin**

Passons à la crise elle-même. Quelle a été la position chinoise ? Comment ces principes théoriques et cette tradition diplomatique se sont-ils traduits dans les faits ? Nous essaierons de *périodiser* et *d'interpréter* l'ensemble des textes officiels, pour parvenir à une vision sinon claire, du moins cohérente, des réactions de Pékin.

A. 25 mars/mi-avril : prudence

En un premier temps, les Chinois se contentent d'observer, sans réagir et sans intervenir. Comme les Soviétiques et les Américains, ils savent peu de chose du Bengale oriental. L'explosion les surprend, et ils ne voient pas par quel bout la prendre. L'agence *Chine nouvelle* reproduit sans commentaire des notes diplomatiques pakistanaises au gouvernement indien. Elle rapporte également, mais en citant des agences de presse occidentales, un débat au Parlement indien sur « la situation intérieure au Pakistan ». Manifestement, les diplomates chinois sont pris de court. Ils réagissent, mais au second degré ou par procuration. Ils n'ont pas fait leur choix et restent prudemment dans l'expectative.

Ce demi-silence est compris à New Delhi comme de l'indulgence à l'égard de Yahya Khan : d'où une violente manifestation, le 29 mars, devant l'ambassade chinoise. Puis, quelques jours plus tard, le Kremlin prend position, par la bouche de Podgorny, et c'est le fameux message du 3 avril. De sorte qu'à la fois pour démentir les rumeurs qui circulent à Delhi et pour faire pièce à l'intervention soviétique, Pékin se résout le 5 avril, onze jours par conséquent après le déclenchement de la crise, à contrecœur et pressé par les événements, à prendre position. Et cela, à deux occasions.

D'abord, une déclaration radiodiffusée, brève et peu explicite, où l'on se contente de dénoncer Les « ambitions expansionnistes » de l'Inde, tout en refusant de se prononcer sur la « situation intérieure » du Pakistan. Ensuite, le lendemain, une note de protestation au gouvernement indien qui accuse ce dernier « d'intervenir dans les affaires intérieures du Pakistan », qui rappelle que la Chine, elle, n'est « jamais intervenue dans les affaires intérieures d'autres pays », et qui surtout dément la « *calomnie* » selon laquelle Pékin « aiderait » Islamabad contre « le peuple pacifique du Bengale oriental ». Démenti catégorique et qui prouve au moins une chose : que la Chine n'a pas arrêté encore sa position, qu'elle se contente pour le moment d'insister sur les aspects internationaux de la crise, et qu'elle s'en tient à cette évidence massive et élémentaire : la crise du Pakistan est une affaire intérieure... au Pakistan !

Suivent alors les deux premières prises de position tant soit peu consistantes et solennelles. Un article du *Quotidien du peuple* du 11 avril « le commentateur[13] », c'est-à-dire émanant vraisemblablement d'une personnalité importante. Puis le message *verbal* de Chou En-laï à Yahya Khan, reproduit le 13 avril dans la presse pakistanaise, mais non cité par l'agence *Chine nouvelle*[14]. Ces deux textes vont un peu plus loin que les déclarations ambiguës des premiers jours, mais sans s'engager encore trop avant. La Chine se contente toujours d'une position de prudente neutralité.

Le Quotidien du peuple d'abord. Il rappelle un principe général : « Si l'indépendance, la souveraineté, l'unité et l'intégrité territoriales d'un pays sont violées que reste-t-il alors des intérêts du peuple ? » Puis il évoque le message

13. *Quotidien du peuple :* « What are indian expansionists trying to do ? » (Agence Chine nouvelle, 11 avril).

14. Reproduit dans *Bangla Desh, a Struggle for Nationhood, op. cit.*, p. 128.

de Podgorny qu'il accuse de ne pas mentionner « la menace que font peser sur le Pakistan les réactionnaires indiens, et de critiquer au contraire avec imprudence le gouvernement pakistanais ». Mais, fait significatif, il passe sous silence les passages du message où il était question de « bain de sang et de répression ». Et il rappelle pour finir que « le gouvernement et le peuple chinois soutiendront résolument, comme toujours, le gouvernement et le peuple pakistanais dans leur juste lutte pour la sauvegarde de l'indépendance nationale et de la souveraineté de l'État contre l'agression et l'intervention *étrangère* ».

Texte caractéristique à plusieurs titres.

— Il atteste que ce qui chagrine les Chinois dans l'affaire du Bangla Desh, c'est la menace qui pèse sur *l'indépendance* et la souveraineté du Pakistan. C'est à la fois beaucoup et peu. Beaucoup puisque l'« indépendance » est le premier besoin, la première conquête et la première volonté des peuples. Peu, parce que, dans la problématique chinoise, l'indépendance est toujours menacée *du dehors,* par une agression *externe* ; Pékin autrement dit ne porte pas encore de jugement sur la situation *interne* du Bengale.

— De fait le « commentateur » ne dit pas un mot des sécessionnistes du dedans, mais seulement des expansionnistes du dehors. Pas un mot de Mujibur Rahman, mais seulement des Indiens. La menace à la souveraineté vient d'un État étranger, pas du peuple pakistanais en révolte. L'affaire autrement dit est *réduite à sa dimension internationale.* Ce qui intéresse les Chinois, c'est, pour l'instant, les rapports d'États qu'elle met en jeu.

— Si d'ailleurs le « commentateur » n'évoque pas les passages du message de Podgorny où il était question, très concrètement, des massacres, c'est que d'une certaine manière il en admet l'existence mais refuse de le commenter. Commentaire tacite, si l'on veut. *Il y a* un problème au Pakistan ; mais c'est un problème qui ne regarde que les Pakistanais. *Il y a* une question nationale bengalie, mais ce n'est ni aux Chinois ni aux Indiens de la régler.

— Enfin, on notera le caractère réverv é du « comme toujours » (« nous soutiendrons comme toujours le gouvernement et le peuple pakistanais... ») ; là aussi, c'est à la fois peu et beaucoup. Beaucoup, puisque cela signifie que malgré la tuerie on n'est pas décidé à rompre des liens si péniblement tissés. Mais peu aussi, parce que cela suppose qu'on n'est pas encore décidé à aller au-delà des relations traditionnelles. Pas de soutien ferme par conséquent, ni inconditionnel. Le Pakistan n'est qu'un pays « à système social différent »...

Même chose pour le message de Chou En-laï. « Si d'aventure les expansionnistes indiens osaient lancer une agression contre le Pakistan, le gouvernement et le peuple chinois soutiendraient fermement, *comme toujours*, le gouvernement et le peuple pakistanais dans leur juste lutte pour sauvegarder la souveraineté de l'État et l'indépendance nationale. » Puis un peu plus loin : les événements actuels sont « une affaire purement intérieure au Pakistan qui ne peut être réglée que par les Pakistanais eux-mêmes [...] ». Et enfin : « Le gouvernement indien est intervenu grossièrement dans les affaires intérieures du Pakistan en *exploitant* ses problèmes internes. » Comme dans l'article du *Quotidien du peuple* par conséquent, on reconnaît qu'il y a des problèmes au Pakistan et que, même si l'impérialisme prétend s'en emparer, ils ne sont pas *seulement* le fruit d'une machination impérialiste. Il y a une crise au Bangla Desh : mais on se défend pour l'instant de la commenter.

Chou En-laï toutefois, à l'extrême fin du texte, s'aventure un tout petit peu plus loin : « L'unité du peuple d'ouest et d'est-Pakistan est, selon lui, la garantie fondamentale de force et de prospérité du Pakistan. Il est important de faire la différence entre les larges masses populaires et une poignée d'individus qui veulent saboter l'unité du Pakistan. » Petite phrase qui a fait couler beaucoup d'encre, mais qui ne peut guère avoir qu'un sens. La « poignée d'individus », c'est Mujibur Rahman et la Ligue Awami. Les larges masses « veulent l'indépendance », c'est-à-dire l'unité du Pakistan. Les Chinois conseillent à Yahya Khan de ne pas se laisser aller à confondre une poignée de sécessionnistes et les masses mystifiées. Chou En-laï par conséquent vient peut-être pour la première fois de prendre position sur la situation intérieure du Pakistan. Il vient peut-être de franchir le pas décisif et de quitter le terrain classique des rapports internationaux. Il a risqué un jugement en tout cas, et esquissé une analyse...

B. Mi-avril/mi-novembre : silence

Cette analyse restera sans lendemain. D'abord parce que le message de Chou En-laï ne sera jamais cité ni commenté dans la presse chinoise. Ensuite parce qu'à partir du 13 avril c'est, brusquement, le vide et le silence. Jusqu'à la mi-novembre en effet, jusqu'à la veille de la guerre, *pendant sept mois* par conséquent, les Chinois vont s'abstenir de commenter la crise. Il a bien quelques déclarations, mais marginales et périphériques ; émanant de personnalités secondaires ; prononcées à la sauvette et jamais dans des circonstances solennelles ; à Dacca, à Gilgit, à Karachi..., jamais en Chine même. On se contente de répéter les vieux slogans et de ressasser les airs connus. L'éternelle « intégrité territoriale ». La sacro-sainte « indépendance ». Pas un mot nouveau. Pas un jugement original. Pas une déclaration sur l'affrontement larvé entre l'Inde et le Pakistan. La crise suit son cours ; Pékin semble s'en désintéresser ; rien ne presse à présent, il faut la laisser mûrir.

L'animosité des premiers jours contre l'Inde semble même se calmer. Pas une seule fois en sept mois on ne parle des Indiens comme des « agresseurs ». Pas une seule fois, on ne rappelle leur « caractrère expansionniste ». Et lorsqu'est signé en août le traité indo-soviétique, les Chinois contre toute attente ne bougent pas. Comme à l'époque du traité avec l'Égypte, ils attendent et observent. Et quelques semaines plus tard, Chou En-laï déclarera à des visiteurs américains qu'il ne considère pas le traité comme une menace contre la Chine ; et il ajoute, protecteur, que c'est à l'Inde « d'apprendre par sa propre expérience ». Pas de crise internationale par conséquent. Pas de risque de guerre. L'affaire du Bangla Desh n'est peut-être pas si importante qu'on avait cru.

Côté pakistanais, rien de bien neuf non plus. On s'attendrait à une activité diplomatique intense, à des échanges de missions et de délégations. Au moins comme en 1965. Or, jusqu'au 5 novembre, aucune délégation pakistanaise n'est invitée en Chine, et aucune délégation chinoise ne se dérange jusqu'à Islamabad. Le 5 novembre enfin, Bhutto débarque à Pékin. On attend beaucoup de cette visite, et d'abord une aide matérielle. Quelques jours plus tôt, Yahya Khan annonçait à l'hebdomadaire *Newsweek* qu'en cas de guerre la Chine soutiendrait de toutes ses forces le Pakistan... Or, pas du tout. Bhutto revient bredouille. On lui a assuré qu'en cas d'agression *externe* (et non de menace *interne*) on le soutiendrait *comme toujours (as always)*. Question armes, aucune promesse n'a été obtenue, et la propagande pakistanaise se garde bien au retour d'en reparler. Le Pakistan autrement dit reste un allié, mais pas au point de l'armer, ni de le soutenir inconditionnellement. Les Chinois se tiennent délibérément en marge de la crise.

Le plus étrange est qu'en attendant ils se rapprochent de l'Inde, et poursuivent dans la voie tracée avant le 25 mars. Au plus fort de la crise, à quelques semaines de la guerre, alors que la tension monte et que les chancelleries bouillonnent, les Chinois, tranquillement, imperturbablement, négocient avec l'ennemi juré de leur protégé. Le 27 octobre, le gouvernement indien adresse au gouvernement chinois une lettre de félicitations au sujet de son admission à l'O.N.U. Le 14 novembre, Chou En-laï répond : « Puisse l'amitié entre les peuples de Chine et d'Inde grandir et se développer tous les jours. » Entre-temps, début novembre, Pékin accueille une équipe indienne de ping-pong, *au moment même du séjour de Bhutto.* On sait le sens et le sort des parties de ping-pong dans la diplomatie chinoise ; manifestement l'heure est à la normalisation avec le Pakistan *et l'Inde.* A un mois et demi du dénouement, on espère encore s'allier avec les deux frères ennemis *à la fois.* La diplomatie chinoise suit un rythme de croisière.

C. *Mi-novembre/fin décembre : l'engagement*

A cette date donc, malgré la montée des périls, malgré l'aide indienne aux Mukti Bahini, malgré l'afflux des réfugiés au West Bengal, la Chine n'est pas encore vraiment entrée en lice. Elle a adopté une position parfaitement classique ; cynique peut-être, mais moins par violation de principes moraux que par fidélité aveugle à des principes théoriques. Elle s'en est tenu scrupuleusement aux « cinq principes » de la coexistence pacifique. Pas un pas de trop. Pas un écart de langage. Peut-être des tensions internes ont-elles paralysé les diplomates ; toujours est-il que leurs positions ont été littéralement gelées à la date du 13 avril[15].

A partir de la mi-novembre, les choses commencent à changer. Tout doucement d'abord, sans excès et sans imprudence. Puis brusquement, à la fin du mois, à un rythme plus rapide. Comme si le temps pressait et qu'il fallait, très vite, entrer en scène. Comme si de nouveaux facteurs intervenaient qui bouleversaient la situation et appelaient une révision de l'attitude antérieure. C'est à partir de ce moment, *et à partir de là seulement,* qu'on peut parler d'un engagement inconditionnel et militant de Pékin aux côtés du Pakistan.

Tout doucement d'abord... Fu Hao prend la parole

15. Ces tensions internes sont peut-être la disparition de Lin Piao et de Huang Young-sheng, qui a pu désorganiser un moment l'Armée populaire, les mauvais résultats de la production agricole en 1971, le désordre dû à la série d'inondations qui ont sévi pendant toute l'année.

pour la première fois au « troisième Comité » de l'O.N.U. Il observe que l'Inde « continue d'exploiter la question des réfugiés pour intervenir dans les affaires intérieures du Pakistan, pour mener contre lui des activités subversives pour empêcher le retour des réfugiés est-pakistanais dans leurs foyers [...] ». La polémique devient plus vive, et le ton plus aigre. Mais chose curieuse, Fu Hao ne nomme pas l'Inde en propre, mais parle pour la désigner d'« un certain pays ». Comme si tout n'était pas joué encore et qu'il fallait la ménager. Comme si le point de non-retour n'était pas encore atteint et qu'il fallait éviter une rupture définitive... Pékin avance, mais à pas comptés.

De même, le 24 novembre, lorsqu'une délégation chinoise conduite par le vice-ministre Li Shui-ching se rend au Pakistan pour la première fois depuis le début de la crise, l'événement est salué à Islamabad comme une manifestation d'amitié. Mais les observateurs notent tout de même une certaine *réserve* chez les Chinois. Le ministre des Affaires étrangères pakistanais évoque avec émotion « les perspectives et les intérêts communs de la Chine et du Pakistan » ; à quoi le vice-ministre répond froidement que les deux pays sont « des voisins dont l'amitié est fondée sur le respect des cinq principes ». Il insiste lourdement sur le fait « *qu'en cas d'agression* » la Chine se tiendrait aux côtés du Pakistan. « En cas d'agression... » : c'est donc qu'aux yeux des Chinois l'agression n'a pas encore eu lieu et que la guerre n'a pas déjà commencé ; ils se refusent à voir que l'Inde, ouvertement désormais, arme et entraîne les Mukti Bahini ; ils ignorent délibérément le fait qu'à peine trois jours plus tôt treize tanks pakistanais, puis le lendemain trois *Sabre*, ont été détruits par les Indiens. Aveugles à l'évidence, ils refusent d'en tirer les leçons. Comme si à cette date encore, à dix jours de la déclaration de guerre, ils hésitaient toujours à s'engager.

Et puis fin novembre les choses se précipitent. Le 26, Chiao Huang-hua lance une violente diatribe à l'O.N.U. contre l'Inde et l'U.R.S.S. Le 3 décembre, date de l'entrée en guerre, *Le Quotidien du peuple* titre : « Projets indiens d'annexion du Bengale oriental. » On peut lire notamment : « Le gouvernement indien, soutenu et encouragé par le social-impérialisme, complote en vue de créer un Bangla Desh au Pakistan oriental, pour diviser le Pakistan et réaliser ses projets expansionnistes d'annexion du Pakistan oriental [...]. En fait le prétendu Bangla Desh n'est qu'une sinistre manœuvre du gouvernement indien pour intervenir dans les affaires intérieures du Pakistan, pour diviser et subvertir le Pakistan [...]. » Le Bangla Desh *« n'est que »* le fruit d'une manœuvre impérialiste : la sécession est officiellement et sans ambiguïté condamnée. Pas seulement l'agression externe *mais le mouvement autonomiste interne...*

C'est moins d'ailleurs dans les thèmes que dans le ton que le changement est le plus net. Les déclarations se multiplient, fracassantes et échevelées. Et surtout les Chinois semblent soucieux de se poser à l'O.N.U. en *champions de la cause pakistanaise*. Exemple, le 5 décembre, ils votent en faveur de la résolution américaine proposant un cessez-le-feu, mais ils précisent que ce n'est pas à leur avis suffisant, et qu'il faudrait aussi « soutenir la juste lutte du Pakistan contre l'agression étrangère ». Puis le lendemain, le délégué chinois est le seul à s'opposer à la résolution soviétique proposant un « règlement politique » qui mettrait fin aux hostilités ; les Américains s'abstiennent, les Chinois seuls, votent encore. Étrange surenchère quand on se souvient des réserves antérieures. Chiao Huang-hua devient plus royaliste que le roi, et plus pakistanais que les Américains. Il semble avoir reçu pour mission de se montrer l'ami le plus fidèle et le plus intransigeant de la junte d'Islamabad. Pourquoi ?

Il y a à cela trois raisons. Trois facteurs nouveaux, ou en tout cas perçus comme tels à Pékin. Trois préoccupations majeures qui expliquent qu'*à la dernière heure* les Chinois aient modifié leurs analyses et durci leurs positions.

a) Il y a eu d'abord la collusion indo-soviétique. Elle ne date pas d'hier assurément, mais les Chinois jusqu'ici ne semblaient pas s'en inquiéter outre mesure. Ils ne croyaient guère au non-alignement indien, mais ils comptaient tout de même sur une normalisation diplomatique. Ils connaissaient les liens de l'Inde et de l'U.R.S.S., mais cela ne les empêchait pas, début novembre encore, d'inviter une équipe indienne à jouer au ping-pong à Pékin... Or, voilà que brutalement tout cela est remis en question. A l'occasion d'un débat sur le désarmement, le délégué chinois à l'O.N.U. évoque la question du traité indo-soviétique du 9 août, et *pour la première fois, il le définit comme une « alliance militaire »*, par laquelle les Soviétiques encouragent leurs protégés « à engager des activités subversives » en Asie. Indira Gandhi est devenue un otage du sinistre Brejnev ; New Delhi, un pivot du « social-impérialisme » dans la région. Tout se passe comme si tout d'un coup les diplomates chinois ouvraient les yeux.

De fait, à l'O.N.U., c'est moins aux Indiens qu'on en veut qu'à la Russie. On ne cherche pas à régler le conflit indo-pakistanais, mais simplement à isoler l'U.R.S.S. Les autres délégués restent attentifs à l'évolution de la guerre. Ils commentent la défaite des uns et l'avance spectaculaire des autres. Rien de tel chez les chinois. La guerre elle-même ne semble pas les intéresser. L'issue des batailles leur paraît secondaire. S'ils parlent de l'Inde, c'est comme d'un « jouet[16] » inanimé manipulé par les grandes puissances ; moins un acteur qu'une marionnette. S'ils dénoncent l'Inde, c'est moins pour son caractère propre que pour ses détestables fréquentations. Car le problème, le vrai, c'est la contradiction entre « petits et grands pays » et les machinations de la « belliqueuse » Union soviétique.

b) C'est qu'en fait les liens entre l'Inde et l'U.R.S.S. se renforçant, et l'U.R.S.S. commençant à sortir de sa neutralité des premiers temps, la Chine pour la première fois

16. Interview de Chou En-laï par Neville Maxwell. Publié dans le *Sunday Times* (Londres) du 5 décembre 1971.

se sent personnellement menacée et nourrit des craintes *quant à sa propre sécurité.*

« Ce type d'intervention, déclarait Fu Hao le 15 novembre à propos de l'exploitation par l'Inde du problème des réfugiés pakistanais, est bien connu du gouvernement et du peuple chinois. » Nous avons souvenir « d'un certain pays » qui a fomenté au Tibet « une rébellion écrasée par le peuple chinois » et qui « a encouragé des Chinois à passer sur son territoire, créant ainsi le prétendu problème des réfugiés tibétains [...] ». Le « certain pays » en question, l'article du *Quotidien du peuple* du 3 décembre le nomme en propre : c'est évidemment l'Inde. Si elle se permet aujourd'hui d'intervenir au Pakistan sous prétexte qu'elle a chez elle des réfugiés pakistanais, qui dit qu'elle ne se permettra pas demain d'intervenir en Chine sous prétexte de renvoyer à leurs foyers les réfugiés tibétains ? Ce jour n'est pas encore venu bien sûr ; mais il n'est peut-être pas si loin qu'on croit ; et quand les textes chinois de l'époque accusent l'Inde de vouloir mettre sur pied un « sous-impérialisme régional », c'est très exactement à cela qu'ils font allusion.

Début décembre les appréhensions chinoises se précisent, plus inquiétantes que jamais. L'Inde, passe encore. Mais voilà que c'est l'U.R.S.S. à présent qui menace la souveraineté de la Chine. *Le Quotidien du peuple* du 7 décembre contient un texte significatif à cet égard : « L'agence Tass a prétendu [...] que l'U.R.S.S. ne pouvait pas rester indifférente aux événements, étant donné notamment qu'ils se déroulent tout près de ses frontières [...]. Il est clair que c'est vous, les superpuissances, qui en collusion avec les expansionnistes indiens avez brutalisé le Pakistan. Comment peut-on dire au contraire que c'est la sécurité de l'Union soviétique qui est menacée ? Vous avez occupé par la force votre voisin, la Tchécoslovaquie, sous prétexte de défendre sa « sécurité ». Maintenant, en vous fondant sur la « proximité directe des frontières soviétiques », allez-vous engager une action ? C'est du chantage éhonté et de l'intimidation. » Les appréhensions chinoises sont à peine voilées et, vu l'état des relations sino-soviétiques, elles ne sont pas forcément sans fondement : si l'on évoque la Tchécoslovaquie après avoir rappelé à deux reprises le Tibet, c'est qu'on a en vue un danger bien précis, *une action militaire dans le Sinkiang.*

De fait, c'est à l'O.N.U., le même jour, que ces craintes sont formulées le plus clairement et le plus explicitement. Chiao Huang-hua interpelle Jacob Malik en ces termes : « Nous aimerions poser au distingué représentant de l'Union soviétique la question suivante : l'U.R.S.S. a organisé une rébellion contre-révolutionnaire dans la province chinoise de Sinkiang [...]. Les dizaines de milliers de citoyens chinois que vous avez pris de force sont toujours entre vos mains, et vous vous en êtes servis pour mener des activités antichinoises. Selon le raisonnement de M. Malik sur les réfugiés pakistanais, allez-vous en prendre prétexte pour lancer une agression armée contre la Chine[17] ? » Le délégué cette fois ne mâche pas ses mots. Les « dizaines de milliers de citoyens chinois » sont des réfugiés en U.R.S.S. De même qu'on craignait tout à l'heure que l'Inde n'utilise les réfugiés tibétains pour « libérer » le Tibet, on peut craindre que l'U.R.S.S. n'utilise le problème des réfugiés du Sinkiang pour justifier une agression.

c) Il y a encore une troisième raison au durcissement des positions chinoises. Paradoxale *a priori,* mais en fait parfaitement vraisemblable, pour peu qu'on se souvienne des grands principes stratégiques qui commandent la diplomatie de Pékin. *Le soutien au Pakistan est venu quand on a su sa défaite imminente, et parce qu'on savait sa cause perdue.*

Il est caractéristique d'abord que la Chine n'a pas aidé matériellement son allié, comme on pouvait s'y attendre. Elle aurait pu envoyer un corps de volontaires, masser des troupes aux frontières, engager une opération de diversion : elle s'est contentée en fait d'un soutien diplomatique. On a parlé d'une aide économique intense ; elle

17. 7 décembre 1971.

s'est réduite en fait à assez peu de chose : 70 millions de dollars déjà promis avant la guerre dans le cadre du IVe Plan, deux millions de tonnes de lait en poudre pour les réfugiés du Pakistan oriental, cinq mille tonnes de papier journal, cent mille tonnes de riz prévues elles aussi dans des projets d'aide à plus long terme. Rien de très spectaculaire par conséquent, ni de très exceptionnel. On a beaucoup parlé aussi de convois d'armes et d'entraînement intensif à la contre-insurrection, mais c'est plus des ragots que des informations[18] ; il semble qu'en novembre Bhutto n'ait pas réussi à arracher les promesses qu'il attendait ; et si les Pakistanais se battent avec des armes chinoises, ce sont des armes livrées le plus souvent *avant* la guerre. Le 12 décembre peut-être l'idée d'intervenir a effleuré la direction chinoise, mais elle y renonce vite ; l'attaché militaire soviétique à Kathmandou rend visite à son collègue chinois ; l'ambassade soviétique déclare le lendemain que « si la Chine devait se décider à lancer une action dans la région de Ladakh, l'U.R.S.S. lancerait une riposte dans le Sinkiang [...] ». Les Chinois ne se le font pas dire deux fois, et se tiennent coi[19].

Mais le plus étrange est que c'est précisément le moment qu'ils choisissent pour intensifier leur soutien diplomatique. Yahya Khan est perdu : ils pourraient le lâcher. Le Pakistan est brisé, ils pourraient se tirer de l'affaire à bon compte en prononçant son éloge funèbre. Or, pas du tout : ils soutiennent plus que jamais le régime, ils multiplient les déclarations spectaculaires. Le 16 décembre, après la défaite donc, après la reddition de Dacca, le gouvernement chinois fait une déclaration de soutien chaleureux et enthousiaste ; il envoie à la mission indienne à Pékin une note agressive pour protester contre une incursion de troupes en territoire chinois survenue dix jours plus tôt... Au lieu de tirer son épingle du jeu, il s'enferre davantage encore.

L'avance des troupes indiennes est achevée, mais on la

18. Par exemple, *Statesman*, 19 août 1971 ; 10 septembre.
19. Cité par FRANÇOIS MASSA, *op. cit.*

qualifie d'« inadmissible ». Yahya Khan est politiquement liquidé : on glorifie son « esprit d'héroïsme ». Le Bangla Desh est entré dans les faits, mais on s'acharne à n'y voir qu'un « nouveau Mankhukuo[20] », c'est-à-dire un État fantoche et inconsistant. La guerre est enfin finie, mais on promet d'accroître l'aide « politique » et « *matérielle* ». Ce que le Pakistan n'a pu obtenir pendant les neuf mois de la crise, on le lui promet au moment du dénouement, quand il ne sait plus qu'en faire. On n'a pas empêché son démembrement, mais on est prêt à l'aider à survivre amputé...

Le paradoxe s'explique pour peu qu'on le confronte aux principes de la diplomatie chinoise. Nous l'avons vu, l'objectif stratégique fondamental est d'empêcher les petits pays de tomber dans l'orbite des grands, de jouer des contradictions interimpérialistes pour tenter de briser les blocs. En Asie, plus concrètement, de déjouer le plan exposé par Brejnev en 1967 d'un « pacte de sécurité collective » régionale ; d'empêcher autrement dit la constitution d'un vaste ensemble politique dominé par les Russes et dirigé contre la Chine ; de briser dans l'œuf le front « social-impérialiste ». C'est cela le but des Chinois en Asie ; ce n'est que secondairement, et de manière dérivée, de sauvegarder les intérêts d'État de la Chine ; ce n'est qu'accessoirement d'empêcher le démantèlement du Pakistan. L'important, l'essentiel, c'est que les deux grands ne tirent pas profit de la crise pour améliorer leur position.

Or, c'est justement ce qui risque de se passer avec la défaite du Pakistan ; et c'est cela que redoutent les Chinois. Car enfin quelle est la situation ? Une U.R.S.S. triomphante. Une Inde qui lui doit tout et qui lui reste liée. Un Bangla Desh qui est économiquement trop faible pour ne pas devenir à terme un satellite de l'Inde. Et un Pakistan mutilé, humilié, aux abois, qui risque lui aussi, par faiblesse ou par désespoir, de se vendre au plus

20. État fantoche créé par les Japonais en 1932 au nord-est de la Chine.

offrant, c'est-à-dire à ses vainqueurs. C'en est fini des contradictions et des rivalités interimpérialistes : un Pakistan livré à lui-même sera désormais trop faible pour faire contrepoids à l'Inde. C'en est fini de l'« équation » complexe dont les Chinois jouent depuis si longtemps et qui devait tenir en échec l'expansionnisme des grands : les trois termes de l'équation s'annulent et se réduisent, pour le plus grand profit des Russes. Inde, Pakistan, Bangla Desh ; Indira, Bhutto, Mujib : n'est-ce pas déjà les trois pivots, ou les trois têtes, de cet « empire soviétique » dont parlait Chou En-laï, deux jours après la défaite, lors d'un banquet donné à Pékin en l'honneur du vice-président du Soudan ?

Voilà donc la raison décisive de l'engagement chinois. On soutient le Pakistan malgré sa défaite, voire *à cause* de sa défaite, pour en conjurer les conséquences. Moralement et matériellement soutenu, artificiellement regonflé en quelque sorte, il pèsera d'un poids plus lourd face au bloc prosoviétique ; il sera peut-être moins tenté de s'y fondre à son tour ; et la vieille équation continuera, cahin-caha, de fonctionner. On soutient Yahya Khan moins parce qu'on le croit vainqueur que parce qu'on le sait vaincu ; le problème n'est pas de l'aider à triompher, mais de faire acte de présence au moment de la déroute.

11

LE RÔLE DE L'INDE

I. Le fondé de pouvoirs

Les dés sont jetés. La cause est entendue. Le Pakistan est condamné parce que les grandes puissances, unanimes, ont décidé de le poignarder. Le Bangla Desh va naître, monstrueux avorton, sur le cadavre de la révolution bengalie.

La cause est entendue, mais il faut un exécutant. Aucun des trois compères ne montera lui-même en première ligne. Pas plus Brejnev que Nixon ou Chou En-lai. Aucun n'acceptera de se découvrir en pleine lumière. Il leur faut un fondé de pouvoirs, un préposé aux basses besognes : ce sera l'Inde.

Pourquoi l'Inde ? Parce qu'elle a justement de vieux comptes à régler avec le Pakistan ; que l'armée brûle d'en découdre ; que l'opinion presse le gouvernement d'intervenir ; que le pays croule sous les réfugiés ; et que la vieille querelle du Kashmir, toute chaude encore, peut être ranimée à tout moment, s'il faut un *casus belli*...

L'Inde, agent de Moscou et de Washington... Le refrain est connu, et pourra paraître un peu simpliste. Il recouvre pourtant une réalité fondamentale : l'Inde ne pouvait pas, pour des raisons tant politiques qu'économiques, agir seule et sans l'accord des Grands. Elle avait sûrement ses intérêts spécifiques ; l'émotion d'Indira Gandhi devant le drame était sans doute sincère, mais il n'empêche, qu'on la veuille ou non, qu'elle ne pouvait prendre l'initiative d'une action militaire et qu'elle ne s'est décidée à agir que quand les grandes puissances, et elles seules, ont donné le signal de l'hallali.

Il suffit pour s'en convaincre de se rappeler le fabuleux moyen de pression[1] que constitue l'aide économique américaine. De se souvenir des échanges diplomatiques répétés, insolites, insistants, entre Delhi et Moscou, après la signature du traité : D.P. Dhar à Moscou, Gromyko puis Tsarapkin à Delhi, Indira Gandhi à Moscou encore, puis Podgorny à Delhi, et Firyubin fin octobre... A croire que le Kremlin craint de perdre le contact, qu'il tient à contrôler la moindre initiative indienne, et qu'il redoute on ne sait trop quelle étourderie.

Le style même de la presse indienne de l'époque est révélateur de cette dépendance. On consacre la « une » des grands journaux à des rumeurs de couloir. On guette anxieusement la moindre inflexion dans le jeu diplomatique des Grands. On monte en épingle une phrase, un mot, d'un haut fonctionnaire quelconque. Comme si c'était dans les ambassades russes et américaines que passait le courant vrai de l'Histoire.

II. **Sous-impérialisme**

Mais pourquoi diable l'Inde s'est-elle si facilement prêtée au jeu ? Ou plutôt comment l'Inde, l'Inde de Gandhi, de la « non-violence » et du « respect de la vie », a-t-elle

1. Troisième partie, chapitre 8 : Le statu quo de Washington.

pu contredire aussi crûment ses principes sacro-saints ? La question est naïve, mais elle a été souvent posée et elle appelle une double réponse.

D'abord, l'Inde est une puissance militaire. Premier producteur d'armes du tiers monde. Son armée est une des plus importantes d'Asie. Elle lui consacre bon an mal an un tiers de son budget national. Quant au fameux hindouisme, il ne prêche la résignation qu'aux faibles et aux opprimés. Pour les autres, les âmes bien nées, brahmines et consorts, il apparaît plutôt comme une doctrine de la domination et une exaltation de la volonté de puissance[2].

D'autre part, économiquement parlant, l'Inde a les moyens d'être, *elle est déjà nécessairement,* une puissance impérialiste. Ce n'est pas un slogan, mais l'expression d'un état de fait. Le capital indien était d'emblée financier et monopoliste. L'expansion à l'extérieur est le meilleur moyen pour lui de résister et de répondre à la colonisation par les plus riches de son marché d'origine. La conquête du marché birman, afghan, malais, est un peu sa seconde ligne de défense contre la capture de son propre marché par les supergrands du capitalisme mondial.

On ne compte plus les *joint ventures* en Iran et au Proche-Orient. Les Birla et les Tata sont solidement implantés en Asie et même en Afrique. L'*Indian technical and economic cooperation program,* lancé en 1968, organise une véritable aide technologique à l'ensemble du tiers monde, jusques et y compris en Amérique latine. Et à l'Asian Bank of Development, qui est un peu la succursale locale de la grande maison impérialiste, elle est le second bailleur de fonds, juste après le Japon[3].

De l'économique, on passe vite au politique, et le sous-impérialisme indien n'a aucune raison d'échapper à la règle. Les Népalais le savent, qui se plaignent de l'expansionnisme de Delhi et prétendent être contraints, pour

2. Philippe Gavi *op. cit.*, pp. 336-342.
3. *Frontier,* 25 septembre 1971.

faire contrepoids, de s'allier avec les Chinois. Les révolutionnaires de Ceylan le savent aussi qui ont vu en mars 1971 atterrir des troupes indiennes pour prêter main-forte au régime. Dans tous les cas, l'Inde, comme toute puissance impérialiste digne de ce nom, s'efforce de maintenir le statu quo régional et de l'aménager à son profit.

III. **Affaiblir le Pakistan...**

Cela étant, dans l'affaire du Bangla Desh, l'Inde a beau avoir été utilisée par les Grands, elle n'en avait pas moins des intérêts spécifiques. Et ces intérêts la poussaient à première vue à s'opposer au Pakistan, peut-être même à souhaiter sa désintégration.

Pour des raisons économiques d'abord. Le Bangla Desh, s'il réussit à naître, fera bonne figure dans le mini-empire indien, aux côtés du Sikkim, du Bhutan, voire du Népal. Avant 1947, il constituait, nous l'avons dit, l'*hinterland* du Bengale occidental. Les deux provinces constituaient une unité que la Partition a brisée, mais sans l'effacer tout à fait. Que le Bangla Desh se libère, et les vieilles habitudes reparaîtront ; le poisson de Chittagong reviendra à Calcutta ; le jute pakistanais reprendra le chemin des usines indiennes ; et les capitalistes bengalis retrouveront leur marché protégé.

Pour des raisons politiques ensuite : la révolte du Bengale apparaît comme le moyen idéal d'affaiblir de manière durable le vieil ennemi pakistanais. De régler une fois pour toutes la question du Kashmir. De briser la fameuse « balance des forces » dans le sous-continent. Et d'accéder enfin, pourquoi pas, au statut de cinquième Grand : on murmurait à Delhi aux lendemains de la victoire que l'Inde pourrait bien devenir membre permanent du Conseil de Sécurité !

Et puis pour des raisons de conjoncture enfin : le problème des réfugiés, que l'on a longtemps pris pour un simple alibi, a fini par peser d'un poids très lourd dans l'équilibre du Bengale indien. Neuf millions et demi d'hommes et de femmes que la barbarie pakistanaise pousse à traverser la frontière. Neuf millions et demi de bouches à nourrir, l'équivalent de la population d'États comme la Norvège, la Suède ou le Danemark. Douze cent camps, dont certains, tristement célèbres déjà (Salt Lake près de Calcutta, Balak Maïlam à l'est du Meghalaya) arrivent à regrouper trente, quarante mille âmes. Et pour tout cela une dépense totale de trois milliards et demi de roupies, dont l'aide étrangère ne finance que la moitié.

Au niveau local même, les problèmes deviennent vite intolérables. Les trois quarts des réfugiés sont parqués au West Bengal, les autres au Tripura (15 %), en Assam (3 %) et au Meghalaya (6 %) ; mieux : ils sont presque tous concentrés dans les huit districts frontaliers du Bengale dont ils constituent à présent le tiers de la population au point que dans le district de Cooch Behar par exemple, on ne compte pas moins de six réfugiés pour dix habitants !

La réaction locale est d'autant plus vive qu'on raconte que ces hommes, dénués de tout, acceptent de travailler pour une bouchée de pain et cassent les salaires. Un ouvrier agricole au Bengale touchait quatre roupies par jour : eux n'en demandent que deux. Les paysans du cru, sans être révolutionnaires, avaient tendance à se radicaliser : eux au contraire sont appréciés pour leur docilité. Et dans les régions (en Assam par exemple) où l'appropriation de la terre est fondée sur la coutume plus que sur un droit écrit, leur arrivée massive inquiète et déclenche de véritables émeutes communalistes.

IV. ... ou préserver le statu quo

Pour toutes ces raisons donc l'Inde pouvait être tentée d'intervenir aux côtés des nationalistes bengalis. Et c'est pourquoi l'opinion mondiale l'a spontanément classée du côté des parrains du nouvel État. En fait, les choses n'étaient pas tout à fait aussi simples, et d'autres raisons, plus impérieuses encore, firent qu'elle ne pouvait pas militer, qu'il n'était pas question pour elle de militer, *inconditionnellement du côté du Bangla Desh.*

D'abord, nous l'avons vu, la révolte risquait à tout moment de s'étendre à l'autre Bengale. Les maoïstes traversent régulièrement la frontière. Les révoltés trouvent en Inde des sanctuaires. Les naxalites voient au Bangla Desh une « répétition générale ». Ils ont conscience eux aussi de l'unité profonde des deux provinces, mais ils la voient autrement que la bourgeoisie indienne, et prévoient, eux, la constitution d'un grand Bengale rouge, entre l'Asie du Sud et l'Asie du Sud-Est... Si la guerre dure, par conséquent, elle ne manquera pas de se radicaliser. Et le meilleur moyen de l'empêcher est d'abréger l'affrontement.

Surtout, le Bangla Desh au fond est plus dangereux pour l'Inde que le Pakistan. Car l'Inde est, elle aussi, un État multinational. Une fédération d'États qui diffèrent par la culture et par la langue. Une mosaïque de nationalités qui ne tire sa cohésion que d'un élément imposé, d'une superculture ajoutée aux cultures régionales et prétendant les régenter : l'hindouisme. Les Bengalis de Calcutta, les Tamouls de Madras ont vite fait de voir dans cet hindouisme une culture élitiste et coloniale, apportée autrefois par les envahisseurs venus du Nord ; et ils auront vite fait de voir dans la désintégration du Pakistan un modèle de révolution nationale...

L'Inde autrement dit a toutes les raisons de se méfier de la révolution bengalie. Le Pakistan menaçait ses frontières, le Bangla Desh sa raison d'être. Le communalisme met en danger sa sécurité, le nationalisme remet en cause son existence en tant qu'État. L'objectif prioritaire est là encore de sauver le statu quo et d'éviter le pourrissement de la guerre.

V. **La double démarche**

Comme l'U.R.S.S., comme les U.S.A., comme la Chine même, l'Inde mettra en œuvre une démarche en deux étapes. Même dessein. Même motivation. Même préoccupation. Sauf que le rythme diffère et que la seconde étape commence peut-être plus tôt.

Première étape : Indira Gandhi s'en remet à Yahya Khan pour préserver le statu quo. Oh ! bien sûr, Yahya n'est pas bien malin ! On n'est pas fâché de le voir dans l'embarras. Et on ne fait rien pour le tirer d'affaire... *Mais on ne fait rien non plus pour aggraver sa position ;* et on se garde bien d'appuyer directement la rébellion.

Car, enfin, il ne faut tout de même pas oublier que l'Inde n'a pas fourni d'armes avant l'été. Qu'elle n'a pas reconnu le Bangla Desh avant décembre. Et que les camps d'entraînement n'ont commencé de fonctionner véritablement qu'en août. En juillet, des maoïstes du groupe Toha se plaignent qu'à la frontière les Indiens leur confisquent les armes automatiques prises aux Pakistanais, et leur en remettent d'autres en échange, vieilles et usagées[4]. Le 5 octobre, à l'O.N.U., le représentant refuse toute discussion bilatérale entre Delhi et Islamabad parce que le problème selon lui est « tout entier créé par le Pakistan » ; ce qui est une manière élégante de dire que la question du Bangla Desh est une *affaire intérieure* du Pakistan. Et si, à peu près au même moment, le ministre Swaran Singh évoque timidement à Simla l'éventualité d'une sécession, Indira Gandhi s'empresse, trois jours plus tard, de le démentir.

Cette première étape a duré jusqu'au milieu de l'été. Et c'est alors que progressivement Indira Gandhi mit au point une stratégie nouvelle.

Pourquoi l'été ? D'abord, répétons-le, parce que les choses traînent en longueur et que le Pakistan s'installe dans la crise. Ensuite, parce que c'est justement le

4. *Ibid.*

moment où, après plusieurs années d'agitation et de révolte, le gouvernement central indien reprend le contrôle de son propre Bengale.

C'est en mai et en juin que se déroulent les fameux massacres de gauchistes dans les prisons : Dum-Dum, Alipore, Birbhum, Midnapore, Siliguri, Kurseong... C'est en juillet qu'on révise au Bengale la législation sur l'emprisonnement préventif. On multiplie les arrestations. On désarme les paysans. On exécute froidement tous les *anti-social elements*. Dans les rues de Calcutta, les naxalites affrontent quotidiennement les forces de police. La police s'allie avec les gangs pour mieux écraser les naxalites. Elle attaque à la bombe la maison de l'ancien maire C.P.I.M. de la ville. Elle ratisse tous les districts réputés subversifs : encerclement des villages, confiscation des armes, arrestations, exécutions... En septembre-octobre, plus personne ne se dit « naxalite » ; et le C.P.I. (m.-l.) est complètement désagrégé[5].

Après les maos, il fallait régler leur compte aux marxistes légaux (C.P.I.M.)[6]. Un peu plus de doigté cette fois parce qu'ils bénéficient, comme on dit, d'un large soutien de masse. On commence par démettre, début septembre, le gouverneur de l'État. Un mois plus tard, on licencie, pour d'obscures raisons relevant à ce qu'il paraît de la « sécurité de l'État », quarante-six hauts fonctionnaires, tous C.P.I.M. Et pour le reste, on fait confiance aux bandes armées du parti du Congrès qui sèment la terreur à Calcutta et liquident physiquement les militants. Là encore, Indira Gandhi fait place nette. Elle reconquiert un État qui jusque-là lui échappait. C'est maintenant qu'elle va pouvoir se tourner vers la révolte qui gronde à ses portes, et que Yahya Khan est incapable de maîtriser.

Au Bangla Desh sa stratégie va se résumer à trois manœuvres essentielles[7] :

5. *Frontier,* 17 juillet 1971.
6. *Frontier,* 31 juillet 1971.
7. B.-H. Lévy, *Combat,* 28 mars 1972.

— D'abord *encadrer la résistance*. L'instrument essentiel sera les camps d'entraînement situés pour la plupart en territoire indien. Contrôlés par l'armée et par le « gouvernement provisoire du Bangla Desh ». On recrute les étudiants de préférence aux paysans ; parmi les étudiants, les membres de la Ligue Awami ; à défaut, ceux qui peuvent faire valoir un certificat de bonne conduite et de loyauté politique, signé par un notable est-pakistanais. On élargit quelque peu le recrutement fin août puisque, sans doute sous la pression des Soviétiques, on admet des communistes orthodoxes ou des membres du N.A.P.-Muzaffar Ahmed. Mais cela ne va pas bien loin et on fera jusqu'au bout la chasse aux maoïstes.

L'encadrement est d'autant plus efficace que c'est l'armée indienne et le gouvernement du Bangla Desh qui centralisent et distribuent les armes. C'est eux encore qui créent et qui contrôlent la Mukti Bahini ; qui coordonnent par conséquent les opérations et maîtrisent la composition des commandos. La Mukti Bahini n'est pas encore une armée régulière, mais c'est déjà une armée encadrée.

— Ensuite, *éliminer les gauchistes*. Il a pu y avoir ici et là des accrochages malheureux, mais il y a eu également une liquidation systématique. On se souvient du scénario[8] : les maos libèrent un village ; ils distribuent les terres et exécutent les grands propriétaires ; les Mukti Bahini arrivent, se prétendent armée légitime et régulière, et exigent le contrôle du village libéré ; les maos résistent, c'est l'affrontement...

A l'automne, on crée même une unité spéciale, la Mujib Bahini, dont une des attributions était justement l'élimination des naxalites. Elle devait relayer une Mukti Bahini devenue à son tour pléthorique et insaisissable. La relayer comme instrument d'ordre et milice de choc. A Dacca notamment, dans les derniers jours de la guerre, on signale des combats entre les hommes d'Abdul Motin

8. Deuxième partie, chapitre 7.

et ces Mujib Bahini. Et c'est eux aussi qui semblent avoir fait évacuer à Noakhali la « base rouge » de Mohammed Toha.

— Troisième opération, *abréger la guerre* : cela suppose cette fois une intervention directe, physique de l'armée indienne. Elle ne l'a peut-être pas fait de gaieté de cœur ; témoin, le retard avec lequel elle annonce les premiers affrontements spectaculaires entre Indiens et Pakistanais : la bataille aérienne du 21 novembre annoncée deux jours plus tard ; la bataille de tanks du même jour annoncée le 24 seulement[9]. Comme si on regrettait d'en être venu à la « solution militaire ». Comme si on espérait encore s'en tirer en armant les guérilleros et en prônant officiellement une « solution politique ».

Toujours est-il que les soldats indiens sont présents sur le terrain depuis août. C'est eux qui prennent la direction des opérations de sabotage, difficiles et de plus en plus efficaces. C'est grâce à eux que la Mukti Bahani peut reprendre en septembre les attaques frontales auxquelles elle avait dû renoncer en avril. Et ce n'est pas un hasard si, à partir d'octobre, les forces de libération occupent, effectivement cette fois, un nombre croissant de zones près de la frontière indienne.

A partir de la mi-novembre, les choses iront très vite. Les tanks indiens pénètrent en territoire pakistanais. La guerre est déclarée le 3 décembre, et fait rage à l'ouest comme à l'est. Le général indien Aurora fonce sur Dacca, qu'il libère le 16 décembre. Le Bengale est « libre » ; la guerre a duré deux semaines ; la guérilla quelques mois ; Indira Gandhi, comme Brejnev, a gagné sur les deux tableaux : un État client à sa porte, et une révolution avortée.

9. *Economic and Political Weekly*, 3 juillet 1971.

BIBLIOGRAPHIE

I. Ouvrages consultés

KAN A. AHMAD, *The Founder of Pakistan : Through Trial to Triumph,* Cambridge.

HAMZA ALAVI, *Quatrième Internationale,* septembre 1971.

TARIQ ALI, *Pakistan : dictature militaire ou pouvoir populaire,* Maspero, 1971 ; *Quatrième Internationale,* septembre 1971.

G.V. AMBEKAR et V.D. DIVEKAR, *Documents on China's Relations with South and South-East Asia,* Delhi, 1964.

MOHAMMED AYOOB, K. SUBRAHMANYAM, *The Liberation War,* Delhi, 1972.

K.K. AZIZ, *The Making of Pakistan : a Study in Nationalism.*

D.M. BANERJEE, *East Pakistan : a Case Study in Muslim Politics,* Delhi, 1969. *Bangla Desh Documents.*

PAUL BARAN, *Economie politique de la croissance,* Maspero.

BARAN, SWEEZY, *Le Capitalisme monopoliste,* Maspero.

CHARLES BETTELHEIM, *L'Inde indépendante,* Maspero.

YATINDRA BHATNAGAR, *Mujib : the Architect of Bangla Desh,* Delhi, 1971.

Z.A. BHUTTO, *The Myth of Independance,* Londres, 1969.

SARAT CHANDRA BOSE, *I Warned my Countrymen,* Calcutta, 1968.

RUSSEL BRINES, *The Indo-pakistani Conflict,* Londres, 1968.

J.H. BROOMFIELD, *Elite Conflict in a Plural Society : Twentieth Century Bengal,* Berkeley, 1968.

BULGANIN, KHRUCHTCHEV, *Speeches during Sojourn in India, Burma, Afghanistan,* Delhi, 1956.

KEITH CALLARD, *Pakistan : a Political Study,* Londres, 1957.

HÉLÈNE CARRÈRE D'ENCAUSSE, *Revue française de sciences politiques,* décembre 1967.

LORD CASEY, *Personal Experience : 1939-1946,* 1962.

The Challenge of Bangla Desh, anonyme, Delhi, 1971.

Deux politiques de coexistence pacifique diamétralement opposées, Éditions en Langues étrangères, Pékin, 1963.

P. Dreyfus, *Du Pakistan au Bangla Desh,* Arthaud, 1972.
Halide Edib, *Inside India,* 1947.
Gilbert Etienne, *Progrès agricole et maîtrise de l'eau : le cas du Pakistan,* P.U.F., 1967 ; *Les Chances de l'Inde,* Le Seuil, 1969.
G. Fischer, *Le Parti travailliste et la décolonisation de l'Inde,* Maspero, 1966.
Marcus F. Franda, *Political Development and Political Decay in Bengal,* Calcutta, 1971 ; *The Phenomenon of Leftism in West Bengal,* Cambridge, 1970.
Y.V. Gankovsky, L.R. Gordon-Polonsleaya, *A History of Pakistan,* Moscou, 1964.
Philippe Gavi, *Le Triangle indien,* Le Seuil, 1972.
U.N. Ghoshal, *The Agrarian System in Ancient India.*
S. Gopal, *British Policy in India, 1857 to 1905,* Cambridge.
B.N. Goswani, *Pakistan and China : a Study of Their Relations,* Delhi, 1971.
Jyoti Sen Gupta, *Eclipse of East Pakistan,* Calcutta, 1963.
Mahbub ul Haq, *The Strategy of Economic Planning : a Case Study of Pakistan,* 1963.
Shaufikul Hassan, *East Bengal in its Struggle for Freedom,* Calcutta, 1972.
W.W. Hunter, *Annals of Rural Bengal,* Londres, 1906.
A.K. Fazlul Huq, *Bengal Today,* Calcutta, 1944.
S.M. Ikram, *Modern Muslim India and the Birth of Pakistan,* Lahore, 1965.
Samuel G. Ikoku, *Le Ghana de Nkrumah,* Maspero, 1971.
John H. Kautsky, *Moscow and the Communist Party of India : a Study in the Postwar Evolution of International Communist Strategy,* Cambridge, 1956.
Ayub Khan, *Friends not Masters : a Political Autobiography,* Oxford, 1967.
Blair B. Kling, *The Blue Mutiny,* 1966.
Richard D. Lambert, « Religon, Economics and Violence in Bengal », in *Middle East Journal.*
Bernard-Henri Lévy, *Temps modernes,* octobre 1970.
A.K. Majumdar, *Advent of Independance,* Bombay, 1963.
D.R. Mankekar, *Colonialism in East Bengal,* Delhi, 1971.
Satyendra Marayan Mazumdar, *Marxism and the Language Problem in India,* Delhi, 1970.
Anthony Mascarenthas, *The Rape of Bengla Desh,* Delhi, 1971.
François Massa, *Bengale : histoire d'un conflit,* Alain Moreau, 1972.
K.P.S. Menon, *Flying Troïka,* Oxford, 1963.
V.P. Menon, *The Transfer of Power in India,* Princeton, 1957.
J.A. Naïk, *Soviet Policy Towards India,* Delhi, 1970.
Mohammed Noman, *Muslim India,* Allahabad, 1942.
Urmila Phadnis, articles divers sur l'insurrection de Ceylan.

C.H. PHILIPS, *The Evolution of India and Pakistan, 1858-1947*, Oxford, 1962.
MOHAN RAM, *Indian Communism*, Delhi, 1969 ; *Maoism in India*, Delhi, 1971 ; *The Meaning of D.M.K.*, Delhi, 1968.
ASWINI K. RAY, « Pakistan : Web of Bourgeois Politics », *Economic and Political Weekly*, 19 juin 1971.
JAYANTA KUMAR RAY, *Democracy and Nationalism on Trial : a Study of East Pakistan*, Simla, 1968.
HENRY CHARTER RAY, *Ten Years of Soviet-Indian Economic Cooperation*.
RANAJIT RAY, *The Agony of West-Bengal*, 1971 (« A Hindustan Standard Publication »).
K.B. SAYEED, *The Political System of Pakistan*, Boston, 1967.
BHOWANI SEN, *India Land System and Land Reforms*, Delhi (P.P.H.), 1955.
SAKUNTAL SEN, *Inside Pakistan*, Calcutta, 1964.
B.L. SARMA, *The Pakistan-China Axis*, Bombay, 1968.
VINCENT SMITH, *The Oxford History of India*, Oxford, 1958.
W.C. SMITH, *Modern Islam in India*, 1946.
HASSAN SUHRAWARDY, « The Indian Crisis : Muslim Viewpoints », in *Hindustan or Pakistan*.
R.V. WEEKES, *Pakistan : Birth and Growth of a Muslim Nation*, Toronto, 1965.
MYRON WEINER, « Political Leadership in West Bengal », in *Political Change in South Asia*, Calcutta, 1963.
MYRON WEINER, *Party Building in a New Nation : the Indian National Congress*, Chicago, 1967.
KARL VAN VORYS, *Political Development in Pakistan*, Princeton, 1965.

II. Périodiques

American Economic Review.
Amrita Bazar Patrika (Calcutta).
Arbor (Madrid).
Asian Survey (Berkeley University).
Bulletin d'informations du conseiller commercial de France à Delhi (Delhi).
La Cause du peuple (Paris).
China Quarterly (Londres).
China Report (New-Delhi).
Combat (Paris).
Current History (Philadelphie).
Deshabrati (Calcutta).
Economic Political Weekly (Bombay).
The Economist (Londres).
Far Eastern Economic Review (Hong-Kong).

Esprit (Paris).
Frontier (Calcutta).
Ganasakti (Dacca).
Guardian (Londres).
Hindustan Standard (Delhi).
Holiday (Dacca).
Internationnal Affairs (Moscou).
Idiot International (Paris).
Izvestia (Moscou).
Life (New York).
Link (Delhi).
Mainstream (Delhi).
Marxism today (Londres).
Middle East Journal (Washington).
Le Monde (Paris).
Le Monde diplomatique (Paris).
Morning News (Dacca).
New Left (Londres).
New Republic (New York).
New Times (Moscou).
New York Times (New York).
Nouvel Observateur (Paris).
Pakistan Development Review (Karachi).
Patriot (Delhi).
Pékin Informations (Paris).
Political Quarterly (Londres).
Politique Hebdo (Paris).
Pravda (Moscou).
Preuves (Paris).
Problèmes politiques et sociaux (La Documentation française).
Projet (Paris).
Quatrième Internationale (Londres).
Quotidien du Peuple (Pékin).
Revue française de sciences politiques (Paris).
Seminar (Delhi).
Statesman (Delhi, Calcutta).
Temps modernes (Paris).
Times (Londres).
Times of India (Bombay).
The World Today (Londres).

Table

Composition réalisée par C.M.L., Montrouge

IMPRIMÉ EN FRANCE PAR BRODARD ET TAUPIN
58, rue Jean Bleuzen - Vanves - Usine de La Flèche.
LIBRAIRIE GÉNÉRALE FRANÇAISE - 14, rue de l'Ancienne-Comédie - Paris.
ISBN : 2 - 253 - 03742 - 7

42/4031/3